本书为教育部人文社会科学研究青年基金项目"'十七年'时期中国科幻小说的本土特征与时代脉络研究"（项目批准号：20YJC751036）最终成果。

励耘
文库

文学 | Literature

肖汉 著

# 承续开拓与时代脉络

## 『十七年』时期中国科幻小说研究(1949—1966)

北京师范大学出版集团
BEIJING NORMAL UNIVERSITY PUBLISHING GROUP
北京师范大学出版社

图书在版编目（CIP）数据

承续开拓与时代脉络："十七年"时期中国科幻小说研究：1949—1966 / 肖汉著 . — 北京：北京师范大学出版社，2024.1

　　ISBN 978-7-303-29827-3

Ⅰ . ①承…　Ⅱ . ①肖…　Ⅲ . ①幻想小说－小说研究－中国－ 1949-1966　Ⅳ . ① I207.42

中国国家版本馆 CIP 数据核字（2024）第 039094 号

**承续开拓与时代脉络："十七年"时期中国科幻小说研究：1949—1966**

CHENGXU KAITUO YU SHIDAI MAILUO SHIQINIAN SHIQI ZHONGGUO KEHUAN XIAOSHUO YANJIU 1949—1966

肖汉　著

策划编辑：禹明超　　责任编辑：禹明超
美术编辑：王齐云　　装帧设计：王齐云
责任校对：陈　民　　责任印制：马　洁　赵　龙

| | | |
|---|---|---|
| 出版发行：北京师范大学出版社 | 开本：787mm × 1092mm　1/16 | 版次：2024 年 1 月第 1 版 |
| 印刷：北京盛通印刷股份有限公司 | 印张：27.25 | 印次：2024 年 1 月第 1 次印刷 |
| 经销：全国新华书店 | 字数：350 千字 | 定价：86.00 元 |

北京师范大学出版社
http://www.bnup.com
北京市西城区新街口外大街 12-3 号
邮政编码：100088
营销中心电话：010-58805602
主题出版与重大项目策划部：010-58805385

# 序　言

吴　岩

　　新中国成立后不到一年，百废待兴之中的新政权恢复出版事业，很快就有一部名为《梦游太阳系》的科幻小说出版。下一年，另一本名为《宇宙旅行》的作品出版。这两部作品，前面的一部有童话特色，后面的一部则是儿童小说。

　　有关张然生平的发掘进行了很久。现在已经获知，他是一位电信行业的职工，还是一位专业精湛、勇于革新的全国劳动模范。他业余时间从事儿童文学创作，发表的作品不但有科幻小说，还有科普读物。2020年疫情期间，我无意中在网络漫游，突然想到可以找找有没有薛殿会的消息。这一找，令我喜出望外，这位薛老不但健在，而且还在亲自打理自己的新浪博客！万分激动之余，我联系到大连作家艾天华、大连出版社总编辑助理张斌、央广网深圳副总编辑郑若琪、大学生科幻迷王子权，大家一致决定要组成一个小分队，在疫情允许的情况下对薛老进行访问或者视频采访。此时的薛老已经九十多岁且身患癌症，但他还是热情大胆地接受了我们的采访，并畅谈了他对科幻、科普和自己人生的感受。

得到张然的信息和对薛老的采访，让我进一步对新中国科幻的产生阶段有了浓厚的兴趣。早在儿童时代，我就阅读过这一时段的许多作品。迟叔昌、于止、郑文光、萧建亨、王国忠、郭以实、赵世洲，所有这些名字在我的脑海中都像雕刻过一样无法被磨灭。因为在我荒芜的童年里，恰恰是阅读了这些人的作品，才让我感受到了未来的希望，沐浴了科学的阳光。我一直有一个心愿，就是要对这个时段的中国科幻文学进行一次整体的发掘，从这些发掘中查看共和国历史上最早一批充满想象力的作家所撰写的故事的全貌是怎样的。但是，因为各种事情的耽搁，这个任务一直没有完成。直到喜欢科幻小说的肖汉从北师大文学院钱振纲老师门下毕业，报考我的博士研究生，我的这个愿望才得以有人能够实现。

肖汉博士很有童心，对科幻文学又由衷地喜爱。让他来研究新中国早期的科幻文学，探讨这个时段科幻小说的产生和状况，发现这一时段科幻小说在文学史中的意义与价值，应该是非常合适的。我把这个想法跟他交流，他爽快地接受了这个任务。说是个任务，其实也很有挑战性。这个时段的科幻小说极少有人关注，而且资料零散，许多问题想要弄清相当困难。我记得他开始的几个稿子与博士论文开题报告，我看了很不满意。但反复深入交流之后，我们相互更多地领会了对方的意思，也让这个研究走上了快车道。他精力旺盛，动作又很快，很多资料说找就能找到。几经修订，新的博士论文大纲和内容显得特别符合我的想法。博士论文答辩会上，老师们对他的论文表示了高度赞赏，我也为能圆了对那个时期科幻文学总体面貌的体察与关怀之梦而心满意足。

当前的这本著作，就是肖汉博士根据学位论文修改撰写的。全书在一开始，就抛出了一系列重要问题。多年以来，对新中国早期科幻文学到底处于怎样的状况，人们只有模糊的感觉而没有准确的把握。对这个时段到底有多少作品，文学的形态是怎样的，以及是否受到当时社会政治文化背景的干扰等问题，差异性的观点很多。就在这种模糊的状况之下，一些论述的出现得不到检验。例如，有论者认为这个年代的科幻作品均为儿童文学，且毫无成就。也有论者认为，这一时段的科幻小说其实都是被文学所排斥的科普读物。也有少数人给这个时段的科幻小说以较高评价，但这些评价多数依据的是个人零星的阅读感受，没有系统化的说明。作者希望改变这个局面。在这本经过几年努力发掘和分析后撰写的著作中，作者对符合要求的作品进行了带有考证性的发掘和深入分析，做出的判断对重建这个年代科幻状况的认知显得非常重要。

根据肖汉博士的查找，在整个"文革"前的十七年里，中国科幻原创作品数量在 100 部上下。这个时期确实有许多儿童文学，且以短篇为主。但如果说这个年代仅仅是儿童科幻文学，就显得太简单化。以成人读者为目标的作品和一些长篇创作在这个时段不但有，还曾经被送到国外参加评奖，且获得了一定的收获。更重要的是，这个年代的科幻创作还孕育了此后在新时期科幻文学繁荣的一些重要的作品。在改革开放和整个新时期，许多作家的出现跟"文革"前十七年的历练有关。正是在那个年代已经初露锋芒的作家,对科幻文学思考的深化,给新时期科幻文学的腾飞奠定了基础。关键不是评价如何,而是应该怎样评价。

我觉得肖汉博士的这本著作,首先解决了评估的立足点问题。他试图站在整个中国文学的版图上进行观察,在这样的视角之下,他看到了一幅在现实主义占据中国文学几乎全部版图的年代里,科幻文学怎样从边缘提供了一个充满浪漫主义情怀和充满想象力的展演空间。是这个空间给了一批天才的作家一个理想的发挥创造力的天地。恰如王德威教授从另类现代性角度观察晚清科幻小说,让人们对晚清科幻的看法彻底改变一样,肖汉博士的这种分析视点,也将引发从新的思路去观察历史,并很可能孕育出更多有价值的成果。

在上述视角的引领下,这本著作特别重视中国科幻文学发展跟整个中国文学的系统发展的关系,同时,也重视从纵向和横向两个方面对科幻文学的发展进行比较和剖析。在新中国成立这个新旧交替的十字路口上,一种文学形式所承载的和展现的,必然跟其他时段的文学有所不同。而这点恰好解释了文化改革、科学普及、儿童教育等领域的变革深度影响了科幻发展和历史进程的原因所在。

肖汉博士解决的第二个问题,是并不回避当时普遍认可的科学文艺的分类,更没有把科学文艺跟科幻小说对立起来。在文学艺术领域把跟科学有关的部分归纳成一个类别,这就是科学文艺类型的产生方式。而这种方式的作用,是可以为这一领域的相关作家提供很好的管理与服务。有了这个分类,深入生活和组织作品就有了可靠的组织保证。在这方面,肖汉博士在忠实于文本和还原语境的基础上,展现了在科学文艺的大旗下发展起来的科幻小说所走过的历史过程。沿着这个脉络,可以很容易地看到为什么郑文光和郭以实出现在五十年代召开的中国作协青创会上。科学文艺的名称并没有让两位作家感觉被低估，反而因为他们不但创作过科幻小说，还创作过科学小品、科学童话等更多种类的科学文艺作品而被赞扬。但别以为在那个时期人们会把科幻跟科学小品、科学童话混为一谈，混淆它们的是今天的读者和研究者。

肖汉博士这本著作解决的第三个问题，是厘清了苏联科幻小说对中国科幻作家的影响。过去论及此问题，多数结果比较夸张，认为苏联的影响十分巨大。但肖汉从对具体作品的分析出发，发现虽然苏联科幻在当时中国曾经广泛传播，但来自海外的创作方法和作品风格，在中国作家的作品中仍十分罕见。这一点对理解中国科幻小说一直存在着自身独特的追求，以及各种文化因素怎样构成了作品内涵等方面都有启示作用。忠实于对作品的分析，是肖汉这本书一个重要的特点。作者不会先入为主，永远会用作品说话。也恰恰是由于这种方法的引导，使他澄清了一些原有的论争。比如，对国家文艺政策与科幻写作的具体关系，对人定胜天思想与环境保护思想在作品中怎样出现，以及这一时段的乌托邦和未来主义应该怎样评估等问题，作者都提出了紧贴文本的事实建构。这些观点还可以有更多推敲，但推敲的方法，也应该是实事求是。

在这本著作中，作者还用了大量篇幅对这一时段作品的创作手法、结构、语言等方面进行了详细分析。通过这样的分析，他指出中国科幻作品结构上的多线程规划、内容方面的剧情化、悬念预设的强调，以及对大自然的雄浑进行表达、对科学之美的艺术展现、对宏大叙事的追求、对未来伦理的关注等早在这个年代就已经被广泛使用。而对航天、生物、地理漫游、乌托邦等题材的重视，从晚清开始到这个时段甚至达到了小的高峰。以人工智能、工农业生产、民族文化、人文与社科为主题的作品的出现，则可能就是这个时代对中国科幻史的贡献。上述这些内容，都值得后来的研究者去验证或反驳。

总体上看，这部著作对人们更好地认识新中国早期科幻小说具有十分重要的里程碑式的作用。

肖汉博士是我在北师大招收的第二个科幻方向的博士研究生。在读期间，他跟姜振宇、张凡、彩云等其他几位博士生以及我已经毕业的研究生贾立元等共同努力，把我所关心的中国科幻文学的历史从晚清到新世纪彻底地进行了梳理和穿越。他还跟随我参与了中国科幻小说星云奖、中国科幻产业发展报告等项目的工作，更是《20世纪中国科幻小说史》的作者之一。到目前为止，他每年还会对国内的科幻创作进行扫描式分析，力图在新的时代更好地把握这个领域的走向。我感谢他对学术发展所做的努力，同时希望他能在未来继续深耕自己的这个方向，为中国科幻文学的发展做出更多创新性的贡献。

# 目　录

第一章 ┃ **犹在雾中的"十七年"时期中国科幻小说**

　　1949—1966 年的中国充满了张力，她一面对粗
糙和陈旧进行破除，一面对未知和未来进行探索，社
会各层面在如火如荼地经历着重组与新生，思想中既
充满建设热情与必胜决心，也流淌着反思与审视。政
治、军事、经济、文化等领域在较短的时间内既迎来
了新形势的确立，也见证了旧形态的消亡，快速发展
的新中国在后来学者的研究视野中逐渐凝练为一个拥
有极高聚合度的词语——"十七年"。"十七年"不是一
个单纯的时间概念，它是占据各场域并且带有思辨性
质的历史概念，因此可以用于各学科的回溯性研究
中。对文学领域而言，"十七年"在给出可能的同时也
划定了界限，因此在回溯性研究中，研究者往往下意
识地回避某些问题，从而不能得出足够客观的结论。

因此与"十七年"相关的文学研究具有一定的挑战性，当然，预期的结果也会有一定的创新性。

## 第一节　幻想传统承续路径上的视野盲区

"十七年"时期的中国科幻在当前的研究视野中存在被双向遮蔽的情况。一方面，当前主流文学在很大程度上认定科幻文学属于一般性质的通俗文学，其文学价值与社会价值仍需商榷，在此思维下的类推很容易就会得出"十七年"时期中国科幻的边缘地位与价值低的评价。另一方面，由于"十七年"时期各种历史因素介入科幻较多，当前科幻学界依然将这一时段的中国科幻视为"鸡肋"。但实际上，"十七年"时期的中国科幻是中国幻想传统在全新且极大的社会张力下的呈现形态，它所裹挟的政治特质与历史特征需要抽丝剥茧而不是一味忽视。因为，"十七年"时期的科幻不仅是新中国科幻的第一拨热潮，更反映了当时的社会发展形态与国民心态，从"十七年"时期的中国科幻着手，反而能以小见大地梳理很多复杂的问题。

### 一、中国文学的想象力渊源

想象引领人类走上探索科学真理的道路，同时想象也引领人类走上追求社会进步的道路。在人类所有想象中，科学幻想以科学的精神、科学的思维探究未来，在科技发展和社会进步中发挥着日益突出、不可替代的启示性作用。以科学幻想为根基的科幻文化则是人类通过自身能力跟自然与社会之间建立独特关系的文化，它一方面源于真实的人类生活，另一方面又要在已有的科技条件下激发新奇的感官体验和科学发现。而文学文本则是承载这一新奇体验的绝佳载体。

中国文学的想象力自古以来源远流长。上古神话如夸父逐日、女娲补天、后羿射日、大禹治水等故事借用瑰丽雄奇的想象，赞颂了人类敢于同命运抗争的精神。《山海经》中对地理风物神话般的构想则体现出先民无上的智慧与追求创新的态度。《列子·汤问》中偃师所造的"偶人"，《酉阳杂俎》中鲁班制造的木鸢，《博物志》中奇肱国的"飞车"，《拾遗记》里的神秘太空飞行器"贯月槎"等，展示了世人在对精巧技术的追求外，还关注人类生存的外部空间。而《夷坚志》中的身体器官移植术，《梦溪笔谈》中返老还童的丹药等则体现出世人对作为个体的人之价值的思考。古典小说的四大名著中同样暗藏想象力的潜流。《红楼梦》似是补天之石的尘世幻梦，《三国演义》中有木牛流马等巧夺天工的造物，《水浒传》中各路豪杰身怀绝技，似是天下苍生的"超级英雄"，《西游记》则通篇充斥着浪漫的想象色彩。

明朝末年，"西学东渐"之风逐渐影响世人，西方奇巧的科技造物和新颖的科技观在与传统想象思维碰撞时，也擦出了诸多奇妙的火花。李渔《十二楼》中的《夏宜楼》借用年轻公子用望远镜窥视佳人之故事介绍了显微镜、千里镜等光学仪器。当时，西洋器物乃是宫廷与上流社会才能把玩的"奇技淫巧"，还不足以对广大人民的文学艺术与社会生活造成巨大冲击。

直至近代，风云变幻的危机时局让小说承担起了更多的社会责任，古典小说开始朝着现代小说转型，而对西洋科技元素的运用也更加频繁。如 1853 年俞万春所作的《荡寇志》则让白人发明家成为宋江的手下干将,为梁山豪杰打造了诸如"奔雷车""沉螺舟"等战力极强的新式武器。此后,西方的科幻小说也经由日本逐渐转译到中国,人们得以对一种新的文类产生认知。

## 二、被误解的"十七年"

20 世纪初,"小说界革命"拟将包括通俗小说在内的各种小说当作救亡图存的精神武器,以期唤醒民众奋起抗争。而想象力加持于技术,尤其是对军事技术描写尚多的"科学小说"在当时成为了假设中国变得强大的最佳载体。1904 年,荒江钓叟在《绣像小说》上连载作品《月球殖民地小说》[1],标志着中国科幻小说从翻译学习、模仿借鉴转向了原创发轫。

但从晚清至今的一百多年中,这一承续了中国古典文学想象、西方科技观与社会功能的文类却一直处于中国文学史的边缘地位,甚至还在某些特定的时段变成了荼毒人们思想的"精神污染"。近几年,伴随中国的伟大复兴与文化强国战略的提出,科幻这一可以结合当下前沿科技与社会思潮,并且广受读者好评的文类再次受到关注。而刘慈欣、郝景芳接连摘得科幻文学的最高奖——雨果奖,也对科幻热潮的到来起到了助推作用。

在方兴未艾的科幻浪潮中,除去科幻小说创作、科幻影视创作以及

---

① 荒江钓叟:《月球殖民地小说》,载《绣像小说》,第 21 期(1904 年 3 月 17 日)至第 62 期(1905 年 11 月 11 日)连载,故事未完。

科幻文创产业的发展外,科幻批评在近年也有了长足的进步。但囿于研究人员数量和研究者自身科幻专业知识的储备情况,当前的中国科幻研究呈现出一些特殊的面貌:其一是研究较为缺乏大局观和整体意识,当前批评者更加注重对个体文本,尤其是时下热门的科幻小说进行繁复细读,这类研究往往突出了点而忽视了面,没有关注到文本的外围因素,并且容易失去对中国科幻发展历程阶段式的思考,同时也不利于打开横向的国际视野;其二是研究对象分布不均匀,当前的中国本土科幻研究对 21 世纪以来的科幻作品批评成果最多,新时期至 20 世纪 90 年代末次之,晚清、民国再次,而"十七年"时期的研究成果最少。

"十七年"时期是中国当代文学的开端与发展期,同样也是中国当代科幻文学的发轫期。并且这一时段的中国科幻文学还勾连之前的晚清、民国科幻与新时期及以后的中国科幻,在本土科幻史中处于承上启下的关键期,具有一定的开创意义。但是这一时段的科幻批评却稀少且散乱,甚至还有不少谬误。究其原因,不外乎"十七年"时期的科幻小说以中短篇为主,发表阵地多为期刊,相关的科幻评论有的只是口头材料,有的散见于各地各时的报纸,资料收集有很大的难度。此外,批评者容易将"十七年"时期主流文学的美学特征与文本价值直接投射给科幻文学,从而导致这一时段的科幻文学也被打上了如文学特征不明显、美学特质缺乏、描写内容模式化等刻板标签。但是在没有充分分析下就得出一个固定而无趣的结论,这对"十七年"时期的中国科幻来说是不公平的。

### 三、雾里看花的研究现状

新中国的成立标志着一个新纪元的开启，战乱的阴霾逐渐消散，摒除旧制、阔步发展成为新的时代主题。在新中国成立后至"文化大革命"前的十七年间，中国首先采取了必要的军事措施来保证国家的统一并防范敌国入侵，紧接着中国经历了一系列激烈的社会变革和如火如荼的生产建设。在新中国从百废待兴到逐步发展的过程中，文化策略的变动与文化论争现象一直穿插其间。历史的车轮滚滚向前，任何文化品类都不可能在大潮中纹丝不动。而科幻作为一种有别于传统文学的、带有异质性特征的文类，则在这一时段被打上了时代的烙印：一边归附，一边逃离；一面承接想象力的传统与未来希冀，一面又保持着相对独立而封闭的特殊性。

时代特征成为"十七年"时期中国科幻的最大标签，同时，它也成为看透"十七年"科幻的最大屏障。雾里看花的状态持续至今，使得我们在评述"十七年"时期中国科幻时总是陷于艺术价值低、知其然不知其所以然的泥沼。在如何准确理解"十七年"时期中国科幻内涵的问题上，我们常常缺乏一种回溯的状态。在当今科技与文化发展背景下回望"十七年"中国科幻，其中的幼稚与不足之处显而易见，但如果能站在当时的语境下审视文本，反而能洞见科幻在这一时期用自身的微光温暖了想象，为科技加持下的社会主义未来画下了美好的蓝图。

"十七年"时期中国科幻的特质与其说是妥协之后的选择，毋宁说是各方协调后必然出现的结果。第二次世界大战的烟云刚散，冷战的风云又起，新生的社会主义中国义无反顾地站在了苏联一方。在苏共二十大以前，中国各方面都在向"老大哥"学习，文学方面也不例外。相较于主流文学大量的翻译引进，科幻文学在这一时期所占一隅较小，在主流文学纠缠于站队、制度以及描写对象等方面时，科幻文学捕捉到了冷战时期军备竞赛和太空竞赛所带来的技术勃兴，从而给刚刚起步的中国绘制了未来的技术景象。

　　政权的更迭对文学的走势有着决定性的影响。在左翼文学仍为主流的情况下，科幻在民国时期的通俗性质几近瓦解，反倒是类似于晚清科幻"兴邦兴民"的目的得以存留。而想象力的溯源在"十七年"时期更加深远，历史上对异境的想象和对巨物的崇拜，在这从农业社会到工业社会转型的关键十七年间，表现为了对科技和造物的夸张描写。而在"题材决定论"的制约下，科幻文学如果过量地对非工农生活进行描写，势必会带来生存困境，而聚焦于儿童的"十七年"科幻创作恰巧以一种无心插柳的方式取得了存在的合法性。我们现在依然有"关注未成年人就是关注未来"的说法，"十七年"时期的中国科幻同样进行了一场关于时间的魔术，它们将幻想的种子以科普的土壤包裹，种植于青少年的好奇与求知的热情中，盼望得到假以时日后的枝繁叶茂。

　　尽管诸位作家与编辑做了长足的工作来促进这一时期中国科幻的发展，但是在文学史中，"十七年"时期的中国科幻更像是一个起到点缀作用的附庸，它的艺术价值与历史价值如今也未得到正视。虽然"十七年"时期的中国科幻小说努力用社会主义浪漫主义与社会主义现实主义"两结合"的手法向主流靠拢，但这一时期中国作协的会员中从事科幻小说创作的人寥寥可数，并且他们还不是以名正言顺的科幻作家的身份成为会员。

再耀眼的边缘也难敌时光的尘埃重重，加之对刻板印象的不断重复和一些以讹传讹的情况出现，曾经鲜活生动的"十七年"时期中国科幻逐渐凝固在了时间的深渊之中，渐渐地变成了中国文学史与世界科幻史上的一座孤岛。本研究拟追本溯源，扫开厚重的尘封，让这一块"想象力的琥珀"重新绽放出应有的光芒。

## 四、拂去尘封，重现真容

实际上，"十七年"时期的中国科幻在中国文学史与世界科幻史上都具有重要意义。但是这一时期的科幻文本价值被大大低估了，并且相关研究也完全没有展开。在有限的研究文献中，批评家们对"十七年"时期的中国科幻文学有着较为刻板的印象，甚至在某些方面存在误解。笔者在近年梳理资料的过程中有部分新的发现与思考，拟放于本研究中，以期给予"十七年"时期的中国科幻一个更加清晰、全面、客观的评价。

本研究拟达成以下几个目标：

首先，在论述过程中会逐步对"十七年"时期的中国科幻做一个脉络梳理。此前学人更多地分析了"十七年"时期重要的作家作品，笔者拟以点带面较为综合地还原一个客观的"十七年"中国科幻面貌。

其次，拟对"十七年"时期中国科幻的一些固有观点进行破除与重构。如之前学人常常认为"十七年"时期的中国科幻受到了当时文艺政策的极大影响，是以科学普及作为唯一手段和唯一目的，其本质是纯粹的儿童本位主义思想下进行的儿童文学创作，以及"十七年"时期科幻十分孤立，与前后时期的科幻文学并不存在承续关系等。上述观点有些是因为资料缺乏所导致的表述失准，有些则在新资料的佐证下成了错误的论述。因此要改变学界对于"十七年"时期中国科幻的看法，必须要从一些固有的、刻板的印象中脱离而出，进而做一些修正与改进工作。

再次，拟为中国科幻的"中国性"提供一些注解。在近年的科幻热潮中，何为中国科幻的"中国性"一直是一个被热议的话题，其实早在"十七年"时期，中国科幻的"中国性"就展露无遗，除去科幻文本自身描写对象和叙事手法的中国特色，文本外部更有时代思潮、文化元素、作者与读者心理的加持，共同构成当代初期中国想象未来与科技的方法，体现出一种看似激进实则合理的想象力迸发方式。

最后，拟为中国科幻史的成型略尽绵薄之力。前文言及当下科幻文学批评与研究在"十七年"这段时期出现了真空，而"十七年"时期恰好处于中国科幻发展史的中段，起着承上启下的关键作用。而在数量较少的研究文章中，对"十七年"时期的中国科幻的讨论尚不深刻，很多情况下还是对固有印象和浅表理解的不断重复。从全面构建文学史的角度看，这样的情形是不利的。因此有必要用较为完善的数据与资料去还原"十七年"时期中国科幻的真实面貌。

## 第二节　全息碎影：学界相关研究成果

整体而言，针对"十七年"时期中国科幻的专门性研究文章数量不多，并且大部分的相关文章都是在科幻史进程中提及"十七年"时期，或者是选取这一时期内的某些作家作品进行论述，以期用以小见大的方式推导"十七年"时期中国科幻的全貌。上述做法虽然都是有益的尝试，但在具体执行过程中对时代脉络以及文本背后更深层次的元素关注较少，梳理的不全面和讨论的不深入导致了陈旧观点"新瓶旧酒"般的重复，很多结论都缺乏创新性。

## 一、国外学者的相关研究

部分国外学者的中国科幻研究视野存在盲点，尤其是部分欧美学者的世界科幻史著作带有强烈的西方本位主义色彩，使得中国和其他一些后发达国家的科幻史被忽略。如亚当·罗伯茨（Adam Roberts）的专著《科幻小说史》[①]以大量的篇幅介绍了欧美科幻从无到有的发展过程，却对亚洲以及其他地区的科幻情况一笔带过，论述中也充满西方主体的论调。在国外学者的中国科幻研究中，21 世纪以来的中国科幻和晚清科幻是两个最主要的方向，产出的学术成果较多。学者宋明炜就曾编著译刊 *Renditions* 的特刊"中国科幻：晚清及当代"（*Chinese Science Fiction：Late Qing and Contemporary*）。在宋明炜看来，将两个世纪初的中国科幻并置是必要且有效的，它们共同表达了某些时代焦虑。而对于本土研究者都少有涉及的"十七年"时期中国科幻，国外学者就更加难以关注到。

但近年来随着我国综合国力的不断提高与大国文化自信的增强，越来越多的外国学者开始介入中国科幻研究，在晚清与新世纪两个热门时段外，也有一小部分学者关注到了 1949 年至 1966 年的中国科幻。

武田雅哉与林久之合著的《中国科学幻想文学馆》原本是给日本科幻

---

① ［英］亚当·罗伯茨：《科幻小说史》，北京，北京大学出版社，2010。

迷普及中国科幻情况的一本通俗读物，但后来在中国读者中引起了强烈反响，于是该书在 2017 年以《中国科学幻想文学史》①之名再版，分上下两册。下册开篇就介绍了"十七年"时期中国科幻的大致情况，罗列了诸多重要的作家作品，同时也强调了当时的中国科幻受到苏联的影响极大。这本书给"十七年"时期的中国科幻的最终结论是缺乏重要、杰出的作品。但由于这是一本带有普及性质的著作，因此内容上主要是对"十七年"时期中国科幻的重要作家作品进行介绍，对文本外的因素关注得较少，同时也缺乏学理性的论述。在武田雅哉的说明中，"十七年"时期的部分小说他也只是进行推介，有的文本他并未阅读原文，因此著作中的很多文献没有出处，这不得不说是一种遗憾。

2014 年 5 月，Nicolai Volland 在 *The Journal of Asian Studies* 杂志上发表了 *Comment on "Let's Go to the Moon"*②一文，主要对"十七年"时期的重要科幻作家如郑文光等人的作品进行了评述，Nicolai 跳出了单纯的介绍模式，论述中加入了更多深入的思考，但是这篇文章的重点依然是强调苏联文学对当时中国科幻的影响。次年，Nicolai 又在 *Modern China Studies* 杂志上发表了 *Soviet Spaceships In Socialist China：Reading Soviet Popular Literature In The 1950s*③ 一文，以潮锋出版社的《苏联科学幻想小说译丛》为对象，详细论述了"十七年"时期苏联科幻

---

① ［日］武田雅哉、林久之：《中国科学幻想文学史》，杭州，浙江大学出版社，2017。

② Nicolai Volland, Comment on "Let's Go to the Moon", *The Journal of Asian Studies*, Volume 73，2014，(5)：353-358.

③ Nicolai Volland, Soviet Spaceships In Socialist China：Reading Soviet Popular Literature In The 1950s, *Modern China Studies*，Volume 22，2015，(1)：191-213.

的翻译实绩及其对中国本土科幻的影响，同时讨论了《在延安文艺座谈会上的讲话》对"十七年"中国科幻的导向作用。

由此观之，多数国外学者基本赞同"十七年"时期的中国科幻是对苏联通俗文学模式的全面模仿，并与中国当时的文化政策完全契合。但笔者在资料梳理的基础上发现，很多"十七年"时期的中国科幻文本与苏联科幻在叙事方法、情节架构、主旨大意上其实大相径庭，并不是所谓的全面模仿。此外，中国当时的文艺政策基本上都是对主流文学进行规劝，科幻文学是在向主流靠拢的过程中自然地向政策靠拢，但有些文本却在实际操作中与当时的文艺政策产生了背离，这一时段的中国科幻也因此受到了部分主流声音的反对。因此上述观点可能需要被重新认识、论述。

## 二、国内著作中的相关研究

国内研究者对"十七年"时期中国科幻的讨论分为著作提及、学位论文与单篇论文三个部分。其中，著作提及主要指在部分介绍世界科幻史或中国科幻发展概况的著作中，对"十七年"时期的中国科幻做简要提及。如萧星寒的著作《星空的旋律——世界科幻小说简史》①，在简介中国科幻史时，略微提及"十七年"时期的科幻发展情况，并未深究。董仁威的著作《中国百年科幻史话》②在第一卷中以时间点罗列的方式举出了"十七年"间中国科幻的几个重要节点和关键人物与作品。但因为上述两

---

① 萧星寒：《星空的旋律——世界科幻小说简史》，苏州，古吴轩出版社，2011。
② 董仁威：《中国百年科幻史话》，北京，清华大学出版社，2017。

书都是普及性质的读物，并未就"十七年"时期的中国科幻进行专门的论述，因此有些观点流于浅显的重复叙述，而没有被更深入地讨论。

### 三、国内学位论文中的相关研究

在学位论文中，常见的切入角度有两种，其一是将"十七年"时期的科幻放在中国科幻史的整体进程中进行考察，其二是选取一个特定的思潮、视角或样本，对"十七年"时期的中国科幻进行以小见大的论述。

王卫英的博士学位论文《重塑民族想象的翅膀——20 世纪中国科幻小说研究》[1]对中国科幻百年来的发展历程做了一个梳理性的论述，不过囿于篇幅，百年中国科幻史在一部学位论文中难以被完整概述，很多内容流于对已有科幻史实的重复。

芮萌的硕士学位论文《穿越科学的"魔障"：论中国科幻小说发展之变革》[2]在第四章第一节论述了"十七年"时期中国科幻小说的发展情况，其中两个关键词是"儿童文学"与"政治色彩"，在芮萌论述的字里行间，我们还是可以看到众多评论家对"十七年"时期的科幻小说有着固定的看法，其形制是契合政治话语的儿童文学，并且创作非常的模式化，这也是大部分学人对"十七年"中国科幻的统一看法。

刘珊珊的硕士学位论文《从科普人文到天马行空：论中国当代科幻

---

① 王卫英：《重塑民族想象的翅膀——20 世纪中国科幻小说研究》，博士学位论文，兰州大学，2006。

② 芮萌：《穿越科学的"魔障"：论中国科幻小说发展之变革》，硕士学位论文，苏州大学，2001。

小说的发展与变异》①也是通过具体的作家作品，论述了当代中国科幻与文化大环境互动下的生存境况，文章中关于"十七年"的部分同样选取了最具有代表性的作家作品，但论述的广度略有欠缺。

上述学位论文的叙述方式与观点立场大多是简述了彼时科幻创作的大致状态与"少儿化""科普化"的典型特征，但并未深究其成因，或将成因简单地归结为政治影响、模仿苏联与社会需求，以上观点都还有可完善之处。

以特定论述对象切入的学位论文对"十七年"时期的中国科幻探讨会更深入。

新加坡国立大学王楠的硕士学位论文《在"共产主义视镜"下想象科学——"十七年"期间的中国科幻文学与科学话语》②以"十七年"时期的部分科幻小说与其他科学文艺形式为论述对象，切入点是共产主义语境下的科学主义在文学中的表现形态。王楠认为"十七年"时期科幻小说的儿童化倾向代表着另类的叙述视角与未来空间，而这一时期科幻小说与科学文艺作品中的"未来"则是对技术理想型社会各要素的收编。由此观之，这篇文章在一定程度上脱离了固有观点的束缚，并且在用郑文光举例时也提出了一些新的见解。但是论文的结论认为科学话语所锻造的是带有"宇宙公民"性质的"社会主义新人"，这一结论其实早在20世纪三四十年代的苏联科幻中就已经被提出，并且还出现了不少相对应的小说

① 刘珊珊：《从科普人文到天马行空：论中国当代科幻小说的发展与变异》，硕士学位论文，安徽大学，2010。

② 王楠：《在"共产主义视镜"下想象科学——"十七年"期间的中国科幻文学与科学话语》，硕士学位论文，新加坡国立大学，2016。

文本。由此观之，王楠绕行一圈最后还是在客观上承认了"十七年"时期中国科幻对苏联的全面模仿。但实际上，新中国初期科幻小说中的社会主义新人形象和苏联科幻小说中的类似形象有着不同的内涵，这在后文笔者会详细论述。

胡俊的硕士学位论文《新中国早期科幻小说的现代性》[①]是现阶段少有的专门针对"十七年"时期中国科幻进行讨论的学位论文，并且"现代性"是一个很好的切入点。胡俊首先是对西方现代性观点的发展做了梳理，然后由晚清科幻的现代性引入，再开始讨论新中国初期科幻中的现代性。胡俊提出了很多代表现代性的符号，如"十七年"时期科幻小说中出现的"工厂""城市"等。但新中国初期拟借由文学达成的"现代性"其实是一个注重功利与实际的现代性精简版本，胡俊的论文较为关注对应小说的文本特征，忽略了对文本背后更深层次成因的挖掘，也没有深究具有中国特色的现代性与其他社会观点的互动。

陈若晖的硕士学位论文《燃情时代的科学文艺——"十七年"时期〈科学画报〉研究》[②]，对当时重要的科普刊物《科学画报》进行了较为全面的论述，以期通过《科学画报》的表征推导"十七年"时期科学文艺的庞大面貌。陈若晖对《科学画报》的论述非常详尽，讨论了刊物上的文章、插图，以及刊物随时间进程和社会环境而做出的改变。不过这篇论文是对一种刊物的综合性论述，科幻小说只是其中一个章节的内容，而在其他章节内容与科幻小说进行对比时，作者并未清晰地区分科学幻想、科学

---

① 胡俊：《新中国早期科幻小说的现代性》，硕士学位论文，北京师范大学，2006。
② 陈若晖：《燃情时代的科学文艺——"十七年"时期〈科学画报〉研究》，硕士学位论文，重庆大学，2016。

文艺与科学童话等概念,并且在举例时将国外科幻译作与本土原创小说放在一起讨论,得出的结果可能略失客观。

李晓的硕士学位论文《论中国科幻小说中的科技观》①则从科技观的角度论述了中国不同时段科幻小说中科技观的走向及其背后所反映出的国民心态。李晓认为,"十七年"时期的中国科幻小说依然选取了"科技强国"的观点,在对科技能力进行夸大描写的基础上极力赞扬科技进步的光明面,以期契合社会主义初期建设的指导方针与奋斗热情。李晓指出了在中国科幻发展的不同阶段里,科技观扮演着怎样的角色,但在"十七年"时期,作者没有指出这种唯科学主义在文学创作场域泛滥的情况以及此种情况所造成的后果,忽略了问题的两面性。

## 四、多学科视野下的相关研究

在学位论文外,还有部分单篇论文也讨论了"十七年"时期中国科幻的各个侧面。其中,既有文学史视野的梳理,也有跨学科视野的交叉论证,还有聚焦性视野的作家作品专论。在切入角度越发多样的"十七年"中国科幻研究中,也更能够发现不同视角论述中的不足。

孔庆东的论文《中国科幻小说概说》②以极简的语言概述了中国科幻一百多年的发展历程,对于"十七年"时期,孔庆东主要介绍了郑文光、萧建亨、童恩正、刘兴诗等几位作家,并强调了"十七年"时期中国科幻的科普作用。该论文在介绍"十七年"的科幻情况时仍然没有厘清科幻小

---

① 李晓:《论中国科幻小说中的科技观》,硕士学位论文,山东师范大学,2014。

② 孔庆东:《中国科幻小说概说》,载《涪陵师范学院学报》,2003(3)。

说与科学童话等概念，并且在对《梦游太阳系》等小说是否能够称之为科幻小说的问题上存疑。主流文学批评者在研究科幻时容易忽略部分细节问题，并且在可以深入的问题上少有深究，这不得不说是一种遗憾。

汤哲声的论文《论当代中国科幻小说的思维和边界》①则着重展现从新中国成立至今科幻小说所体现出的思想内涵。在汤哲声看来，当下的科幻小说创作与接受代表着个体文化诉求与文化兴趣偏向，而新中国成立之初的科幻小说则代表着某种集体诉求，其本质还是科幻文学的创作与接受适应了当时的政策和社会思潮。通俗文学批评者可以较为容易地指出科幻文学的存在形态及其成因，并且可以找到适当的材料进行论述。不过这种批评方式容易使科幻研究呈现出一种附庸性，其姿态还是向着主流文学靠拢并努力寻找共鸣的契合点，笔者不是说这种尝试是错误的，而是认为新的历史语境下有必要给与科幻研究一定的独立性，才能够得到具有创新性的结论。

邱江挥的论文《试论中国科幻小说的发展》②也是通过科幻简史的形式对中国科幻的发展历程做了概述，具体到"十七年"时期，同样只是介绍了著名的作家作品，并未在此基础上进行学理性的辨析。

此外，还有一些未出版的内部刊物中也有针对"十七年"时期中国科幻的论述。如在学者吴岩所主持项目"20世纪中国科幻小说史"的阶段性成果中，高寒凝专章撰写了中国科幻的"十七年"部分。该章节内容翔实，论述细致，不过有些观点却显得过于武断。如高寒凝认为"十七年"

---

① 汤哲声：《论当代中国科幻小说的思维和边界》，载《学术月刊》，2015(4)。
② 邱江挥：《试论中国科幻小说的发展》，载《安徽大学学报》，1982(2)。

时期的中国科幻其本质就是儿童文学，并且这一时段的中国科幻与晚清、民国和新时期的科幻存在着完全的断裂。这些观点如今在新材料的佐证下似乎还有再商榷的空间。

同时，还有部分学人从不同的学科视野切入，得出了一些新颖的结论，这对笔者的思路开拓与创新论证大有裨益。

李广益的《史料学视野中的中国科幻研究》①一文认为，当前中国科幻研究在史料积淀上还存在着诸多不足，尤其是"十七年"时期的苏联科幻译介以及本土科幻创作，仍有很多亟待补充、完善的史料。充足、翔实的史料有利于观点的论争和文学史框架的构建，笔者将会在后文中罗列新发现的材料，以期对李广益在该论文中的担忧做出回应。

王峰的论文《科幻小说何须在意"文学性"》②，基本论点为科幻小说是一种异质性较强的文类，文学性不能作为框定其艺术价值的唯一标准。平心而论，王峰的这篇论文有为"十七年"时期中国科幻小说文学性不足开脱之嫌，但也不失为一个重新认识"十七年"中国科幻的特殊角度，可以讨论这一时段的科幻小说在文学性损失的代价下，达成了何种此消彼长的状态。但是囿于篇幅，王峰没有继续展开深入的讨论，实属遗憾。

詹玲的论文《"十七年"中国科幻小说的外来影响接受及概念构建》③

① 李广益：《史料学视野中的中国科幻研究》，载《清华大学学报（哲学社会科学版）》，2015(4)。

② 王峰：《科幻小说何须在意"文学性"》，载《探索与争鸣》，2016(9)。

③ 詹玲：《"十七年"中国科幻小说的外来影响接受及概念构建》，载《文学评论》，2018(1)。

更倾向运用比较文学的论证方法，讨论"十七年"时期中国科幻在与苏联科幻不断互动中的成长。詹玲在文中强调了"十七年"时期中国科幻的"工具化"传统与"向科学进军"的意识形态需求，从而得出的结论是"十七年"时期的中国科幻小说依然呈现出单一的技术理想主义色彩，文本流于虚假、肤浅和空泛。笔者并不完全同意詹玲的观点，"十七年"时期的中国科幻小说的技术理想追求只是诸多目标中的一种。此外，空洞无味其实是站在当今的文学审美角度对"十七年"时期部分科幻文本所做的片面性评价，如果可以跳出纯文学的分析，诸多材料会显示出"十七年"科幻小说在不同层面的价值。

当然，还有学人对"十七年"时期部分科幻作家进行了专人专论。如许子蓉的《新中国科幻小说的开创者》①一文和王卫英《郑文光与中国科幻小说》②一文，都从作品论的角度介绍了"新中国科幻之父"郑文光的创作情况以及他的作品所带来的影响。施劲松的《考古学家的小说情怀——童恩正"考古小说"释读》③一文则跳出文学视野，从考古学的角度分析了童恩正"十七年"时期的科幻小说创作。高亚斌和王卫英合著的三篇文章《异想天开的科幻奇葩——论肖建亨小说〈布克的奇遇〉》④《科

---

①　许子蓉：《新中国科幻小说的开创者》，载《小学生导刊（中年级）》，2003(29)。

②　王卫英：《郑文光与中国科幻小说》，载《当代文坛》，2008(5)。

③　施劲松：《考古学家的小说情怀——童恩正"考古小说"释读》，载《南方民族考古》，2013(0)。

④　高亚斌、王卫英：《异想天开的科幻奇葩——论肖建亨小说〈布克的奇遇〉》，载《北京科技大学学报（社会科学版）》，2016(5)。

学救国思想的文学表达——评王国忠科幻小说〈黑龙号失踪〉》①《科幻小说中的强国梦——论迟叔昌及其〈割掉鼻子的大象〉》②则分别介绍了萧建亨、王国忠、迟叔昌三人的代表作,但是缺乏深入文本背后的要素分析。

值得注意的是,当下对"十七年"时期科幻作家的专人专论还停留在对最重要作者作品的文本分析上,叙述内容偏于介绍,学理性的分析并不深刻。而另一些重要的作家如赵世洲、于止(叶至善)等人的相关研究则近乎空白,这样较为片面的专人专论不利于展现"十七年"时期中国科幻的多样性,同样也不利于讨论这一时期中国科幻内涵的丰富性。

## 五、翻译学视角下的相关研究

还有部分学人注意到了"十七年"时期中苏两国在科幻小说译介上的互动,着重讨论了苏联科幻小说对当时中国科幻小说的影响。其中比较重要的两篇论文是姜倩的《幻想与现实:二十世纪科幻小说在中国的译介》③与罗能的《1949 年至 1966 年中国大陆外国科幻的译介及影响分析》④。姜倩的博士学位论文由全英文写成,梳理了整个 20 世纪国外科

---

① 高亚斌、王卫英:《科学救国思想的文学表达——评王国忠科幻小说〈黑龙号失踪〉》,载《乐山师范学院学报》,2015(6)。

② 高亚斌、王卫英:《科幻小说中的强国梦——论迟叔昌及其〈割掉鼻子的大象〉》,载《吉林师范大学学报(人文社会科学版)》,2014(5)。

③ 姜倩:《幻想与现实:二十世纪科幻小说在中国的译介》,博士学位论文,复旦大学,2006。

④ 罗能:《1949 年至 1966 年中国大陆外国科幻的译介及影响分析》,见吴岩主编:《中国科幻研究》,北京,北京师范大学中国儿童文学研究中心,2011(2)。

幻小说在中国的译介情况，姜倩认为"十七年"时期科幻小说的"苏联模式"对中国本土科幻小说的创作影响很大。罗能则聚焦于"十七年"时期的国外科幻翻译，不仅详细罗列了中苏科幻小说的译介史实，还讨论了凡尔纳等欧洲科幻小说家的作品在这一时期的翻译问题。罗能在论文附录中完善地罗列了"十七年"间苏联科幻翻译到中国的单行本以及杂志发行的单篇，具有较高的学术价值。不过现阶段的"十七年"苏联科幻翻译研究在结论上并没有创新，依然是苏联科幻小说的创作模式对中国科幻小说的创作有着决定性影响。但如果仔细分析，虽然在形制上与苏联科幻小说相仿，"十七年"时期的中国科幻小说在叙述策略、主旨内涵等方面与苏联科幻仍有较大差别。

## 六、系统性研究的必要性

综合而言，现阶段国内外的"十七年"时期中国科幻研究并未完全展开，在已有的文献中，翻译研究和本土创作研究在数量上不分伯仲。在总量并不多的本土创作研究内部，简介性、普及性的文章占到了绝大多数，而在剩下透过文本分析背后因素的文章中，当下部分学者的诸多观点与评述都流于"新瓶旧酒"，并没有能够取得实质性的突破。因而"十七年"时期的中国科幻研究还有很多可以填补的空间。

因此，本研究拟在较多新文本与新资料的基础上，结合"十七年"时期的文艺政策与社会心态，综合各方影响，对"十七年"时期中国本土科幻小说做出完整的梳理，并在此基础上着重分析文本背后的各项要素，得出不同于之前学界流于刻板和固定的结论。而后本研究拟以新结论为根基推导"十七年"时期中国科幻小说在中国科幻史、中国文学史以及世界科幻史中的地位,以期能够全方位、多角度地对"十七年"时期的中国科幻做出一个公正、客观的判断。本研究中拟回答的问题有以下几点:

其一,"十七年"时期到底有没有真正意义上的科幻,它与我们当下的科幻文学相比,在概念和内涵上有何不同?由于文本表征的巨大差异,"十七年"时期的中国科幻与其他时间段的科幻小说存在较大的落差,因而被部分学者判定为本质的非科幻。但判定文本是否为科幻,不能仅凭接受过程中的主观感受,还应该结合科幻的定义与现实社会诉求共同判定。

其二,"十七年"时期的中国科幻到底该选取哪一种命名方式?学界如今所言"科幻"其实是进行了一场站在当今概念视角下去匹配之前文本的定义游戏。在"十七年"期间,"科幻小说"这一概念实际上使用较少,反而是"科学文艺""科学童话""科学故事"等分身概念使用颇多。表面上看这是"十七年"时期对科幻定义理解的模糊,但实际上是作家身份地位的摇摆以及他们在追求新中国初期科幻"中国性"问题上所做的努力。

其三,"十七年"时期的中国科幻是否存在对苏联科幻创作模式的全面模仿?目前学界的观点一致认同"十七年"时期的中国科幻在创作上表现出了对苏联科幻创作的全面学习状态。但部分新资料可以证明在此过程中,中国科幻与苏联科幻的互动绝不仅仅表现为中国的全面接纳,中国科幻对苏联科幻的本土化改造以及中国科幻的反向路径影响在当时都有迹可循。

其四,"十七年"时期的中国科幻是否完全是在当时的文艺政策指导下进行创作的?"十七年"时期文学和政治的互动是深远且长存的,因而主流文学几乎都是在"十七年"内不同阶段的文艺政策指导下进行创作。

因此按照逻辑推演当时的科幻文学也应该深受文艺政策影响。同样，一些新材料可以佐证当时的中国科幻文学并不是对文艺政策的全面照搬，它加入了该文类的特殊思考，同时是在向主流靠拢的过程中对文艺政策做出回应。

其五，"十七年"时期的中国科幻和儿童文学的互动其界限与意义何为？当前学界认为"十七年"时期的中国科幻本质是儿童文学，或者从另一角度看，此时的中国科幻应该完全摆脱儿童文学的影响。这两种观点似乎都过于武断，承认科幻的独立性特征无须和其他文类划清界限，"十七年"时期中国科幻的儿童化倾向是它独特的生存策略，同时也是构成当时科幻风格的重要因素。

其六，"十七年"时期的中国科幻总被诟病为"模式化"写作、文学价值低、想象力弱以及可读性不强，事实是否真的如此？前文有言，当前的"十七年"科幻研究是站在如今的审美要求和科幻诉求下去审视"十七年"科幻的，批评者们缺乏一种回溯彼时的态度，如果能够结合当时的政治诉求、社会理想、民族想象力、国民期待、读者素养等因素进行考察，结论会大相径庭。

其七，"十七年"时期的中国科幻到底表达了什么？些许幼稚和拙劣的外部呈现形态是"十七年"时期中国科幻既定的生存方式和发展策略，在这背后，同样是历史新时期全民的美好期待。只不过这种期待借由想象力而生，在与社会互动和极其乐观的思维模式下，走向了可以随意构建科技乌托邦的夸张方向。

其八，"十七年"时期的中国科幻到底是不是一座"孤岛"？因为这一时段中国科幻呈现形态的特殊性，它常被学人认定为文学史上的一座

"孤岛"，带着被遗弃的语调。实际上，人迹罕至的孤岛往往存留珍宝，新的资料可以证明"十七年"时期的中国科幻在中国文学史与中国科幻史上起着重要的勾连作用，同时也在世界科幻史上彰显着中国科幻的"中国性"。

本研究将依次回答上述问题，一旦这些问题被重新审视并给予新的解读，"十七年"时期的中国科幻小说将呈现出与传统看法不同的面貌，同时它对当今中国科幻研究在多视角、重史料、国际化等方面也能做出一定的回应。

# 第二章 | "十七年"时期中国科幻小说概述

　　"十七年"一词本身就是一个高度集合的概念，它展现出政治诉求对文学史的切分，以及历史发展过程中社会心态与社会思潮的变化。这一时段的中国科幻文学在与这些背景因素的不断互动中，逐渐摸索出一条属于自己的存在与发展道路。一方面，"十七年"时期的科幻小说努力追赶国际科幻发展的脚步，另一方面又根据政治要求和文艺政策要求不断调整自身形态，最终形成极具中国特色的阶段性科幻文本，即便这些文本的美学与文学价值在今天受到了一定程度的诟病。此外，特殊的内外创作环境让"十七年"时期的中国科幻"化身"繁多，不同的定义交替使用，形成了这一时段科幻独特的呈现面貌。

## 第一节 "十七年"时期中国科幻小说的创作背景

对于一种文类的讨论离不开对其存在背景的分析,"十七年"时期的中国科幻文学同样面临着诸多的内外影响因素。首先,第二次世界大战后科幻在国际上的快速发展,尤其是苏联科幻的全面增长,给中国科幻创作带来了或效仿或批判的蓝本。其次,新中国成立之初的历史发展走向和社会心态对这一时段中国科幻的创作影响颇大,甚至关联到"十七年"时期中国科幻的细部分期。再次,国家出版行业的发展与对待通俗文学和知识分子的态度,同样决定了"十七年"时期中国科幻作家创作的深度与广度。最后,长久以来想象力的加持和对当时文艺政策的解读共同确立了"十七年"时期中国科幻存在的合法性与发展的持续性。

### 一、同时期世界科幻发展简况

20世纪以来,科幻文学的中心逐渐从欧洲向北美迁移。两次世界大战给人类社会带来了无尽的伤痛,但也在客观上促进了科学技术的发展,战争创伤也促使人们反思历史中的种种教训。而作为对技术变革和社会变化较为敏感的科幻文学,自然也成了时代的晴雨表。

自20世纪始,美国逐渐取代英、法的地位,一跃成为科幻大国。除去军事、科技快速发展的影响外,通俗文化宽松的发展环境也促成了美国科幻的勃兴。从20世纪20年代开始,得益于雨果·根斯巴克(Hugo

Gernsback)①的努力,科幻文学不仅有了专属名词,还逐渐从廉价的地摊文学困境中突围。之后,约翰·W. 坎贝尔(John Wood Campbell)②等人在此基础上不断发掘、培养科幻作者,经过众多编辑和作家的耕耘,美国在 20 世纪 40 年代迎来了科幻的"黄金时代"。

"第二次世界大战结束时在日本投下的第一颗原子弹,拉开了冷战的帷幕。之后,科幻小说以多种形式向前发展,其多样化的态势把我们直接带入了当今时代。"③第二次世界大战后的美国发展势头迅猛,一跃成为世界第一强国,其国民对自己的经济、科技、文化抱有相当乐观的态度。E. E. 史密斯(Edward Elmer Smith)之后,深空探索题材的科幻小说快速流行,加上 20 世纪中叶的"太空热",整个"黄金时代"的美国科幻充斥着太空歌剧,并且大多都洋溢着积极昂扬去冒险的情绪。

直到 20 世纪 60 年代末期,美国(当然也包括以英国为主导的欧洲诸国)科幻才在各种社会问题以及审美变化的影响下转向了人类自身以及更加内部的空间,这也是后来被人们所熟知的科幻"新浪潮"运动。在与中国"十七年"平行的时间内,美国科幻快速地完成了从通俗文类到主流文化的转型,"四五十年代虽然产生了科幻小说的不少大师级著作,

---

① 雨果·根斯巴克于 1926 年创办通俗科幻杂志《奇异故事》,并在此之后提出"science fiction"的说法。[英]约翰·克卢特:《彩图科幻百科》,陈德民等译,98 页,上海,上海科技教育出版社,2003。

② 坎贝尔、埃蒙德·汉密尔顿等人让科幻小说朝着星系组织成巨大的战斗营地发展,奠定了太空歌剧的雏形。[英]约翰·克卢特:《彩图科幻百科》,陈德民等译,120 页,上海,上海科技教育出版社,2003。

③ [英]布赖恩·奥尔迪斯、戴维·温格罗夫:《亿万年大狂欢——西方科幻小说史》,舒伟等译,329 页,合肥,安徽文艺出版社,2011。

但是却远远没有六七十年代来的有意思。这两个时期都见证了科幻小说的文化性统御地位。"①此外,在不断的写作实验和经验总结中,美国科幻创作较快地意识到科幻文学在创作方式和既定目标方面的独特性,这从阿西莫夫(Isaac Asimov)的论述中可见一斑:"假如你让你的宇宙飞船抵达了泰坦星,你不必将你的故事编成一篇航行记,你也不必感到,一定要给出着陆星球的重要统计数据。假如你能把这一切巧妙地编制进你的故事中,你当然可以这么做,但这并不是非做不可。"②由此观之,在这一时期的美国科幻观念中,科幻必须具有创造性,并且不携带传播具体科学知识的任务。

此时的美国科幻已经出现了多种表现形式并向世界范围输出了极具代表性的作品,很多国家的科幻创作受美国影响较大。但"十七年"时期的中国科幻却几乎不受美国科幻的影响,更谈不上对美国科幻风格的模仿。这是因为新中国的成立打破了美国重新划分东亚势力的企图,因此美国对新生的人民政权采取了全面封锁和打压的政策。军事与外交上的冲突使得文化交流受阻,科幻一隅的流通也被阻断。

作为战败国,第二次世界大战后的日本更加清楚地认识到技术的力量以及技术可能带来的毁灭性后果,因而科幻小说成为承载这种反思与隐忧的载体。战后初期,海野十三与江户川乱步的论争实际上带着些"双簧信"的味道:"更大胆推测的话,这也有可能是为了繁荣有关侦探

① [英]亚当·罗伯茨:《科幻小说史》,马小悟译,211 页,北京,北京大学出版社,2010。

② [美]艾萨克·阿西莫夫:《阿西莫夫论科幻小说》,涂明求等译,39 页,合肥,安徽文艺出版社,2011。

小说的争论，在事先就与江户川乱步讲明的前提下有意策划的。"①其目的是给科幻、侦探、惊险等通俗小说谋求更好的发展。在此之后，手冢治虫接过前辈的旗帜继续将空想科学小说发扬光大。也是在这一时期，美国对日本的战后援助使得美国科幻小说在日本流行起来，很多日本科幻作家的创作受到了美国作品的影响。

1946 年，日本科学哲学协会创办了《宇宙与哲学》杂志，以期促进科学小说的创作。时间来到 1954 年，真正意义上的科幻专业期刊《星云》创刊，该刊物在译介美、苏优秀科幻小说的基础上，还促成了日本科学小说协会的诞生。此后几年，日本的飞碟研究会成立，《宇宙尘》杂志、《科学小说》杂志等刊物相继创刊，星新一等科幻作家开始崭露头角。当时间来到 20 世纪 50 年代末，日本的科幻批评也逐步发展起来，并在 60 年代与科幻创作相辅相成。此后，日本科幻还发展出了诸如漫画、动画等独特的表现形式。依照地理位置和晚清、民国的科幻交流传统看，日本科幻也应该比较容易影响到"十七年"时期的中国科幻创作。但日本作为犯下滔天罪行的侵略国，战后并未及时认识到所犯下的历史错误，还在美国的援助下企图重回战前姿态。因此新中国科幻文学也不可能和日本科幻发生互动。

面对当时的困难，同为社会主义阵营的新生中国"为了打破封锁，争取一个有利的和平的国际环境，维护中国的国家利益"②，此时只能

① ［日］长山靖生：《日本科幻小说史话——从幕府末期到战后》，王宝田等译，117页，南京，南京大学出版社，2012。

② 文记东：《1949—1966 年的中苏文化交流》，65 页，哈尔滨，黑龙江大学出版社，2011。

奉行“一边倒”的外交政策，坚定地站在社会主义传统大国苏联一侧。因而文学方面的交流互动和模仿学习，也就自然地效法苏联。

苏联的科幻小说诞生于 20 世纪初，并且与欧美科幻小说有着截然不同的风格偏向，这从苏联科幻早期的一些作家作品中可以看出。如阿·托尔斯泰（Alexei Nikolayevich Tolstoy）的《加林的双曲线体》，讲述的是苏联科学家发明了一种可以产生激光的双曲线体，并使之成为世界上先进的武器，以此展开了各种正邪较量。他的另一部小说《阿爱里塔》讲述的是苏联红军战士胜利后到火星上去，与火星公主恋爱，为了解放那里受压迫的人发起了革命。“航天之父”齐奥尔科夫斯基（Tsiolkovsky）则结合自身的专业特长写出了《在地球之外》《在月球上》等科幻作品。技术发明、深空探索、革命中的浪漫情怀、社会主义制度优越性以及与资本主义恶势力进行斗争等内容成了苏联科幻的传统与特色。这些元素在“十七年”时期所翻译的苏联科幻小说如《康爱齐星》[①]《在两个太阳照耀下》[②]《人造小太阳》[③]等作品中均有体现，并且这种创作风格在一定程度上对中国科幻作者产生了较大的影响。但在结合苏联科幻风格与中国社会实际进行科幻创作时，本土作者似乎更加注重对苏联科幻“形”的模仿，而叙述策略、故事架构、细节描绘等方面还有所欠缺，这在下一章节笔者会详细论述。

---

① ［苏］阿·贝略耶夫：《“康爱齐”星》，滕宝、陈维益合译，上海，潮锋出版社，1955。

② ［苏］埃·马斯洛夫等：《在两个太阳照耀下》，林晓译，天津，天津人民出版社，1957。

③ ［苏］沙符朗诺娃、沙符朗诺夫：《人造小太阳》，上海中苏友好协会翻译，上海，上海科学技术出版社，1960。

此外，除去苏联科幻在译介中的绝对占比，"十七年"时期的中国科幻还越过了当代欧美科幻的诸多文本，直接来到了凡尔纳(Jules Gabriel Verne)作品的面前。其原因在于凡尔纳的作品通俗易懂，适合少年儿童的口味，在普及科学知识的同时也游离于美、日科幻的影响之外："法国作家凡尔纳所写的科幻小说，不仅可读性甚强，而且很能诱发青年向往科学的心，非常符合中央对教育青年的要求。"①在这种逻辑之下，其实质是后发达国家借由科幻作品拟达到的功能性作用。"因为落伍者所关注的科技侧面和国际秩序，跟发达者所关注的社会生活和国际秩序明显不同。对现存国际关系和秩序的不满，改变当前自身的羸弱状况，是现代化进程中落伍者最关心的意识形态主题之一。"②

当然这不是新中国初期科幻所面临的独特情况，在中国其他历史时段与其他后发达国家中，这样的情形依然存在。就内部而言，晚清科幻的逻辑同样是借由小说唤醒民智，以期达到民族振兴和国力赶超的目的。就外部而言，一些拉美国家的早期科幻同样有这样的特质。如阿根廷作家爱德华多·德·埃斯库拉(Eduardo de Escula)所作的《三十世纪》："结局充满对未来的希望：纠正国家道路，团结阿根廷全民族，重新加入'这个令人惊叹的世纪末'的发展。"③这样的文本期待与《新中国

---

① 黄伊：《我在中国青年出版社的难忘岁月》，载《出版科学》，1999(1)。

② 吴岩：《民族振兴与国力赶超——浅析后发达国家科幻小说中的意识形态》，载《汕头大学学报(人文社会科学版)》，2012(1)。

③ [美]拉切尔·海伍德·费雷拉：《拉美科幻文学史》，穆从军译，71页，天津，百花文艺出版社，2016。

未来记》①和《旅行在 1979 年的海陆空》②有异曲同工之妙。又例如，墨西哥作家亚历杭德罗·奎瓦斯（Alejandro Cuevas）的作品《托里曼医生的仪器》，其中也有对生死、精神意识的讨论，同样也有开胸换心的医疗情节，这样的文本描述与《新石头记》③和《失踪的哥哥》④也隔着时空遥相呼应。

由此观之，鉴于特殊的国际格局和历史状况，"十七年"时期的中国科幻人为地规避了美国与日本当代科幻的影响，转而从苏联科幻传统与欧洲古典主义科幻作品中寻求观念契合的部分，再结合新中国的国情与社会实际需求进行创作。以上是"十七年"时期中国科幻创作的国际背景，而促使"十七年"时期中国科幻特色成型还有着更为细致的内部背景。

## 二、国内文艺政策的波及与出版政策的鼓励

新政权的确立总是伴随着文艺政策的变动，"十七年"时期的文艺政策更是在社会实践的基础上不断地修改、完善。纵观历史，"十七年"时期前后对文学创作有较大影响的文艺政策和相关事件有如下几项。

---

① 注：1902 年由梁启超发表的带有未来指向性的"政治幻想"小说，小说设想了未来发达中国社会的各个方面，其中影响最大的设想是中国在上海召开了"万国博览会"。

② 注：1957 年由迟叔昌创作的科幻小说，主要讲述一位小朋友在未来中国放暑假出行时乘坐不同高科技交通工具的故事。

③ 注：1908 年 10 月上海改良小说社出版吴趼人作品《新石头记》单行本，小说描写贾宝玉在晚清复活后在各大城市以及科技奇境中的见闻种种。

④ 注：1957 年由于止（叶至善）创作的科幻小说，故事讲述一位少年误入冷库而在多年后通过先进医疗设备和技术苏醒的故事。

早在 1942 年，毛泽东《在延安文艺座谈会上的讲话》（以下简称《讲话》）中就已经强调文艺应该"为人民大众服务，首先是为工农兵服务"①，文艺批评应该坚持"政治标准第一，艺术标准第二"②。延安文艺座谈会是延安整风运动的组成部分，《讲话》是两条战线中文艺战线的指导纲领，其实质是通过文艺手段来处理敌我矛盾。《讲话》的影响极大，几乎影响了整个"十七年"和"文化大革命"时期的文艺工作方向，纵然新中国成立后很多方面甚至社会基本矛盾已经出现了变化，但是《讲话》的精神依然在一定程度上规范着作者的行为。因此，"十七年"时期中国科幻作品的发生场景往往在农场、工厂、学校等现实之地，并且小说人物以学生、技术指导员、工人和农民为主。

新中国成立前夕，全国第一次文代会在北平召开，进一步确定了《讲话》在文艺思想上的纲领性作用。不过此时的会议与讲话精神不再是解决敌我矛盾，而是团结人民内部各方力量，共同繁荣社会主义文艺事业。1949 年，中国作家协会正式成立，国内的作家有了可以依靠的组织，但是"十七年"时期以科幻作者身份进入作协的作家则几近于零。

1956 年，毛泽东在《关于正确处理人民内部矛盾的问题》一文中提出了繁荣社会主义文化"百花齐放，百家争鸣"的方针，旨在拓展文艺的不同形式，让其尽可能自由的发展。但是这一方针在日后的执行中被部分作家曲解，被认为是没有坚持新中国文艺的基本原则，从而滑向了"右"与"资"的一面。"当时无论在政治、经济和文化各个领域，整个社

---

① 毛泽东：《在延安文艺座谈会上的讲话》，载《解放日报》，1943-10-19。
② 洪子诚：《中国当代文学史》，29 页，北京，北京大学出版社，2007。

会受政权变更的影响,新与旧、革新与守成、现代与传统的矛盾,都曾以极端的面目出现,外加冷战格局,文学的空间可想而知。"①而科幻文学所具有的多面性常常使自身被推向风口浪尖,科幻小说中对知识分子甚至商人的描写成了对"双百方针"曲解以及写作过度自由化的表现,对"十七年"时期科幻小说的异议之声也在这一时段逐渐浮现。

时间来到 1958 年,"大跃进"运动所造成的现实境况与现实主义创作手法所要求的写实性产生了极大的冲突,为了调和这一矛盾,毛泽东提出了将社会主义现实主义与社会主义浪漫主义相结合的创作方法。这似乎给科幻创作提供了良好的理论支持,在这几年中,优秀的本土科幻作品产出较多。但由于科幻是带有幻想性质的文学作品,而"幻想"一词在当时的主流学界看来似乎是对社会主义浪漫主义的曲解,是完全脱离现实的虚妄想象:"就创作实践来说,已经证明两种错误的尝试:其一是所谓的'畅想未来',即在作品里凭幻想描绘一番共产主义远景……如果这种尝试是值得赞许的,那么一切科学幻想小说和神怪电影,毫无例外地都是应用两结合创作方法的杰作了。这显然是对革命浪漫主义的误解,把它看作超现实的代名词了。"②稍有起色的中国科幻在这一时段又被推到了风口浪尖。

为了调整在"双百方针"执行过程中所出现的问题,1962 年,"文艺八条"即"关于当前文学艺术工作若干问题的意见(草案)"被提出。这一

---

① 董之林:《热风时节——当代中国"十七年"小说史论(1949—1966)》(上),11页,上海,上海书店出版社,2008。

② 王西彦:《有关茹志鹃作品的几个问题——在一个座谈会上的发言》,载《文艺报》,1961(7)。

次的纲领性文件较好地解决了之前部分作者过度自由的态度，并且修正了在贯彻"双百方针"过程中的很多矫枉过正的问题，使得社会主义文化事业的局面更加稳定、繁荣。科幻小说的创作与发行在这一时段也迎来了一波小高潮，直到1966年"文化大革命"开展才告一段落。

不过需要说明的一点是，"十七年"时期的文艺政策对科幻的影响是波及性质而非直接作用的。在这一时段，主流学界对科幻的认识还不够全面，依然认为科幻文学是儿童文学的一个分支，并且除了进行科学普及外并无其他作用。因此，"十七年"时期的科幻文学一直在进行着向主流靠拢的努力，而文艺政策的规劝性质主要针对主流文学而言，在此过程中，就出现了上述科幻文学与当时文艺政策契合的特征。换言之，"十七年"时期的科幻文学是在感受到自身摇摆性的情况下，为了维护文类自身的合法性，在向主流靠拢的过程中不断强调文艺政策的时代标签。"十七年"时期社会对科幻文学的接受并不是全面的，接受者更多的时候只承认了科幻文本的合法性，以及科幻文本所带来的科普性质和对儿童科学兴趣的激发作用。而不论是译作还是本土原创科幻小说，这一时期的科幻作品数量相较于传统的主流文学还是少之又少，并且科幻作家的地位似乎并没有得到官方的全面肯定。

当然，文艺政策的波及对科幻作家的创作过程有一定影响，而"十七年"时期的出版政策以及针对通俗文学的相关政策让科幻小说在传播和接受过程中获得了有利的条件。

尽管民国时期的通俗作家群落和通俗作品群落在"十七年"时期出现了断裂，但是关于"通俗文学"的定义还停留在之前无意义的消遣之作上。学者汤哲声认为中国现当代的通俗文学实际上是一个与精英文学相对应的文化概念，并且区别于平民文学、大众文学和民间文学。因此，汤哲声认为："进入现代社会，通俗文学的概念辨析有了参照系，那就是新文学或精英文学。与新文学或精英文学相对比，通俗文学的内涵更为清晰。中国现当代通俗文学的特征应该具有以下五个要素：（1）它是大众文化的文字表述；（2）它具有强烈的媒体意识；（3）它具有商业性质和市场运作过程；（4）它具有程式化特征并有传承性；（5）它是当代社会的时俗阅读。"①并且，"通俗小说就是类型小说。"②在此较为客观的现当代中国通俗文学观点基础上，属于特殊文类的科幻小说完全符合通俗文学的五个特征，因此符合市场导向性和符合时俗审美也成了"十七年"时期中国科幻必须达到的要求，而"十七年"时期国家在印行、出版市场方面的政策也利于科幻文学的发展。

首先，当时有文艺工作者认为部分翻译引进的科幻小说"也有不少地方宣传了资产阶级思想。所以，我十分希望我国的科学家、文艺家们，用你们的笔，描述我国广大的劳动人民在大跃进中创造的奇迹，描叙人造卫星上天的科学原理。我们希望读到具有共产主义风格的用革命浪漫主义的笔触，用生动、活泼、深入浅出的文字写成的科学幻想小说，以这些书代替资产阶级的科学幻想、冒险小说。"③面向市场的类型小说在"十七年"时期同样面临站队问题，而市场也呼吁科学文艺工作者认清时代脉络，创作出符合市场需求，同时令广大读者喜闻乐见的科幻

---

① 汤哲声：《何谓通俗："中国现当代通俗文学"概念的解构与辨析》，载《学术月刊》，2018(9)。

② 同上。

③ 胡本生：《多出版共产主义的科学幻想小说》，载《读书杂志》，1958(19)。

小说。因此，"十七年"的中国科幻同样不可避免地被打上时代烙印，但是这种烙印是整个"十七年"时期文学的共性，因而不应该单独作为批评当时科幻小说文学价值的因素。

其次，在重新审视新中国文学史的学术大背景下，经典的判定标准已被重置。"有人认为，只有经典作品才能进入文学史，这又给文学史的写作提出了一个难题，什么样的作品才能称为'经典'？因为所处的时代环境有所不同，人们的价值观、人生观、世界观都会有所不同，所以，不同时代人们对'经典'的认识也会有所不同……经典不一定是我们通常认为的'好作品'，单纯的艺术性不能作为判断'经典'唯一标准。对那些参与了当时的中国人精神生活塑造的作品，即使现在看来不是所谓的'经典'，也不能将其排斥在文学史写作之外。"①之前有言，"十七年"时期中国科幻的低价值特性是站在如今的文学批评维度去回望时得出的结论，在重构文学史的大背景下，通俗文学一隅必然参与其中，而经典化的作品，即在"十七年"时期给当时读者带去精神重塑的作品，也有必要纳入经典化的视野。从这个意义上说，"十七年"时期的科幻文学创作实质上是一种无意识地为经典化开拓土壤的尝试。

再次，一系列促进通俗读物发行的政策也陆续实行，为科幻小说的发表、出版提供了便利。其中，1953 年是一个重要节点，"中共中央宣传部提出了关于成立通俗读物出版社的决定，当中提及为了弥补出版工作上的薄弱环节，中央准备成立通俗读物出版社，要组织著作力量，编辑、出版通俗图书和期刊，进行马列主义常识教育，普及文化知识，提

---

① 郑晓锋：《文学出版与中国当代文学》，硕士学位论文，温州大学，2016。

高人民群众思想政治水平和文化水平。"①这项决定很快就被落实，同年 12 月，在短短半年的时间内，通俗读物出版社在北京正式成立，并且下设政治读物、文化读物与美术读物等各分部，旨在让通俗文学内容更积极、出版更便捷。当时间来到 1955 年，通俗文学出版社在各地已初具规模，党中央进一步做出了更具有针对性的关于通俗文学出版发行的指示，努力让更广大农村地区的读者能够通过通俗读物增长生活、生产经验和科学知识。作为通俗文学门类的科幻此时自然成了推广通俗文学的重要载体，而后愈演愈烈的科普工具论实质上也是这一发展逻辑片面化和绝对化的表现。

最后，国家对少年儿童知识增长的重视同样对通俗门类的科幻文学提出了更具体的要求。《人民日报》在 1955 年 9 月曾发表题为《大量创作、出版、发行少年儿童读物》的社论，旨在繁荣少儿读物市场。社论中还专门提到与科学文艺有关的内容："中国作家协会还应当配合中华全国科学技术普及协会，组织一些科学家和作家，用合作的方法，逐年为少年儿童创作一些优美的科学文艺读物，以克服目前少年儿童科学读物枯燥乏味的现象。"②结合之前对科幻文学创作的社会主义要求、经典化要求和通俗文类规范要求，"十七年"时期的科幻文学实际上成了激发儿童科学与文学兴趣的最佳途径，与其像之前学界所言"十七年"中国科幻向儿童文学靠拢是寻求庇护的姿态，毋宁说是当时的历史文化条件选中了科幻文学来承担儿童启蒙的重任。

---

① 俞圣慧：《新中国成立初期通俗读物的出版发行研究》，硕士学位论文，河南师范大学，2017。

② 人民日报社：《大量创作、出版、发行少年儿童读物》，载《人民日报》，1955-09-16。

这里还有一点需要指出，新中国初期所强调的通俗科学读物中的"通俗"相较于这一时期的通俗小说中的"通俗"概念仍有一些细部差异：首先，通俗科学读物中的"通俗"带有一定的年龄指向性，希望内容浅显易懂，便于少年儿童阅读、理解；其次，通俗科学读物中的"通俗"带有一定的目的性，是为了给少年儿童传输一定的科技知识，而非一般通俗小说的阅读兴趣满足；最后，通俗科学读物中的"通俗"具有一定的辐射广度，其目标读者是全国范围内亟须科学启蒙的人民群众，而一般通俗小说的目标读者范围并未具有如此的广度。

综上，"十七年"时期的中国科幻自身带有时代自觉性，在向各种文艺政策归附的同时，也抓住了作为通俗文类的发展机遇，并且结合主流要求与市场需要，逐步形成了儿童化倾向与科学知识传播的存在形态，构成了"十七年"时期中国科幻两项最明显的特质。

## 三、现代性追求、科技发展诉求与国民心态要求

"现代性"是 20 世纪的关键词之一。无论是业已发展起来的资本主义国家，还是正在进行现代化建设的国家，现代性一词常伴左右。"现代"本身是一个较难定义的时间概念，当技术发展和人类观念为之加持时，现代性便应运而生。现代性是一个极其复杂的综合概念，它包含理性、人的价值以及技术和思想上的革新。诚如福柯所言，现代性是一种态度："所谓态度，我指的是与当代现实相联系的模式；一种由特定人民所做的志愿的选择；这是一种思想和感觉的方式，也就是一种行为和举止的方式，在同一个和相同的时刻，这种方式标志着一种归属的关系

并把它表述为一种任务。"①

对于 20 世纪中叶的中国而言,国家刚刚结束了连年的战乱,国力贫弱,百废待兴,要达成完全的现代性任务显然是不切实际的。"从传统社会进入现代社会的动力是工业化。工业革命是真正对传统结构与生产组织产生挑战的主角。现代社会与传统社会的区别之一是:前者的基调是工业的,后者的主调是农业的,工业化在某一意义上说即是经济的现代化。"②因此现代性在新中国初期被直接地表达为利用科学技术,使得农业、工业、城市化的进程快速迈进,从而摆脱贫穷落后的状况。

1949 年,具有临时宪法性质的《共同纲领》明确提出:"努力发展自然科学,以服务于工业、农业和国防建设。奖励科学的发现和发明,普及科学知识。"这就将科普事业提升到了宪法的高度,使之成为了全民的时代使命。1950 年 8 月,中华全国科学技术普及协会成立,科普事业的推动有了专业性的组织。对科技的一片热忱在 1956 年"向科学进军"的口号中达到高潮,除了科学著作的出版、科幻小说的推进,全国中小学教材中还出现了专门的科学实验读本,并且这一现象在"文化大革命"期间都得以保留。③

尽管在"十七年"时期我国取得了人工合成牛胰岛素、成功试爆第一颗原子弹等巨大的科技进步,但是这些高端的科学技术离普通人民的生

_____

① [法]米歇尔·福柯:《何为启蒙》,430 页,见汪晖:《文化与公共性》,北京,生活·读书·新知三联书店,1998。

② 金耀基:《从传统到现代》,98 页,北京,中国人民大学出版社,1999。

③ "文化大革命"时期仍有为中学生介绍各类科技知识,并辅以详细插图说明的课外活动读本。见上海人民出版社编:《中学生科技活动资料》(第 3 辑),上海,上海人民出版社,1974。

活尚有一段距离。这一时期我国文盲率较高，"建国初期，90％的人口分布在农村，全国 5.5 亿人口中，文盲率高达 70％。"[①]人民的基础科学水平亟待提高。也因如此，我国拥有专业素养的科研人才资源匮乏，所以对科技后备力量的极大需求自然就转换成了开展科学教育和科学普及工作的极大动力。一板一眼的科学解说作品不仅难以理解，并且容易令读者失去兴趣，而科幻作品恰好可以规避这些短板。在"十七年"的科幻作品中，追求现代性与技术突破的内容随处可见。

此外，现代性诉求还表现在对人民精神面貌的改造上，这是比改造物质基础更进一步的措施。在"十七年"时期的中国科幻作品中，具体表现为对迷信的破除和对社会主义建设光明未来的憧憬这两个方面。如薛殿会有言："我写这本东西，就是试图在这些方面作为反迷信工作的一个分子，尽一点力。"[②]虽然唯科学主义并不能带来真正意义上的全民科学素养提高，并且还容易陷入盲目乐观的科技幻象之中，但有一幅技术未来的图景总要好过困顿的技术现实处境，因为"从整体上把握社会现象的努力，在获得一种远距离的完整视野的愿望中，有着最典型的表现"[③]。这种远望，在"十七年"时期的科幻小说中直接体现为对未来科技乌托邦的全景式描绘。

当然，"十七年"时期科幻文学中追求现代性与渴求科技发展同时也是对社会主义初期级阶段改造、建设事业的直接反馈，同时涉及不同阶

---

① 郝和国：《新中国扫除文盲运动》，载《党的文献》，2001(2)。

② 薛殿会：《宇宙旅行》，1 页，北京，生活·读书·新知三联书店，1951。

③ ［英］弗里德里希·A. 哈耶克：《科学的反革命——理性滥用之研究》，冯克利译，57 页，南京，译林出版社，2012。

层在巨变的社会氛围中心态的转换与起落。

在"过渡时期"的第一阶段（1949—1952），中国的首要任务是恢复国民经济并初步发展，在百废待兴的新中国初期，一切都是在探索中前进，因而科幻文学作为文艺领域的分支，同样处于草创、摸索的阶段。在"过渡时期"的第二阶段（1953—1956），中国此时的总路线发展为"一化三改"，即达成社会主义工业化建设与逐步完成国家对农业、手工业和资本主义工商业的社会主义改造。此时的科幻文学也在技术加持下逐渐发展，并摸索出一条颇具中国特色的，带有现代工业化情怀与宇宙探索情怀的创作道路。

在第一个五年计划完成时，中国已经形成了高度集中的计划经济体制，在各行业都取得了突破性的进展。工业方面，"1957 年工业总产值比 1952 年增长 128.3％，平均每年递增 18％……钢产量平均每年增长 31％，电力平均每年增长 21％，煤平均每年增长 14％，石油平均每年增长 27％……"①农业方面，"1957 年农业总产值比 1952 年增长 25％，平均每年增长 4.5％……五年间耕地面积扩大 5867 万亩，全国新增灌溉面积 21810 万亩……造林面积达到 21102 万亩……"②交通运输方面，"到 1957 年，全国铁路通车里程达到 2900 公里，比 1952 年增长 22％……五年内，内河通航里程增加 52％，航空线路长度增加一倍……邮电业务量，1957 年比 1952 年增长 72％……"③文化教育与科学技术方面，"1957 年高等学校已经发展到 229 所……1957 年在校学生数 44.1

①　郭大钧：《中国当代史》，58 页，北京，北京师范大学出版社，2016。
②　同上书，59 页。
③　同上。

万人，比 1952 年增长 1.3 倍……1957 年全国科研机构共 580 多个，研究人员 2.8 万人，比 1952 年增加两倍多。"①五年计划的优秀成果同样也成了科幻小说创作素材来源，对工农业技术，如自动工厂、天气控制、人造卫星、新型材料等题材进行创作的科幻作品日益增多，并且充满了极度自信的强烈情感。

"大跃进"运动的开展首先从农业生产中开始，而后蔓延到工业尤其是重工业方面。这一时段，科幻小说的创作依然多从工农业生产和科研中取材，当然，小说中也无法避免出现浮夸的描述。但是在文本中，工农业以及科技的夸张后果并不会对现实带来破坏性灾难，反而会使人们的生活水平极大提高，整个社会更快地朝着共产主义迈进，这是科幻小说在反思现实后的美好想象。

物质基础条件的变动同样导致社会风气的变化。"社会风气表现了一个国家和民族的价值观念、风俗习惯和精神面貌，它是社会价值取向的集中体现，是社会经济、政治、文化和道德等状况的综合反映，也是社会文明程度的重要标志。"②在历经抗美援朝、"土改""镇反""三反""五反"等事件与运动后，旧社会所遗留的恶习与风气逐渐消除，新的舆论宣传让团结互助、积极上进、拼搏奋斗、爱国爱家等新精神成了社会风气的主流。在"十七年"时期的科幻文学，以及其他任何品类的文学作品之中，对这种社会主义初级阶段全新精神风貌的描述随处可见。

相较于其他的文学形式，"十七年"时期的科幻文学似乎对社会事件

---

① 郭大钧：《中国当代史》，60 页，北京，北京师范大学出版社，2016。

② 于昆：《变迁与重构——新中国成立初期社会心态研究(1949—1956)》，9 页，北京，中国社会科学出版社，2014。

和各行业发展做出了更及时而具体的反映，而不同时段的历史事件、社会运动与社会思潮反过来也为当时的科幻创作提供了素材。纵向的历史发展，突出的重要社会事件，也成了"十七年"时期中国科幻内在的分期节点。相较于其他文学时期，晚清、民国科幻中的科技遐思与未来之梦似乎缺少了现实国力的支持，当今科幻则有了更多的硬件与软件去建构或架空，甚至可以基于现实塑造全新的平行世界。对比之下，"十七年"时期的科幻显得既仰望星空又脚踏实地，反而成为中国科幻史上一段特殊的存在。

## 四、知识分子心态与科幻作者身份认同

作家群落作为知识分子群体的重要组成部分，在"十七年"时期同样经历了政治意识的规劝，并在长时间的思想改造和创作实践中，经历了心态的起伏变化。

新中国成立初期，执政党对知识分子群体进行思想与心态的改造运动一直存在。但是过度的群众批判与"洗澡"过关的运动方式在一定程度上损害了部分知识分子的自尊心。"新中国成立初期知识分子的思想改造运动中知识分子的确需要改造其落后保守的思想，而在实际的过程中混淆了学术与政治的界限，把正常的学术研究视为思想政治问题，用政治批判的方式解决学术研究的问题，这种方式不但不能从思想上彻底地改造旧思想，而且伤害了知识分子的积极性，使得马克思主义思想传播简单化、教条化，马克思主义理论体系从一个开放性、包容性的体系变

成排他性的体系。"①但不可否认的是，"运动的确使一部分知识分子增进了对马克思主义的了解，认知和掌握了新政权的话语模式，为他们逐步接受新政权主流意识形态奠定了一定的基础。"②新中国成立初期，科幻创作尚未形成专门的作家群落，分散的科幻作者归于通俗文学一隅，并且在改造过程中逐步确定了意识形态方面的归附性。"新中国成立后，人民当家作主，通俗文艺家和全国人民一起欢呼新时代，期待更美好的未来，充满信心地走上社会主义文学道路。带着这份欣喜和期待，通俗文艺家积极响应党的号召，自觉听从组织召唤，愿意用自己的写作服务新时代，和共和国一起成长。"③

过渡时期结束后，对知识分子的思想改造基本完成，文学领域的知识分子将主要精力放在了创作之上。主流文学界的知识分子在这一时段主要争论的问题是"现实主义"创作手法与"社会主义现实主义"创作手法的分歧。"现实主义是要写真实，不仅要展现生活中好的方面，也要展现生活中坏的方面。"④而社会主义现实主义的创作手法则要求文学作者在有限的题材范围内，塑造模式化的形象和英雄人物，并不要求作家全面地反映所有生活细节。

① 程冰倩：《新中国成立初期知识分子思想改造运动的历史反思》，载《哈尔滨师范大学社会科学学报》，2017(2)。

② 于昆：《变迁与重构——新中国成立初期社会心态研究(1949-1956)》，264页，北京，中国社会科学出版社，2014。

③ 南志刚：《当代通俗文学的"规范化"管理尝试及其影响》，载《宁波大学学报(人文科学版)》，2018(5)。

④ 周田澍：《建国初期媒介生态与知识分子精神形态研究(1949年—1967年)》，硕士学位论文，山西大学，2016.

　　这样的争论波及了科幻文学创作,部分学者认为科幻完全是对"两结合"创作手法曲解后的产物。如果从想象力的逻辑出发,"十七年"时期的中国科幻不应该受到抨击,但是反对的声音使用了另外的逻辑线索。"幻想"之所以会被怀疑不在社会主义浪漫主义之列,是因为这里的"浪漫主义"被阐释为昂扬的革命热情和远大的革命理想。革命是人民群众的崇高事业,必须是脚踏实地、实事求是的,而科幻中那些暂时无法实现的"想象",岂非对革命事业的亵渎。王西彦曾有言:"照我的理解,两结合的创作方法,应该是要求作家正确理解现实和理想的关系,绝不是鼓励我们撇开现实去驰骋幻想。"①但是科幻毕竟成了存在的文学现实,结合之前科普工作的实际,"十七年"时代话语中的另一条线索清晰可见:幻想是有年龄限制且分阶段的。

　　国家鼓励青少年幻想是因为其还不具备指向性的知识和技能,而人一旦成年拥有了专业技能,则需要去到对应的岗位上进行实践,而不是空泛地幻想未来。也正是在这样的逻辑下,"十七年"时期的科幻作者创作出了较多儿童化倾向的科幻小说。"十七年"时期的科幻小说更像是描绘了一种"大男孩的未来花园":"大男孩正在成长之中,所以关注时间。对于未来,他们丝毫没有耐心等待。于是科幻小说以时间为中心,展开了一系列通向未来的冒险。"②

　　时间来到 20 世纪 60 年代,国家给予了知识分子群体更多的自由。1962 年 3 月 2 日,周恩来在广州召开的全国科学、戏剧创作会议上指

---

① 王西彦:《有关茹志鹃作品的几个问题——在一个座谈会上的发言》,载《文艺报》,1961(7)。

② 吴岩:《科幻文学论纲》,104 页,重庆,重庆出版社,2011。

出，自新中国成立以来，大部分知识分子都有了极大的进步与转变，认为我国知识分子中的绝大多数已经属于劳动人民的知识分子。3 月 28 日，"周恩来在二届全国人大三次会议上的《政府工作报告》中再次明确宣布：我国知识分子是属于劳动人民的知识分子。"①在对文艺工作者的态度上，"周恩来鼓励他们积极进行艺术创作，欢迎他们通过多种多样的文艺形式为人民服务，支持他们创作出民众喜闻乐见的文艺作品，努力为他们营造宽松的创作环境，反对'套框子、抓辫子、挖根子、戴帽子和打棍子'"②。而对于进行科研工作的知识分子，国家也提供了更为宽松的外围环境，并且形成了"应该在社会中营造一个尊重知识，尊重人才，崇尚科学的氛围"③。尽管国家给予知识分子的限制越来越少，给予的有利条件越来越多，但是这一时期，作为通俗作家的科幻写作者，反而是被主体知识分子群落隔离在外。

由此观之，"十七年"时期中国科幻小说作者存在极大的身份认同问题，随着国家对知识分子问题态度的转变，主体知识分子群落的生存环境不断改善，而作为通俗作家的科幻作者反而经历了一场下降式的身份缺位，从最初的一腔热情，到创作方法被批判，再到被主流知识分子排斥，这个过程，足以说明"十七年"时期科幻作者身份的摇摆性。"十七年"时期中国科幻作家的创作行为更像是葛兰西所言的"有机知识分子"，

---

① 郭大钧：《中国当代史》，118 页，北京，北京师范大学出版社，2016。

② 王子骄：《新中国成立以来周恩来的知识分子思想》，载《黑龙江省社会主义学院学报》，2018(1)。

③ 洪冰冰：《建国早期科技人才政策研究(1949—1966)》，硕士学位论文，安徽医科大学，2011。

他们"是无产阶级夺取市民社会文化领导权的主体"①，试图从更广大的读者群入手宣扬文本思想，从而达成作为知识分子的社会价值。

## 五、幻想传统的当代流变

单一的外部学习渠道，过度模式化的创作方式，以及充斥文本中的科普笔法，使得"十七年"时期的科幻被诟病为与中国科幻传统脉络完全脱节。但实际上，这是一个较为武断的看法。"十七年"时期中国科幻所出现的断裂情况更符合"藕断丝连"的特征，"藕断"指的是创作方法和文本表达方式与该时期前后的差异，"丝连"则指传统想象力的这一渊源未曾中断。

政权的更迭使得文学创作的队伍也随之改变，民国时期大批的通俗文学作家失去创作权利，在进入作协和作品出版方面都受到了较大的限制，因而他们中的很多人纷纷放弃文学创作。而文艺政策的变化则要求新中国的文学要以社会主义现实主义为基础，对文学创作的类型和题材都有严格的规范和限制。既然破除迷信与进行科普相辅相成，晚清科幻中诸多灵魂出游、带有"怪力乱神"的情节必然不能够在"十七年"时期的中国科幻中出现。然而从近现代的梁启超、周树人处便想通过小说唤醒民智，导以进行的目的论似乎在"十七年"得到了极大化的发展，即科幻成了科普事业中的重要方面。

"幻想"作为科幻文学的特征在"十七年"时期被扣上了曲解社会主义

---

① 刘丹凤、吕青：《从葛兰西有机知识分子理论探析中国知识分子的作用》，载《法制博览》，2018(32)。

浪漫主义的帽子而受到抨击。但即便在如此严苛的文化氛围中,"幻想"依旧站住了脚跟,究其原因,是因为"幻想"的本质是"想象力"。再写实的文学作品,都需要想象力的加持。换言之,文学创作是离不开想象力的。从上古神话到历朝历代的志怪传奇,中国文学的想象力源流不必赘言。"古代神话是一种想象,现代科幻也是一种幻想。"[①]但囿于"十七年"时期特殊的政治、文化环境,传统想象力所幻化的形象和情节不能出现,但目睹足球般大小的番茄、飞车穿行的城市,在当时的震撼程度也不亚于仰望展翅千里的鲲鹏和初见桃花源时的惊喜。一切都是想象力引导下创作者对当时社会状况的拟换表达,只不过在"十七年"时期这种表达被替换为了对社会主义未来发展前景的展望。所以"十七年"时期的中国科幻更像是一种寻求替代世界的尝试,在想象力的助推下,故事中的一切已经滑向了未来。

即便在"文化大革命"时期,我们也可以从一些出版物中窥见想象力与科技是如何在儿童身上保持活力的。《十万个为什么》一直再版[②],《看云识天气》[③]《科学小实验》[④]《煤的故事》[⑤]《中学生科技课本》[⑥]等介绍身边科技知识的读本也有出版。当然还出版了一些对天文学知识进行普

---

① 饶忠华:《中国科幻小说大全》(上),7页,北京,海洋出版社,1982。

② 《十万个为什么》在"文化大革命"期间多次修订、扩展,于1966、1970、1971、1972、1973年均有新版本推出。参见汪耀华:《"文革"时期上海图书出版总目(1966—1976)》,上海,上海辞书出版社,2014。

③ 李叔庭:《看云识天气》,上海,上海科学技术出版社,1968。

④ 《科学小实验》编写小组:《科学小实验》,上海,上海人民出版社,1971。

⑤ 朱志尧编、张之凡绘图:《煤的故事》,北京,少年儿童出版社,1966。

⑥ 上海市中小学教材编写组编:《中学生科技课本》,上海,上海人民出版社,1974。

及的作品,如《天体、地球、生命和人类的起源》①《宇宙发展史概论》②等。饶忠华的一个论断道出了幻想传统的流变特质:"有些同志认为我国科幻小说源出国外,这种看法值得商榷。人类从诞生时起,大脑就具有了想象和幻想的功能。从这个意义上来说,每一个国家都有自己的科学幻想发展史,在各自的科学和文化作品中,或多或少都能发现带有科学幻想成分的文字记载。"③

由此观之,"十七年"时期的中国科幻所呈现的孤岛特质其实是一种表象,承前启后仍然有想象力的暗流汇聚。而"十七年"时期中国科幻小说的呈现形态,现在看来也许略显粗糙和煽情,但在当时的文化背景和社会逻辑下,这已经是较为完善且安全的中国科幻形态。

综合而言,"十七年"时期中国科幻文学的发生背景是纷繁复杂的。囿于特殊的军事、历史条件,"十七年"时期的科幻小说在译介起步、学习模仿以及国际推广方面都显得过于单一。就内部而言,文艺政策的快速变化与知识分子心态的起落发展共同决定了"十七年"时期科幻作家的创作态度与预期目标,各个历史节点事件中所体现出的现代性追求、科技诉求与民众心态共同决定了"十七年"科幻的文本内容与抒情主旨,幻想传统的当代流变结合新中国早期读者市场的需求,确立了以青少年为读者主体的期待阅读对象。也正是因为各项背景因素的加持,"十七年"

---

① 上海人民出版社编:《天体、地球、生命和人类的起源》,上海,上海人民出版社,1972。

② [德]康德:《宇宙发展史概论》,上海外国自然科学哲学著作编译组译,上海,上海人民出版社,1972。

③ 饶忠华:《建国后第一本科幻小说》,载《文汇报》,1981-11-23。

时期的中国科幻最终呈现出异于中国科幻其他时段与其他国家科幻的整体状况与特殊性质。

## 第二节　"十七年"时期中国科幻小说的整体形态

### 一、数量与篇幅

　　根据笔者对现有资料所进行的不完全统计，"十七年"时期中国科幻作品的总数量约为 98 部[①]。这一数量略低于"十七年"时期译介科幻小说的总量——"1949 年至 1966 年总共译介国外科幻小说 100 篇（种）"[②]。相较于"十七年"时期出版的长篇小说单行本数量，科幻一隅的数据不足其三分之一——"1950—1966 年这十七年间，我国共出版长篇小说单行本 383 种。"[③]而如果与"十七年"时期发表、出版的小说总数进行比对，科幻小说所占的份额就更小了。相对较少的作品数量在一定程度上反映出"十七年"时期中国科幻在文学史中的边缘地位，也反映出当时科幻较为单一的发表渠道。但值得注意的是，尽管总量不算太多，但相较于其他通俗文类，科幻小说在"十七年"时期的发展情况可以说是独树一帜。

　　在这些本土作品中，长篇小说仅 2 部，即张然的《梦游太阳系》

----

[①]　注：详情请见论文附录《"十七年"时期中国本土科幻小说简目》。

[②]　罗能：《1949 年至 1966 年中国大陆外国科幻的译介及影响分析》，见吴岩主编：《中国科幻研究》（内部资料），2011（2）。

[③]　汪耀华：《"十七年"到底出版了多少长篇小说？》，载《新华书目报》，2017-03-09。

(1950)和薛殿会的《宇宙旅行》(1951)，其余的作品均为中短篇科幻小说。造成这种情况的原因与“十七年”时期科幻小说的发表渠道与出版阵地有关。

## 二、发表渠道与出版阵地

“十七年”时期中国科幻小说的发表主阵地为青少年杂志，其主要有《儿童时代》《少年文艺》《中国少年报》《少年文艺》《科学画报》《中学生》《中国青年》《新少年报》《中国青年报》《儿童文学》等刊物。这些刊物的总部多位于北京或上海。

除期刊发表渠道外，“十七年”时期部分优秀的科幻小说还被集结出版，其中既有多人作品合集，也有个人作品合集，还有单篇小说的单行本。

代表性的多人科幻小说合集有《割掉鼻子的大象》(迟叔昌、于止等，中国少年儿童出版社，1956)、《3 号游泳选手的秘密》(迟叔昌、王汶等，中国少年儿童出版社，1956)、《五万年以前的客人》(郑文光、于止、郭以实、萧建亨等，少年儿童出版社，1962)、《布克的奇遇》(萧建亨、李永铮等，中国少年儿童出版社，1962)、《失去的记忆》(刘兴诗、一帜等，少年儿童出版社，1963)等。

代表性的单人科幻小说合集有《太阳探险记》(郑文光，少年儿童出版社，1955)、《活孙悟空》(赵世洲，中国少年儿童出版社，1958)、《奇妙的刀》(鲁克，湖南人民出版社，1963)、《神秘的小坦克》(嵇鸿，江苏人民出版社，1963)、《黑龙号失踪》(王国忠，少年儿童出版社，1963)、《大鲸牧场》(迟叔昌，中国少年儿童出版社，1963)、《奇异的机器狗》

（萧建亨，江苏人民出版社，1965）等。

代表性的单篇小说单行本有《梦游太阳系》（张然，天津知识书店，1950）、《宇宙旅行》（薛殿会，生活·读书·新知三联书店，1951）、《到月亮上去》（鲁克，山东人民出版社，1956）、《到人造月亮去》（于止，中国少年儿童出版社，1956）、《小路路游历太阳系》（崔行健，山西人民出版社，1956）、《到火星上去》（徐青山，浙江人民出版社，1957）、《旅行在 1979 年的海陆空》（迟叔昌，少年儿童出版社，1957）、《史前世界旅行记》（徐青山，江苏文艺出版社，1958）、《孙悟空大闹原子世界》（郭以实，少年儿童出版社，1958）、《假日的奇遇》（严远闻，少年儿童出版社，1958）、《科学世界旅行记》（郭以实，中国少年儿童出版社，1959）等。

"十七年"时期中国科幻小说的出版地以北京和上海为主，部分省份的出版社也零星地出版过科幻小说作品。其中，中国少年儿童出版社（北京）在"十七年"间出版了科幻小说单行本合计约 6 部，少年儿童出版社（上海）在"十七年"间出版了科幻小说单行本合计约 7 部。部分地方出版社在"十七年"间基本上只出版过一两部科幻小说，如《梦游太阳系》（天津知识书店，1950）、《到月亮上去》（山东人民出版社，1956）、《小路路游历太阳系》（山西人民出版社，1956）、《到火星上去》（浙江人民出版社，1957）、《史前世界旅行记》（江苏文艺出版社，1957）、《神秘的小坦克》（江苏人民出版社，1963）、《奇妙的刀》（湖南人民出版社，1963）、《奇异的机器狗》（江苏人民出版社，1965）等。

由此观之，无论是期刊发表还是单行本印行，"十七年"时期的中国科幻小说活跃阵地主要集中于北京和上海两地，这与新中国初期的社会生产力有关，也与两地的文化、教育事业的发展有关。总体而言，"十七年"时期的中国科幻小说阵营主要集中在以北京、上海为主的政治、经济、文化中心，并且在部分经济发展较好的省份也有科幻出版活动发生。这与当前中国科幻出版与发表的多极化情况不同，当前中国科幻除北京、上海外，还有成都、深圳、重庆、西安、杭州、天津、太原、南京等多个活跃地点，这与当前中国综合实力的发展与民众对科幻的接受程度关系密切。两相对比之下，可见"十七年"时期中国科幻发展面临着诸多硬件上的困难。

## 三、内部的四段分期

结合国家的发展情况、节点事件与文艺路线的转换，考虑到科幻小说的发表数量、写作模式、热门题材与读者受众等因素的变化，"十七年"时期的科幻小说从内部可以细分为四个循序渐进的阶段。

第一阶段是 1949 年至 1953 年，此阶段为"十七年"科幻的草创探索期，具体的阶段特征主要有以下几点。

首先，这一时段中国科幻作品的数量稀少。"十七年"时期仅有的两部长篇科幻小说均出于这一时段，它们分别是张然的《梦游太阳系》(1950)和薛殿会的《宇宙旅行》(1951)。

其次，这一时段的小说故事性不强，并且小说中仍然存在一些不符合科学逻辑的描述。例如，在《梦游太阳系》的开篇，主人公静儿的太空之旅从月球开始，而他去往月球的方式却是类似于孙悟空翻筋斗云的方法：

真见鬼,说什么来什么,就像做梦一样,他的衣裳没了,身上长满了毛。自己暗想,这大约变成孙猴子,不妨向月亮翻两个跟头看看。一阵风就离开了地球,回转头来,自己的家都找不着了,只见一个很大很大的圆球,像是地球仪,事实上这就是我们住的大地球,因为静儿已经离开它很远,所以看起来很小了。[①]

这种晚清科幻中惯用的梦游与变身手法对于新中国初期创作经验缺乏的科幻作者来说,不失为一种合理的借鉴。但是这种借鉴所带来的直接影响是当代部分学者认为这样的作品更偏向童话而非小说,留下了一些可供探讨的定义问题。

最后,这一时段的科幻小说作者并非专业作家,他们之前也没有从事过系统的科普工作。由于民国通俗小说作家群的集体失语,新中国成立之初的通俗科幻作者人数寥寥,并且缺乏创作科幻作品的专业经验。他们当中的大部分人都是身在一线的教育工作者,完全凭着一腔热情为孩子们写书进行知识普及和扫除迷信的工作。例如,薛殿会在《宇宙旅行》一书的前言中说道:

但是迷信意识不是在一天早晨就可以除掉的。从前面的调查,我联想到许多迷信都是和"天"有关的,缺乏关于"天"的知识,往往是一些迷信意识不容易破除的根源。我写这本东西,就是试图在这些方面作为反迷信工作的一个分子,尽一点力。因为我是搞学校教

---

① 张然:《梦游太阳系》,5页,天津,知识书店,1950。

育工作的，对儿童生活是比较其他方面熟悉一点，就确定以少年儿童为对象。[1]

薛殿会的阐释，既说明了新中国初期科幻小说破除迷信的科普目的，也道出了文本儿童化倾向的一个原因是与作者自身工作经验相关。也正是因为这一时段科幻作者创作经验的匮乏，尽管这两部小说的篇幅颇长，但是小说缺乏必要的矛盾，人物也显出一种功能性串场的作用，因而整部小说读来更像是介绍知识的平铺直述的游记，而非生动活泼的科幻故事。

第二阶段是 1954 年到 1957 年，此阶段为"十七年"科幻的规范发展期，具体的阶段特征主要有以下几点。

首先，科幻小说的发表、出版数量在这几年中有了明显的提升。1954 年至 1957 年，本土科幻小说问世数量约为 26 部，是前一时段总量的 13 倍。

其次，这一时段中国开始出现拥有专业知识和大量科普经验的科幻作家。1955 年 2 月，郑文光在《中国少年报》上发表了《从地球到火星》，这是新中国真正意义上的第一篇短篇科幻小说，它的出现立即激发了读者的兴趣，甚至还在北京地区引发了观测火星的热潮。郑文光在 1956 年发表的《黑宝石》和 1957 年发表的《火星建设者》同样大获成功。在郑文光的带动和鼓励下，一批具有高度社会责任和专业知识的作家开始从事科幻文学创作，如于止、迟叔昌、饶忠华、鲁克、赵世洲等人均在这

---

[1] 薛殿会：《宇宙旅行》，2 页，北京，读书·生活·新知三联书店，1951。

一时段写出了较为规范的科幻作品。当然，囿于之前科幻文学发展"藕断丝连"的情况，此时的科幻作家仍然只能依靠自己去摸索科幻小说的创作经验，并不断地运用于自己的写作之中。因此，实验性质的写作同样导致这一时段的很多作品尽管有了较为开阔的场景和想象，但在故事架构、叙事节奏、人物塑造等方面还存在较为生硬的问题。

再次，这一时段我国逐步完成第一个五年计划，新中国工业化路径基本走上正轨，加之在向苏联学习的过程中，冷战时期美苏太空军备竞赛所带来的思维冲击，这个阶段的中国科幻小说绝大部分都是太空探索题材。当然，得益于作家过硬的知识水平，这一时期的太空探索科幻小说相较于前一阶段更加遵循科学逻辑，并在字里行间体现出一种"太空歌剧"般的庄严与浪漫。代表性的作品有于止的《到人造月亮去》(1956)、杨子江的《火星第一探险队的来电》(1956)、饶忠华的《空中旅行记》(1956)、崔行健的《小路路游历太阳系》(1956)、杨志汉的《到太阳附近去探险》(1956)、鲁克的《到月亮上去》(1956)、徐青山的《到火星上去》(1957)等。郑文光在这一时段也还有《太阳探险记》《飞上天去的小猴子》等作品问世。除去对太阳、月球、火星、人造卫星、外层空间等场景进行想象外，有的科幻作家还设想了未来不同空间的交通方式及其给人们的生活所带来的新变，代表作有饶忠华的《空中旅行记》(1956)、丁江的《地心列车》(1957)、迟叔昌的《旅行在1979年的海陆空》(1957)以及赵世洲的《飞椅》(1957)等。

最后，在这一时段，中国科幻小说中的"发明创造类"小说也在部分科幻作家的尝试下崭露头角。这类小说多通过参观、讲解的过程进行叙事，主要向读者告知新发明的特点、科技细节以及其为生活带来的变化,这是这类科幻小说的新奇之处。但这类小说的缺点是人物过于干瘪,几乎沦为展示科技发明的配角,而对新技术的过分颂扬,有时也让小说显得较为夸张。此类科幻小说中水平较高的作品有于止的《没头脑和电脑的故事》(1956)、迟叔昌的《割掉鼻子的大象》(1956)、迟叔昌的《3 号游泳选手的秘密》(1956)等。

1954—1957 年,中国科幻从近乎白手起家的状态逐渐走向规范发展,出现了一批艺术水准较高的作家作品,不过受制于思维模式的创作套路让这一时段的部分作品以当今视角读来仍觉乏善可陈。

第三阶段是 1958 年至 1961 年,此阶段为"十七年"科幻的多元发展期,具体的阶段特征主要有以下几点。

首先,这一时段的科幻作品数量与前一阶段几乎持平,约为 24 部。

其次,在这一时段中,太空探险题材的科幻小说逐渐退出舞台,发明创造类的科幻小说逐渐成为主流。四年间,太空探索题材的科幻小说仅有王国忠的《迷雾下的世界——金星探险记》(1960)和《火星探险记》(1961)两篇。太空探索的缺失并不代表科幻作家眼界的狭窄,有很多科幻作家在这一时段描写了存有更多可能的"空间",如徐青山的《史前世界旅行记》(1958)、郭以实的《孙悟空大闹原子世界》(1958)、王国忠的《在海底里》(1959)、郭以实的《科学世界旅行记》(1959)等。在发明创造题材的科幻小说中,这一时段也出现了较多的优秀作品,它们相较于前一时段的发明创造类科幻小说,具有更严谨的科学推理,更精细的情节架构和描述,代表作有赵世洲的《我亲眼看见了》(1958)、《不公开的展览》(1958)、《会说话的信》(1958),陶本芳的《气候公司的故事》(1959),萧建亨的《奇异的旅客》(1960)、《钓鱼爱好者的唱片》(1960)、刘兴诗的

《地下水电站》(1961)、嵇鸿的《摩托车的秘密》(1961)、鲁克的《奇妙的刀》(1963)等。

再次,这一时段中国大地上开展了如火如荼的"大跃进"运动,但是牺牲农业换取工业化突飞猛进的举措超出了当时的生产力水平,加之全国浮夸风盛行,最终导致了全国性的粮食和副食品短缺危机,即"三年困难时期"。这一时段的科幻作家意识到了社会现状,通过一种更巧妙的描写方式,表达了改变农业现状的诉求,表达了对农业美好未来的期待。笔者在此更愿称其为"农业夸张化"题材的科幻小说,其代表作品有严远闻《假日的奇遇》(1958)、迟叔昌的《庄稼金字塔》(1958)、鲁克的《海底鱼厂》(1960)、王国忠的《海洋渔场》(1961)、迟叔昌的《大鲸牧场》(1961)等。这类科幻小说的特点是,通过先进的科学技术达到作物或畜牧产品个体的巨大化或者总体的巨量化,从而一举解决人民所面临的粮食问题。虽然这类科幻小说以当今眼光审视仍觉浮夸不实,但在当时不失为科幻作家一种理想中的解决方式和对忧思的移情。当然,"农业夸张化"题材的科幻小说并不是首发于这一时段,在1956年,迟叔昌就写出了《割掉鼻子的大象》一文,为这类科幻小说奠定了叙述范式。只是到了1958—1961年这个阶段,现实的困顿让更多的科幻作家使用这种方法表达所想所感。

最后,立足于当前的科幻批评视野常常认为"大跃进"运动对当时的科幻小说创作产生了阻滞作用,而实际上,这一时段广大人民群众的想象力超过了科幻,"大跃进"时期的社会情绪是积极向上的,这从当时的社会活动与期刊内容中可见一斑。从这个意义上说,"大跃进"运动对当时的中国科幻是一种好的推动,它为科幻创作提供了广阔的想象力土

壤。当然，这一时期的科幻作家其实是用符合逻辑的科技推演去对过分
蓬勃的想象力进行了规劝与约束，使得夸张化的想象场景也有据可循，
同时也使得这一时段的中国科幻小说呈现出阶段二分的状态：第一段表
现为题材转向与想象力暴涨；第二段表现为想象力约束与整顿。

由此观之，这一时段的中国科幻跳出了较为单一的太空探索题材，
在更加成熟的叙事技巧与社会观察下，逐步开拓了更为多元的描写空间
和演绎题材，新中国的科幻开始朝着更为规范、更为多样化的道路
迈进。

第四阶段是 1962 年至 1966 年，此阶段为"十七年"科幻的蓬勃发展
期，具体的阶段特征主要有以下几点。

首先，这一时段的中国科幻作品数量较多，共约 44 部。除了之前
时段科幻作家的持续创作外，还有一批新的科幻小说作者崭露头角。

其次，除了之前时段所写题材外，这一时段还新增了对工业技术发
明的描写，如王天宝的《白钢》(1962)、王国忠的《神桥》(1962)、林彬的
《你喜欢这杆猎枪吗》(1962)、迟叔昌的《起死回生的手杖》(1963)、萧建
亨《奇异的机器狗》(1965)等。

最后，这一时段的科幻作家创作视野更加开阔，他们主动将科幻创
作与考古、气象、军事、生物医疗等学科领域进行结合，创作出了一些
较为独特的科幻小说，如刘兴诗的《北方的云》(1962)、童恩正的《失去
的记忆》(1962)、王国忠的《黑龙号失踪》(1963)、迟叔昌的《冻虾和冻
人》(1963)、嵇鸿的《神秘的小坦克》(1963)、蔡景峰与赵世洲的《大脑广
播电台》(1963)等。

1966 年以后，由于"文化大革命"的开展，处于勃发期的新中国科

幻创作被迫停止。尽管科幻思维在"文化大革命"十年中仍有延续,但囿于特殊的历史条件,"文化大革命"期间科幻文学创作几近匿迹。而当新时期中国科幻再度复苏之时,"十七年"时期的创作经验和写作尝试在新的社会条件下显得过于陈旧呆板,加之隔着十年断层,很多回溯性的目光被折射或阻挡,最终再难形成对"十七年"时期中国科幻的客观评判。

## 四、主要题材类型与主旨思想

在"十七年"时期的中国科幻小说中,所写题材都与当时的科技热点或者社会热点话题紧密相连,科幻成为承载科技想象与抒发未来情绪的良好载体。通过对"十七年"时期科幻小说题材类型与主旨思想的分析,可以初步窥探这一时期的科技热点和国民心态。前文在内部分期梳理时对题材略有提及,本小节笔者拟对全时期各类型的科幻小说做一初步区分。

"十七年"时期中国科幻的一个重要题材类型就是太空探索。太空探索题材的科幻小说内部又有不同的种类,其主要的种类有系外探索、太阳系探索、系内具体星球探索、外层空间探索等内容。

系外探索在这一时期的科幻小说中更像是平铺直述的知识介绍和场景展示,并没有形成太空歌剧般的世界观和宇宙设定,概言之,就是故事性欠佳,如薛殿会的《宇宙旅行》(1951)。太阳系探索题材的科幻小说内容与宇宙探索相似,也缺乏必要的故事情节和生动的人物,叙事逻辑多为从一个星球到另一个星球的奇观介绍,目的是给少年儿童全景式地展现天文知识,如张然的《梦游太阳系》(1950)、崔行健的《小路路游历太阳系》(1956)。

而一部分对单独星球进行描写的科幻小说则显得故事性较强，一般都是有冒险精神的青少年，在知识丰富的老师或科学家的指导下，参观或进行了星际探险，在一次次的奇景和事件中给读者带去天文知识。"十七年"时期科幻作家关注的主要星球有太阳、月亮与火星，如郑文光的《从地球到火星》（1955）、《征服月亮的人们》（1955）、《太阳探险记》（1955），杨子江的《火星第一探险队的来电》（1956）、杨志汉的《到太阳附近去探险》（1956）、鲁克的《到月亮上去》（1956）、郑文光的《火星建设者》（1957）、徐青山的《到火星上去》（1957）、王国忠的《火星探险记》（1961）等。

当然，对地球外层空间的探索也是"十七年"时期中国科幻的重要题材之一。在这类小说中，最主要的描写对象是人造空间站，空间站在小说中很多时候被称为"人造月亮"或"第二个月亮"，代表作品是郑文光的《第二个月亮》（1954）和于止的《到人造月亮去》（1956）。

太空探索题材的科幻小说创作数量颇多，除了与冷战时期受美苏太空军备竞赛影响外，还与新中国成立初期的航天事业发展有着较为密切的关系。世界航天领域的竞争始于1957年。1957年夏，苏联率先发射世界上第一颗洲际导弹，同年十月，苏联发射了世界上第一颗人造卫星。在苏联试射洲际导弹的四个月后，美国也发射了自己的洲际导弹，并且于1958年1月将"探险者1号"卫星送入太空。位于两个超级大国之间的社会主义新生中国在这一时段也意识到了进行太空探索是通往科技未来和东方强国的必由之路，因此也在航空航天事业上做出了详尽的规划。"1956年中国把开发火箭技术纳入国家12年科学发展规划，这年10月8日，成立了中国第一个火箭（导弹）研究机构——国防部第五研究院,钱学森任院长。10月17日,毛泽东批准了聂荣臻元帅提出的中国火箭研制要采取自力更生为主,力争外援为辅,充分利用资本主义国家和科学成果的方针。"①运载火箭是太空探索的交通基础,因此它也成为当时中国发展太空事业的重中之重。

而太空事业发展的另一个关键技术即为人造卫星。"人造地球卫星,是航天技术的重要标志。在第三届全国人大会议上,中国科学院著名科学家赵九章给周总理写信,提出导弹打靶与发射人造卫星相结合,并建议在国庆20周年时发射人造卫星。周总理十分重视科学家的建议,要聂荣臻提出方案。聂帅让张爱萍召开专家座谈会,起草了《关于人造卫星方案的报告》,得到'中央专门委员会'的批准,第一颗人造卫星争取在1970年左右发射……1965年初,邓小平和李富春视察酒泉卫星发射基地。"②党和国家领导人对太空事业的重视鼓舞了一大批科研工作者积极投身航天工作,而这一时期的科幻作家有些从事了大量的科普工作,他们对国家太空政策的积极响应是将之转化成科幻小说,并描绘可见未来中国航天事业的世界领先水平。从这个意义上说,"十七年"时期的中国科幻是与前沿科技紧密结合的文学表现形式。

发明创造类科幻小说的出现是伴随着中国工业化、城市化进程而产生的,并且暗含着政策新变与阶段发展特殊性的逻辑。"新中国的国家工业化体制和科技进步路径选择可以被概括为'工业化阶段相关假说'。这个假说的基本含义是,中国工业化进程和科技进步进程中的体制选

---

① 周林:《新中国航天事业的回顾与思考》,载《军事历史》,2000(3)。

② 同上。

择，受制于中国工业化的阶段，在工业化启动时期、工业化加速时期、工业化巅峰时期与完成时期这三个大的时期中，国家工业化的体制选择有重大区别，出现一种由国家主导型向市场主导型渐变的历史大趋势。"①"十七年"时期我国的工业化运动虽然如火如荼，但是就阶段性而言，还是从启动时期向加速时期迈进，因而工业化的主导力量还是国家。所以在这一时期的科幻小说中，人物和技术发明背后还有一个更高的存在即为国家，并且所有技术的发明创造都是以国家的名义进行的，所出成果最终也要归于国家，造福人民。符合这类特质的小说有迟叔昌《3号游泳选手的秘密》（1956）、赵世洲《活孙悟空——一个少年的日记》（1957）、郭以实的《科学世界旅行记》（1959）、萧建亨《钓鱼爱好者的唱片》（1960）、王国忠的《神桥》（1962）等。

如果将眼光放得长远，"1952—1978年实际GDP仍实现了年均6.1%的增长，不仅构建了完整的工业体系和国民经济体系，而且在化学工业、机械制造业、半导体工业、国防工业、航空航天业等诸多方面取得了长足的进步，农业和轻工业也取得了不俗的成绩。尽管成绩显著，但在主流经济学家看来，重工业优先发展战略导致价格扭曲，资源配置效率低下，是不可取的。"②值得注意的是，"十七年"时期的发明创造类科幻小说中，以重工业为题材的作品较少，如王天宝的《白钢》（1962）等即是为数不多的此类作品。但与日常生活息息相关的轻工业创

---

① 王曙光、王丹莉：《科技进步的举国体制及其转型：新中国工业史的启示》，载《经济研究参考》，2018(5)。

② 邓宏图、徐宝亮、邹洋：《中国工业化的经济逻辑：从重工业优先到比较优势战略》，载《经济研究》，2018(11)。

造发明类科幻小说数量颇多，如赵世洲《会说话的信》(1958)、鲁克《奇妙的刀》(1960)、李永铮的《魔棍》(1962)、迟叔昌《起死回生的手杖》(1963)、嵇鸿《老医生的帽子》(1963)、萧建亨《奇异的机器狗》(1963)与《铁鼻子的秘密》(1963)等。由此观之，轻工业的发明创造类科幻小说更贴近生活，更容易建构场景与人物，读者读来也熟悉亲切，小说所达到的惊奇效果会更好。

城市化进程的加快为中国科幻带来了别样的色彩。社会主义城市化建设的终极目标是达到共产主义生产力水平的城市，其中最主要的表现形式就是人民生活水平得到极大的改善。"1949 年，城市和农村的人均现金收入分别为不足 100 元和 44 元。"①如此困顿的现实在科幻作品中得到了极大的改善，未来中国城市遍布，市民丰衣足食、和谐共处，呈现出一定的乌托邦色彩。当然，"随着社会生产力的迅速发展，生产力布局也发生了根本性的变化。作为生产力，特别是工业生产力的空间存在形式的城市，也相应地发生了变化，改变了过去那种东稠西稀、南北不均的状态。"②生产力布局的变化带来了不同城市的不同职能，因此科幻小说中的未来城市同样有着各自的定位，并且未来城市之间也有职能交换，勾连城市之间的交通系统也在科幻作家的笔下出现了翻天覆地的改变。

还有一个现象是"十七年"时期所设定的未来城市都处在一个 20 年左右的近未来，少有出现远未来的情况。这可能与当时的计划经济发展

①　朱佳木：《中国工业化与中国当代史》，23 页，北京，中国社会科学出版社，2009。

②　付春：《新中国建立初期城市化进程、原因及特点分析(1949—1957)》，硕士学位论文，四川大学，2005。

体制和阶段性政策有关。毛泽东曾指出："从 1953 年起，我们就要进入大规模经济建设了，准备以 20 年时间完成中国的工业化。"①由此观之，"十七年"时期的科幻作者在进行创作时还是遵循了国家发展的节奏，并且作者的潜在话语是相信我国能够在短时间内建立较为发达的当代科技群落和城市群落。其中，带有上述特质的科幻小说主要有丁江的《地心列车》(1957)、迟叔昌的《旅行在 1979 年的海陆空》(1957)、赵世洲的《不公开的展览》(1958)、志冰与一帜的《三用飞车》(1961)、刘兴诗的《蓝色列车》(1963)与《游牧城》(1964)等。

此外，"十七年"时期还有一类重要的科幻小说类型，即农业漫想题材科幻小说，也是前文提及过的"农业夸张化"小说。"十七年"时期的科幻作者大都是远离农业生产的，但他们笔下的农业世界充满希望并且大部分描述都符合农业科学逻辑，这与当时农业科技思想的传播和他们所做的科普工作是分不开的。"农业科技在农业生产中的使用，不论是种子革命、化肥的使用，还是农药技术和农作物栽培技术的改进等，一方面提高了农作物的产量，为国家工业化和人民生活提供了必需的生活资料；另一方面是随着这些农业科技在农村中的推广运用，农民的农业科学技术意识有了显著的提高。"②科技思维进驻农业生产后带动了农业的快速发展，科幻作家的描述又为农业的未来打开了更多的可能。"十七年"前期的农业题材科幻小说对农业生产的描述较为客观，只是在现有农业科技的基础上生发适当的想象。"农业夸张化"描写是随着社会运动

---

① 《毛泽东文集》(第六卷)，207 页，北京，人民出版社，1999。

② 邢千里：《新中国成立以来科学技术对农业生产的影响》，载《农业考古》，2004(1)。

的开展而发生的。

"1958—1965年是中国农业产业'大跃进'和农业产业调整时期。党的八届三中全会提出恢复农业发展纲要四十条,引发了农业'大跃进'运动,农业中出现了严重的浮夸风。与农业'大跃进'运动相配合,1958年8月,农村又掀起了一场声势浩大的人民公社化运动。人民公社化后,农业生产遭到严重破坏,农业丰产不丰收。"①面对现实存在的粮食问题,科幻作品通过一种夸大的方式对当时的现状做出了总结。看似是对农业"浮夸风"的文本描绘,实际上则是科幻作家借由通往未来的形式回望并反思这一历史时段中的种种谬误。

"十七年"时期加快工业化进程成了国家发展的重要目标,但农业作为中国的根基产业在这一时期也没有被忽视,工业化的种种景象自然地介入农业生产,使得描写农业的科幻小说背景更为丰富、设定更为新奇。可以看到,这一时期的农业题材科幻小说还是想朝着科学化、工业化、机械化、电子化的方向靠拢,当然也有部分该题材的科幻小说对所有制进行了跨界化的尝试。

"十七年"时期科幻小说对农业生产的设想涵盖了耕、林、牧、渔等各个方面,虽然文本描写涉及单一动植物的巨大化与某种动植物产量的巨额化,但在每篇小说中作者都给出了较为详尽的科学解释,并且"十七年"时期科幻小说中的农业幻象主要强调科技对农业增产的帮助,并不涉及对"农业社会主义"与"农业共产主义"的过度讨论。新中国成立之

---

① 陈红英、戴孝悌:《新中国农业产业发展演变进程分析》,载《农业考古》,2015(1)。

初,国家就吸取解放区"土改"过程中所出现的"左"的偏向,对"农业社会主义"的思想进行了反思,当时"所讲的'农业社会主义'思想主要是指两个方面:一是破坏工商业;二是在分配土地上的绝对平均主义。这里所谓的工商业,包括独立的小工商业者和一切小的和中等的资本主义成分。"①由此观之,民众对"农业社会主义"的误读在于生产资料的绝对平均化。这种理解作用于"十七年"时期的科幻分析时,就生发出更多的误读,即认为农业题材的科幻小说设想了未来共产主义绝对平均的产业状况。而实际上,这种情况在"十七年"时期的科幻文本中很少发生。

"十七年"时期的农业题材科幻小说实际上更加符合毛泽东在"九月会议"上对"农业社会主义"所做的阐释:"讲话包含了两个层面的意思:其一,社会主义不可能建立在小农经济基础上,必须建立在工业化的基础之上;其二,土地改革后的农村经济仍然是分散的、个体的经济,维持这种农民土地私有制有利于生产的发展,但是在将来应该向合作化方向发展。"②所以,在"十七年"时期的农业题材科幻小说中,最突出的两个特点,一是工业化所带来的技术加持对农业增产有决定性的助推作用,二是这一时期的农业题材科幻小说的发生场景几乎都在国营农场或公社中。由此观之,"十七年"时期的"农业夸张化"描述实际上也是符合生产力的条件下所出现的自信幻象,对于这种幻象的批评切入点不应该是夸张本身,而应该是夸张作为方法论背后的时代逻辑。带有这类特质

---

① 欧阳军喜:《再论新中国成立前后的"农业社会主义"问题》,载《中共党史研究》,2017(4)。

② 欧阳军喜:《再论新中国成立前后的"农业社会主义"问题》,载《中共党史研究》,2017(4)。

的作品主要有迟叔昌的《割掉鼻子的大象》(1956)、严远闻《假日的奇遇》(1958)、迟叔昌的《庄稼金字塔》(1958)、鲁克的《海底渔场》(1960)、王国忠的《海洋渔场》(1961)、迟叔昌的《大鲸牧场》(1961)、萧建亨的《蔬菜工厂》(1962)、一帆的《烟海蔗林》(1963)、王国忠的《春天的药水》(1963)、鲁克的《养鸡场的奇迹》(1963)和《鸡蛋般大小的谷粒》(1963)、童恩正的《一颗没有发芽的种子》(1963)等。

除了上述三种主要的题材类型,"十七年"时期的中国科幻还有一些比较分散的篇目涉及生物医疗技术、机器人、电子计算机、天气控制等题材。尽管以当今的眼光来看那时的科幻小说所写内容会显得陈旧落后,但是如果能将视角还原历史,那一时期的科幻写作不仅是站在科学前沿的,并且是和民众生活息息相关的。研究视野的回溯,是讨论"十七年"时期中国科幻的必要手段,而在这种回溯性的梳理中,"十七年"时期中国科幻的主旨思想似乎也呼之欲出。

无论哪种题材的科幻小说,似乎都在诉说一个道理,即科技的发展可以在观念中解决社会所遇到的一切问题。这样的描述显得与科学主义的概念十分接近:"科学技术是社会发展的决定力量;社会规律与自然规律一样是一种必然法则,社会科学完全可以使用自然科学的方法,它们的研究对象和方法没有本质的差异。"①当然,对科技决定性力量的认可会将之升格为信念:"一种关于科学,特别是关于自然科学的信念,它认为科学是人类知识中最有价值的部分,之所以最有价值是因为它最权威、最严肃和最有益。"②"十七年"时期的科幻小说之中似乎充满了这

---

① 李淮春:《马克思主义哲学全书》,332 页,北京,中国人民大学出版社,1994。

② Tom Sorell, *Scientism: Philosophy and the Infatuation with Science*, London and New York: Routledge, 1991: 1.

种信念，它们和当今科幻中质疑科技与反乌托邦的内容格格不入，似乎都一边倒地站在了科技带来乐观未来的一方。对科学技术的信任和应用似乎就成了整个"十七年"时期科幻小说的主旨，也成了部分学人抨击"十七年"时期中国科幻过于谄媚或单调的理由。在笔者看来，表面上对科学主义的认同并不是"十七年"时期中国科幻的专利，在晚清中国科幻萌芽时期，在其他后发达国家科幻的初创时期，这种由科学主义理想占据文本的美好幻想类作品数量众多。其背后的话语逻辑除了富强、独立、发展外，更多时候还暗含了知识分子作为非科技工作者企图向理性思辨靠拢的努力。但是"十七年"时期中国科幻的背景十分特殊，并且很多科幻作者都是实实在在的科技工作者，理论上他们不会很快陷入科学主义的囹圄。所以可以推断，"十七年"时期的中国科幻小说所呈现的科学主义主旨仅是一个表象，其背后还隐藏着作者、发表渠道和读者多方互动的时代逻辑，并携带更深刻、更多元的主旨思想。笔者拟在第五章中详细论述。

## 第三节 "十七年"时期中国科幻小说概念的分身

以"科幻小说"来指称"十七年"时期的这类作品，其实是从当今视角出发所进行的定义与文本匹配。在"十七年"时期，"科幻小说"一词的使用率极低，反而是"科学幻想故事""科学文艺""科学小品""科普故事""幻想故事""科学童话""儿童科学幻想故事""儿童科学文艺"这些词相互交替、频繁使用。以上词语看似是简单的文字增删与再组合，但其背后的信息则反映出"十七年"时期科幻文学的摆动姿态与生存困境。

## 一、科学幻想故事

早在晚清，中国科幻文学中就出现了对概念的讨论，当时出现的
"科学小说"和"哲理小说"等词均不能完全地涵盖此类小说的特征。如今
学界所使用的"科幻"一词是由"Science Fiction（SF）"翻译而来，这一英
文词组来自 20 世纪二三十年代，由雨果·根斯巴克（Hugo Gernsback）
等人在对该类小说进行整改时出现。由于政权的更迭、外交政策的变化
和文化交流的偏向，这一来自美国的概念并未在"十七年"时期的中国小
说中广泛使用。

"十七年"时期这类小说的概念源自苏联，由俄语词组"Научно-
фантаст ическ ий Рассказ"翻译而来，中文直译为"科学幻想故事"。这一
概念在苏联当时有着独特的时代意义："是表现人类的劳动和智慧在为
了人类未来的共产主义的斗争中有无穷的创造力。"①而这样的概念阐释
对当时的中国来说也十分契合，因此这类小说在"十七年"时期多被标为
"科学幻想故事"。如《太阳探险记》②《割掉鼻子的大象》③《到人造月亮

---

① ［苏联］胡捷：《论苏联科学幻想读物》，王汶译，4 页，北京，中国青年出版社，
1956。

② 郑文光：《太阳探险记》，扉页内容提要，上海，少年儿童出版社，1955。

③ 迟叔昌、于止：《割掉鼻子的大象》，扉页内容提要，北京，中国少年儿童出版
社，1956。

去》①《旅行在 1979 年的海陆空》②《假日的奇遇》③《奇妙的刀》④《大鲸牧场》⑤《布克的奇遇》⑥《黑龙号失踪》⑦等作品在封面、扉页或内容提要上都标明为"科学幻想故事"。

学者詹玲表示,"科学幻想故事"这一称呼在中国首次出现于 1953 年,是当年第 7 期《科学大众》在介绍作品《地之深处》时,称其为"科学幻想小说"。"1953 年第 7 期的《科学大众》在介绍这部小说时,将其称为'科学幻想小说'。在笔者有限的查找范围内,《地之深处》或是新中国最早使用'科学幻想小说'这一命名的作品。"⑧值得注意的是,上一段所列"十七年"时期的著名科幻作品都标"科学幻想故事",并且都出版于 1954 年及以后。"科学幻想小说"一词的引进是在 1953 年,其落脚点在"小说",而上述图书的标注落脚点则在"故事"。如不深究,小说一词约等于故事,或者可以说小说是故事的一种,二者并无太大分别。但如果结合"小说"和"故事"的完整内涵和当时的文学事实,我们不难发现两字之差下的创作逻辑。

郑文光在阅读苏联科幻小说《加林的双曲线体》后,曾不太满意地指

---

① 于止:《到人造月亮去》,扉页内容提要,北京,中国少年儿童出版社,1956。

② 迟叔昌:《旅行在 1979 年的海陆空》,封底内容提要,上海,少年儿童出版社,1957。

③ 严远闻:《假日的奇遇》,封面,上海,少年儿童出版社,1958。

④ 鲁克:《奇妙的刀》,封面,长沙,湖南人民出版社,1963。

⑤ 迟叔昌:《大鲸牧场》,扉页出版说明,北京,中国少年儿童出版社,1963。

⑥ 萧建亨:《布克的奇遇》,封底编辑后记,北京,中国少年儿童出版社,1962。

⑦ 王国忠:《黑龙号失踪》,扉页内容提要,上海,少年儿童出版社,1963。

⑧ 詹玲:《"十七年"中国科幻小说的外来影响接受及概念建构》,载《文学评论》,2018(1)。

出:"小托尔斯泰(即阿·托尔斯泰)作品中的人物简直就只是一种影子……不过是传递科学知识的话筒而已,苍白无力的人物造就的只能是苍白无力的作品。"①因此他不想写"苏联模式的无人物无文学的科幻小说。"②学者詹玲在《"十七年"中国科幻小说的外来影响接受及概念建构》一文中强调郑文光不愿参照《加林的双曲线体》进行创作的原因并非"知识传递"与"苍白无力",反而是这部作品太过鲜明,太具有个性。结合《加林的双曲线体》在苏联的写作背景与当时中国的知识分子思想改造运动而选择的最优解,才是郑文光创作改变的初衷。除去人物形象与科普工具论,小说与故事定义的细部差异也能说明一些问题。郑文光曾任《科学大众》的编辑,对"科学幻想小说"一词也有了解。而"故事"和"小说"的内涵实际上也有一定的区别:故事必须要有故事核,要有精彩情节和细节,小说则可以没有核心情节,可以通过技巧构建场景;从表现方式看,故事倾向于叙述,小说倾向于描写;从表现主体上看,小说聚焦于人,故事聚焦于矛盾;从表现方式看,小说侧重写,偏向文学语言,故事侧重讲,偏向口头语言。由此观之,"科学幻想故事"和"科学幻想小说"的差异实质上是当时科幻作者为寻求契合中国的科幻叙事所做的努力。他们寻求的是一种符合中国现实情况,人物生动,情节跌宕起伏,符合科学与文学逻辑,并且语言更加通俗易懂的叙事文类。

郑文光首先发表了标杆式的作品,其他科幻作者在此影响之下或模仿或改进,共同奉献出"十七年"时期众多的"科学幻想故事"。虽然与当

---

① 陈洁:《亲历中国科幻——郑文光评传》,74 页,福州,福建少年儿童出版社,2006。

② 同上。

代越发成熟的科幻小说进行对比，"十七年"时期的中国科幻难免还是落入了苍白无力的窠臼，但这种由后往前的观看仿佛是在重复"十七年"时期科幻作者们的观看之道。因此我们不能忽略前辈作家的尽心奉献，也不应该草率地否定"十七年"时期中国科幻的文学与时代价值。

　　"幻想故事"则是"科学幻想故事"的上级概念，幻想故事在"十七年"时期涵盖了神话、童话、民间故事等体裁。而"科学文艺""科学小品""科学故事"等词则反映出当时科幻创作与接受过程中所出现的偏差。

## 二、科学文艺

　　"科学文艺"一词如今被理解为用文艺形式宣传科学知识的各文体的总称，文体有多种，因而科学文艺也有多种形式。童恩正曾有言："科学文艺（包括科学幻想小说、科学散文、科学童话、科学诗、科学戏剧等）是文艺中较为年青的一个品种。"①科学文艺看似包罗万象，但是国际上之前并没有这样一个总括性质的概念，科学文艺一词似乎是属于中国的创造发明。因此有学者对此概念提出了质疑："到底'科学文艺'是个什么概念？我查了很多本外国的《科学小说百科全书》，始终找不到'科学文艺'这个名词。看来，外国是不采用这种分类方法的。也许，这名词是中国某些人的一大创新发明吧？我不反对我们中国可以创外国之所无，今人创前人之所无，要不社会就不会向前发展了。但是'科学文艺'的概念本身却很含糊，极不科学，这种新发明不要也罢了……大概

---

① 童恩正：《谈谈我对科学文艺的认识》，载《人民文学》，1979(6)。

任何一种'文艺'，只要加上'科学'二字，就'杂交'成为'科学文艺'了。"①

　　实际上，中国的"科学文艺"一词是效法苏联后得出的。但苏联所谓的"科学文艺"是指伊林式的科普作品，并且完全没有将科幻小说纳入这个体系——"但就按苏联的分类，也只把科普作品（包括用文学笔调写的科学通俗读物）看作科学文艺，从没有把科学小说列入其中。中国借用了苏联这一名词，扩而大之，把几乎任何一种文艺形式，只要跟科学沾上一点边，就划入'科学文艺'去，这怎不把问题越搞越混乱呢？"②此外，苏联的科学文艺还不包括通俗易懂的儿童科学故事。由此观之，中国的科学文艺一词似乎是在向苏联学习的过程中对概念边界的扩大化，然后将科幻小说纳入其中。一方面，这样的提法有助于对科幻文学的合法性进行保护，但另一方面，这样的说法却模糊了科幻文学自身的独特性质，并且在后来的研究中容易产生概念的混淆。时至今日，科学文艺这一个宽泛而模糊的概念在某些具体研究中仍有使用，但是还原"十七年"时期的语境，笔者所讨论的文本用科学文艺来一概而论是欠妥的。

## 三、科学小品

　　"十七年"时期的科学小品"内容丰富、广阔，涉及理、工、农、医、

---

　　①　杜渐：《谈谈中国科学小说创作的一些问题》，载《科幻小说创作参考资料》，1981(2)。

　　②　同上。

天文、地理等学科，不仅有历史的意义，许多至今仍有现实的科普意义。"①这一时期科学小品的内容偏向生活实际，直接、客观地道出种种现象背后的科学知识，如《喝酒的害处》②《无线电传真》③《炼铁的故事》④《宝石的秘密》⑤等文章。"十七年"时期的科学小品不带有幻想色彩，有独立的作家群体，并且发表阵地多为主流刊物。同时，苏联科学小品作者如伊林（Илья Яковлевич Маршак）等对中国科学小品创作也有很大的理论指导作用："科学小品最忌枯燥乏味的说教，它应该是生动、形象、轻松、活泼而又饶有风趣的作品；而发表在报纸上，还应该具备语言简练、短小精悍的条件。"⑥科学小品要力求短小精悍，而科幻故事则不然。

事实上，中国本土的科学小品还有一些渊源可以追溯。1915 年发起成立的民间学术团体"中国科学社"是最早的现代科学学术团体。1918年迁回国内后一直以"传播世界最新科学知识为职志"，其下的《科学》《科学画报》《科学季刊》等刊物都为科学普及贡献了重要力量，直到 1959年秋停止活动。中国科学社及其刊物上所印行图文则具有通俗易懂且短小精悍之特征。而小品文从现代文学一路走来更是在《太白》等杂志上被形容为"匕首式的短文"，新中国成立后小品文更是成为文学艺术的"轻

---

① 叶永烈：《中国科学小品选（1949-1976）》，1 页，天津，天津科学技术出版社，1985。

② 杨藻宸：《喝酒的害处》，载《科学画报》，1955（11）。

③ 徐风：《无线电传真》，载《新观察》，1953（15）。

④ 高士其：《炼铁的故事》，载《战友》，1954（168）。

⑤ 米扬：《宝石的秘密》，载《人民日报》，1958-11-29。

⑥ 庞际昌：《杂谈报纸上的"科学小品"》，载《新闻业务》，1961（8）。

骑兵"。因而科学与小品文的结合在科普氛围的加持下影响极大，远超当时的科幻小说。

　　科学小品是通过短小的篇幅、凝练的语言给读者直接传递知识，其本质是功能性读物，而科幻小说除了传递一定的科学知识外，还要兼顾文本的故事性，其核心是文学性的读物。这也是为什么在新时期科幻文学姓"科"还是姓"文"的争论中，大部分的作家、研究者都站在了姓"文"的一方。如王亚法曾有言："我认为，科学幻想小说既不是以介绍科学知识为主的科普小品，也不是未来世界的设计蓝图，它是小说范畴里的一员，它和推理小说介绍逻辑推理，历史小说介绍历史，哲学小说介绍哲学一样，是通过允许虚构，允许夸张的小说手法，来介绍科学和幻想的一种文学形式。它具有小说的一切特点，因为在展开幻想和介绍科学思想的同时，它是通过活的人物形象、思想，曲折的故事情节等这些艺术手段来表现的。"[1]正因为核心落脚点的不同，"十七年"时期这类带有故事性质的叙事文本显然不能称之为科学小品。

## 四、科学故事

　　"科学故事"在"十七年"时期更像是科学幻想故事下的一个分支概念。迟叔昌与王汶合著的小说集《3号游泳选手的秘密》中放入了《3号游泳选手的秘密》《神奇的生发油》和《半导体》三篇小说。在封底的内容提

---

　　① 王亚法：《科学、幻想、小说》，载《科幻小说创作参考资料》，1981(2)。

要上写着:"这本书包括两个科学幻想故事和一个科学故事。"①入选同一作品集的小说在编辑看来分属不同的类型,其原因是前两个故事都涉及发明创造。《3号游泳选手的秘密》讲的是一位女学生发明了先进的润滑剂,《神奇的生发油》讲的是一位农场技师发明了一种神奇的催生毛发的液体,而《半导体》则是通过一个小学生的经历介绍半导体知识。由此观之,发明创造成为了"十七年"中国科幻的关键因素,是承载想象力落地的必要表现形式,而发明创造缺位的故事顶多只能算是一个不带有幻想色彩的科学故事。

诚然,幻想背后的逻辑是想象力的发展,而在社会变化如此迅速的"十七年"时期,想象力所面临的境况却是两个极端。一种是呼吁想象力,渴望想象力:"科学幻想,使人遐想驰骋,既有溯古探源,更有启迪未来,科学长上幻想的彩翼,有助于思想的开窍,激励人们去创造未来。"②另一种声音则是尖锐批判:"科学幻想,这个概念是难以理解的。因为幻想也者,一般总是指那种毫无根据的,既不反映存在,又无现实可能的想象,与科学是没有联系的。幻想不是科学,科学不是幻想。幻想也并不产生科学,科学的发展也不借助于幻想……我们风行的科学幻想小说,有些是怪诞离奇、耸人听闻的胡思乱想,其作用,不过是刺激视听,兴奋神经而已,为什么硬要冠以'科学幻想'的头衔,不干脆称之为'幻想小说'呢!美丽的、健康的幻想也是有益的,但何必挂科学的牌

---

① 迟叔昌、王汶:《3号游泳选手的秘密》,封底内容提要,北京,中国少年儿童出版社,1956。

② 倪平:《幻想与现实》,载《科学生活》,1981(2)。

子?"①历史的经验已经无数次证明想象力对科技发展的推动作用,以今天的眼光看,上述两种观点孰优孰劣显而易见。对想象力的排斥不仅在"十七年"时期存在,在新时期的科幻文学中,尤其是在"清污运动"的进行过程中,科幻文学所持有的想象力特征,也成了众矢之的。但可见的是,"十七年"时期的作者与出版者能够认识到科幻小说的必要元素是想象力,只不过囿于当时的各项条件,他们将内涵丰富的想象力直接理解为简单的发明创造。

## 五、科普故事

"科普故事"是在特殊场合科幻小说为了标榜身份和明确立场时使用的策略性概念。在"十七年"时期,中国科普文学较为繁荣,它有一定数量且稳定的作家群,有较为固定的发表阵地,并且有规模较大的读者群体。"十七年"时期,有部分科幻作家先前从事过大量的科普工作,因此在他们的笔下,两种文类显现出一种相互交织的状态。"其实,'科幻小说'受'科普小说'的影响很大,即使在作家之间,两者的区别也相当暧昧。"②上文所述的科学小品与科学故事,在"十七年"时期应当归于科普故事一类,同属于科学文艺的大范畴。

当然,科普故事和科幻小说的差别仍然在文学性上有所体现。"科学文艺作品,就其文艺性而言,当然有强弱之分。作家的风格不同,他们所采用的文艺样式不同,文艺性的强弱,科学幻想小说有别于科学小

---

① 穆夫:《幻想而已矣,科学云乎哉》,载《羊城晚报》,1981-04-16。

② [日]林久之:《科普小说与科幻小说》,载《科幻小说创作参考资料》,1981(3)。

品，科学童话有别于科学诗，出现这种现象是正常的。"①所以，"十七年"时期的科普故事和科幻故事理论上是两条河流，只不过囿于当时作家的身份多重性和部分科幻作品文学性的欠缺，这两条河流偶有交汇，这恰巧也是"十七年"时期科幻小说的特质之一。

## 六、科学童话

　　"科学童话"是"十七年"时期最容易与"科学幻想故事"混淆的概念，但只要厘清内涵，二者还是比较容易区分，并且所涉及的文本都有一定的特殊性。科学童话与科学幻想故事最大的不同在于前者限定了故事的创作手法与接受对象。而容易被误判为科学童话的科学幻想故事一般缺乏明确的标注，并且故事内容很大程度上借鉴了读者耳熟能详的传统文本。郭以实的《孙悟空大闹原子世界》一书，曾被一些学者认为是科学童话："在这一时期出现的一批优秀作家和代表作中……有郭以实的《孙悟空大闹原子世界》等。"②因为这本小说在扉页并未标注所属文学类型，并且故事主要讲孙悟空来到原子世界看热闹所造成的困扰和闹出的笑话："故事生动有趣，文字浅近活泼，对培养儿童爱科学、学科学、用科学有积极的教育作用。"③如此看来，易于儿童接受，化用传统人物形象，模仿传统文学经典桥段的当代科技故事很容易被认为是科学童话。包括张然的《梦游太阳系》也因为有主人公变身鸽子、猴子，翻跟斗上月

---

　　①　阳光：《首先是科学》，载《科幻小说创作参考资料》，1981(2)。

　　②　张冲：《现当代科学童话发展简论》，载《科普研究》，2017(1)。

　　③　郭以实：《孙悟空大闹原子世界》，扉页内容提要，上海，少年儿童出版社，1980。

球等情节被划为科学童话:"1950 年张然发表的科学童话《梦游太阳系》,被认为是新中国科幻文学的嚆矢。"①这样的论断在一定程度上可以看出研究者对二者概念的把握尚不清晰,或者说,在部分研究者的观念中,"十七年"时期的中国科幻约等于童话类的儿童读物。

但实际上,童话和小说的创作手法差异较大,其中最明显的特征是科学童话善于将科技事物拟人化进行描写,这种手法直到新时期时的科学童话仍在使用,而科幻文学创作并不依靠此类方法。例如,《儿童时代》上一篇标"科学童话"的作品《"千里眼"比赛》,在一开篇就写道:

> 参加这次比赛的是望远镜婆婆和遥感四兄弟,他们都有非常敏锐的目光。望远镜婆婆虽然年纪大了,但视力还是很好,多年来,她的眼睛为人类作过不少贡献:把远方的敌情变化告诉指挥员,把海面上的情况告诉船长,把天上星星的位置告诉天文学家……②

这样的写法在科幻小说中并不常见,科幻小说不依赖对科技的拟人化描写来达成读者理解,尤其是在"十七年"时期的科幻创作中,科技常常作为一种奇观或者奇观背景而出现,作者通过阐述故事或者讲解技术让读者明白现象之后的原理,而非通过拟人化的方式来阐述科技。创作手法的不同也是科幻小说区别于科学童话的重要特征之一。

---

① 孔庆东:《中国科幻小说概说》,载《涪陵师范学院学报》,2003(3)。
② 吴其宽:《"千里眼"比赛》,载《儿童时代》,1979(3)。

## 七、科幻定义的合法性

尽管科学幻想故事和科学童话的创作手法与接受对象并不一样,但是还原"十七年"时期科幻的文学语境,不难发现二者的边界在功利性、目的性的作用下甚是模糊。这时就需要回到当前的视角做出判断,到底何为科幻,而其答案也能够解释为什么今天我们能够以"科幻"一词指代"十七年"时期的这类作品。今日对科幻的判定不仅仅关注形式上的因素,当作者、接受者、写作手法、发表渠道统统退去后,留下的内核是否符合科幻的定义才是最终的判断标准。

当然,何谓科幻至今也是一个争论不休的问题,不同的作家、研究者都给出了自己的理解。学者吴岩在《论科幻小说的概念》①一文中曾经将科幻的定义分为科普族类、广义认知族类、替代世界族类和STS(科学对社会的影响)族类四种,并在总结各项定义的基础上给出了文学状态、探索因素、科学内涵、认知方式、审美因素、警世因素相结合的内隐六要素定义模型。

苏联与中国的学者比较重视科幻文学的实际功用,因此他们给出的定义很多带有一定科学普及论的色彩。如苏联学者胡捷有言:"科幻小说它是用文艺体裁写成的——它用艺术性的、形象化的形式传播科学知识。"②苏联评论家李赫兼斯坦与胡捷几乎持完全相同的论调,认为:

---

① 吴岩:《论科幻小说的概念》,载《昆明高等师范专科学校学报》,2004(1)。

② [苏]胡捷:《论苏联科学幻想读物》,见黄伊主编:《作家论科学文艺》(第二辑),77页,南京,江苏科学技术出版社,1980。

"科学幻想读物是普及科学知识的一种工具。"①

"经以科学，纬以人情"②是周树人在《月界旅行·辨言》中被人熟知的一句评论，在此之外，周树人还对科幻小说应该通俗地普及科学知识提出了自己的看法："盖胪陈科学，常人厌之，阅不终篇，辄欲睡去，强人所难，势必然矣。惟假小说之能力，被优孟之衣冠，则虽析理谭玄，亦能浸淫脑筋，不生厌倦。"③

欧美科幻作者与学者更倾向于科幻文学超出文本之外的价值，注重的是科幻在达到认知与感官转换上所起到的作用，以及技术对人类社会的影响。如雨果·根斯巴克（Hugo Gernsback）认为："意义上的科学化的小说是凡尔纳、威尔斯、爱伦·坡那类的故事，是一种掺入了科学事实和预测远景的迷人的罗曼史。"④阿西莫夫（Isaac Asimov）则认为："科幻小说是文学的一个分支，主要描绘科技进步对人类的影响。"⑤

科幻定义的多样性颇有"一千个读者就有一千个哈姆雷特"之感，可以说，即便两位科幻研究者面对面，他们对于科幻定义的理解都是不同的。那么，何谓科幻这个问题的答案只能在众多的定义中选取最切合文本实际、接受度最高的概念。当前学界使用较广的科幻定义来自加拿大

---

① ［苏］胡捷：《论苏联科学幻想读物》，见黄伊主编：《作家论科学文艺》（第二辑），77页，南京，江苏科学技术出版社，1980。

② 周树人：《月界旅行·辨言》，见王泉根主编：《现代中国科幻文学主潮》，3页，重庆，重庆出版社，2011。

③ 同上书，3页。

④ 吴定伯：《美国科幻定义的演变及其他》，见吴岩编：《科幻小说教学研究资料》，154页，北京，北京师范大学教育管理学院，1991。

⑤ ［美］艾萨克·阿西莫夫：《我们这一领域的名字》，见［美］雷金纳德·布赖特纳编：《现代科幻小说》，1953（8）。

学者达科·苏恩文（Darko Suvin），他认为："科幻小说就是这样一种文学类型，它的必要的和充分的条件就是陌生化与认知的出场以及二者之间的相互作用，而它的主要形式策略是一种拟换作者的经验环境的富有想象力的框架结构。"①如果从苏恩文的定义视角回望，"十七年"时期的这类作品首先肯定是作者用文字拟换经验环境的尝试，而文本最终的呈现形态既给读者带去了奇观与震撼，同时也在一定程度上激发了读者的认知情绪。由此观之，"十七年"时期的这类作品是符合当前科幻定义的，用科幻小说一词来指称它们也是合理的。

## 第四节 "十七年"时期中国科幻小说的思维方式

"十七年"时期的中国科幻在文本表征上有着独特的呈现形式，它们令当时的读者耳目一新，并且在一定程度上于世界科幻史中标榜着属于中国科幻的"中国性"。诚然，以今天的研究眼光来看待"十七年"时期的这类小说也许与当下的科幻美学要求仍有距离，但不可否认的是，在历史语境下，"十七年"时期的科幻小说相较于传统文学展现了更为多样的表现形式。

### 一、寻找叙事路径

"十七年"时期的中国科幻小说在不断进行自我规范的同时创造出了

① ［加］达科·苏恩文：《科幻小说变形记——科幻小说的诗学和文学类型史》，丁素萍等译，8页，合肥，安徽文艺出版社，2011。

属于自己的叙事模式,尽管其初衷是为了让科幻小说的叙事手法更成熟、文本更规范,但在复杂的外因与部分作者经验匮乏等因素的影响下,"十七年"中国科幻的文本表征呈现出一定的模式化倾向。根据时段分期与文本特点,"十七年"时期的中国科幻小说叙事结构粗略可以分为两种,一种是"矛盾—冒险—解决"模式,一种是"奇观—答疑—应用"模式。

前者多用来描写太空探索或奇境探秘故事。故事往往发生在被替换的陌生场景,如飞船、潜艇、洞窟中,而进入这些场景往往是因为一次小小的意外,主人公需要通过冒险解决困境才能恢复常态。理论上讲,这是一种很吸引读者的叙事模式,但是在"十七年"时期的部分科幻小说中,作者选择性地忽略了最为关键的"矛盾",使得整个故事只剩下冒险的架子由展示性的场景填充。缺乏矛盾,小说便失去了情节的推动力,进一步说,在这样的冒险故事中,人物完全沦为了功能性的摆设。这类小说常常成了一群掌握全面科学知识的观察者指导知识水平欠佳但热情高涨的冒险者的故事,其本质是科学家、师长、亲人对参观者、学生、后辈的科技知识灌输。而铺排的技术展示与以地点变化而变换的场景设置使得这类科幻小说更像游记文学。

在第二种叙事模式中,作者并未丢失环节,只是过分地强调了奇观。这类小说同样存在情节薄弱、以功能性人物为主等问题。大量笔墨用于描写新发明、新技术的特点与价值,情节也经常是到访者、参观者和后辈在全面了解新技术后的豁然开朗,而一问一答的对话形式则削弱了小说可读性。

当然,并不是说所有"十七年"时期的中国科幻小说都存在叙事模式化的问题，在所有文本中，仍有部分叙述方式独特、人物形象丰满、情节结构完整的科幻小说，笔者拟在第四章作家作品论部分具体探讨。

## 二、强化思想教育

"十七年"时期的中国文学是和政治不断互动的，科幻文学也不能跳出这种关系，如何处理这种关系成为"十七年"科幻小说的重要命题。就文本表征的呈现形式来看，"十七年"时期的科幻小说有时会在文本中自觉添加有关政治抒情的内容。

首先，部分科幻作品中对优越的当代社会主义制度进行了歌颂。如在《宇宙旅行》中，薛殿会写道：

> 老师告诉我们说："神"这东西完全是凭空捏造出来的。古时候人们什么都不懂，看到下雨啦、刮风啦、打雷啦这些现象，不晓得是谁干的，怕得了不得，就假想出一个人似的东西——神——来，对他烧香磕头。以后，社会上又出来一些专门压迫人剥削人的皇帝、地主们，他们拿人民不当人待，人民被压迫得实在没办法了，又不懂道理，就希望那些管下雨、刮风的"神"来搭救他们。偏偏皇帝和地主们更会欺骗人民，他们利用这个机会，越发宣传一些迷信的事情：什么"我就是神的儿子"啦，"谁反抗我，就要下地狱"啦，"天生有穷有富，这是神的意旨"啦这些话，让人民更不敢反抗他们的压迫和剥削。现在，在咱中国，人民做了主人，懂了道理，谁还相信这个东西？[①]

---

① 薛殿会：《宇宙旅行》，3页，北京，生活·读书·新知三联书店，1951。

与之对应，在歌颂社会主义的同时，"十七年"时期的部分科幻小说还批评资本主义国家的信仰和贪婪本质。如《宇宙旅行》中薛殿会写道：

> "那么，最初的气状星雾是从哪里出来的呢？"
>
> "这个问题直到现在使得许多学者在搔头，特别是一些糊涂的'学者'们，他们总以为无论什么东西总有一个最初的和最后的尽头。在这个尽头以外是一无所有的。那么，这气状星雾最初的尽头究竟是哪里来的，他们没有法子解释了，就迷信起来，说是'上帝'造出来的，这有多可笑啊！"[1]

又如在《大鲸牧场》中，迟叔昌写道：

> "从前，各个资本主义国家，每年不知道要在海洋上杀死多少大鲸。生物学家再三呼吁，要大家保护大鲸，至少在它们生育的季节不要捕杀，否则大鲸就要灭种了。资本主义国家哪管这一套。它们只顾赚钱，仍旧一年四季滥捕滥杀。有一种美人鱼，就是这样灭的种……"
>
> "什么美人鱼？"妹妹眯着眼睛问。
>
> "是一种小型的鲸，书上管它叫儒艮。"我赶紧说。[2]

---

[1] 薛殿会：《宇宙旅行》，223 页，北京，生活·读书·新知三联书店，1951。
[2] 迟叔昌：《大鲸牧场》，7～8 页，北京，中国少年儿童出版社，1963。

其次，还有的科幻作品中暗含了中国当时的外交政策偏向，如国外的科学家或探险家对中国青少年产生积极影响，那么他们一定来自苏联；而一些外国友人来发达的未来中国进行参观，则多来自于第三世界国家。郭以实在《科学世界旅行记》中曾写道：

> 小王在学校里听辅导员讲过北极探险的故事。他永远不能忘记那个在北极探险中牺牲的俄国人——塞多夫。只要他一闭上眼睛，他就好像看见在大风雪中，已经病倒在雪橇上的塞多夫，手里紧紧地握着指南针，向同伴们坚决地说道："拉我走……向北极"。①

又如萧建亨、金玮在《球赛如期举行》中写道：

> 他们知道，外宾的活动日程都安排得很紧凑，尤其是非洲客人，总希望多跑几个城市，多看看我国的建设情况。怎么能叫客人在这儿空等两天呢？②

再次，有的作品还洋溢着"人定胜天"的激情，对社会主义建设道路充满了必胜的信心。郑文光在《征服月亮的人们》中写道：

> 新的、壮丽的英雄事业就摆在我们四个人组成的集体面前了。

---

① 郭以实：《科学世界旅行记》，51 页，北京，中国少年儿童出版社，1958。
② 萧建亨、金玮：《球赛如期举行》，见中国少年儿童出版社编：《布克的奇遇》，62 页，北京，中国少年儿童出版社，1962。

前面的困难很多，而且也一定有许多意外事情。可是，这时候，大概有成千成万双眼睛在看着我们吧？要勇敢，镇定，不怕牺牲。这些话，在地球上我们已经说过多少次了，可是现在还要说最后一次："为科学，为人民，开拓新的世界"。①

鲁克的《潜水捕鱼记》中则有这样的描写：

> 那时候，他们受尽了风浪的折磨，用自己的生命跟大海搏斗，才能捕得一点点鱼。共产党来了以后，渔民们组织起来了，有了新式的渔轮和为渔场服务的气象台，他们的生命才有了保障，鱼捕得多了，生活也改善了。可是今天，咱们又有了更新型的渔船。即使在暴风雨来袭的时候，咱们也能在海底捕鱼……②

最后，有些科幻作品希望读者发扬吃苦耐劳的光荣传统，积极投身社会主义事业的建设之中。如迟叔昌在《没头脑和电脑的故事》中写道：

> "看哪！没头脑又坐三轮车来上学啦！"
>
> "真是太娇气了！"那个绰号叫小黄蜂的说。
>
> "没有劳动习惯！"绰号叫小刺猬的也凑上一句。

---

①　郑文光：《征服月亮的人们》，见郑文光：《太阳历险记》，24～25页，上海，少年儿童出版社，1955。

②　鲁克：《潜水捕鱼记》，见中国少年儿童出版社编：《布克的奇遇》，39页，北京，中国少年儿童出版社，1962。

没头脑听了，心里当然不受用。①

在上述科幻小说的政治抒情中，不排除部分描写是作者在感受到社会主义建设事业蒸蒸日上后的有感而发，并且小说中的政治抒情确实在一定程度上为这一文类取得了合法性。但对受众以少年儿童为主的"十七年"科幻来说，这样的抒情还是显得较为突兀。一方面它并不能让儿童深刻地理解成人世界的诸多价值观，另一方面它还削弱了科幻小说的文学特征。与其说这些字段的出现是为读者而写，毋宁说是为读者之外更高的存在而写。

## 三、践行少年中国

除去前文所言发表阵地重合等因素，"十七年"时期中国科幻文学的儿童化倾向还有更多直观的表征，通过对这些表征的分析，可以在一定程度上看出"十七年"时期的中国科幻是携带热忱的情绪为儿童而作，而不是像某些理论所言那样向儿童文学靠拢是为了迎合主流而不得不采取的姿态。此外，"十七年"时期中国科幻的儿童化倾向也不代表科幻文学美学价值的低下，相反，通俗亲切的小说反而可以激发青少年更浓厚的求知欲望。

首先，"十七年"科幻小说的儿童化倾向表现为作者常用比喻、对比等手法对科学知识进行阐释，方便少年儿童进行理解。如在《大鲸牧场》

---

① 迟叔昌：《没头脑和电脑的故事》，见迟叔昌、于止：《割掉鼻子的大象》，26页，北京，中国少年儿童出版社，1956。

中，迟叔昌在给读者解释用鲸鱼须制成的工艺品时如是说：

"这两条小鲸颜色跟雪一样白，像是塑料做的，不，塑料没有这样光润，一定是玉石，也不，玉石不会这样轻……"

"是象牙雕的吧?"我问。

"错了!"驾驶员叔叔说。"我们厂里用的原料，没有一样不是大鲸身上的。这是鲸须。"①

作者将鲸须产品与玉石、塑料进行对比，可以让小读者直观地感受到新型产品的性状，便于理解文中的内容。又比如，在《你喜欢这杆猎枪吗》一文中，林彬写道：

"难道说，这样小的气体的分子，也能打的死鸟吗?"我越听越奇怪。

"当然啰。分子振动得剧烈的时候，比子弹的力量还大得多哩。并且，这种振动是可以传递的。这个分子发生了振动，就会传给别的分子，使的分子也振动起来。你一定知道，声音就是这样传播的……"

"噢，我知道了! 这杆'矮子猎枪'，原来是一具超声波发射器!"②

① 迟叔昌：《大鲸牧场》，12页，北京，中国少年儿童出版社，1963。

② 林彬：《你喜欢这杆猎枪吗》，见中国少年儿童出版社编：《布克的奇遇》，57页，北京，中国少年儿童出版社，1962。

　　类比与比喻修辞手法的运用，使得科学知识的阐释变得轻松且充满童趣。同样是为了方便青少年阅读，"十七年"时期的部分科幻小说还会在生僻字、复杂字后注音，以便读者识记。例如：

　　　　我们俩都瘫（tān）痪在地板上。①

　　　　雪停止了，王工程师已经履（lǚ）行了他的诺言。②

　　　　要说是外科溃疡（kuì yáng）吧，伤口洗干净了，擦了红药水，敷（fū）了消炎药膏，也不见愈合。③

　　　　这些面口袋都毛茸（róng）茸的，好像是毡（zhān）毯缝的一般，袋口上还都扎着两个角哩。④

　　其次，"十七年"时期的中国科幻小说在封面设计和插图编排上也根据儿童的喜好进行了调整，通过形象的画面，青少年读者可以更好地理解故事内容或者获得一些文本外的知识。"十七年"时期的中国科幻小说封面设计充满童趣，在概括故事内容的基础上还显得生动活泼。

　　封面设计在这一时期主要分为两类，第一类是画风比较写实的封

---

① 李永铮：《魔棍》，见中国少年儿童出版社编：《布克的奇遇》，24 页，北京，中国少年儿童出版社，1962。

② 萧建亨、金玮：《球赛如期举行》，见中国少年儿童出版社编：《布克的奇遇》，63 页，北京，中国少年儿童出版社，1962。

③ 至禾：《该死的蝇子》，见中国少年儿童出版社编：《布克的奇遇》，77 页，北京，中国少年儿童出版社，1962。

④ 迟叔昌：《起死回生的手杖》，见迟叔昌：《大鲸牧场》，22～24 页，北京，中国少年儿童出版社，1963。

面，其多是书中某个故事的场景，放在封面便于读者了解故事的发生地。例如1951年版《宇宙旅行》的封面、1955年版《太阳探险记》的封面、1956年版《3号游泳选手的秘密》的封面、1958年版《科学世界旅行记》的封面、1963年版《黑龙号失踪》的封面与1964年版《奇妙的刀》的封面等。第二类封面呈现出卡通的画风，旨在激发年龄较小读者的阅读兴趣。例如1956年版《割掉鼻子的大象》的封面、1958年版《活孙悟空》的封面、1962年版《布克的奇遇》的封面、1963年版《大鲸牧场》的封面、1963年版《神秘的小坦克》的封面和1963年版《失去的记忆》的封面等。

除封面外，"十七年"时期科幻小说中的插图也呈现出儿童化倾向，其主要有以下三种分类。

第一类插图是知识辅助型插图，旨在通过配图向小读者直接说明相关科技知识。例如1955年版郑文光的《第二个月亮》与1956年版于止的《到人造月亮去》中，都绘制了详细的人造空间站外观图与剖面图。又如1955年版郑文光的《太阳探险记》中绘制了关于日珥的插图，1957年版迟叔昌《旅行在1979年的海陆空》中在介绍火车铁轨间距时也绘制了详细的插图。这类插图细致、翔实，常辅以文字说明，甚至可以独立于文本外给读者带去必要的相关知识。其中，《第二个月亮》与《到人造月亮去》的插图绘制者是刘小青，该图同时被郑文光和于止的作品集采用。该插图在将人造月球（外层空间站）的外形画出后，还增加了空间站的剖面图，并且给空间站的每一个部分编号，展示其构造与作用。这样细致的插图在当前的科幻小说中都较少出现，足见"十七年"时期科幻文本的精细程度。

第二类插图是常规的场景插图，旨在给读者提供一个可视化的场景，使其更加身临其境。例如 1956 年版迟叔昌《割掉鼻子的大象》中国营农场的新型白猪 72 号的插图，1958 年版严远闻《假日的奇遇》中关于可视电话和巨型水果的插图，1963 年版鲁克《养鸡场的奇迹》中关于养殖知识讲解的插图，以及 1963 年版迟叔昌《起死回生的手杖》中关于动物休眠技术的插图等。

第三类插图是未来想象型插图，旨在绘制可视化的大型未来场景，让读者对高科技未来有一定的了解和预见。例如 1957 年版迟叔昌《旅行在 1979 年的海陆空》中关于未来城市飞行器停靠站的插图，1962 年版萧建亨《蔬菜工厂》中关于未来蔬菜种植、自动运输的插图，以及 1963 年版一帆《烟海蔗林》中关于未来能源采集的插图等。

综上所陈，"十七年"时期科幻文学的个体文本无论是在文字上还是图像上，都做出了朝向青少年读者的努力，从整体上看，相互交织的发表渠道，普遍性的浅近化表达方式，使得"十七年"科幻与儿童文学的边界甚是模糊。但实际上，尽管与儿童本位的创作观念有重合之处，"十七年"时期的中国科幻与中国儿童文学在审美形态、主旨目的以及潜藏写作逻辑等方面都有一定的区别，笔者拟在下一章中详细论述。"十七年"时期中国科幻小说中对少年中国的践行是时代诉求在文学层面的一个展现，它来自科幻作者对政策的实践以及对其他艺术形式的融合。在具体的实施过程中，"十七年"科幻同样注重细节，为儿童化的作品增加了更多的属于中国本土的色彩。

## 四、想象力的两极

"十七年"时期的中国科幻在想象力层面存在极富张力的两极：横向

来看，想象力加持下的各项社会事物都呈现出较为夸张的色彩，这是想象力极其勃发的一面；而纵向看，"十七年"时期的中国科幻对时间维度与空间维度进行想象时还没有突破近未来与近空间，因此又让想象力显示出疲乏之态。两相对比之下，暗含的逻辑是想象力的恣意增长在"十七年"时期被一种无形的规劝意识所笼罩，这种意识不一定来自文学之外，也可能来自文学内部。

在中国的古典文学尤其是神话中，对大型动植物的想象一直存在，而"现代科幻则是从先进的科学技术上起飞，对未来科学技术的发展可能达到的水平的一种科学想象，以及在此改革中和变革后所产生和引起的一系列现象的生动描绘和刻画。"[①]"十七年"时期中国科幻的夸张描述不只是在 1958 年"大跃进"运动开展后才愈演愈烈，其初现的时间实际上要追溯到两年之前。在 1956 年的科幻小说中，巨大化的农作物就已经出现：

> 成排的果树，都有好几丈高。一串一串的葡萄，每一颗都有乒乓球那么大。豌豆长得像小树一样，挂着刀豆那么长的豆荚。西瓜、番茄、白菜，都比地球上的大上三四倍。[②]

巨大的动物也已经出现，在迟叔昌的作品中，国营农场所饲养的新品白猪被描述如下：

① 饶忠华：《中国科幻小说大全》(上)，7 页，北京，海洋出版社，1982。
② 于止：《到人造月亮去》，20 页，北京，中国少年儿童出版社，1956。

如果你把"奇迹 72 号"解剖开来看,它的脑下垂体就有核桃那样大,足足有三克半重,比普通的猪的大上 7 倍多。①

当然,这一时期科幻小说的夸张化想象还是根植于科学的。大型植物是因为重力和辐射共同作用形成,而作者对长成大象般的猪在小说中给出了符合科学逻辑的解释,甚至说明了体重增长与骨骼承重的关系:

看吧!猪的长里(哩)、宽里(哩)、高里(哩),都是原来的 5 倍,它的体重就是原来的 125 倍。可是骨头的粗细呢?讲粗细只能算长里(哩)和宽里(哩),因此只有原来的 25 倍。25 倍粗的骨头,怎么负担得了 125 倍的体重呢?②

但在之后的科幻小说中,这些农业奇观的呈现似乎仅仅带上了想象力的双翼,而不再对其背后科学的合法性做出说明,因此有些文本读来浮夸且空洞。当然,这背后的原因也可以说明。随着"一五"计划的结束和"大跃进"运动的开展,传统农业实际上处于一种逐渐失语的状态,当较为激进的工业化进程未取得理想结果,当自然灾害再度入侵农业时,单一作物或家畜的急速生长便成为想象语境中解决问题的最佳方式。这一时期科幻小说的夸张化描写很多不再给出具体的科学解释,而是一蹴

① 迟叔昌、于止:《割掉鼻子的大象》,15 页,北京,中国少年儿童出版社,1956。

② 同上书,16 页。

而就的奇迹罗列。"十七年"时期科幻小说本来是要摒除迷信与神力的，但在有些文本中这种夸张化的描写更像是一种"朴素的神话"，而塑造这种"神话"的动因是科学主义论调与对社会主义未来的完全信心。

多年以后，这些看似荒诞的想象在历史进程中得到了科技的回应。美国在 20 世纪 70 年代开始了转基因研究，我国也在 1992 年从水稻入手取得了转基因技术突破，并且着实解决了粮食问题。虽然现实技术并未有"十七年"科幻中描述的那样夸张，但当科幻介入现实时，却鲜有人想起曾经"鸡蛋般大小的谷粒"。所以"十七年"时期科幻小说遭受的批评实质上是想象中未来可期待的技术在生产力尚不发达的社会中，谋划超越生产力愿景时所遭受的质疑和不屑。

工业化、自动化、城市化的夸张想象成了农业想象之外最重要的方面。小说中出现了自动化的生产线，例如：

> 再往前，传送带旁边又伸出一只只机械手，灵巧地摘下番茄，挨着次序，把他们装进木箱里。①

也出现了对先进交通工具的想象，如类似当代飞翼艇的船只：

> 它以每小时 250 公里的速度疾驰，由于它脚上的翅膀和飞机的机翼是相似的，所以在翅膀上部的水流速度比下部的快，因此就产

---

① 萧建亨：《蔬菜工厂》，见中国少年儿童出版社编：《布克的奇遇》，14 页，北京，中国少年儿童出版社，1962。

生了浮力,逐渐把船身抬升到水面以上了。①

当时的作者还对机器人技术展开了想象,甚至给出了自己对于人机关系的看法:

> 总之,火星一号,可以作为我们人类征服大自然,开发大自然的一个驯服的工具——这就是我们装制这种机器人的目的!②

而 AI 与人类在未来的关系至今都是科幻小说中的热门话题。由此观之,"十七年"时期中国科幻中的想象力实际上已经出现了超越彼时时代语境的情况。

除去物质化的蓝图构建,"十七年"的中国科幻也使用想象力进行精神梳理,讨论了时间、生命等比较抽象的概念。于止的小说《失踪的哥哥》就讨论了亲情在时间错位时仍然保持温暖,同时也设想了未来高超的医疗技术。萧建亨《布克的奇遇》则通过描述马戏团小狗布克的遭遇,一方面畅想了未来器官移植技术,另一方面又暗示了人与其他物种之间的关系和人的善意。

以上是"十七年"时期中国科幻想象力勃发的一面,而以下笔者将简述"十七年"时期中国科幻想象力匮乏的一面。

冷战所带来的美苏太空竞赛让人们更加关注太阳、月球、火星和我

---

① 迟叔昌:《旅行在 1979 年的海陆空》,32 页,上海,少年儿童出版社,1957。

② 萧建亨:《火星一号》,见萧建亨:《奇异的机器狗》,68 页,南京,江苏人民出版社,1965。

们立足的地球，但是这一时期的美、苏科幻小说却跳出了太阳系的范围来到了更为深远的宇宙空间中。"黄金时代"的美国太空歌剧与苏联的建设宇宙社会主义遥遥相对，形成一种科幻文学上的竞争态势，而处于同一时间段的"十七年"中国科幻则将想象力局限于太阳系之内。除了薛殿会的《宇宙旅行》，其他作者鲜将注意力放在系外星球上，更没有形成类似于阿西莫夫(Isaac Asimov)在20世纪50年代持续创作的《基地》系列那样，有完整宇宙设定和宇宙文明价值观的太空歌剧类小说。而《宇宙旅行》本身也仅仅是对部分系外天体做了一个简介而不是发生了惊心动魄的故事。

在人造天体方面，"十七年"时期的中国科幻最远设想到地外空间站（人造月亮）以及人造太阳，二者的主要目的是为工农业发展服务。这一时期的中国科幻并未出现关于远距离宇宙飞船的设想，火箭成了使用最频繁的太空交通工具，一些出版作品的封面甚至都直接使用火箭发射升空的场景，如《到人造月亮去》（于止，1956）与《到月亮上去》（鲁克，1956）的封面。

此外，在"十七年"时期的发明创造类科幻小说中，很多新技术都是对老旧科学知识进行夸大而来，对当时世界前沿科技动态的关注较少，这一点与当今中国科幻是截然不同的。

综上，"十七年"时期的中国科幻小说在不同层面不自觉地勾勒出未来中国的图像，在文字的描绘下，未来中国呈现出一幅完美的科技乌托邦图景。时至今日，我们身处的社会已经完成了由幻想到现实的转变。但当人们在享受现代社会的科技便利时，却将新中国初期对未来社会的美好构想逐渐淡忘，甚至讥讽当时的幻想苍白可笑，实乃欠妥。

## 第五节　小结：身份特殊的"十七年"中国科幻

与其他文学类型的发展路径类似，"十七年"时期的中国科幻也是在一定的内外背景中获得生长的契机，同时也根据内外背景的变化不断调整自身的呈现形态。尽管文本数量有限，但结合历史节点事件与思想史转折点来看，"十七年"时期的中国科幻还是形成了明显的内部分期，并且在每个小时段内都出现了不同风格的作品。尽管今天我们以"科幻"一词来指称"十七年"时期的这类小说，但在回溯文学史的视角下，这类小说的概念并不清晰，并且在具体的命名中也存在多概念混淆的情况，其背后隐含的话语是科幻作为通俗文类在特殊历史时期的身份摇摆和其他社会属性的附着。回到作品本身，"十七年"时期的中国科幻小说呈现出纷繁多样的，有别于中国其他时期科幻发展与世界科幻史的文本表征。也正是因为这些表征，"十七年"时期的中国科幻被打上各类标签进而被批评，如纯粹地模仿苏联科幻、本质上的儿童文学、太依附政治话语、过度的科普目标以及夸张的技术幻想等。人云亦云无法给予"十七年"时期中国科幻小说一个客观的评价，而还原语境、抽丝剥茧之后的再审视，也许能对这一时期的科幻小说产生一些新的认识。

第三章 | "十七年"时期中国科幻小说的时代特征

如果将"十七年"时期的中国科幻看作一个整体，它最突出的特征主要表现在这四方面：其一是受到苏联科幻文学的影响，其二是与儿童文学的伴生状态，其三是进行科普的工具目的，其四是与各类政策的互动。在传统的研究视域中，这四点也常常成为"十七年"时期中国科幻缺乏创造性而遭受批评的原因。很多情况下，学界对"十七年"时期中国科幻的探讨都是对上述特征的机械复现，并未对这些结论正确与否、其背后原因何为等问题进行深入的讨论。因此本章中笔者拟对这些"十七年"时期中国科幻小说的独特性进行再审视，在一定的材料支持下，可能会重构某些陈旧的观点。

## 第一节 "十七年"时期中国科幻与苏联科幻之纠缠

"十七年"时期中国科幻的一大特征被认为是对苏联科幻文学的完全模仿，甚至还有部分"复制"的嫌疑。囿于特殊历史时期的外交政策和学习渠道，加之苏联在科学文艺方面的领先经验，向"老大哥"学习是"十七年"时期中国科幻不可否认的事实。但随着时间的推移，这种影响被不断地夸大，并且存在只承认全面学习而不承认对其谬误部分的更正，显现出一种完全顺从与归附的姿态。笔者以为，"十七年"时期中国科幻小说向苏联学习的状态客观存在，但中苏文化交往的浪潮对科幻文学一隅的影响被过分地人为夸大，使得中国科幻失去独立性，成为世界科幻中一个带有实验性质的变种。

### 一、中苏文化交流的惯性

中苏文化交流并不是在新中国成立后才正式开展的。早在 20 世纪初，就已经有部分革命家、作家与学者主动地靠近苏联文艺，显现出一定的单方面学习特质。1903 年，周树人在《月界旅行·辨言》中概括出了科幻文学的美学特征，并提出了科幻文学的创作方法。这一时期，周树人的关注点还主要集中在欧美文学与日本文学上。四年之后，《摩罗诗力说》已经表现出周树人对俄国文学的广泛兴趣，他提及了浪漫主义的普希金和莱蒙托夫，也提及了现实主义的果戈理。周树人十分推崇俄国批评和分析社会现实的小说，同时也欣赏俄国作家所表现出的斗争精神。而十月革命的成功更是给中国反帝、反封建事业注入了十足的信心,这一时期的周树人对俄苏文学的译介和推广也做了相应的工作:"鲁迅是最早以革命的动机及目的,介绍和翻译俄苏文学的人。从十月革命后诞生的苏维埃国家,鲁迅看到了中华民族的希望。还在一九一九年,鲁迅就已经歌颂了俄国无产阶级创造的'新世纪的曙光'。他不仅从世界上第一个社会主义国家看到了人类美好的未来,而且从俄国文学中看到'被压迫者的善良的灵魂、的辛酸、的挣扎',明白'世界上有两种人:压迫者和被压迫者'。(《南腔北调集·祝中俄文字之交》)"①除周树人外,这一时期还有更多的作家与翻译家介入俄苏文学的译介工作,主要翻译一些浪漫主义作品与批判现实主义的作品。

尽管中国军阀割据时期,苏联对中苏边境侵犯导致了 20 世纪 20 年代后期中苏关系一度断交,但在"九·一八"事件之后,南京国民政府在日本问题上与苏联达成合作关系,中苏交流再度连接。在文化交往方面,1935 年 10 月成立了中苏文化协会,会长当时由孙科担任。协会在之后的几年间开展了较多的文学、艺术交流,其中最著名的事件是 1936年在南京举办了苏联版画艺术展:"本次来华参展的苏联版画作品均具备相当高的艺术水平,为中国观众提供了一场精彩纷呈的艺术盛宴。苏联版画艺术展览会的首次举办取得了巨大成功,在南京民众的赞誉声中,于 1936 年 1 月 19 日正式闭幕,此时中苏文化协会做出一项重要决策,决定将展览会移至当时的国际大都市上海继续展出,进一步扩大苏

---

① 李嵩:《鲁迅——中苏文化交流的先驱》,载《十堰职业技术学院学报(综合版)》,1991(1)。

联文化的影响力。"①这一时段的中苏文化交往逐渐双向化,并且交流的文化内容更宽泛,文学译介仅仅作为交往内容中的一个分支。

抗战时期的中苏文化交流呈现出更为频繁的趋势。"'七七事变'刚一发生,苏联即明确宣示其援华抗日政策。1937年7月13日,《真理报》即刊发社论,公开表示声援中国的抗战。翌日,苏联外长主动接见中国大使,又一次明确表示苏联愿意援助中国。"②此后,中苏两国的交往日益密切,文化交流也成为两国互助的重要精神内容之一。这一时段中国的文化中心逐渐向重庆转移,在1937年11月复刊的《中苏文化》承担起一定的苏联作品译介工作:"由于该刊的传播对象主要是中国的知识民众阶层,所以,在交流比重上,更倾向于译介苏联的政治文化内容,尤其是更注重于苏俄文学的译介。"③当然,苏联方面也在这一时期较多地译介中国文学作品,以期使得苏联民众对中国的现实情况和斗争状况有一个大致的了解:"战争期间,苏联还通过其国内的诸多报刊,持续不断地向苏联读者译介中国作家和艺术家的新创作品,使他们通过中国的抗战文艺作品,对中国人民的抗战精神与实绩,获得生动形象的了解,从而产生思想、情感和精神上的积极共鸣。如苏联的《国际文学》《文学报》《文艺鸟瞰》《青年卫队》《文学评论》《旗帜》《十月》等,都热忱地

---

① 沈亮:《民国时期中苏文化交流的盛会——记1936年苏联版画艺术展览会》,载《艺术百家》,2016(6)。

② 张育仁:《论抗战期间中国与苏联文化传播互动的特点及战略意义》,载《长江师范学院学报》,2013(3)。

③ 同上。

译介过中国的抗战文艺佳作。"①可以看出,这一时段苏联的中译小说主要集中在抗战文艺作品方面,我们不妨再看看这一时期被译介的主要作家有哪些,如"《国际文学》在重点译介中国作家茅盾、胡风、老舍、郑振铎、欧阳山、沙汀、艾青等人的作品的同时,还多次致函中国作家,向他们征集中国抗战文艺的最新佳作"②。由此观之,20世纪30年代的中苏文化交往中,文学作品的交流主要是达到斗争精神上的共鸣,占主导的翻译作品都是两国关于抵抗外敌的故事,这些故事中并不包括科幻文学的身影。

抗战中后期,两国的文化交流还包括文艺界人士的互相通信:"中苏两国文化组织、文艺界人士互通信函。在这些信函中传达信息,互相声援,互相鼓励,声讨敌寇,并讨论一些艺术方面的问题,这是本时期文化交流特有的内容之一。"③1941年元旦,中华全国文艺界抗敌协会发布《致苏联文艺界书》,说明在艰难的抗战环境中,中国的文艺工作者是如何积极投身抗日救亡的伟大事业,并表达出对苏联人民反法西斯战争的敬意与两国合作的深切愿望。在文化交流与相互通讯的基础上,这一时段中苏两国互派文艺界人士进行交往的活动也逐渐开展起来。在文化中心逐渐由重庆向上海转移的过程中,还有一个常被忽略的期刊创刊,即《苏联文艺》。"《苏联文艺》创刊于上海,是新中国成立前我国唯一一份专门介绍俄苏文艺的大型译文类刊物……《苏联文艺》于1942年11月

---

① 张育仁:《论抗战期间中国与苏联文化传播互动的特点及战略意义》,载《长江师范学院学报》,2013(3)。

② 同上。

③ 李随安:《抗日战争时期的中苏文化交流》,载《黑龙江社会科学》,1994(2)。

十月革命二十五周年之际正式出版，1949 年 7 月终刊，前后历经七年，出版三十七期，总约六百万字。刊物容量丰富、文体多样，共刊载汉译小说九十一篇、汉译诗歌一百零九首、汉译剧本十部，其他译文（含散文、评论、理论作品）近二百篇。"①

尽管两国人员交换中有一定数量的科技工作者，但是其交换主体并不是专业的科幻文学作者。此外，在这一时段的重要的译介文学刊物上，占主导地位的仍然是与抗战和斗争精神有关的小说，科幻小说的译介近乎于无。"据不完全统计，抗日战争时期国统区、沦陷区出版外国文学作品（包括再版的战前译著）达 730 余种（短篇小说的合集每部为 1 种），其中，苏联的文艺作品占 300 余种。全国主要抗战文艺报刊共发表苏联文学作品和文艺评论 850 余篇，中国人民自己写的关于苏联文学的文章 480 余篇。"②在数量如此密集的中苏文化交往中，科幻的身影并不明显。

新中国成立后，"一边倒"的外交政策让中苏的文化交流迎来巅峰期。在常规的文化内容交流之外，两国的亲密关系还导致我国部分学者认为苏联从制度到文化都是与中国共通的，我们应该学习一切，甚至连在汉语拼音规范化时，都提倡使用俄文字母："汉语拼音字母，我主张用俄文字母。理由是：我们和苏联的关系亲同骨肉，我们的文字与苏联的文字建立了这样血肉相连的关系，无论对今天对将来的意义都是非常巨大的。新文字对劳动人民来说是崭新的东西。'俄文字母'对我国人民

---

① 朱佳宁：《中苏文化交流中的〈苏联文艺〉》，载《新文学史料》，2017(1)。

② 重庆图书馆编：《抗战时期出版图书书目(1937—1945)》，第一辑、第二辑，重庆，重庆图书馆，1957—1958。

来说,我们对它怀着深厚而亲切的感情。因此,可以从政治上给予我们广大劳动人民无限的鼓舞和学习的兴趣。"①同时,苏联人民对中国文化的热情也十分高涨。新中国成立初期,中国曾在莫斯科举办中苏友好文化展,展览主要展出中国于 1950 年夏季运往莫斯科的中国画作、雕塑、器物等,曾在莫斯科引起了观众的强烈反响:"自从'中国艺览'在莫斯科特列甲科夫画馆开幕以来,画馆的观众较平时增加一倍,展览厅中经常是拥挤的,早晨还没有开门,门外就等着很长的行列。上一个星期天,更是打破了画馆的历史记录,观众突破一万人,等着买票的从画馆的地下室一直排到一里外的桥边,有从上午十时起等到了下午六时才买到票的,馆长说'简直像个拥挤的鱼群'。"②这样的文化势头,伴随着两国在新中国初期交流的加深而增长,最终在 20 世纪 50 年代末期迎来高潮,直到中苏关系在苏共二十大后逐渐交恶之时才慢慢退热。

综上所述,在整个 20 世纪前半叶,两国的文化交往一直存在,并且逐渐朝着多元化、双向化、深入化的方向发展。随着时间增加的中苏文化交往在内容方面不断扩展,最终在"十七年"时期的外交政策加持下达到顶峰,这种巨大的文化惯性使得"十七年"间的很多事物都被打上苏联影响的烙印,科幻文学也难以冲出这种惯性。但可以看到,新中国成立之前科幻文学在中苏文化互动中并不占据数量和话语的主导权。新中国成立以前,中国科幻所受的影响主要还是来自于欧美。晚清时期中国科幻的启蒙是受到欧美与日本科幻的影响,民国时期,最著名的科幻作

---

① 林祥伯:《建议采用俄文字母,以利中苏文化交流》,载《拼音》,1957(6)。

② 王冶秋:《中苏文化艺术交流万岁——记苏京"中国艺术展览会"》,载《文物参考资料》,1950(10)。

家顾均正受美国科幻的影响极大。2014年在重庆大学举办的"中国科幻文学再出发"工作坊中，日本学者上原香发表了一篇极具冲击力的论文——《论顾均正对美国科幻的吸收融合：以〈在北极底下〉为例》[①]。在论文中，上原香指出顾均正的科幻小说合集《在北极底下》中所收录的三篇小说《和平的梦》《伦敦奇疫》和《在北极底下》其实是顾均正在加入部分知识阐释后对美国通俗杂志如 *Science Fiction Stories* 上原有作品的改写。在大量的材料对比下，上原香所提出的这一极具冲击的观点除了让科幻研究者重审民国时期的科幻创作外，也从侧面证实了当时欧美科幻对中国科幻的较大影响。

但是"十七年"时期苏联文化的全面覆盖使得中苏文化交流的惯性无法停止，很多学者认为这一时期的中国科幻所受影响均来自苏联。但实际上，"十七年"时期中国还翻译过部分凡尔纳（Jules Gabriel Verne）的科幻小说，并且在"十七年"的部分本土科幻文本中，依然能窥见欧美科幻小说影响的余波，相关问题笔者拟在下一章作家作品论中详细阐述。

诚然，"十七年"时期中国确实翻译了较多的苏联科幻作品，但部分研究者的思路是在这些作品中强行寻找苏联科幻与中国科幻的共通之处，辅以政治观点或特殊历史时期的社会条件强行接扣，从而得出"十七年"时期中国科幻是对苏联全面学习与模仿的结论。这样的思路不能说完全错误，只能说是视野还局限于科幻一隅，如果能够跳出科幻场域将视野置于整个文化领域，那么我们可以发现，中苏各项交流对中国的

---

① ［日］上原香：《论顾均正对美国科幻的吸收融合：以〈在北极底下〉在北极底下为例》，见重庆大学人文社会科学高等研究院：《中国科幻文学再出发学术工作坊会议论文集》，151～166页，重庆，重庆大学，2014。

影响颇大，但具体到科幻文学领域，却不是漫天飞雨，偏爱一城的
状况。

## 二、译介苏联科幻的比重

"十七年"时期的中苏文化交流同样也存在着内部分期。1949 年至
1954 年，中苏两国的文化交流进入大发展期，随着中国出版事业的整
顿与发展，这一时段有大量的苏联书籍在中国被翻译、出版。"从新中
国成立到 1953 年底，我国翻译、出版的苏联书籍达 5183 种。苏联书籍
在中国全部外文翻译书籍中所占的比重逐年增长：1949 年 10 月至 1950
年 12 月为 64％，1951 年为 77.2％，1952 年为 79.3％，1953 年达
87.1％"。[①] 这一时段内，占重要地位的作品是列宁、斯大林的著作以
及反映苏联科技文化新成就的作品，以及一些介绍社会主义建设经验的
作品。具体到文学作品而言，有英雄人物和社会主义建设激情的小说译
介最多，如《钢铁是怎样炼成的》《青年近卫军》《真正的人》等作品。"据
统计，从 1949 年 10 月至 1954 年 8 月，有 641 部苏联文学新作品被介绍
到中国来，而 1949 年以前 20 年间所介绍的苏联文学总共只有 376 部。
新中国成立初期的 6 年中，如果包括重新翻译和再版的苏联文学作品，
总共多达 2300 部，总印数达 4215 万册。"[②]在新中国成立初期，文学交
流在中苏文化交流中就占据了极大的比重。

---

① 孙维学、林地：《新中国对外文化交流史略》，32 页，北京，中国友谊出版公司，1999。

② 文记东：《1949—1966 年的中苏文化交流》，103 页，哈尔滨，黑龙江大学出版社，2011。

时间来到 1957 年后，中苏文化交流进入空前繁盛期，此时苏联文学作品的译介与发行数量再创新高："据统计，从 1949 年到 1957 年上半年，苏联译介到中国的文学作品就有 439 万多册，文学期刊近 200 种 17 万多份。据不完全统计，从 1949 年 10 月到 1956 年 12 月，中国翻译出版的苏联文学作品就有 2746 种 6961 万册。"①苏共二十大会后对斯大林理论的全面否定与批评给世界范围内的社会主义建设造成了极大的冲击，在此事件后，中苏交流的走势逐渐趋于平缓，中国学习苏联的色彩也逐渐淡化："中国较早发现了苏联模式的问题，提出了'以苏为鉴'，并尝试独立探索适合中国国情的社会主义建设道路，比苏联、东欧建设得更多、更快、更好、更省。不难发现，这一时期学习苏联的色彩已大为淡化。"②在全盘淡化的过程中，中苏文学交流也难免受到影响，这一时段的苏联作品译介、出版工作也进入了一种短时持平并长线缓速下滑的状态。1960 年以后，中苏交恶，中苏文化交流也走向低潮："中苏同盟关系已名存实亡，双方维持着国家间的一般关系，两国间维持一般的文化往来。在中苏关系恶化和意识形态尖锐对立的背景下，中苏文化交流走向暂时的低潮，仅成为两国间联系的特殊纽带和象征。到 1966 年 3 月中苏两党关系中断，'文化大革命'爆发，两国间的文化交流遂告中断。"③尽管中苏两国在文化层面的交流历经起伏，但在"十七年"间确实

---

① 《8 年来有多少苏联文学书籍进口？》《8 年来我国翻译了多少苏联文艺书籍？》，载《文艺报》，1957(31)。

② 文记东：《1949—1966 年的中苏文化交流》，176 页，哈尔滨，黑龙江大学出版社，2011。

③ 同上书，217 页。

留下了数量巨大的苏联文学译作。在如此大量的苏联文学译作中,科幻文学所占的比重并不算多。

"1949年至1966年总共译介国外科幻小说100篇(种)。单行本方面,总共有43种。其中,苏联作品有28种,凡尔纳作品有11种。单行本之外,发表于杂志上的译作总共有57篇。其中,苏联作品有55篇,东德作品1篇,英国作品1篇。"①综合单行本与期刊发表数量,"十七年"时期中国译介的苏联科幻小说总量约为83篇,略低于中国大陆这一时期原创科幻小说的总量。这一数量与顶峰时期中国所翻译的苏联文学作品数量相比,最多只能算是冰山一角。由此观之,"十七年"时期苏联科幻小说在中国苏联文学译作总量中的占比极低,而苏联文学作品的翻译仅仅是中苏文化交流中的一个方面,其他还有诸如科技、电影、音乐、展览、使团交流、互派留学生等内容。对比之下,苏联科幻小说的译介在整个"十七年"时期的中苏文化交流中的占比就更小。所以,可以说中苏文化交流对中国文化事业的影响巨大,但具体到科幻文学一隅,在现实数据的对比下,却很难直接说中国科幻小说受到苏联的影响是极大的。

如果聚焦于科幻文学内部,"十七年"时期的中国科幻文学完全受到苏联科幻文学的影响也存在逻辑断层,尤其是在中苏关系逐渐交恶的时段。"1962年之后,中苏关系恶化,苏联科幻小说基本退出了中国,而'文革'后,苏联科幻小说已是明日黄花了,再加上欧美经典科幻的引

① 罗能:《1949年至1966年中国大陆外国科幻的译介及影响分析》,见吴岩主编:《中国科幻研究》,北京师范大学中国儿童文学研究中心,2011(2)。

入,苏联科幻小说彻底退出了历史舞台。'文革'后出生的几代人,不说读过《水陆两栖人》这样的苏联科幻小说经典之作,恐怕是听都没听过了。"①前文已经论述,在1962年以后,"十七年"时期的中国科幻在创作数量与题材类型上正处于多元勃发期,如果说中国科幻受苏联科幻作品的影响巨大,那么在中苏关系交恶的这一时段原创作品理论上应该减少。但实际情况是中国科幻在这一时期反而出现了数量更多的作品,这似乎也可以在一定程度上反映出"十七年"时期中国科幻的原创价值。

## 三、中苏科幻理论的错位

"十七年"时期苏联科幻文学对中国科幻文学的影响巨大这一论断,如今看来更像是当前科幻隔着时空回望时出现的庞大虚像,而其背后的原因可能与中国科幻文学的理论建设发展滞后有关。理论建设滞后会带来诸多问题,苏联影响之虚像是其一,前文笔者所述"十七年"时期科幻定义的摇摆性也是理论缺失的一种表现。

在新时期科幻热潮到来之前,中国科幻的批评生态更像是生产者和接受者这两个对象之间的自说自话,作者的理论提出更像是创作经验谈,读者的理论提出更像是主观感受强烈的个人点评。如在评价苏联科幻小说《星球来客》时,评论者不关注作品的美学价值,却把注意力放在对社会制度的区分中:"虽然是一本科学幻想小说,但作者也没有忘记揭露帝国主义者丑恶的本质。帝国主义者因为星际飞船在苏联境内着了

---

① 姜倩:《幻想与现实:二十世纪科幻小说在中国的译介》,200页,上海,复旦大学出版社,2006。

陆,使他们妄想独自占有飞船秘密的野心落了空。于是就想一切办法进行破坏……作品中所描写的卡里斯托人先进的社会制度和发达的科学技术,其实就是我们向往的未来。"①本土规范批评者和批评话语的缺失使得新时期之前的科幻理论并不清晰,因此科幻评论在这一时段自觉或不自觉地使用了苏联的相关理论。

中国科幻理论的初步建立时间在 20 世纪 80 年代:"中国第一部科幻文学理论著作是叶永烈的《论科学文艺》(科学普及出版社,1980年)。"②叶永烈在著作中回望"十七年"时期的中国科幻时,指出了苏联科学文艺理论对中国的影响。在科幻的概念仍与科学文艺交织的情况下,苏联科幻理论的特征很容易就被认为是中国同时期也具有的特征。别林斯基(Виссарио́н Григо́рьевич Бели́нский)认为:"科学文艺旨在叙述科学家的概念,并且又是大众极其感兴趣的东西,并且要求作者多少用文艺的形式来表现它们。"③伊林(Илья Яковлевич Маршак)则指出:"科学和文学的目的都是服务于生活,科学家应当向语言巨匠学习,动人地、简明地向人民汇报自己的工作、自己的发明。"④一些苏联科幻作家也对这一概念给出了自己的理解,如叶甫列莫夫(Ефремов)曾有言:"我觉得真正的科学幻想作品的本质在于它是对人类科学成就、对于改造自然、改造社会和人类本身所取得成就的附属品的幻想,这是现代科

① 郭平生:《优秀的科学幻想小说——〈星球来客〉》,载《读书》,1958(16)。

② 王洁:《中国科幻文学的发展历程及三大走向》,载《江西社会科学》,2018(7)。

③ 叶永烈:《论科学文艺》,1 页,北京,科学普及出版社,1980。

④ [苏联]伊林:《论科学文艺读物及其性质》,余士雄译,见黄伊:《作家论科学文艺》(第 2 辑),26 页,南京,江苏科学技术出版社,1980。

学幻想的本质。展示在社会和人类发展中科学的影响，反映科学进步，反映认识、驾驭自然世界的心理感觉和日常生活——这一切是科学幻想的主要思想、意义和目的。"①由此观之，在这样的理论预设中，苏联的科学文艺作品难以归附到文学作品的范畴，并且理论中的科技展示与科普目的论也与当今科幻美学价值要求相去甚远。而在这一时期此类苏联科幻理论的影响下，按照逻辑，中国此时的科幻小说创作也应该是遵循苏联理论路径的。其中最典型的标志就是"苏联模式"。

对科幻中"苏联模式"的解释是："科学是神、科学万能是五六十年代苏联科幻小说的一贯论调，这种论调随着苏联科幻小说五六十年代的大量涌入感染了一代中国人。"②以及"苏联的科幻小说却像极了一场场的'科技秀'，科学家利用无所不能的科学技术可以解决任何问题，能够克服所有困难。"③诚然，"十七年"时期的中国科幻中出现了很多这种风格的作品，因此很多学人理所当然地认为"十七年"时期的中国科幻创作是在苏联科学文艺理论的指导下进行的，这似乎也印证了此时中国科幻全面学习苏联的论断。

但事实上，虽然这一时期内中国科幻作品里有符合苏联科学文艺理论的作品，而苏联的科幻作品在这一时期内却远超其自身的理论限制，甚至达到了当代科幻美学的基本要求。如前文所言，提出科幻理论的苏

---

① 孟庆枢：《苏联科幻小说浅论》，见黄伊：《论科学幻想小说》，245 页，北京，科学普及出版社，1981。

② 罗能：《1949 年至 1966 年中国大陆外国科幻的译介及影响分析》，见吴岩主编：《中国科幻研究》，北京师范大学中国儿童文学研究中心，2011(2)。

③ 同上。

联作家叶甫列莫夫（Ефремов）在这一时期有小说作品《星船》问世。"叶甫列莫夫的'星船'（集辑在'星球上来的人'一书中，潮锋出版社出版）里写到了 7000 万年前太阳曾经跟别的一颗恒星相距很近，从那颗恒星旁边的行星上有高等生物来过地球，在地层中留下自己的痕迹。诚然，没有一个天文学家提出过太阳曾在 7000 万年前靠近别的恒星的假说，这完全是作者的杜撰。但是，在这杜撰的事实中作者表述了一个深刻的、有充分科学根据的思想：宇宙中的许多星球上有着高等的、智慧的生物存在，科学的发展归根到底会战胜辽阔的宇宙空间，让星球上的高等生物（也就是人类）互相交往。"[1]由此观之，在具体的科幻创作实践中，苏联的部分科幻作家已经超越了理论对科技现实的反映，超越了对技术发明的展览式描述，也超越了对科技万能论的探讨，直接来到了人类存在与宇宙哲学的高度。

反观"十七年"时期的中国科幻，这样的作品是极少的。当然也有一些优秀的作家意识到了这个问题，如郑文光在评价早期苏联科幻小说《加林的双曲线体》时曾有言："小托尔斯泰（即阿·托尔斯泰）作品中的人物简直就只是一种影子……不过是传递科学知识的话筒而已，苍白无力的人物造就的只能是苍白无力的作品。"[2]因此他不想写"苏联模式的无人物无文学的科幻小说"[3]。郑文光之后在自己的写作中进行了突破性地尝试，并且取得了一定的成效，而"十七年"时期的大部分科幻作家

---

① 郑文光：《谈谈科学幻想小说》，载《读书月报》，1956(3)。

② 陈洁：《亲历中国科幻——郑文光评传》，72 页，福州，福建少年儿童出版社，2006。

③ 同上书，74 页。

却还是没有跳脱出苏联科幻创作理论的桎梏。

综上，"十七年"时期中国科幻小说中的"苏联模式"出现并非是中国科幻对苏联的模仿，它实际上是中国科幻在缺乏新颖理论的指导时，传统本土科幻创作经验与苏联陈旧科幻创作理论的错位对接。而同时期的部分苏联科幻小说，却已经远远超出了陈旧理论，彰显出全新的科幻美学形态，这些内容反而是"十七年"时期中国科幻所没有模仿到的部分。此外，就具体的文本而言，"十七年"时期的中国科幻与当时的苏联科幻在细节上也有诸多差异，不能一概而论地说是对苏联科幻的全面模仿。

## 四、中苏科幻文本的差异

尽管"十七年"时期中国科幻在一定程度上受到了苏联作品的影响，但在文本分析中依然可见二者细部特征的差异。前文提及，在"十七年"时期中国翻译的苏联科幻文学作品共约 83 篇，在这些苏联翻译作品中，约有三分之二的作品为中长篇，即使是发表在期刊杂志上的苏联译介科幻小说，也有近半数是中篇或长篇的连载，这与中国"十七年"时期科幻小说几乎全为短篇的情况大相径庭。有学人认为这是"十七年"时期中国科幻受制于发表阵地和儿童化倾向所造成的窘境，但实际上，"十七年"时期中国所译介的苏联科幻小说，在叙事主体与主要人物方面都以成年人为主，没有出现与中国"十七年"时期科幻几乎以儿童作为小说主要人物相同的情况。除去上述整体的文本差异，具体到个体小说，文本的细节差异也同样存在。笔者拟选取"十七年"间中苏文化交流前、中、后期三段中的三个文本《康爱奇星》（1955）、《在两个太阳照耀下》（1957）、《人造小太阳》（1960）与同时期的中国科幻进行简要对比，以分析其中的差异之处。

首先，在文本的环境塑造方面，苏联科幻作品较中国科幻作品显得更加细腻。如对火箭飞行器的描写，《在两个太阳照耀下》中，马斯洛夫（Маслов）写道：

> 宇宙飞船的形状很像个大炮弹，它立在一个像大碗的起飞场中央。星际飞船约有十二米长，直径约有四米。这是一种火箭式飞船：它的圆锥体部分是光溜溜的，圆柱形部分的上面，有一圈圆形的饰光；饰光下面的一扇沉重的门打开了；在离火箭船下面一米高的地方，像棋盘似的排列着四排圆洞，门口放着一架螺旋式的梯子，像座精致的小塔似的立在旁边。①

在中国的科幻作品中，对火箭的描述如下：

> 恰巧，在宽大的一直指向天空的钢轨上，停着一只火箭，它像一只大鱼似的爬（趴）在那儿准备起飞。人们在周围忙碌着。突然，汽笛尖声地叫了起来，人们都很快地跑向一边。火箭顺着轨道跑了起来，最后以极快极快的速度向轨道末端滑去，几乎叫人看不清。②

---

① ［苏联］埃·马斯洛夫：《在两个太阳照耀下》，16 页，天津，天津人民出版社，1957。

② 崔行健：《小路路游历太阳系》，12 页，太原，山西人民出版社，1956。

苏联作品中对飞行器的描绘明显更加数据化,显得更为逼真、细致,此外,苏联科幻作品中的火箭发射方式为喷气式,而同时期中国科幻中的火箭发射方式为滑轨式,并且在一些本土小说的封面和插图中,也直接画出了这种场景。经笔者调查发现,这种场景的原型应为莫斯科宇航博物馆的宇宙征服者纪念碑,因此中国科幻的场景与其说是模仿,毋宁说是一种致敬。

除了对交通工具描绘的差异性外,在描绘异世界场景时,苏联科幻与中国科幻也有一定的差异。以描写月球为例,沙符朗诺娃(шевронова)和沙符朗诺夫(шавланов)在《人造小太阳》中写道:

> 当我踏上月球的时候,立刻明显地感到月球的面积比地球小。譬如说,一个人站在地球上看地平线离自己有 5 公里的话,那么在月球上就会不习惯地感到地平线离自己太近,一共只有 2.5 公里了。这样近的地平线使人有种奇怪的感觉,好像身在一个极小极小的海岛上似的。月球上空最大的行星是地球。漆黑的天空中一轮炎日十分耀眼,月球上的人一定要戴黑眼镜才行。影子非常清晰而浓黑,如果你背太阳站着,你的影子就像一个无底的深渊似的,你甚至不敢用脚去踩那地方。[1]

而在《征服月亮的人们》中,郑文光写道:

---

[1] [苏联]沙符朗诺娃、沙符朗诺夫:《人造小太阳》,79 页,上海,上海科学技术出版社,1960。

　　月亮，这是怎样的一个世界啊！在这儿，地面是崎岖的，可是毕竟是一片平原，没有什么东西挡住，眼睛可以一直看到遥远的远方。只在远方，靠近地平线上，出现了一些山和山脉。抬起头，仍然是布满星辰的黑色的天空，太阳发出刺目的白色光芒，还喷出红色的火焰呢。天上还有半个天蓝色的圆球，发出柔和的光辉。这就是地球。阳光只照亮了它的一半，看起来非常像地球上看到的阴历初七、八的月亮，只是要大得多，也美很多。[①]

　　在对异世界进行描述时，苏联科幻显得更为严肃客观，而中国科幻则显得更加生动活泼，后者无疑更符合少年儿童的阅读习惯。

　　其次，苏联科幻较中国"十七年"时期的科幻更擅长对宏大场面进行描绘。同样是在《人造小太阳》中，有如下的叙述：

　　小太阳停到当头时，叶丽娜·尼古拉耶夫娜就命令离指挥所 2 公里之内的人都躲到掩蔽所去。破冰船和其他的船舶也都按照命令离开海岸停泊到安全地区。载货的直升飞机也被禁止作定期的航行。当所有这些命令都执行了的时候，海边数百只警报器就拼命地吼了起来。小太阳开始下降。[②]

　　我们有系统的飞行巡视，注意冰块的融化情况。南极洲沿海一

---

　　①　郑文光：《征服月亮的人们》，见郑文光：《太阳探险记》，27 页，上海，少年儿童出版社，1955。

　　②　[苏联]沙符朗诺娃、沙符朗诺夫：《人造小太阳》，131 页，上海，上海科学技术出版社，1960。

带差不多已经没有冰块了，中部的冰块也都融化了，出现了一个有几百米深的大洞窟。冰水流进这个窟窿时，水压非常大，形成了一个旋涡，贪婪地吸进了大量的水，发出巨大的啸声。①

而中国科幻作家由于创作经验的不足，"十七年"早中期的科幻作品更多地对小场景进行刻画，它们大都集中于渔场、工厂、农场等地，缺少一种开阔恢宏的气象，直到刘兴诗携带其气象题材的科幻作品出现时，中国科幻对宏大场面的驾驭能力才得到了改善。

最后，苏联科幻中对发明创造的描写更注重其双向性的结果，而非一味鼓吹科技所带来的光明面。如马斯洛夫（Маслов）对一种"好战药"的描写：

> 我不预备用我的研究工作的生物根据和化学根据，来耽误您的时间了。那些道理是很复杂的，未必能引起您的兴趣。顶重要的是最后结果。我发明的这种药，用某种严格规定的方式，影响人的意识。无论谁，吃了这种药，就突然生出一种无法制止的愿望——非杀人放火不可。②

一种科学发明能够激发人类的杀戮欲望，好战分子准备将之用于战

① ［苏联］沙符朗诺娃、沙符朗诺夫：《人造小太阳》，139～140 页，上海，上海科学技术出版社，1960。
② ［苏联］埃·马斯洛夫：《在两个太阳照耀下》，45 页，天津，天津人民出版社，1957。

争，而发明者对此深表担忧。而"十七年"时期中国科幻的发明创造中，与之类似的产品是不存在的，我国科幻小说中的发明创造几乎都是科技的正面影响和对生活改善的歌颂，鲜有对科技负面影响以及科技演进中人伦道德的变化进行探讨。

此外，苏联科幻善用借景抒情的叙述方式，抒情描写较"十七年"时期的中国科幻也更为细腻、自然。如贝略耶夫（A. Беляев）在《康爱奇星》中描写初见外星球时的场景：

> 突然舷厅的窗板打开了。我们眼前就是天空。到处布满着闪烁的星星，并且稍微带着胭脂颜色。整个银河被五颜六色的星点缀得斑斑驳驳，它绝不是像我们从地球上所看到的那种乳白色。
>
> 东孃指点我看那靠近第一座大雄星的星——那是熟悉的星座中的一颗新行星。
>
> "康爱奇星……康爱奇星。"东孃说道。[1]

自然而宏伟的星系景物描写凸显了宇航者在初见新行星时的震撼与激动，这是苏联科幻中常用的"润物无声"的细节。反观"十七年"时期的中国科幻，其抒情性描写常是直抒胸臆，并辅以较多的语气助词，使得小说有时候看起来颇具"为赋新词强说愁"的刻意之感。

综上所述，在细部场景刻画、抒情性描写以及对待发明创造中科技的态度上，苏联科幻小说与"十七年"时期的中国科幻小说还存在一定的

---

[1] ［苏联］阿·贝略耶夫：《康爱奇星》，39页，上海，潮锋出版社，1955。

差异，在对相似题材的中苏科幻小说进行比对时，这种差异就更为明显。如果说"十七年"时期中国科幻是对苏联科幻的完全模仿，但这些苏联科幻中的精致细节却偏偏被遮蔽了，从逻辑上是难以讲通的。

## 五、小结：被夸大的苏联科幻之影响

中苏文化交流的历史进程在"十七年"时期达到高潮，其巨大的文化惯性容易让一切该时期的中国文化打上苏联影响的烙印。尽管在中苏关系交恶之前，中国曾译介了大量的苏联文学作品，但科幻文学译作在其中的占比极少，而文学交流又仅是中苏文化交流的一个方面，因而在这一时期向中国涌来的文化洪流中，科幻的影响只是极小的一部分。而科幻理论的滞后让"十七年"时期的中国科幻产生了错位的美学特质，当中国科幻文本还在"苏联模式"的泥沼中进行突围时，同时期的苏联科幻已经向着更深刻的美学意义迈进了。而在具体的文本细节中，苏联科幻的优秀特质似乎并没有被"十七年"时期的中国科幻完全吸收。综合而言，"十七年"时期的中国科幻确实在一定程度上受到了苏联科幻的影响，但并不是全面且极其深远的影响，苏联科幻对"十七年"中国科幻创作的决定性影响更像是一个观念中时隔久远的虚像。相较于苏联同时期的科幻作品，"十七年"的中国科幻在人物塑造、场景铺垫以及抒情策略上还显得较为稚嫩，当然，这一切都指向了"十七年"时期中国科幻的另一特质——儿童化倾向。

## 第二节　"十七年"时期中国科幻的儿童文学领域伴生

### 一、回望中的科幻儿童化倾向

儿童化色彩浓厚所导致的文学价值欠缺，是"十七年"时期中国科幻的特征之一，但需要说明的是，这个标签是在新时期及以后的科幻评论中，学人回望当时的创作情况所得出的结论。如叶永烈在给科学文艺下定义时曾说道："就科学文艺作品的阅读对象来说，有成年人，也有少年儿童，其中主要是少年儿童。有少数科学文艺作品是专供成年人阅读的，但大多数科学文艺作品是供少年儿童阅读的，属儿童文学范畴。"①尽管前文已经论述科幻与科学文艺的概念并不一致，但从论断中可以看出当时学人对该类作品期待读者群所做的限定。

在"十七年"期间，儿童化倾向的科幻小说得到了以小读者为主的读者群体的青睐，这类与传统儿童文学不太一样的小说给他们带去了新奇的阅读体验，并且开拓了他们的思维与想象。学者吴岩曾谈及他的亲身感受："在我小的时候曾读过赵世洲的小说集《活孙悟空》，对其中《不公开的展览》这篇小说印象深刻，作品里讲到了未来孩子们科技感十足的夏令营。作为一个在北京长大的孩子，我们都很少听说夏令营这个词，更别说其中的技术奇观了。这个小说与我之前看的小说完全不同，读完

---

① 叶永烈：《论科学文艺》，6页，北京，科学普及出版社，1980。

后我也对其中的未来生活充满了向往。"①如果不是时代亲历者，很难对"十七年"时期的科幻小说给出上述评价。立足于当代科幻美学与批评理论的研究视野，要求在科幻研究中尽量摒除主观感受对逻辑判断的干扰，其最终结果便是回溯性质的研究缺乏历史语境，有很多的结论并不可靠。

在 20 世纪 80 年代关于科幻的一系列讨论中，儿童化倾向的问题同样被反复争论，在论争趋于白热化时，仍有部分学人意识到了"十七年"时期儿童科幻繁荣景象的积极意义，呼吁产出更多的适合儿童阅读的科幻作品："回顾 50—60 年代初期曾经在少儿文艺园地中初步出现的科幻创作小康、繁荣局面，不能不使人于忧虑之余，痛切地感到要进行深刻的、广泛的反思。"②在对科幻儿童化倾向批评的声音中，仍有对其有益部分坚守的声音，而部分"十七年"科幻的读者同样对那时的科幻多有褒奖。这背后的原因还需要更为深入的讨论。

## 二、"十七年"科幻文学与儿童文学论争的焦点

在当今对"十七年"时期中国科幻儿童化倾向的讨论中，其核心俨然变成了一个关于"是"与"非"的问题，即这一时期的科幻文学是否属于儿童文学，以及这一时期的儿童文学是否包括科幻部分。鉴于此，有学者曾认为"十七年"时期的中国科幻其本质是儿童文学："中国科幻文学是

---

① 注：内容整理自笔者 2018 年 5 月对吴岩进行的采访。

② 王国忠：《断层出现之后——论少儿科幻创作的现状及前景》，见王泉根：《现代中国科幻文学主潮》，167 页，重庆，重庆出版社，2011。

作为儿童文学的子类而存在的，长期归属和依附于儿童文学的总名之下。"①当然这种观点也曾遭到其他学者的强烈反对："把科幻小说放在儿童文学大类中是导致中国科幻小说儿童化的一个重要原因，是制约中国科幻小说发展的重要因素。"②而这样造成的结果是"科幻小说的情节结构、人物性格、性情描写等都被赋予了儿童文学的特殊要求，它要求纯净且有教益，不能有稍稍复杂的善恶兼具的人物性格，不能有成人的性情描写，这就束缚了科幻小说的手脚，使其反映社会生活的广度和深度受到限制，1983年科幻小说被当作'精神污染'重灾区就是这种观念的结果。"③

上述两种观点或许过于绝对，而另外一部分学者则抓住了科幻文学与儿童文学发展的时代背景，得出了较为客观的看法："在中国文化与中国文学的特殊背景下，科幻文学的苗还只能种在儿童文学的土里，否则不但得不到发展，甚至连生存权也会成为问题。一切大话空话都无济于事，我们必须尊重历史，正视现实。"④在上述论断中，一个隐含的话语是科幻的合法性与独特性何为，而科幻合法性与独特性的基础是文学审美特征的存在。毫无疑问，"十七年"时期的中国科幻小说在部分学者眼中存在严重的文学审美问题，因此有部分声音主张科幻文学要跳出儿童文学，寻求更具美学价值的独特性，而另外一部分声音则认为囿于特

---

① 王洁：《中国科幻文学的发展历程及三大走向》，载《江西社会科学》，2018(7)。
② 葛红兵：《不要把科幻文学的苗只种在儿童文学的土里》，载《中华读书报》，2003-08-06。
③ 同上。
④ 王泉根：《该把科幻文学的苗种在哪里？——兼论科幻文学独立成类的因素》，见王泉根：《现代中国科幻文学主潮》，189页，重庆，重庆出版社，2011。

殊的历史条件,科幻只有向着儿童文学归附才能满足最基本的合法性。

造成上述二元对立情况的原因是多样的。首先,"十七年"时期的一系列出版政策使得目标读者的重心朝着青少年倾斜。《人民日报》在1955年9月曾发表题为《大量创作、出版、发行少年儿童读物》的社论,鼓励社会各界出版、推广少儿读物,旨在丰富少儿阅读市场,提升少儿阅读兴趣与知识水平。当时间来到"大跃进"运动期间,针对少儿市场的出版实际上更加多样,以中国少年儿童出版社为例,在这一时段,"必须有大量最富有思想性的少年儿童读物,帮助党和国家训练成长中的一代。自从党号召作家为孩子们拿起笔来以后,作家给孩子们写作的热情很高,两三年来已经出版了不少优秀的著作。在社会主义'大跃进'的浪潮中,很多作家已深入基层,这有助于他们创作更多的反映现实生活的作品。"[1]加之"十七年"时期的部分科幻作者有很多直接从事少儿图书的编辑工作,也有很多作者在进行科幻创作的同时也进行着少儿科普的工作。如于止(叶至善)时任中国少年儿童出版社社长,兼任《中学生》杂志主编。王国忠曾策划、组编过图书《十万个为什么》。郑文光、童恩正、刘兴诗等人都曾写过许多少儿科普的文章。这与"十七年"初期科幻作者多为一线教育工作者的情况又有不同。

此时,为儿童进行创作并不是科幻文学的独特经历,而是出版行业对整个文学界的要求,何况,此时呼吁较多的还是"反映现实生活的作品",理论上讲,科幻还是这一出版号召下的擦边球。因此科幻文学在

---

[1] 中国少年儿童出版社:《大跃进中的中国少年儿童出版社》,载《读书杂志》,1958(6)。

寻求自身存在的合法性上，有必要进行一定的妥协，而这样的姿态却容易在后来成为抨击"十七年"时期中国科幻失去独立性的理由。

其次，"十七年"时期中国科幻的儿童化倾向其实也在一定程度上受到了来自苏联的影响。在 20 世纪 30 年代，苏联同样把"普及科学技术和培养民族主义情操作为最迫近的目标"[①]。高尔基（Алексéй Макúмович Пешкóв）也曾提出科幻在科普功能之外，同时还要关注掌握科学技术和需要学习科学技术的人，将故事作为"具体的活生生的人克服物质和传统的抵抗的斗争场所"[②]。苏联在此时也将科幻的目标读者锁定为青少年，在创作中也更加注意关注青少年的阅读习惯与接受能力。在对苏联科幻作品进行译介的过程中，中国也强调了儿童化科幻小说的功用。《"康爱齐"星》当时标"苏联科学幻想小说译丛之二"，开篇说明"本书根据苏俄教育部国立儿童书籍出版社出版的科学幻想小说丛书选译而成……它的目的是：以共产主义的精神教育青年，培养青年爱祖国、爱劳动、爱科学的热情，丰富青年对新事物的想象力，使他们从想象进入具体的实践"[③]。所以，科幻作品中的儿童化倾向并不是中国独有，只不过在此实践过程中，中国的特殊国情让科幻的儿童化倾向呈现出更多的中国特征。

实际上，科幻文学与儿童文学在"十七年"时期的纠缠不应该是一个

---

① ［加］达科·苏恩文：《科幻小说面面观》，赫琳等译，39 页，合肥，安徽文艺出版社，2011。

② ［苏联］高尔基：《论主题》，冰夷、满涛等译，见《论文学（续集）》，440 页，北京，人民文学出版社，1979。

③ ［苏联］阿·贝略耶夫：《"康爱齐"星》，滕宝、陈维益译，1 页，上海，上海潮锋出版社，1955。

单纯的"是"与"非"的问题，而更应该是一个"或"与"并"的问题，过分地纠结于谁归属谁，对双方的发展都无益处。其实这一时期科幻与儿童文学的纠缠完全可以跳出文学审美一隅的视角，从更多的角度去观察这种共生现象。郑文光在新时期的一个论断可以作为一种回溯性的参照，他认为科幻小说的儿童化倾向是一种叙述视角的选择："从大量的科幻小说的创作实践来看，科学的创作方法是一种可供自由选择表现角度的创作方法。他写的还是现实社会，但他可以从一个绝妙的角度来写。就好像我们给一个实体照相，可以从照出来最好看的角度、最能突出表现主题的角度来照一样。"[1]从儿童视角出发，书写技术未来和深邃太空，唤起儿童的探索欲、求知欲，在提倡科学、关爱儿童的大环境下，不失为合适的角度。同时，郑文光的论断也认为科幻是现实书写的视角一种，只不过运用了幻想手段。吴岩站在功能发展的视角，对科幻文学的儿童化倾向做出了新颖的说明："科幻小说给儿童提供了无数个可能的未来，使他们理解了世界未来的多样性。因此，它也是一剂预防心理疾病、保持身心健康的良药……培养和发展儿童解决问题的能力，加深孩子对未来社会的适应能力，是儿童科学幻想小说的又一个重要功能。"[2]在吴岩看来，科幻儿童化倾向的利好并不局限于文学意义，而是对少年儿童本身的发展有益。当然，吴岩认为能够达到对儿童身心发展有益的途径有多种，而科幻只是其中较为独特的一种："儿童科学幻想小说的功能使

[1] 郑文光：《谈幻想性儿童文学》，见沈刚主编：《儿童文学讲稿——东北、华北儿童文学讲习班材料选编》，28页，沈阳，辽宁少年儿童出版社，1984。

[2] 吴岩：《儿童科学幻想小说的功能》，见王泉根：《现代中国科幻文学主潮》，175页，重庆，重庆出版社，2011。

它成为实现这一目标的一种手段。它不是唯一的手段,却无疑是重要的手段。"①

时至今日,与"十七年"时期类似的科幻内容已经有了自己专属的名字——少儿科幻。它既是儿童文学中的一员,也是科幻文学中的一员,它拥有自己专属的作家群与读者群,在创作技法与文风上都有自身的独特风格。同时,少儿科幻的作者群落一直在思考自身与成人科幻在文学与美学上的定位,并不断完善:"少儿科幻应该具有与成人科幻相同的科幻维度,相媲美的科幻创意。而同时,由于其根系中的'儿童性'的基因,又可以让它的科幻性呈现出一种独特的面貌。这样的少儿科幻,将拥有独特的视角和独立的开拓性,形成有其自身鲜明特色的文学、美学风格。"②从"十七年"时的现象生发,到新时期与"清污运动"之后的论争,再到当今子类的成型,科幻与儿童文学的纠缠状态逐渐演变成融合发展。如果非要以当今的眼光去评价"十七年"时期这类风格的科幻小说,笔者更倾向于使用少儿科幻这一概念,而不是认为这类文本是被时代遗忘且毫无文学、美学价值的儿童化倾向作品。当然,为何在"十七年"时期的中国大地上出现了如此大量的该类作品,笔者认为这可能还与作者、研究者对儿童文学概念的误读有关。

## 三、对儿童文学概念的误读

与科幻文学的定义类似,儿童文学的概念内涵多样,也经历过长期

---

① 吴岩:《儿童科学幻想小说的功能》,见王泉根:《现代中国科幻文学主潮》,176页,重庆,重庆出版社,2011。
② 马传思:《少儿科幻是成人科幻的低配版吗?》,载《深圳商报》,2018-12-05。

的发展与完善。"十七年"时期中国科幻与儿童文学的纠缠状态实质上是对儿童文学内涵单一理解所造成的结果。在特殊的历史语境下，"十七年"时期科幻视域中的儿童文学其实是指儿童本位的文学创作观，即为儿童而写的文学作品。如果仅仅是对内涵的单一理解还谈不上误读，但如果加上"十七年"时期的科普任务，那么儿童文学的诸多内涵特征如书写童年经验、达成发展认知等则被粗暴地排除，仅剩下一副工具论的躯壳。简言之，"十七年"时期的科幻文学主要目的是向全国少年儿童输送科技知识，这一逻辑既不符合科幻文学的概念，也是对儿童文学功能的片面理解。

即使时间来到 20 世纪 80 年代，部分科幻文学工作者仍然持有类似的观点。如郑文光曾说："我们应该在全民中宣传科学，不光是宣传科学知识本身，首先还要宣传科学的态度，或是科学精神，或是思维方法，或是世界观。尤其在少年儿童中要这样做，因为我们肯定会很快面临一个科学高度发达的社会，这个进展还应该更快，这有赖于我们的科学工作者，全体人民，特别是少年儿童。应该让小孩从小爱科学，我想科学幻想小说最根本的任务，就在这个地方。"①郑文光的论断虽然也指出了科幻小说进行儿童科普的工具性特质，但是郑文光还看到了科幻小说对科学精神、科学思维的培养，这在当时的科幻理论界已经是较为进步的思想。蔡景峰则将科幻视为一种向儿童灌输知识的工具："儿童是善于幻想未来的，他们对于未来充满希望，充满美好的憧憬，希望自己

---

① 郑文光：《谈儿童科学文艺》，见王泉根：《现代中国科幻文学主潮》，153 页，重庆，重庆出版社，2011。

将来能成为一个新型的工人、农民、工程师、发明家，更好地为祖国、为人民、为实现四个现代化贡献出自己的力量。这就是为什么科学幻想故事能在少年儿童中间拥有广大读者的基础。科学幻想作品是对儿童灌输科学知识的一种好形式。"[①]他还补充道："科学幻想故事对少年儿童是一种特别生动的灌输科学知识的形式。"[②]当然，也有一些学人只关注科幻小说的启迪作用："我认为科幻小说的主要任务是启迪青少年的智慧，丰富他们的想象力，引起他们对科学的兴趣和探索……文艺要'百花齐放'，中国的科幻小说难道就不允许多'放'几种'花'么？我恳切希望大家都来扶植科幻小说这株幼小的花苗，因为青少年需要它。我曾经在三千多名小学生中做过调查，喜欢阅读科幻小说的少年儿童，竟占百分之七十以上，这难道不值得我们重视么？"[③]智慧启迪确实是科幻文学的重要作用之一，但是从来没有人限定启迪对象一定要是青少年。

而上述所有的论断都指向青少年，其背后的话语不仅仅是科幻的任务如此，而是在"十七年"时期儿童文学的总任务也是如此，科幻只是承载任务的一种方式："从儿童文学总的任务出发，作为儿童文学中的一种体裁样式的科学文艺作品，要培养儿童的马克思主义世界观，把他们

---

① 蔡景峰：《多给孩子们写些好的科学故事——兼评一些科学幻想作品》，见中国科普创作协会科学文艺委员会编：《科幻小说创作参考资料》，51～52页，北京，科普作协，1981(3)。

② 同上。

③ 罗丹：《科幻小说启迪青少年智慧》，见中国科普创作协会科学文艺委员会编：《科幻小说创作参考资料》，41页，北京，科普作协，1982(4)。

培养成具有高度科学知识水平的社会主义和共产主义的建设者与保卫者。"①

　　由此观之，在"十七年"的特殊历史语境下，儿童文学的概念误读并不是在科幻一隅单独发生的情况。在文艺政策与时代要求的双重规范下，这一时期的传统儿童文学也出现了一些概念摇摆的内容。例如："这一时期的儿童文学作品中，出现了一批英雄少年，他们个个都是好样的，小顽童的幼稚和贪玩，在他们身上了无影踪；相反他们具有成人般的意志和极高的政治觉悟。在阶级斗争面前，他们大智大勇，与敌人斗智斗勇，反应敏捷；在大是大非面前，他们立场坚定，沉着冷静。他们的语言、思想、行为已经不再具有儿童的特点，被作家人为地拔高和神化，于是一个个完美的英雄少年横空出世。"②儿童形象的成人化与模式化问题在传统儿童文学中同样出现，更有意思的是，传统儿童文学中甚至出现了比科幻文学中更多的"少年科学家"形象："在五六十年代攀登科技高峰的时代背景下，杂志上的封面、插图、文本等，合力对'少年科学家'的形象进行塑造与想象，在潜移默化之中培养读者对科学的向往和兴趣，这一形象在社会主义建设过程中，与当时的民族国家气象相辉映。"③这部分传统儿童文学中的"少年科学家"形象与科幻小说中的类似形象共同脱离了现实的童年经验，最终也在误读下沦为了工具性的

---

　　①　哈经雄：《谈儿童科学文艺创作中的几个问题——读十年来儿童科学文艺作品札记》，载《华中师范学院学报（语言文学版）》，1959(1)。

　　②　陈义霞：《"十七年"现实题材儿童小说中儿童形象的演变》，硕士学位论文，河南大学，2014。

　　③　杨文凭：《〈少年文艺〉(1953—1966)与"十七年"的儿童文学教育》，硕士学位论文，华东师范大学，2018。

人物躯壳。

此外，在"两结合"的创作手法介入"十七年"时期传统儿童文学领域时，儿童文学概念的多元壁垒也被打破，从而产生一些与科幻和儿童文学纠缠类似的混合情况："长期以来，儿童文学研究中，存在着这样的论争，就是民间故事、特别是神话和童话的现实性问题和对儿童教育的作用问题。现在，可以根据革命的现实主义和革命的浪漫主义相结合的原则，顺利地解决这些问题了。"①如果说传统儿童文学领域在这一时期同意用"两结合"的手法将民间故事、神话以及童话与纯粹的儿童文学组合在一起，那么科幻与儿童文学的组合也应该合乎情理。总而言之，在"十七年"特殊的政治要求和历史语境下，专业批评经验的欠缺让各文类都对自身产生了或多或少的误读，而文艺政策的加持则让各文类在工具化、目的化的浪潮中必须打破自身的独立性，最终形成了各种具有纠缠状态的混合情形。

诚然，"十七年"时期的科幻小说很多是从儿童本位出发进行创作的，但抛开一些外在因素回到文本，我们不难发现"十七年"时期的中国科幻与传统儿童文学作品的差异。

## 四、"十七年"科幻文学与传统儿童文学的差异

理论的辩证在不同的时代背景下可以有不同的阐释视角，但作为本体的文本内容是不会变化的，所以此处笔者拟简要对比"十七年"时期传

———————————

① 陈汝慧：《在儿童文学阵地上实践革命的现实主义和革命的浪漫主义》，载《厦门大学学报（社会科学版）》，1959(1)。

统儿童文学作品与科幻作品,以期从具体细节找到二者的区别之处。

在儿童小说作品中,主流文学所要求的现实主义创作手法和历史革命题材等特征随处可见。"党向儿童文学提出了光荣的战斗任务:用共产主义思想和无产阶级的革命精神教育少年一代。要实现这个任务,很重要的一点就是要让少年们清楚地了解:他们的父兄一辈过去和现在是怎样为了共产主义而奋斗的,要具体地表现出中国人民光荣的革命传统,教育少年继承这个传统,这就要求儿童文学大力反映当前的社会主义建设以及过去和现在的革命斗争,大力描写这些斗争中的英雄人物形象,给读者提供可以直接仿效的榜样。"①这就要求传统儿童小说作家要有意识地对历史事件和抗争精神进行回溯,以唤起少年儿童的斗志。如在作品《小矿工》中,大群写道:

> 我们一路上,还遇见了早先留下的路标:石头夹在树杈巴上,现在石头已经长在树杈里了。山神大叔说,这条路线,往近说,也是五年前在这里经过的。有的树干上还刻着:"为了民族解放,坚决抗日!"看到这些,我们总是停下脚步。②

但是"十七年"时期科幻文学中现实主义手法和历史革命题材相对较少,大部分都是发明创造题材与未来指向的美好期待,作为主人公的少

---

① 李楚城:《拿起特写这个武器》,见蒋风:《中国儿童文学大系·理论》(一),931页,太原,希望出版社,1988。
② 大群:《小矿工》,见作家出版社编:《1957年儿童文学选》,7页,北京,作家出版社,1958。

年儿童将历史革命的斗志转换为了建设未来社会主义中国的热情。就主要题材和指向性来说，"十七年"时期的科幻小说与传统儿童小说仍有区别。

"十七年"时期儿童小说中的青少年人物大多具有成长属性，并且附带部分社会要求如热爱劳动、知错能改、努力学习等。这一时期传统儿童小说中的儿童形象呈现出一种"小大人"的特质，作者用成年人的理性和道德规范跨过儿童天性对人物直接做出设定，使得小说中的儿童形象十分完美但干瘪失神。例如，在教导孩子爱劳动时，儿童小说中的规劝逻辑是："接受劳动锻炼的孩子一般都是很出色的，他们热爱劳动、不畏困难、任劳任怨。但有时也会产生思想波动，这时思想教育便必不可少。"①在这样的逻辑推演下，姜树茂的笔下就出现了通宵工作的小会计形象：

　　办公桌上的罩子灯在发着黄澄澄的光亮。小会计伏在桌子上甜蜜地睡着，头上还披着一条湿漉漉的毛巾，一只手还搁在算盘上，指头还拤着算盘珠儿呢。老社长轻轻地走过去，不忍惊动她，但又忍不住要抚摸一下她那柔软的头发。忽然，她咕咕噜噜的发出一阵低低的梦呓声："对了，账对了……"②

"十七年"儿童小说中的少儿形象常常是德才兼备、优秀懂事的，甚

---

①　曹松：《"十七年"儿童文学中"成长"的品质塑造》，载《文教资料》，2015(32)。
②　姜树茂：《小会计》，载《萌芽》，1957(7)。

至可以为了大义而做出不符合其年龄、身份的举动。曹文轩曾有言：
“如果小说不建立在个人经验的基础上，那么在共同熟知的政治的、伦
理的、宗教的教条之下，一切想象都将变成雷同化的画面。而雷同等于
取消了小说存在的全部理由。”①很明显，“十七年”时期的很多儿童小说
作者并没有在儿童生活题材上积累足够的个人经验，塑造出来的雷同形
象削弱了儿童小说中的人物特点。科幻文学中的儿童形象虽然也呈现出
雷同的特质，但整体上，科幻小说中的儿童形象与传统儿童小说中的儿
童形象是有区别的。与之相反，“十七年”时期科幻小说中的儿童往往是
少知或者无知的，他们在公社、农场、工厂、渔场等地的活动都需要家
长、老师、工程师、科学家的引导，在参观或冒险的过程中逐步完成认
知构建。这是科幻小说中少儿人物形象的成长路径，它和传统儿童小说
中少儿形象的成长路径不尽相同。

　　除去小说，“十七年”时期的儿童诗歌也可以和科幻文学作者的作品
略作对比。例如，科幻作者郑文光在《中国少年报》上曾发表过一篇科学
诗《人造卫星之歌》：


　　（节选）
　　我和妹妹爬上了高高的屋顶，
　　仰头探望那深蓝色的天空。
　　一个光点儿静悄悄地掠过去了，
　　我说：“妹妹，你可看见人造卫星？”

---

① 曹文轩：《小说门》，56页，北京，作家出版社，2002。

……

从前人们梦想乘风驰骋，

上月亮去拜访广寒宫里的嫦娥，

问问"火星人"身体是否安康，

然后踏上太阳系那遥远的途程。

……

我们不再是匍匐地面的动物，

从此我们是赫赫的宇宙公民；

人造卫星开辟了一个新的时代，

人类要征服浩瀚的宇宙空间。

……

让美国将军目瞪口呆吧，

社会主义制度强大无边，

谁最先实现人类的理想，

谁就受到千万人民的拥护与赞扬！①

郑文光的这首科学诗后被收录于作家出版社所编的《1957 儿童文学选》中，在该选集里，同样有一个传统儿童诗歌的部分，我们不妨选取一首李季的《我有一条红领巾》进行对比，这首诗歌也首发于《中国少年报》，时间比上述郑文光的科学诗仅晚半个月：

莫斯科的一个少先队员，

---

① 郑文光：《人造卫星之歌》，载《中国少年报》，1957-10-21。

送给我一条鲜红的红领巾。

它像一团燃烧着的火，

时刻照耀着我的心。


等我的小女儿长大入队时，

我要把它当作礼品，

我要对她说："这是一个苏联哥哥送给你的，

系上它，你就要跟着苏联哥哥一同前进！"①


发表时间如此接近的两首作品差异是较大的。郑文光的科学诗最后一节虽然也直白地颂扬了人类理想与社会主义制度的优越性，但在之前的诗节中，郑文光用凝练的语言描绘了较为壮阔的宇宙图景以及大无畏的太空浪漫情怀。李季的诗歌主要凸显中苏儿童之间的友好关系，但该诗彰显着现实主义的笔调，抒情直白而强烈。两首作品的区别在一定程度上代表着含有科学思维的儿童诗歌与传统儿童诗歌的区别，类比推演后，这种区别也能够在一定程度上代表传统儿童文学与当时科幻文学的区别。

当然，传统儿童文学在"十七年"时期还有多种表现形式。这一时期的儿童散文多以纪实手法描写日常生活的点滴，如《在茶园里》（隆星灿著，《少年文艺》1957年2月号），《在原始森林里勘测——四川西北原始森林勘测片段》（孟良棋著，《中国少年报》1957年6月6日）、《少年旅行

---

① 李季：《我有一条红领巾》，载《中国少年报》，1957-11-04。

队》(柯蓝著,《少年文艺》1957年5月号)、《叔叔》(新文著,《解放军文艺》1957年8月号)、《牛倌爷爷——山区记事》(张峻著,《河北日报》1957年9月21日)等文章。而童话在这一时期更多地采用动物化的叙述方式,既显得通俗有趣,又给儿童普及了一定的生物知识,如《花猫的脖子下是怎样挂上铜铃的》(谢挺宇著,《处女地》1957年4月号)、《蝴蝶有一面小镜子》(金近著,《人民文学》1957年9月号)、《小鲤鱼跳"龙门"》(金近著,《人民文学》1957年9月号)等。这一时期的儿童民间文学很多选择了民族故事的表达形式,而儿童曲艺中则更多地使用了相声的形式以激发孩子们的兴趣。总体上讲,"十七年"时期的传统儿童文学较多地利用了情感共鸣的方式来感染儿童。

反观这一时期的科幻文学,则更多地利用了叙事手段与描写手法给儿童带来新奇的感官体验,从而达到传递知识与激发兴趣的目的。如在于止《失踪的哥哥》①一文中,一次意外事件导致了时空的转换,哥哥变成了"弟弟",而当"年幼"的哥哥最终睁开双眼回到家人身边时,技术背后的温情令人动容。又如,在《旅行在1979年的海陆空》②中,作者用奇景展示的手法给孩子们描绘了未来世界的飞机、充电汽车和机器人等先进技术,让小读者们眼前一亮。由此观之,尽管在目的性方面"十七年"科幻保持了和传统儿童文学相近的特征,但是具体到个体文本,科幻小说还是保留了自身的特点。

---

① 注:原题为《失去的15年》,首发于《中学生》1957年6—8月号,后更名为《失踪的哥哥》。

② 迟叔昌:《旅行在1979年的海陆空》,上海,少年儿童出版社,1957。

## 五、小结：殊途可同归的"十七年"科幻与儿童文学

　　"十七年"时期科幻文学与儿童文学的纠缠状态客观存在，但其引发激烈争论是在新时期至"清污运动"这段时间中，对"十七年"中国科幻进行回溯性反思时发生的。争论一开始的焦点在于科幻文学与儿童文学非此即彼的身份关系，以及身份错位所带来的文学价值降低等问题。随着争论的推进，更多学人意识到不能单纯地用文学审美眼光来看待"十七年"时期科幻文学与儿童文学的关系，于是多视角的儿童文学与科幻文学关系分析逐渐展开。随着时间的推进与理论的越发成熟，今天的少儿科幻在一定程度上可以作为"十七年"科幻作品的一个参照，少儿科幻的概念当下既可隶属于科幻文学，也可隶属于儿童文学，两种文学形态实质上走向了共生发展的道路。但具体到文本，"十七年"时期的科幻小说无论在题材类型、人物塑造、成长历程与感染方式上，都与传统儿童文学的各个分支体裁不尽相同。因此，笔者以为"十七年"时期的该类小说其本质还是符合定义与美学内涵的科幻小说，在特定的社会环境与历史语境中，带上了强烈的儿童化色彩。这种特质区别于中国科幻发展史的其他时段，更有别于世界科幻史的他国路径，甚至相较于苏联科学文艺的儿童化倾向，"十七年"时期的中国科幻都还保留有独特的中国性。这种现象背后的逻辑实际上是一种未来主义价值观的体现，笔者拟在最后一章进行详细论述。

## 第三节 "十七年"时期中国科幻与科学普及之交融

### 一、无法量化的科普结果

科普工具论在一定程度上确立了"十七年"时期中国科幻的合法性，同时也限制了当时科幻的多样性。但一个尚未被解决的问题是"十七年"时期的中国科幻到底对多少人，在多大程度上做到了科学普及？这个问题恐怕至今我们无法通过数据和调查来准确说明。无法量化的结果不能为"十七年"时期中国科幻的科普功用提供有效注解，但一些对其他方面数据的分析，可以从侧面论证"十七年"时期中国科幻是否是开展科普工作的有效途径。

新中国成立初期面临的一大问题是人民科技、文化水平较低："旧中国劳动人民被剥夺了享有文化和教育的权利，工农及其子女向来被排斥在国家教育的门外，文盲占全国人口的70％左右。"[①]所以扫盲工作成为了新中国成立之初的重要的举措："新中国成立初期，为改变旧中国文盲占全国人口70％—80％的落后面貌，迅速提高全民族的教育文化水平，中国共产党和人民政府采取各种措施，有计划、有步骤地扫除文盲。截至1956年，扫盲运动取得举世瞩目的巨大成就，全国近一亿人

---

① 郝和国：《新中国扫除文盲运动》，载《党的文献》，2001(2)。

脱盲,广大人民群众文化水平迅速提高。"①而扫盲工作的重点主要在于让更多的人民识字,因为识字是一切阅读的基础。1956 国务院通过了《中共中央、国务院关于扫除文盲的决定》,文件要求:"工人识字 2000 个左右;农民识字 1500 个,能够大体上看懂浅显通俗的报刊,能够记简单的账,写简单的便条,并且会做简单的珠算。要求扫除工厂、矿山、企业职工中的文盲的 95% 左右,农村和城市居民中的文盲的 70% 以上。"②

当人民的识字水平提高之后,下一步的措施就是印行通俗知识普及读物,以便进一步提高人民的知识水平。"教材、读物与教学工具的大量供应,是扫盲运动的重要条件。有关部门必须及早编印制发。中央人民政府教育部即协同总工会文教部门等有关方面,集中力量编审教材、教师手册及速成识字的教学工具(如挂图、字片等)。出版总署应即组织各方面人力,分工编印大量通俗书刊。文化部应定出幻灯片机的生产供应计划。"③鉴于新中国成立初期人民的普遍知识水平不高,这一时期的知识传递与科普工作必须是通俗易懂且形式生动的。于是我们可以看到在广大工农群众中出现了如下一些科普形式与内容。

首先,是类似于诗歌形式的三句半宣传,如南通公社科普文艺宣传

---

① 党的文献编辑部:《新中国成立初期中共中央关于扫除文盲工作文献选载》,载《党的文献》,2012(5)。

② 郝和国:《新中国扫除文盲运动》,载《党的文献》,2001(2)。

③ 同①。

队所作的《歌颂桥街科学实验》：

（节选）

桥街大队人人赞，你也唱来我也唱，

咱们一起来表演，三句半。

……

干部老农和青年，团结一心搞实验，

依靠贫农下中农，关键。

……

湮润秧田先试验，先进技术推全面，

连续七年不烂秧，灵验。

……

科学管水新创造，来回水沟防旱涝，

浅水勤灌新技术，整套。

……

桥街社员立誓言，要为革命种好田，

高举革命大红旗，向前！①

---

① 南通公社科普文艺宣传队：《歌颂桥街科学实验》，载《新疆农业科学》，1966(6)。

其次，还有快板形式的科普宣传，如新疆农科院安宁渠工作组科普小组所作的《种水稻》：

（节选）

竹板一打响连天，我给大家唱快板。

今天不把别的唱，种稻技术来一段。

水稻向来能高产，亩打千斤并不难。

只要把握技术关，保证稳产再高产。

种稻首先早育苗，尼龙育秧产量高。

尼龙盖田保温好，育出秧苗壮又早。

早打埂子早整地，多施底肥地有力。

耙塘细致地要平，不可错过插秧期。

插秧虽说费劳力，增产作用数第一。

还有一种擂秧机，省工节时插的齐。

点播才用点播机，条播必须播整齐。①

最后，这一时期甚至还出现了科普性质的歌曲，词曲作者善用简单的旋律和直白且号召力强的歌词，以便让工农听众喜闻乐见。

例如福建省闽侯县南通公社科协农学组集体作词，于学恭谱曲的

---

① 安宁渠工作组科普小组：《种水稻》，载《新疆农业科学》，1966(6)。

《科学实验开红花》，选用 C 调、四二拍，以稍快且自豪的情绪唱词，歌词如下：

> 科学实验开红花(嗨　开红花)
>
> 举目尽是土专家(嗨　土专家)
>
> 不是博士留学生哪
>
> 我们都是种田家
>
> 科学实验开红花呀开红花
>
> 举目尽是土专家(嗨　土专家)
>
> 不是博士留学生哪
>
> 我们都是种田家哟！

这首民歌表达了农民群众大搞科学实验运动的豪迈心情，歌唱了农民群众掌握科学征服自然的胜利。

尽管新中国早期的科幻文学也采取了通俗的形式，但对于刚刚完成扫盲工作奋斗在生产第一线的广大工农群众来说，上述科普方式显然更利于他们接受。科幻小说的阅读需要读者有一定的知识积累和新式思维，这一时期，反而是逐步进行系统学习的少年儿童更适合进行通俗科幻阅读。因此，认为"十七年"时期中国科幻文学承担起了全民科普任务的看法难免有夸大之嫌。

此外，在新中国成立初期，为少年儿童而作的科幻小说兼具了知识普及和反对迷信的双重任务。如薛殿会在《宇宙旅行》前言中说道："我写这本东西，就是试图在这些方面作为反迷信工作的一个分子，尽一点力。"①而嵇鸿则在《神秘的小坦克》内容提要中说道："这些故事可以丰富知识，启发幻想，适合高小、初中学生阅读。"②由此观之，"十七年"时期中国科幻小说在少年儿童中的科普作用是又破又立的，旨在为少年儿童树立全新的科学观，而针对广大工农群众的科普形式则主要是指导实际生产操作的，二者在科普最终目的方面也有不同。因此，认为"十七年"时期中国科幻全面科普化的看法是一个观念中的假想，并且也没有能够量化的数据来说明中国科幻在多大范围，对多少读者在多大程度上确切地进行了科学普及。

## 二、"十七年"科普工作的独立阵营

在国家科学政策与国民科学素养逐步建立时，国家的科普工作也逐渐走上正轨，有一大批科普工作者投身中国科普事业，相关的国家科普机构也初步建立。"1951 年，文化部科普局与文物局合并为社会文化事业管理局，只留下一个文化馆处做点科普工作，大量的科普工作则交1950 年成立的中华全国科学技术普及协会（简称全国科普协会）组织、动员科学技术界去做。"③时间来到 1956 年，中共中央召开了知识分子问题会议，周恩来作了《关于知识分子问题的报告》。报告明确提出了"赶超世界先进水平"与"向现代科学进军"的号召，并很快制定出 1956 年到

---

① 薛殿会：《宇宙旅行》，1 页，北京，生活·读书·新知三联书店，1951。

② 嵇鸿：《神秘的小坦克》，1 页，南京，江苏人民出版社，1963。

③ 尹传红：《亲历新中国科普事业发展——访章道义》，载《科普研究》，2007(2)。

1967 年的中国科学发展远景规划纲要。此后，国务院成立了国家科学规划委员会，团结、统筹国内科学家，密切联系科普工作者，为国家的科学、科普事业建设打开了新局面。

"十七年"时期中国科普阵营在制度与人员配置方面都是独立且完善的。如科普工作者章道义在回忆 1950 年进入国家科普局机关时说道："科普局机关有 4 处 1 室，即组织辅导处、编译处、器材处、电化教育处和办公室，共 50 多人。下面还有 4 个直属机构，即中央科学馆筹备处、电化教育工具制造所、博物标本制造所和仪器制造厂，加起来有好几百人呢。不过，我在科普局工作的时间并不长，因为机构很快又做了调整。"[1]在"十七年"时期科幻小说还只有初创文本时，中国科普事业已经有了专门的机构，并且机构配置完善，分工明确，相关人员也处在不断地适应与调整中。

尽管"十七年"时期部分科幻作家在创作之前或创作同时也进行过相关的科普工作，但他们最后还是要面临更细致的职业分工。章道义在回忆这种路径选择时说道："郑文光当时已经开始创作科幻小说，他希望能够成为一位知名的科幻作家，有的则希望能够成为像周建人那样的编辑家和作家，或高士其那样的科普作家和诗人，还有的则希望成为一名科普活动家和理论家，我就是这后者中的一个。"[2]郑文光作为"十七年"中国科幻的重要作家之一，在开始科幻写作之前也曾进行过大量的科普写作，并且在科幻创作的同时仍有一些科学诗与科学小品产出。在章道

---

① 尹传红：《亲历新中国科普事业发展——访章道义》，载《科普研究》，2007(2)。
② 同上。

义处，郑文光最终的指归是成为知名的科幻作家，这也从侧面印证出郑文光认为科普与科幻还是有区别的。

此外，"十七年"时期科普工作者所做的工作在内容和数量上也与科幻小说创作有所区别。著名科普作家高士其在"十七年"间，"在呼吁人们'向科学进军'的同时，他身体力行，从 1949 年到 1966 年，高创作了大约 60 多万字的科学小品和科普论文，写下了两千多行科学诗，撰写的科普著作有 20 多部。"①"1950—1958 年，高士其先后出任中华全国科学技术普及协会全国委员会委员，文化部科学普及局顾问和中国人民保卫儿童全国委员会委员，中华全国科学技术普及协会顾问，中国科学技术协会委员会委员，中国科学技术协会顾问"②等职，为中国的科普事业做出了极大的贡献。章道义在回顾科普出版工作时曾说道："当时科普局正在主编一套面向工农大众的'科学小文库'，由商务印书馆出版。局里有好几位中青年同志参加了这套书的写作。编译处的一位老大姐要我也写一本。在她的鼓励下，我就鼓起勇气学着写作，一本两万来字的小册子，花了我大半年的业余时间，在她指导下，终于写出来了，并于1952 年初出版，到 1956 年农业合作化高潮时累计发行 7 万多册。"③可以看到，"十七年"时期的科普工作者拥有更集中的团队力量，并且掌握更多的社会资源，面向广大工农，因此无论是创作数量还是发行数量，

① 汪胜：《高士其——为科普的一生》，载《中华读书报》，2018-06-20。

② 刘树勇、张文秀：《高士其与新中国的科普事业》，见《中国科普理论与实践探索——2009〈全民科学质行动计划纲要〉论坛暨第十六届科普理论研讨会文集》，624 页，北京，科学普及出版社，2010。

③ 尹传红：《亲历新中国科普事业发展——访章道义》，载《科普研究》，2007(2)。

都要远远高于同时期的科幻文学。不过,这一时期的科普与科幻尽管阵营相互独立,但在部分问题上的看法比较一致,如对儿童科学文艺的提倡。

如早在 1950 年,苏联建成第一个原子能核电站时,高士其就及时写下了"《原子的火焰》《走进原子时代》等诗篇。将苏联和美国对原子的不同应用加以对比,告诉孩子们:为了人类的幸福,为了共产主义的胜利,苏联科学家把原子能用于和平建设的目的。而帝国主义却是为了破坏城市,为了恫吓和平人民,为了奴役全世界而着手制造原子弹。这一段话不但使孩子们了解到有关原子的科学知识,更重要的是对他们进行了一次生动的阶级教育。"①十多年后的 1961 年,中国科协的全国工作会议召开,高士其参加会议并发言,他说道:"在这里,我想为青少年说几句话,为孩子们说几句话。"②在接下来的发言中,他提出了两点希望:"一是指出科协有责任和共青团、教育部门合作,更广泛地、更深入地把青少年科学技术活动开展起来;二是希望每一个学会都应该动员起来,各就自己的知识领域之内,编写几本给青少年看的通俗科学读物,不要以为这种工作只是文学家的事,只是出版社编辑们的事,它也是我们科学工作者的事。"③从高士其的发言中可以看出,当时很多人觉得为儿童进行写作是作家在国家政策号召下的目标之一,而高士其则认为这样的工作也应该在科普工作者中深入开展,为儿童带去更多的科学

---

① 西北大学中文系"建国十年文学史"编写组:《儿童文学作家高士其及其科学诗》,载《人文杂志》,1960(3)。

② 汪胜:《高士其——为科普的一生》,载《中华读书报》,2018-06-20。

③ 同上。

知识。

　　科普工作者的热情倾注,加上 1956 年之后少儿出版事业的飞速发展,儿童科普作品在中国大量发行,在科幻文学之外,少年儿童仍然可以通过其他渠道得到科学知识的普及。1961 年前后的中国科幻正处于勃发期的准备阶段,也有很多优秀的适合少年儿童阅读的小说问世。科普与科幻的交织以及对少年儿童读者的共同关注让科普文学、科幻文学与儿童文学的边界不甚清晰,加之超出文本之外的意识形态统一要求,最终使得"十七年"时期的这些文类在姓"普"还是姓"幻"、姓"科"还是姓"儿"等问题的泥沼中不断反复。以至于在新时期阶段,仍有文献对他们的概念界限存疑,如 1980 年由武汉大学图书馆学系编写的《图书分类学（教材）》中,还有这样的叙述:"对于这一类型的书应如何归类呢?因为它们的主要读者对象是青少年,是不是一律入儿童文学呢?不能一概而论,也要具体问题,具体分析。"①书中提出了两条归类原则:"1. 科学幻想小说、故事、科学诗、小品、童话可入儿童文学有关各类。2. 作者意旨在于利用文学形式来表达一定系统的科学知识的作品,如某一学科的科学故事、科普美术、科学游戏,应依书的内容入各学科。"②分类学中虽提及不能一概而论,但还是将科幻小说划为儿童文学,而将科普作品切分为各个学科,这样的分法显然是欠妥的。上一节笔者已经论述过为何"十七年"时期的中国科幻小说不应该简单地归于儿童文学,在此不再赘言。科普作品作为一个概念自诞生之日起就是一个整体,只是在

---

　　①　鄢德梅:《科普文艺作品与科普读物的概念及分类》,载《山东图书馆季刊》,1986(1)。

　　②　同上。

不同学人从不同学科视角进行分析时才在前方放置分科属性，如物理科普作品、化学科普作品等。而"十七年"时期的科普阵营相较于科幻阵营，要显得更加的成熟与完善。

## 三、科幻与科普的论争

与科幻文学和儿童文学的论争类似，科普与科幻的论争实际上是在新时期以后学人回望这段历史时，对文本价值判定的差异所造成的分歧。而在"十七年"期间，如上文所陈，科普创作与科幻创作甚至还在某些问题上达成了一致。后来的科幻与科普论争，其实质是科幻创作者在回望历史时，对科幻文类独立性进行再审视时，所期待的主流文学界与科普界的认可。如叶永烈曾说："当然，中国科学幻想小说创作尚处于襁褓之中，其幼稚可笑之处甚多，其中，'可以恭维的东西不多'，倒也是事实。我热诚地希望，对于这棵在夹缝中求生存的幼苗，还是多给点热情的鼓励为好。如果文学界和科学界从两面夹击的话，这棵幼苗无以生存——这才是中国科学幻想小说创作面临的'潜在着一种危机'。"[1]论争虽然发生在近二十年后，但对其中一些观点的梳理，有助于我们对"十七年"时期中国科幻的科普特征产生新的理解。

论争中的核心问题一开始其实也是一个"是"与"非"的问题，即科幻小说到底要不要表达确切的科学内容，这样的讨论很容易进入极端。"科学文艺的姓'科'姓'文'之争，历时三年。我发表过一点门外之谈，

---

[1]　叶永烈：《也谈中国科学幻想小说的"危机"——与肖雷同志商榷》，载《文艺报》，1981-05-14。

被人误为姓'科'的一家。其实,我只是认为包括科学幻想小说在内的科学文艺,应是科学和文艺的结合,不赞成那种只要科学文艺之名而排斥科学内容之实的奇谈。这次讨论没有涉及'血统'问题,这就免去了不少无谓的纠缠。不过在问题的实质上还是触及了要不要科学内容的问题。"①正因如此,论争的不同意见主要分成了两派,一派认为科幻小说应该具有极强的科学科普属性,而另一派则认为科幻小说的本质应该是文学属性。

支持科幻具有完全科学内容的学人认为这是科幻文学区别于其他文学形式的重要特征,如果失去,科幻文学会丢失自身的异质性。如林宪有言:"科幻科幻,就是幻想得要有科学依据,否则便失去了科幻小说的特点而成惊险小说或神话故事了。"②而郭治则说:"我认为,科学幻想小说应当宣传科学知识,幻想应当是科学的、合理的。科幻小说的功能主要在于启迪智慧,给读者以科学的思想方法,启发读者爱科学、学科学,探索未知世界,造福于人类。"③上述论断还有一点值得注意,那就是幻想的条件性。在新中国成立至今的文学演进过程中,幻想一词似乎并非褒义,总带有怪力乱神的色彩,因而需要各种条件对其进行限定。而论争中对幻想的限定则是科学,只有符合科学的幻想,才能够成为符合社会需求的幻想,这是时代话语对幻想做出的强制规范。

当然,除了文本应该展示科学外,还有学人认为科幻作者也应该拥

---

① 鲁兵:《欢迎不同意见的讨论》,载《科幻小说创作参考资料》,1981(1)。

② 林宪:《试谈我国科学幻想小说的一些问题——兼评〈1091〉》,载《科学时代》,1981(2)。

③ 郭治:《科幻小说应当宣传科学知识》,载《科幻小说创作参考资料》,1982(4)。

有深厚的科学知识，以便创造出更好的作品。如宋宜昌曾有言："我认为科幻小说作者的基本素质是扎实的自然科学基础知识。尽管目前写文学作品的人也大量写科幻作品，但熟悉科学、热爱科学是首要的……不了解科学的人，他虽然有想象力，但并非沿着真正的科学推理方向发展，就缺乏真实性和可信性。虽然他也能写一些'软式科幻'，但终究还是无源之水。"①科幻文学从 1818 年诞生至今的两百多年中，尽管有不同的风格分类，但当今科幻并没有对科幻作者的身份做出限定，世界范围内的作品实绩已经足够证明科幻作家的身份和知识背景可以是多元的，而非必须是自然科学的精通者。

在科学属性的对立面，部分学人提倡的是科幻小说的文学属性。如徐唯果有言："科学幻想小说是一种在自然科学领域里展开幻想翅膀的文学形式。它是文学艺术，不是科学专论，更不是教科书，因而，衡量科学幻想小说的标准，应该是它的社会功能（如启迪智慧、唤起兴趣……）和艺术构思，而不是科学定律。"②在一次中国科学作家、科学记者代表团与阿西莫夫（Isaac Asimov）对谈时，曾有这样的对话发生：

那么科学幻想小说是否担负正确传播科学的任务呢？

阿西莫夫稍稍地摇了摇头，注视着我们，沉思地说："在美国，……"他显然很强调这三个字，"在美国，这不能说是主要目的。写作目的主要是使读者发生兴趣，作者得以维持生计。但他这

---

① 宋宜昌：《科幻作者要有广泛的知识，好的文笔》，载《科幻小说创作参考资料》，1982（4）。

② 徐唯果：《大篷车·魔术·科学幻想小说》，载《科学时代》，1981（2）。

样作（做）的同时，不可避免地会有这样的效果……"①

阿西莫夫的谨慎作答侧面反映出中国科幻所面临的外部压力，同时也反映出，在平行时间中西方科幻的非科普性质。回到中国的科幻语境中，还有更多的学人强调科幻的文学属性。刘沪生曾说："我认为，科幻小说应该有其独特的构思和创作方法。在构思和写作时，我首先想到的它是小说，同时，再着力表现在幻想中的科学。有时候，我也仅仅是借科幻小说这一特定的形式，来表现一种我所喜欢的文学意境。"②此外，还有一部分学人从文学属性的角度进行穿透，诉说幻想的合法性。童恩正、刘兴诗和王晓达曾合著文章认为："科学小说是一个新的文学品种，是小说，而小说本来就具有一定的虚构、想象的成分。专门标明'幻想'，是特别强调还是另有深意就很含糊了。难道一部历史小说因其有虚构、假设、想象的成分（这是必然的，否则不称小说了），就要冠以'历史幻想小说'的名称，岂非画蛇添足令人哑然失笑。"③三位作家的这一论断是为"幻想"的合法性发声，是与幻想条件论的商榷，但是将科幻小说标识为科学小说，无意间流露出了对科幻定义不自信的态度。其实，从文学属性视角出发的科幻诉求可以简化为一句话："那种只以作品的科学可靠性来衡量科幻作品的价值，而忽视其艺术特色的观点是没

---

① 饶忠华、赵之：《和阿西莫夫谈科幻》，载《光明日报》，1981-05-29。

② 刘沪生：《科幻小说首先是小说》，载《科幻小说创作参考资料》，1982(4)。

③ 童恩正、刘兴诗、王晓达：《为科学小说正名的建议》，载《科幻小说创作参考资料》，1981(3)。

有道理的。"①

当然,论争中还有部分学人持中立的观点,认为上述两种属性应该相互融合。如苏曼华曾有言:"但我认为,科幻小说应当有双重'国籍',既姓'文',也姓'科'。它是文学作品和科普作品两圆相交的重合部分。"②倪平则用比喻的方式说出了二者并行的可能:"科幻作品与写现实题材的科普作品,两者并非对立,而是并行不悖,相辅相成。人们不要求紫罗兰和玫瑰花发出同样的芳香,而是希望百花齐放。"③尽管中立而客观的声音在论争中逐渐浮现,但在强大的外部环境和主流价值的双重压力下,科幻一方还是逐渐式微,最终在1983年下半年开始的"清除精神污染"运动中完全丧失话语权。

在对这场科幻与科普之关系的论争进行回顾时,能作用于"十七年"时期中国科幻的经验不应是非此即彼的关系归属,也不应该是混合双方的陈旧目的论,而应该跳出科普与文学的桎梏,在思维创新与想象力的高度,去达成科幻文学的意义。童恩正之后意识到了这个问题,于是他说:"我认为,普及科学知识有两种:一种以培养科学的人生观、培养人们(特别是青少年)对科学的兴趣,培养科学思维能力,陶冶性情等为目的的,在这方面属于文艺范畴的科学文艺承担了主要的作用;另一种是以普及具体的某一种科学知识为目的的,如火箭原理,怎样修理自行车,吃了脏东西要生病等,在这方面,一般的起科学知识教科书作用的

---

① 戴惠平:《科学幻想小说是不是一朵花?》,载《科学生活》,1981(3)。
② 苏曼华:《科幻小说既姓"文",也姓"科"》,载《科幻小说创作参考资料》,1982(4)。
③ 倪平:《幻想与现实》,载《科学生活》,1981(3)。

科普作品承担了主要的作用。当然，这是大致的划分。实际上这两类作品也有交叉的地方，如某些科学小品就不大好分。两类作品中，有些彼此也能部分达到对方的目的。这些问题都需要进一步探讨。所以我是说'主要'、'大致'。不是绝对的。"①而金涛的论断则显示出科幻作品在某些方面对科普作品的超越："打一个比喻，这就是不仅要给予人们科学知识的'金子'还要向他们传播'点石成金'的本领。而后者，恰恰是科幻文学的重要功能，它在这方面发挥着其他通俗科普读物所不能替代的科普功效。在一定意义上，科幻文学对于开发大脑的创造性思维和科学的想象力，对于人们科学素质的提高乃至大众的整体科学思维能力，都有着潜移默化的重要作用，这是非常重要的。"②

由此观之，回到"十七年"时期，从实际的大众科普与具体科技知识传播的广度和深度来看，科普作品所达成的效果是当时科幻作品无法达到的。但这一时期科幻作品的科普特点不应该被冠以纯粹目的论的说法，其本质意义在于对阅读对象进行思维方式与想象力的培养。

## 四、小结：科普作为科幻的一个侧面而非最终目的

综上所述，"十七年"时期的科幻小说纯粹是为了科普目的的结论似乎并不准确。首先，我们无法通过一个量化的结果来判定"十七年"时期科幻小说在科普目的论下的成果。科幻文本对读者本身的要求，以及它

① 童恩正：《关于当前科学幻想小说评价问题的发言》，载《科幻小说创作参考资料》，1981(1)。

② 金涛：《科幻的科普功能》，载《大庆高等专科学校校报》，1999(6)。

在"十七年"时期的主要受众,都注定这一文类的科普实绩在"十七年"时期不及其他的科普形式。其次,"十七年"时期的中国科普工作由专门的组织机构推进,有大量的科普工作者从事相关的活动,在阵营方面有一定的独立性,并且他们所做的科普工作较科幻而言更加直接。再次,透过后来科幻小说领域姓"科"与姓"文"的争论,不难发现这场把问题过于绝对化的讨论实际上忽略了科幻与科普的另外一层意义,即在直白的科学知识外,是否还能给读者带去科学的思维模式,是否能给读者构建想象力的空间,以期提高读者的科学兴趣,形成最终的良性互动。因此,"十七年"时期的中国科幻科普目的论似乎是对科幻文学作用的夸大,而真正应该关注的地方在于"十七年"时期的中国科幻为读者,尤其是青少年读者带去的科学思维方式与想象力启迪。

## 第四节 "十七年"时期中国科幻与国家政策之互动

"十七年"时期的中国科幻一向被认为是与文艺政策紧密互动的,这一论断的逻辑背景是从现代文学发生以来,中国文学与政治的互动较为密切且一直存在。尤其是到了"十七年"时期,不断变化的文艺政策在意识形态话语加持下几乎对所有的主流文学形式做出了要求与规劝,顺其推之,科幻文学也不能避免。虽然说文艺政策的波及对科幻文学形态有一定影响,但在具体的向文艺政策靠拢的过程中,"十七年"时期的科幻文学一直保持着边缘姿态甚至受到牵连的批评,而科技政策与出版政策等方面的变化,反而会给予科幻文学更多的空间。

## 一、新中国成立前文艺政策与"十七年"中国科幻之关系

1942 年 5 月，毛泽东发表《在延安文艺座谈会上的讲话》（以下简称《讲话》），《讲话》基本规定了从 1942 年 5 月到新中国成立这段时间内人民文学的形态与美学要求。实际上，作为整风运动的一部分，《讲话》最初和最终所谈的问题并不局限于文艺内部，而是在战争与革命的现实历史条件下探讨"文艺工作和一般革命工作的关系"①，其目的是"求得革命文艺的正确发展、求得革命文艺对其他革命工作的更好的协助，借以打倒我们民族的敌人，完成民族解放的任务"②。

由此观之，毛泽东首先规定了文艺的革命与斗争功用，"毛泽东在《讲话》里开门见山，挑明他所谈的不是一般的、泛泛的文艺，而是作为革命战争机器的一部分、为革命斗争所需要、由革命队伍中的文艺工作者及其同盟军自觉完成的那种文艺"③。而这样的文艺需求如何能够做到，毛泽东在《讲话》中提出了"普及"与"提高"两个关键词。普及与提高都是以工农兵为服务对象来说的，当然普及的文艺内容不能是封建地主阶级的，也不能是资产阶级与小资产阶级的。所以要达成文艺的政治目的，必须要有一个立场——"所谓立场问题，就是要求革命文艺工作者要有正确的政治和阶级立场，要始终站在无产阶级的和人民大众的立场

---

① 《毛泽东选集》（第三卷），847 页，北京，人民出版社，1991。

② 同上。

③ 张旭东：《"革命机器"与"普遍的启蒙"——〈在延安文艺座谈会上的讲话〉的历史语境及政治哲学内涵再思考》，载《中国现代文学研究丛刊》，2018(4)。

这一边。"①结合历史实际,《讲话》之后的文艺政策导向实际上是解放区在党的领导下所进行的文艺整风与文艺运动。虽然说《讲话》的精神确实影响了之后及新中国成立初期的文艺风向,但对科幻文学来说,新中国成立前《讲话》精神并没有进行直接的指导。

新中国成立以前科幻文学同样隶属于通俗文学的范畴,不过其主要发生地域并不在解放区。"在幻想小说翻译界,如果说晚清是凡尔纳的时代的话,那么民国则是威尔斯的时代。"②自1915年至1946年,中国译介了诸多的威尔斯(Herbert George Wells)科幻小说,不过几乎所有的出版地都在上海。如1941年威尔斯的《故艾尔费先老人》先在《科学趣味》第四卷上连载,然后由上海文化生活出版社出版;1942年《莫洛博士的岛》也在上海发行;1943年威尔斯作品《新星》在上海出版发行。而这一时期的原创科幻小说和其他通俗小说,比如说鸳鸯蝴蝶派的某些作品,基本上都是在以上海为主导的南方城市中出版发行。这些地区在这一时段仍属于国统区,其所遵循的文艺政策与解放区相异。因此不能够简单认为从《讲话》开始以后的文艺政策对全国、全品类的文学作品都有直接的指导作用。

随着解放战争的节节胜利,为了给新中国的文化建设事业打开局面,1949年3月,中华全国文艺协会在平理监事与华北文艺界协会在平理事举行联席会议,茅盾、周扬等二十余人,一致同意发起成立中华全

---

① 龙昌黄:《从历史语境到经典诠释——〈在延安文艺座谈会上的讲话〉重读》,载《中北大学学报(社会科学版)》,2017(6)。

② 任冬梅:《幻想文化与现代中国的文学形象》,66页,广州,羊城晚报出版社,2016。

国文学艺术工作者代表大会筹备委员会。在历经三个月的准备后，全国第一次文代会在怀仁堂盛大开幕。第一次文代会召开的一个重要成果是在团结各界文艺界人士的基础上成立了全国文联。"全国文联成立后，其所属之主要会员团体已陆续成立。现已成立者计有全国文协、全国剧协、全国音协、全国影协、全国舞协、全国美协、全国曲艺界改进会筹委会及全国旧剧改革协会筹委会等。"①其中，全国文协在当年 10 月更名为中国作家协会。全国作协的成立旨在团结各文类作家，为社会主义的文学事业发展贡献力量。但实际上，民国时期的诸多通俗小说作家并没有进入这个体系，在左翼文学占据时代主潮时，民国时期的通俗作家纷纷匿迹。

在这样的背景下，拥有幻想元素的科幻小说同样被排斥在主流之外。在郑文光于 1955 年发表《从地球到火星》之前，中国科幻尚处于荒芜的状态。只有 1950 年的《梦游太阳系》与 1951 年的《宇宙旅行》出版。即便在"十七年"科幻于 1954 年进入规范发展期时，科幻作家的地位依旧尴尬，并且在作协中的位置也很摇摆。

可以看到，从解放区文学规范确立以来到文代会的召开与中国作协的成立，科幻文学在这一时段实际上游离于主流文艺政策的外围，其自身的通俗属性与幻想属性并不能满足革命与斗争的文艺需要，因而被阶段性忽略。

## 二、新中国成立后文艺政策与"十七年"中国科幻之关系

新中国成立以后，文艺政策的变化其实是社会主义建设过程中的问

---

① 王秀涛：《第一次文代会档案（一）》，载《中国现代文学研究丛刊》，2017(2)。

题在意识形态领域的反映。"十七年"中国科幻的发展路径在时间点上与文艺政策有同步的地方，但在具体的文艺语境下，又出现了一些相背离的声音。

新中国成立后第一个比较明显的文艺政策变奏是"双百方针"的提出。"百花齐放、推陈出新"的概念其实在 1951 年就已被提及，1953 年针对历史研究的"百家争鸣，厚今薄古"概念也被提出，在相关专业的综合发展下，1956 年的"百花齐放，百家争鸣"方针在文艺工作领域被正式提出。"双百方针"无疑是一次理论的创新，对文艺工作者也有极大的鼓舞作用："'双百'作为比较成熟的文化艺术学术方针刚一提出，就受到了广大知识分子的热烈欢迎，欣喜若狂。"①仅凭对字面意思的理解，"双百方针"无疑对科幻文学的发展有益，但"十七年"时期的任一文艺政策都不可能是单独对文艺工作进行指导的内容："'双百'方针断非仅以文艺为对象，更非作为单一的'文艺政策'而提出，文艺只居其中一个层面而已。实际上，'双百'方针是为今后中国精神文明全面树立新秩序的整体政策，它预含的变革范围远超文艺单一领域。"②

而在具体执行双百方针的过程中，"如何依法规范百家争鸣是非常重要的。清规戒律太多了不如取消，不规范又可能产生破坏性的、颠覆性的、公害性的言论和作品。"③在执行方针的规范性问题还在不断摸索时，有很多作品已经打着"双百方针"的旗号出现，而这些作品并不一定都是符合时代要求的作品，"如果认为一'百家争鸣'就到处是真理，都

①　王蒙、远方：《双百方针与文化生态》，载《炎黄春秋》，2016(4)。

②　李洁非：《"双百方针"考》，载《文艺争鸣》，2018(8)。

③　王蒙、远方：《双百方针与文化生态》，载《炎黄春秋》，2016(4)。

是思想家，孔子孟子都出来了，如果以为一'百花齐放'，到处都是国色天香，个个都是鲁迅巴金，那就错了，根本不可能。肯定是上来许多低级趣味、毒花野草、抄袭模仿、趋时附势，这种情况，很容易令人对'双百'方针失望与否定。"[①]超越文艺领域的方针指向，执行过程中的良莠不齐，加之反右派斗争的影响，"'双百方针'是促进艺术发展和科学进步的方针，是促进我国社会主义文化繁荣的方针。然而，1957年反右派斗争扩大化的错误，使'双百方针'的贯彻受到了干扰和损害"[②]。本来可以借助"双百方针"快速发展的科幻文学，最终游离在文学与政治的纠缠之外，仅凭太空题材与初生的发明创造题材小说力图挤进"百花"之列。但囿于创作数量和文化地位，科幻小说在这一时段更是没有能力去"争鸣"的。

"作为工具或手段，'双百'方针随着政治视觉的变化而变化，其中的窄点不言自明。"[③]为了调整"双百"方针在执行过程中所出现的问题，毛泽东在1958年提出将革命现实主义与革命浪漫主义相结合的创作方法。其实在新中国成立之初，已有学人提出将现实主义与浪漫主义进行结合，直到1958年才由毛泽东加入革命要求变成最终的"两结合"创作形态。

"两结合"的创作手法在提出之后也被广泛讨论，其中主要观点有三。一是对"两结合"创作手法的支持，例如："因为任何一部具体的文

---

① 王蒙、远方：《双百方针与文化生态》，载《炎黄春秋》，2016(4)。

② 高天娥：《"双百方针"：发展科学、繁荣文化的指针》，载《宁夏日报》，2016-03-31。

③ 金明鑫、张耀元、赵兴伟：《百花齐放和百家争鸣历史价值探析》，载《兰台世界》，2015(13)。

艺作品,都是现实生活的反映,就这一角度而言,它的本质是现实主义;但同时,任何一部具体的文艺作品,又都是虚构、想象、假设和典型化的综合体,就这一角度而言,它的本性是浪漫主义。"①二是对之前社会主义现实主义创作手法加入浪漫主义的疑惑,例如:"建国初期进行了社会主义现实主义大讨论,并于1953年第二次全国文代会上将其确定为我国文学创作和批评应遵循的方法,五年之后,何以又用'两结合'取而代之?'两结合'究竟有何优于社会主义现实主义之处?"②三是对"两结合"创作方法的质疑,例如:"正是因为'两结合'口号本身并不科学,把它正式作为一种创作方法并且是最好的创作方法来提出和提倡,就不可能不在实践中发生问题。正像'大跃进'时期其他一些口号和方针在我们社会经济生活中造成了问题一样,它还在提倡的初期,就在文学创作上促成了和助长了不少浮夸、虚假的东西,既不能产生真正的革命浪漫主义作品,又损害了革命现实主义传统。"③在对"两结合"手法讨论如此激烈之时,"十七年"中国科幻也来到了多元发展期,结合这一时段中国科幻多有描写夸张想象和发明的小说出现,可以推测,科幻小说作者在一定程度上接受了"两结合"的创作手法,并且企图通过自己的创作向这一要求靠拢,即想象事件的发生时间与发生场景还集中在近未来与人们熟悉的学校、农场、公社、渔场、工厂等地。但这一时期的科

---

① 曹辉:《关于"两结合"创作方法问题的不同意见》,载《文学评论》,1983(3)。

② 崔志远:《关于"两结合"创作方法的历史考察与反思》,载《河北师范大学学报(哲学社会科学版)》,2004(1)。

③ 吕林:《关于"两结合"创作方法的科学性问题——兼论现实主义、浪漫主义的原则和特征》,载《文学评论》,1982(4)。

幻小说作者几乎没有人公开宣称自己的作品是在"两结合"的创作手法下写成的，总体上还是呈现出比较静默的姿态。

即便如此，在一些针对"两结合"创作手法写就的作品进行评点时，科幻也被卷入批评话语之中。"关于运用革命的现实主义和革命的浪漫主义相结合的创作方法，大家也有不尽相同的意见……这是个比较复杂的问题。什么是两结合的创作方法呢？过去有过不少讨论，也有过创作上的实践。就创作实践来说，已经证明两种错误的尝试：其一是所谓的'畅想未来'，即在作品里凭幻想描绘一番共产主义的远景；另一是所谓'人鬼同台'，即在舞台上搬出几尊神或鬼，使他们和人一起做一些超现实的'壮举'。如果这种尝试是值得赞许的，那么，一切科学幻想小说或神怪电影，毫无例外地都是应用两结合创作方法的杰作了。这显然是对革命浪漫主义的误解，把它看作超现实的代名词了。照我的理解，两结合的创作方法，应该是要求作家正确理解现实和理想的关系，绝不是鼓励我们撇开现实去驰骋幻想。"[1]在王西彦看来，此时中国科幻文学的创作实绩是对"两结合"方法的误读，其本质是超现实的。即便是现实主义文学也无法做到对生活的全面反映，何况从当今科幻的审美要求看，"十七年"时期的科幻作品显得过于"现实"，以至于在一定程度上脱离了属于科幻的美学特征。尽管当时的科幻作家做出了一定的妥协，但主流的文学创作与文学批评话语仍将科幻视为一种具有"怪力乱神"属性的非革命文学品种。"十七年"科幻在努力朝主流靠拢，但主流并不接受。

---

[1] 王西彦：《有关茹志鹃作品的几个问题——在一个座谈会上的发言》，载《文艺报》，1961(7)。

此后，新民歌运动以及文艺"大跃进"又将政治权威话语拉入文学领域，纯粹的文学创作讨论在这一时段又受到影响。1962 年，《文艺八条》的颁布，让文学与政治的关系更加复杂。其实在 1961 年 6 月全国文艺工作座谈会召开后，这份文件的草案已经出台，其名为《关于当前文学艺术工作的意见（草案）》，署名"周扬"，草案中共有十条内容，因此后来被称为《文艺十条》。正式发布的内容中删除了两条内容，而这一个细节其实反映出"八条"与"十条"的不同语境。"《文艺十条》与《文艺八条》的核心问题都是文艺与政治的关系问题，二者的区别也主要是对这一问题的看法不同。《文艺十条》要求在尊重文学、艺术创作规律的基础上正确认识文艺与政治之间的关系，满足广大群众的精神、文化需求；《文艺八条》则要求文艺为政治服务、为阶级斗争服务。应该看到，'文艺为政治服务'或者'文艺从属于政治'的口号提出时，对文艺自身规律以及文艺与社会、政治的关系都有失考量。然而进入社会主要矛盾性质转变时期之后，这一口号并没有随着社会生活的转型而发生改变，甚至得到不恰当的强化。"①此时，"十七年"科幻已经进入多元勃发期，在发表、出版的科幻小说中，还是以创造发明和新世界冒险的文本为主，在这些小说中，并未出现政治话语极其浓厚的情况。中国社会矛盾的转型在科幻文学中都化为了现在与未来的时间逻辑，科技所带来的乌托邦未来社会在一定程度上规避了现实困顿。在政治话语和主流文学话语此消彼长时，科幻文学似乎进入了一个属于自己的凝滞时空，它的文本意义

---

① 段恺：《从〈文艺十条〉到〈文艺八条〉——20 世纪 60 年代初期文艺调整的政策转向及其历史意义》，载《山东大学学报（哲学社会科学版）》，2014(5)。

在一定程度上完成了对现实政策的超越。

在之后对《文艺八条》的执行与讨论中，学界似乎又有了一种回溯感："以历史唯物主义的观点来研究一下，就不难发现，《文艺八条》的主要精神也是它的可贵之处，是以实事求是的态度，总结了文学艺术工作由于某些违反艺术规律而产生缺点和错误的教训，得出了党必须按照艺术规律领导文艺和发扬艺术民主，贯彻'双百'方针的重要性、必要性的结论。"①当政治话语再度承认文学艺术规律与纠正错误时，被主流排斥在外的科幻似乎被遗忘了，它还停留在之前超现实主义的语境中自生自灭，直到"文化大革命"的开展将通俗文学创作基本终止。

## 三、科学、出版政策与"十七年"中国科幻之关系

综上分析可见，"十七年"时期中国文艺政策与科幻文学之关系其实算不上密切的互动，更多的情况下，是科幻文学自觉地朝着主流文艺政策的要求靠拢，并通过自己的创作实践去检验最终的呈现形态。但是主流批评话语对科幻文学的靠拢态度似乎并不感冒，在一定程度的批驳后是更长时间的忽视，直到新时期文学复苏时，科幻文学在寻求自身独特性的道路上，与其他文艺形式展开了一场场论争。也正是因为在这种被忽视的语境中，"十七年"中国科幻寻求独立性的状态被遮蔽，取而代之的是科普目的和与儿童文学的含混关系，而在这种关系里，影响科幻文学发展的还有部分科技与出版方面的政策内容。

---

① 苏一平：《为〈文艺八条〉说几句话——批判"文艺黑线专政"论》，载《文艺研究》，1979(1)。

"十七年"时期中国科幻常被理解为以科普为目的的文本,这背后的原因乃是对这一时段国家科技知识政策的理解与改写。1949—1955年是新中国科技的奠基发展期。早在延安抗战时期的中共文化纲领中,"人民科学观"就已初具雏形,在《共同纲领》颁布时,这一要求被具体化为"科技为国家建设服务,为人民服务,科技真正为国家的工农业、国防和人民服务。"[①]随后,《人民日报》发表了题为《有组织有计划地开展人民科学工作》的社论,明确提出了人民科学的方向,强调新中国的科学工作要与人民群众紧密结合。在"十七年"中国科幻文学的初创期,其文本目的也是为了给中国读者破除迷信,传播科学知识,从这个意义上说,这一时段的科幻文学其实是和国家科技政策相契合的。1949年11月,国家文化部下属的科学普及局成立,"使科普工作有了一个领导核心,使得科普工作能够更系统地、更全面地开展。同时,文化部科学普及局为动员各岗位的自然科学工作者、青年学生以及各地干部一起参加科技宣传工作,创刊了《科学普及通讯》"[②]。此后,国家的科普工作就有计划、有目的地明确推进,成为提高人民科学知识水平的一个重要举措。而作为通俗文类的科幻文学在这一时期的作品也被认为是国家科普工作的一部分,其目的主要是为青少年读者带去有利于祖国未来建设的科技知识。

此外,中苏科技交流在这一时期也已展开,早在1950年,政务院

① 魏茱茱:《中国共产党科技政策(1949—1966)的历史考察与现实启示》,硕士学位论文,华侨大学,2015。

② 贾丽会:《中国共产党科技政策与实践研究(1949—1976)》,硕士学位论文,天津商业大学,2018。

就要求吸收国际先进科学经验，在独特的外交形势下，自 1951 年起，中国掀起一股留学苏联的热潮，大批学生、科技工作者奔赴苏联学习先进的科技知识。1954 年，《中苏科学技术合作协定》签订完毕，两国在科技上达成互帮互助的协议，苏联开始派遣科技专家来华指导中国的社会主义建设工作。与之对应，这一时段的中国科幻小说里，出现了较多的科技专家指导宇航或指导制造技术的情节，而拥有完善科技知识体系的专家学者无一不是来自苏联。由此观之，此时的科幻文学在一定程度上对中苏科技交往策略进行了故事性的呈现。

1956 年至 1966 年是新中国科技的稳定发展期，这一时期，中苏关系交恶之前的科技交流内容丰富多样，中国自身的科技政策与科技建设也逐步完善。除了直接的科学技术指导外，苏联的部分科普刊物也开始与中国本土刊物进行联动。如创刊于 1956 年的《知识就是力量》杂志，实际上是与苏联同名的刊物，在中国版《知识就是力量》正式发行前，苏联的《知识就是力量》杂志曾为中国杂志编辑部出过 5 期专刊，均标"为中华人民共和国青年工人出的专刊"。在最后一期专刊的扉页，苏联《知识就是力量》杂志编辑部有这样的话语："亲爱的同志们！当这一期《知识就是力量》杂志出版的时候，我们杂志为中华人民共和国工人技术学校的学生和青年工人而出版五期专刊的工作就要结束了。现在，在你们的国家里将要出版你们自己的杂志《知识就是力量》了。这令人愉快地意识到，在我们两个兄弟般的国家里，将要出版两种名称相同的青年杂志，而它们的任务只有一个，就是把为崇高的目的——利用科学和技术的成就为人类幸福而斗争的目的，为争取和平和建设共产主义社会而斗争的目的——而将服务的知识介绍给青年群众。"①

值得注意的是，在 5 期《知识就是力量》专刊上翻译了几部苏联经典科幻小说。在介绍苏联科幻小说《第二颗心脏》时，郑文光还翻译了对这部作品的介绍与评价《谈谈科学幻想》，其中的某些观点非常重要。如提及苏联青少年对科幻的态度时，文章说："在苏联为少年和青年办的杂志中发表科学幻想读物是受欢迎的。苏维埃的年轻人喜爱和珍重科学幻想。"②而在谈及科幻小说的归属与美学价值时，文章说道："不应当把幻想小说理解为未来的精确预言。在许多情况下，幻想是运用了科学文艺形式的……可是，当讲述未来的技术和未来的人的时候，当幻想不单是文艺的形式的时候，没有一个作者是能够在科学上十分正确地表现明天的，要知道，这里谈的是伟大的科学家们本身还没有能解决的问题啊！在科学界中还争论着解决这些问题的方法，而有的问题甚至于还没有开始讨论哩。在文学读物中，重要的是另一回事：作家告诉读者的是，为什么必须解决这些问题，它给人们一些什么。"③在文章最末，还提及了不同文类的作用："教科书叙述着有益的事物，给我们知识，文艺作品使我们思考，科学幻想作品则教我们去想象未来。"④这些观点给以郑文光为代表的当时中国科幻作家带去了一定的理论指导，也在一定程度上影响了当时中国部分科幻作家的创作观与批评观。

---

① 苏联《知识就是力量》编辑部：《专刊寄语》，顾彤译，载《知识就是力量》，1956(5)。

② 苏联《知识就是力量》编辑部：《谈谈科学幻想》，郑文光译，载《知识就是力量》，1956(1)。

③ 同上。

④ 同上。

在与苏联科技政策互动的同时，我国的科技政策也在这一时期有了新的突破。全国知识分子问题会议召开后，我国第一个长期科学技术发展远景规划也应运而生，"向科学进军"的观念开始深入人心。前文所论的"双百"方针其中的"百家争鸣"实际上也是科学技术的指导方针。与纯粹的科技政策对应，科学出版政策在这一时段也受到了重视。"1963 年6 月 25 日，国家科委和文化部又联合组织了有 77 个单位参加的全国科学技术出版工作会议。为此，《人民日报》于 6 月 26 日发表了题为《加强科学技术出版工作》的社论，指出科学技术出版工作是我国社会主义出版事业的组成部分，也是发展我国科学技术事业的必要条件，它担负着记录、积累、传播、介绍科学技术成果和普及科学技术知识的任务，对实现我国科学技术现代化，进而把我国建成具有现代农业、现代工业、现代科学技术和现代国防的社会主义强国具有迫切的重要意义。"[1]科技政策的风向与科技出版的支持，在一定程度上也给"十七年"中国科幻小说提供了话语支持。

当然，其他一些出版政策也给"十七年"时期的中国科幻发展提供了有利条件。1955 年《人民日报》发表《大量创作、出版、发行少年儿童读物》的社论后，针对少年儿童读物的出版工作进一步展开，以中国少年儿童出版社（北京）和少年儿童出版社（上海）为主导的出版社在此之后出版了大量的适合青少年阅读的书籍，其中不乏科幻小说。此外，在"十七年"时期科幻创作的队伍中，有部分作者如于止、赵世洲等人，本身

---

① 侯强、戴显红:《建国初期中国共产党科技法制建设的绩效分析》，载《延安大学学报（社会科学版）》，2011(4)。

就从事少年儿童文学的编辑、出版工作，他们为科幻文学的发展也贡献了自己的力量。也正是因为他们代表着儿童文学官方对科幻文学的承认，"十七年"时期的科幻文学还保留有一定的发表与出版渠道。

再者，中央与地方出版集团的关系在一定程度上也反映出科幻文学的影响范围。"根据计划指导出版活动，中央一级出版社和地方的国营出版社还进行了明确的分工，通行全国的一般图书，由中央一级的国营专业出版社出版。地方国营出版社主要出版普及性的读物，即按照当地人民生活状况和每一时期的中心任务，出版当地所需要的、解决群众思想问题的、传播先进经验、介绍先进人物的、指导工农群众的生产、学习的通俗读物。"①正是因为有了这些出版政策的存在，"十七年"时期中国科幻在科学普及目的论的背景下，得以在除北京、上海外的地方出版社中出版发行。如《小路路游历太阳系》（山西人民出版社，1956）、《到月亮上去》（山东人民出版社，1956）、《到火星上去》（浙江人民出版社，1957）、《史前世界旅行记》（江苏人民出版社，1958）、《奇妙的刀》（湖南人民出版社，1963）、《神秘的小坦克》（江苏人民出版社，1963）、《奇异的机器狗》（江苏人民出版社，1965）等。

"十七年"时期同样有学人呼吁过多出版科学幻想小说，但是"在新的出版秩序和文学秩序中，文学出版机构不仅是文学生产的承担者，更是进行意识形态宣传的重要部门"②。因此这些关于扩大科幻小说出版的呼声也带上了较为浓厚的意识形态话语。如胡本生曾希望多出版共产

---

　①　陈伟军：《论建国后十七年的出版体制与文学生产》，载《文学评论》，2006(5)。

　②　王秀涛：《民营出版业的改造与"十七年"文学出版秩序的建立》，载《中国现代文学研究丛刊》，2011(2)。

主义的科幻小说："最近凡尔纳的作品比较盛行。他用科学幻想的手法，描述了科学家怎样探险，怎样旅行，怎样研究科学。他用曲折动人的科学故事，吸引了许多读者，告诉了读者很多科学知识。但是，作品中也有不少地方宣传了资产阶级思想。所以，我十分希望我国的科学家、文艺家们，用你们的笔，描述我国伟大的劳动人民在大跃进中创造的奇迹，描叙人造卫星上天的科学原理。我们希望读到具有共产主义风格的用革命浪漫主义的笔触，用生动、活泼、深入浅出的文字写成的科学幻想小说，以这些书代替资产阶级的科学幻想、冒险小说。"①由此观之，在这样的意识形态出版政策的呼吁下，"十七年"中国科幻小说中的题材内容和表现形式带有较重的意识形态色彩也有其原因。

## 四、小结：并非局限于文艺政策一隅的"十七年"中国科幻

综上所述，"十七年"中国科幻与国家政策之间的关系实际上有着更为细部的特征，不能仅用一句互动密切概括。从科幻文学与文艺政策的关系来看，在新中国成立前与新中国成立初期，以左翼文学为主流的文艺批评话语实际上并没有对中国的科幻文学产生实质上的影响。在新中国成立初期文艺工作者组织成立并发展时，科幻作家进入组织的人数极少，并且被认可的身份存在偏差。在进入社会主义建设时期后，科幻文学创作呈现出不自觉向主流文艺政策靠拢的姿态，但在面对实际的作品与批评话语时，科幻文学还是受到了超现实主义与背离文艺政策等标签的攻击。反而是国家在科技与出版方面的政策对"十七年"时期的中国科

---

① 胡本生：《多出版共产主义的科学幻想小说》，载《读书杂志》，1958(19)。

幻产生了较大的影响。本土科技政策的迁延让科幻得以通过科普目的路径继续存留,而与苏联密切的科技文化交往则在一定程度上提升了这一时期中国科幻的理论水平。国家对少年儿童读物出版的大力提倡,给以青少年读者为主要接受对象的"十七年"科幻文学一定的发表阵地,而中央与地方出版政策的调整,则给"十七年"中国科幻走出北京与上海两地提供了可能。

## 第四章

"十七年"时期中国科幻小说的代表性作家作品

在综合"十七年"时期中国科幻的整体形态与主要特征的基础上，这一章笔者拟结合具有代表性的作家作品，分析"十七年"时期中国科幻小说中更多的细节问题。鉴于"十七年"时期中国科幻的内部分期，不同时段的科幻小说在小说风格、主要题材、叙事手法、主旨期望等方面各不相同，针对具体文本的分析有助于对细部问题进行挖掘，从而达到以小见大的论述目的。当然，不同内部时段的作家在创作方式与创作风格等方面也有较大的差异，并且研究不同时期作家的创作路径，可以一窥"十七年"时期中国科幻在理论建设方面的起步与不足。此外，当"文化大革命"十年过去新时期文学到来科幻小说再度复苏时，部分"十七年"科幻作者以"归来者"的身份继续从事科幻文学创作，他们在回望"十七年"时期的创作实绩时，既有理论创新后的再审视，也有对之前创作的承续或背反。

## 第一节　初创时期的双璧

在 1954 年前，"十七年"中国科幻的创作成果仅有两篇，即《梦游太阳系》和《宇宙旅行》。这两本小说是"十七年"时期中国科幻中仅有的两部长篇，并且其作者都不是专业的科幻作家。两部小说在题材类型与写作手法上有一定的相似性，但具体到文本之中，仍有诸多的细节差异。

### 一、新中国第一部科幻小说之辨——张然与《梦游太阳系》

张然所作的《梦游太阳系》于 1950 年 12 月由天津知识书店印行，标注"新少年读物"。全书共十二章，分为两个部分。第一部分从第一章到第九章，写主人公静儿梦游太阳系，第二部分从第十章到第十二章，写静儿游历太阳系的故事在学校引起轰动，老师专门在课堂上介绍天文知识。

关于《梦游太阳系》是否为新中国第一部科幻小说，学界之前还有一定的争论，除了上文所述的将《梦游太阳系》判定为科学童话与科普作品外，还有学人提出了不同的意见。其中，饶忠华曾在《文汇报》上公开发文称《梦游太阳系》是他阅读到的新中国成立后第一本科幻小说："今年年初，我看到一本一九五〇年十二月出版的科学幻想小说《梦游太阳系》

(张然著,知识书店印行),据现有资料来看,这是我国解放后出版的第一本科学幻想小说。"①郑文光在其理论性文章《谈谈科学幻想小说》中却提出了这样的看法:"这里还要说明一点的,就是现在有些科学知识性的读物,只不过为了叙述的方便加上了一些人物,例如某老师对几个学生讲述一大篇科学道理等等。这些读物中没有人物性格,没有故事情节,也没有具备文学作品所应具备的要素,是算不得科学幻想小说的。"②按照郑文光的看法,介绍科学知识的读物加上一些人物,如果没有故事情节也不能算是科幻小说,这样来看《梦游太阳系》似乎也不能够称为严格意义上的科幻小说,而真正意义上的科幻小说要自 1955 年郑文光的《从地球到火星》始。但实际上,《梦游太阳系》中的内容题材、描写手法等方面已经初具科幻小说的雏形。

《梦游太阳系》的身份摇摆首先因为其封面标注"新少年读物",并未像后来出版的科幻小说那样在扉页或封底的内容提要中标注"科学幻想故事"。其次,《梦游太阳系》的作者张然并不是专业的科幻小说作家,在创作完这部小说后,"十七年"间他也没有另外的科幻作品问世。"《梦游太阳系》的草稿完成于一九四九年十月,'后记'写于一九五○年七月一日。关于这部作品的创作情况,我了解不多,只知作者是一位青年"③。张然自己也在后记中写道:

十年前的我(一个乡下的小学生),特别喜爱科学的故事,但是

---

① 饶忠华:《建国后第一本科幻小说》,载《文汇报》,1981-11-23。
② 郑文光:《谈谈科学幻想小说》,载《读书月报》,1956(3)。
③ 饶忠华:《建国后第一本科幻小说》,载《文汇报》,1981-11-23。

很难找到这类书籍……这十来年里,东看点,西听点,自己居然也敢来讲故事。我知道我讲得不好,可是忍不住要讲出来。这故事在去年十月写完草稿,最近由道方、廷云同志帮助抄写,庆玲同志帮助绘图,因之,能在今天把故事送到你面前。①

而小说的写作目的张然在前言中也有提及:

关于地球这个世界的事,人们知道得很多。格陵兰在哪里,好望角在哪里,骆驼的家乡是哪儿,袋鼠的祖国是哪儿,头上镶嵌宝石的黑人在哪一洲,红色皮肤的印第安人在哪一洲,还有,那(哪)些地方有铁路,有运河,有煤矿,有钢铁,……这些,你们知道得比我多。而且,很多人到世界各地游历过,写了许多游记,但是你听到过游历太阳和星星的故事吗?

这故事要告诉你:太阳上有多么大的怪旋风,月亮上有没有捣药的兔子,火星上有没有象耳朵鸭子脚的怪人,扫帚星是不是神仙派来的,当然还可以知道太阳系多么大。我们应该更进一步,学习怎样来管理它。②

由此观之,该小说的作者张然并不是长期从事科学写作的专业人员,其写就这个故事一方面是为了给小读者普及关于太阳系天体的知

---

① 张然:《梦游太阳系》,76页,天津,知识书店,1950。
② 同上书,前言。

识，另一方面也是自己创作科学故事理想的一个圆梦途径。此外，在前言的最后一句中，张然无意识地提及了未来对太阳系的管理，这样的思想，在新中国刚成立时显得十分前卫。在百废待兴的社会现实环境中，有作者用突破星空的想象力抒发了未来对太阳系进行规划、管理的感慨，不得不说是作者思想的超前。

再次，《梦游太阳系》中主人公静儿的旅行方式也遭到了学人的批评，认为"梦游"的形式算不得科幻。如张然写道：

> 真奇怪，静儿的两个胳膊，变成一双翅膀，他看见自己的胸，有一层雪白的羽毛，他已经变成一只小鸽子。[1]
>
> 真见鬼，说什么来什么，就像做梦一样，他的衣裳没了，身上长满了毛。自己暗想，这大约已经变成孙猴子，不妨向月亮翻两个跟头看看。一阵风就离开了地球……[2]
>
> 这时他才注意到，柏英的脸也变成了个猴子样。"动身，一二！"喊了一声他们俩就翻起跟头来，一口气翻了两千多个跟头，太阳已经来在眼前了。[3]

通过上述方式，主人公静儿和同伴们完成了月球—太阳—火星—天王星的旅行，并且这趟旅程是在梦中完成的，从第十章开始，就是静儿把这个梦里的内容讲给老师和同学们听，大家就在老师的带领下一起了

---

[1]　张然：《梦游太阳系》，4 页，天津，知识书店，1950。

[2]　同上书，5 页。

[3]　同上书，22 页。

解太阳系的更多知识。此后的章节中,张然又为读者介绍了九大行星、小行星、彗星、流星等天体。实际上,"梦境"般的旅行方式并不是张然独创,更多的是对之前科幻小说创作手法的借鉴。晚清时期,《新法螺先生谭》等科幻名篇主人公的出行方式都是依靠"灵魂出窍"或者"梦境",而到了民国时期,就有更多的幻想文类使用了这一手法:"虽然这两类社会幻想小说在渊源和创作手法上或许有所不同,但它们都诞生于民国这样一个全新的民主共和国之下,都是一种非写实性的幻想文学,更进一步说都符合'社会幻想小说'的特征,如以游记的形式展开、用'梦境'串起全篇等。"①张然的小说初稿完稿于 1949 年 10 月,此时中苏的文化交流尚未大规模展开,苏联科幻的影响不能够直接体现,因此张然的写作手法更像是从晚清、民国科幻小说中吸取经验并达成致敬与模仿。但是,张然在"梦境"与"翻跟斗"之后还设想了未来的太阳系旅行方式:

> 这种东西没有空气就不行,于是又想出喷射器,是从尾巴上喷出许多气体而前进,正像过灯节时放的"气花"。根据这个道理想出的有火箭和飞球,可惜到现在还不能坐了它们到月亮上去。②

从这里可以看出,张然的创作观实际上是科学的,他能道出未来太空探索的正确方式,只不过是感叹囿于当时的科技条件没有办法做到,所以主人公的旅行方式才变成了做梦与翻跟头。除了对飞行器的设想

---

① 任冬梅:《幻想文化与现代中国的文学形象》,71 页,广州,羊城晚报出版社,2016。

② 张然:《梦游太阳系》,6 页,天津,知识书店,1950。

外，《梦游太阳系》在科幻方面最具创造力的内容是张然具体设想了火星人与天王星人。在小说第八章静儿他们旅行到火星上时，碰见了造型奇特的火星人：

> 静儿正在那里跳着取暖，忽然看见来了一只怪物，正像柏英前些天讲给他的那副样子。高高的身子，两个大耳朵，细细的腿，脚是一个大扇子一般，头上还长着两只角。①

对火星人造型的成因，张然给出了较为科学的解释：

> 这是因为火星这个环境造成的，你听，我们谈话的声音不是显得小了吗？他们生着一对大耳朵就像是为了收集声音的。为什么声音小呢？这是因为空气稀薄的缘故，也正是因为空气稀薄，为了吸进足够的氧气，所以他的肺很大，你不见他们的胸膛又宽又厚吗？还有，为了呼吸较多的空气，所以鼻子很长，就像被变戏法的给拉长了似的。②

而在天王星上，静儿一行也遇见了造型怪异的天王星人，并对这种造型的成因做出了阐释：

---

① 张然：《梦游太阳系》，34 页，天津，知识书店，1950。

② 同上书，36 页。

　　你看，这是天王星人。他的腿很粗身子很矮，这因为天王星上吸引力较大的缘故。又因为这里光线太暗，就必须有大眼睛才能看东西。[①]

　　创造性地描绘了外星生命，并对外星生物怪异造型的成因做了合理的科学解释，这都是张然在小说中的有益尝试，而这些尝试用今天的批评眼光看，则一定是科幻文学的创作方式。并且在小说第十一章中，张然对太阳系进行概述性介绍时向读者解释了之前故事里设想的火星人和天王星人实际上并不存在，是自己通过想象创造出来的，然后他以人类自己举例，阐述了进化论的观点。这样说明性质的写作，也从另一个侧面证明张然在写《梦游太阳系》时不自觉地运用了科幻文学的创作手法。当然，囿于初创时期科幻作者的经验不足，《梦游太阳系》中还是出现了部分不合逻辑的描述。例如，在与火星人的交流中，火星人竟然可以用流利的北京话向静儿一行问候："同志你好！"

　　在《梦游太阳系》中，小说并不是纯粹的知识铺陈，还有一定的生动情节描写。例如，在小说第四章"在月亮上打篮球"中，张然写静儿初到月球时观看了一场别开生面的篮球赛：

　　第一件使他奇异不止的事，就是这些篮球队员们，都跳得比房还高，至于一个人从另一个人头顶上跳过去，根本算不了新鲜事。忽然有两个人跳起来，在十几尺高的空中，撞了个满怀跌下来。静

---

　　① 张然：《梦游太阳系》，41页，天津，知识书店，1950。

儿着急地想，这一下非送医院不可了，谁知他们马上就爬起来，继续去抢球……①

张然用一种风趣幽默的叙述，巧妙地给读者传递了月球重力远小于地球的状态，而这一场景描述后的插图画出了在点点星空的背景下，篮球架有三层楼那么高，几个篮球队员在进行争抢，有一个队员甚至跳过了对面队员的头顶。类似这样的文字描述与画面辅助，在 1950 年的阅读环境中，带给读者的是一种完全新奇的感受。而这一点，恰巧也符合科幻文学对于"疏离"美学性质的要求。当然，张然希望通过小说，让读者达到"认知"，而作者在文本中唤起认知的方式就是进行知识推介，但是张然并没有更多的科幻创作经验可以借鉴，因此在《梦游太阳系》中，还是出现了较多的"知识硬块"。尤其是在小说的后半部分，从第十章"太阳系的模型"开始，前九章游记性质的见闻完全退散，小说中充斥着天体的质量、轨道数据、运行周期等内容，并且没有辅以生动有趣的故事情节，读来略显枯燥。另外，后半部分的小说插图也由先前生动活泼的辅助性图画变成了知识性图例。

此外，整部小说在插图外，还放入了诸如月球、太阳黑子、日珥、火星、土星、木星和哈雷彗星等天体的真实照片。在小说最末，张然还放入了两个数据附录。

小说的插图和附录中可见大量翔实的数据，张然在小说末尾还强调说，故事中所使用的数据、图片均来自中国天文学会大众天文社，更加

---

① 张然：《梦游太阳系》，11 页，天津，知识书店，1950。

证实了数据的准确性和可靠性。诚然，这些翔实的数据可以提供大量而严谨的天文知识，不过在文本后半部分舍弃故事情节直接铺陈知识点的做法，却大大降低了小说的可读性。这也是"十七年"时期中国科幻在草创时期的通病。

另外，《梦游太阳系》依然给读者传输了部分意识形态和道德上的内容。如静儿在去往月球之前，和伯父有这样的对话：

"伯，你说什么砍桂树，怎么回事？"

"听我慢慢说呀。从前有个大懒汉，名字叫吴刚，什么事也懒得做，只想玩只会吃，后来被师傅罚了，叫他在月亮上砍桂树，但是这桂树和世界的树不同，砍过去立刻又长好，越砍越长，所以砍了几千年也砍不倒，一直到今天还不能歇一歇。你想，吃的穿的用的，哪一样不靠劳动。在将来的社会里，谁要想只吃不做，我们就强迫他劳动，像教训吴刚一样，你说对吗？"

静儿道："我长大要做个劳动英雄，绝不偷懒。"

"是的，要做个爱劳动的好孩子。将来人们都能自觉的劳动，世界上也就没有吴刚了。"①

这是一段值得注意的对话，张然首先从神话介入，运用科学的说理方式，最终达成对读者的某种意识形态传输或道德规劝。这种写作方式在"十七年"时期的科幻小说中非常常见。只不过在之后的科幻小说中，

---

① 张然：《梦游太阳系》，2 页，天津，知识书店，1950。

神话逐渐被排除在外，导入方式被替换成科技奇观或神奇现象，在经过师长或知识经验丰富之人的介绍与讲述后，达成观念的刷新。

综上所述，笔者认为新中国成立后第一部科幻小说还是应该从《梦游太阳系》算起，其理由如下：首先，尽管《梦游太阳系》在小说后半部分落入铺陈知识的窠臼，但在小说前半部分还是有生动活泼的情节描述，符合小说的创作要求；其次，《梦游太阳系》在 1950 年就创造性地刻画了其他星球的生命形象，并对这些形象的产生原因做出了符合科学逻辑的解释，符合科幻文本的创造性；再次，小说在 1950 年的历史语境下达成了"认知"与"疏离"的双重美学特质，符合科幻小说的定义；最后，《梦游太阳系》所写的太空探索题材与文本中由现象到精神的说理路径，与之后的"十七年"中国科幻也能达成一致。因此，1950 年由张然创作，由知识书店出版印行的《梦游太阳系》理应为新中国第一部科幻小说。

## 二、想象与游历模式的承接——薛殿会与《宇宙旅行》

《宇宙旅行》于 1951 年 9 月由生活·读书·新知三联书店出版，作者是薛殿会。全书分为十二大章，并无标号，而是以各天体名称为题。与《梦游太阳系》类似，《宇宙旅行》也是一部太空游记性质的科幻小说，虽然题名为"宇宙旅行"，但书中前八章描绘的均是太阳系内的旅行见闻。

与张然类似，薛殿会也不是专业的科幻作家，而是身在一线的教育工作者。《宇宙旅行》一书没有后记，在前言中，薛殿会道出了他写这本小说的原因：

开始写这本书之前，我曾在一个小学里作了一次调查，找了一班（五十多个）学生，让他们把自己对有关自然现象的疑问尽量提出来；结果，在所提出的问题当中，有百分之六十四全是关于天文的问题。①

同时，薛殿会也在前言中说明了为何要以少年儿童作为写作对象，并且谦虚地表达出自己的专业水平与自然科学工作者还有差距：

因为我是搞学校教育工作的，对儿童生活是比较其他方面熟悉一点，就确定以少年儿童为对象……还有一个问题，也要在这里交代一下：作者不是天文学家，也不是专搞自然科学工作的。虽然作者是尽力做到对读者负责。但由于水平所限，在观点上、方法上，以至内容上也可能免不了有不妥当的地方，希望对这方面有研究的同志、专家、先辈们多多给以批评和指正！②

这段叙述一方面表达了《宇宙旅行》的儿童化倾向是与作者的切身经验有关，另一方面也表现出薛殿会对科幻小说与直接科技知识传播之差别的初步看法。与《梦游太阳系》相异的是，《宇宙旅行》游记形制的旅程贯穿小说的始终，并且出行方式不再是做梦与翻跟头，而是换成了火箭机，无论是在太阳系内的旅行，还是远离太阳系进行更远的宇宙探索，

---

① 薛殿会：《宇宙旅行》，1页，北京，生活·读书·新知三联书店，1951。
② 同上书，2～3页。

主人公都是乘坐火箭遨游的。这种旅行方式相较于梦游显得更加科学合理。薛殿会自己也曾说过：

> 开始动笔了，马上又碰到了一个矛盾：对孩子们讲"宇宙"这是一件很不容易的事情，同时讲起来也很容易走"科学八股"的道路；讲得太简单了，又恐怕不能解决问题。想来想去，就决定用乘"火箭机"到宇宙各处旅行的故事形式写下去；为了使孩子们更感觉亲切，故事本身也采取了儿童自己叙述旅行经历的写法。这样，除了关于宇宙、天体以及其他自然现象的知识以外，像旅行的故事、火箭机、测量仪器、面具等就不能不虚构出来。在这里顺便交代一句，以免混淆。①

通过这段论述，可以窥见薛殿会在"十七年"早期不自觉地使用了科幻小说创作方法：其一，文本还是要为读者普及科学知识，但要注意故事性与知识性的得兼，不能太简单而没有科普功效，也不能太难而落入"科学八股"的境地难以阅读；其二，选择儿童叙事视角主要是为了让儿童读者感到亲切，这是儿童化倾向的又一原因；其三，情节发生与旅行方式更具科学说服力；其四，薛殿会意识到科幻小说的表达不一定是严谨的科学话语，它还需要想象力进行虚构。新中国草创时期的科幻小说作者能够有这样的意识是难能可贵的，反过来说，"十七年"时期科幻小说的儿童化倾向与科普倾向等特征也并非在一五计划完成或"大跃进"时

---

① 薛殿会：《宇宙旅行》，2 页，北京，生活·读书·新知三联书店，1951。

期才出现的,早在新中国成立之初,非专职科幻作家们就已经进行了相关的尝试性创作。

《宇宙旅行》的故事情节较《梦游太阳系》要详细、生动一些。由于是乘坐火箭进行太空远行,于是有一位带队老师,带领包括主人公"我"在内的六个学生环游宇宙。在第一章"出发前后"里,薛殿会增加了对火箭穿越大气层的描写:

> 这时候,下面全中国的地域,已经差不多完全映在我们眼里了,看去简直像我们在成绩展览会里出品的中国地理模型。不过有些地方,模模糊糊,看不清楚。老师一个一个指给我们:哪是西藏高原,哪是帕米尔高原,哪是喜马拉雅山。真有趣!
>
> 二十万米——三十万米——四十万米——指针飞快地挪动着。外面变得很黑了,时常有垂暮似的白光晃来晃去,据老师说:那叫极光,在北极和南极地方是时常看得到它的。并且又说:它和太阳有关系,所以准备着到太阳去的时候,再详细地讲给我们听。[①]

这样具体而细致的火箭升空描写比从梦境直达星球会给读者更新奇的阅读体验,并极大地提升读者的想象空间,同时使小说显得更加可信。而在去往不同星球的旅程中,薛殿会对情节的布置以及对细部知识的描写较张然略胜一筹。以去往月球为例,在《梦游太阳系》中,张然介绍月球时主要描绘了月表景色、重力偏低以及没有空气等特点,分别用

---

① 薛殿会:《宇宙旅行》,7~8页,北京,生活·读书·新知三联书店,1951。

"月球风光""在月球上打篮球""月亮上的一课"这三小节来完成。而在《宇宙旅行》中，薛殿会在"月世界"这一大章下，还细分成了"月亮姐姐是个麻子脸——死沉沉的世界——运动会——为什么有时候圆有时候缺？——潮汐——日蚀和月蚀——两个地方的两种日蚀——从月亮望地球——月亮的一天是地球的一个月——山和'海'的游历——是喷火口呢？还是流星坑呢？——月亮的背面"①这12个小节，通过不同的故事来详细说明月球的景象、轨道特征、公转与自转、重力与真空等特性，甚至还提及月球环形山的来历，以及由于公转自转角速度相同所造成的只有一面朝向地球的现象。

值得注意的是，在初创时期的两部科幻小说中，为了说明月球重力小的情况，两位作者都采用了运动会这一形式，虽然说便于青少年理解，但也从侧面反映出当时作者写作素材的局限。此外，尽管旅行方式不同，对星球场景的描写细致性不同，但在故事推进上，两部小说都大量使用了问答形式：一般情况下都是身为主人公的学生（参观者）在看见星球上种种奇观时，老师（全知者）就介入对话，开始给学生讲解现象后的成因，并提出问题，引导学生进行新的思考。这样的叙事模式经常被认为是来自苏联科幻的影响，但同时期的苏联科幻小说，或者说翻译到中国来的苏联科幻小说，其实很少出现直接且大量的一问一答的叙事模式，反而是苏联文学渲染环境的传统在科幻小说中也有体现。因此这种在整个"十七年"科幻中影响深远的问答叙事模式，更像是中国本土化的创造，其目的是方便小读者理解小说中的奇异景象，从而更好地理解科

---

① 薛殿会：《宇宙旅行》，1页，北京，生活·读书·新知三联书店，1951。

学知识。

《宇宙旅行》从第九章开始就进入系外太空，薛殿会分别描述了"我"与同学和老师参观恒星世界、星雾、星团、天河（银河）以及广袤大宇宙的情节。当然，去往更为遥远的宇宙"我们"还是通过搭乘火箭机的形式，并且在描述不同太空景色与故事时，除了抒情性的景物描写，薛殿会依然较多地使用了对话、问答的叙事方法。在系外太空游览是《梦游太阳系》中没有的情节，因此，《宇宙旅行》就承担起了介绍系外天文知识的责任。其中最明显的一个例子是，薛殿会在小说中放入了四季南北半球的星座简图。

小说叙事过程中并没有对这些星座图进行详细的解释，在薛殿会提及恒星世界时就将星座图印于书中，它们只是作为一个天文知识的辅助传输工具。但相较于通俗直白的对话问答故事，这样的星座图略显复杂高深。言及插图，与《梦游太阳系》相同的是《宇宙旅行》中也放入了大量实际的天体照片，除了太阳、月球、系内行星、彗星照片外，还有球状星团、猎犬座旋涡星云、昴星星雾以及天鹰座新星等照片，可谓丰富翔实。但是，《宇宙旅行》一书放入的绘制插图不多，数量上仅有两张。其中第一张插图放在前言之后，为贯穿全文的宇宙游览交通工具——火箭机。第二张插图位于小说第九十七页，在插图下方，还标有一行小字："一个小说家根据洛威尔的说法画的想象的'火星人'。"[1]结合图画内容与文字描述，这是一幅值得深究的文用插图。张然在《梦游太阳系》中也设想了火星人的形象，但其是根据火星自然环境由作者做出的推测。而在

---

① 薛殿会：《宇宙旅行》，97 页，北京，生活·读书·新知三联书店，1951。

《宇宙旅行》中，想象中的火星人是基于已有描述而画成的。经查阅资料分析，此处所言洛威尔应指美国天文学家（Percival Lowell），而一个小说家应指英国科幻作家威尔斯（H. G. Wells）。1890 年代因为一个意外的翻译错误，意大利天文学家斯恰帕拉利（Giovanni Schiaparelli）关于火星上"Canalis"（河流）的看法被英语媒体翻译为"canals"（运河）而打上了"人工"痕迹。该消息激起了洛威尔极大的兴趣，于是他在 1894 年火星大冲时，通过自己在亚利桑那州建立的"洛威尔天文台"进行观测，并宣称看到火星上的"运河"和"绿洲"，引发了世界范围内的"火星热"讨论。正是在这种氛围中，无独有偶，图中这种脑袋巨大，身躯如章鱼触手的外星形象，也是威尔斯 1898 年经典作品《世界之战》（*The War of the Worlds*）中入侵地球的火星人形象。1938 年，《世界之战》曾被改编为本土故事在美国的电台播出，由于其描绘太过逼真，让很多美国人以为真有火星人入侵，甚至引发了恐慌。《宇宙旅行》也在这一章节中提到威尔斯的这部小说及其在美国引发的恐慌。往前推之，对火星有生命存在一事也不是洛威尔和威尔斯的独创，19 世纪著名的天文学家尼可拉斯·卡米伊·弗拉马利翁（Nicolas Camille Flammarion）早在 1862 年就出版过小说《可居世界的众多》来说明外太空可能有其他智慧生命存在的观点，而火星，一直是弗拉马利翁论述中外星人最有可能存在的地方。洛威尔在读过弗拉马利翁的著作《火星》后开始对火星研究与天文学进行深钻，威尔斯曾直言他受到过弗拉马利翁论断的影响。除了想象外星生命，弗拉马利翁还曾设想过五百年后的地球生活。此外，他还提出小说应避免标准的说教方式，所以人类通往外太空不一定要使用宇宙飞船，甚至可以使用灵魂出窍的方式到达。

由此观之，在"十七年"科幻的初创时期，在苏联科幻的影响尚未全面到来之际，在作品游记化写作与梦游、飞船等旅行方式的文本表象之下，实际上是欧洲古典主义科幻传播的影响。"十七年"时期所翻译的欧洲科幻小说，其主体为凡尔纳作品的时间是在 1956 年前后，在新中国成立的最初两年中，欧洲古典主义科幻的影响也尚未到场。所以，"十七年"初创期的科幻文本实际上是在创作经验缺乏的情况下，由作者直接从晚清、民国时期的译介与本土科幻小说中提取可借鉴部分进行的模仿化写作，其最深远的源头还在欧洲古典主义科幻处。

当然，"十七年"中国科幻初创期的小说其中国特色除体现在儿童化倾向外，还体现在较多的意识形态话语中，《宇宙旅行》也不例外。《宇宙旅行》的意识形态话语首先表现在文本的封建迷信破除功能上，如在前言中薛殿会说道：

> 从前面的调查，我联想到许多迷信都是和"天"有关的，缺乏关于"天"的知识，往往是一些迷信意识不容易破除的根源。我写这本东西，就是试图在这些方面作为反迷信工作的一个分子，尽一点力。①

而在小说内部，当写到流星的时候，薛殿会描写了如下的对话：

> "别怕！这不过是一个小流星。"

---

① 薛殿会：《宇宙旅行》，1 页，北京，生活·读书·新知三联书店，1951。

"啊?! 流星?"我们不约而同地惊叫起来。

流星，我看见过的：夏天在院子里乘凉的时候，常常看见天上有着飞得很快而且眨眼就不见了的小星星。还记得妈妈告诉我，那叫"贼星"，出多了"贼星"，盗贼就会多的。就是它吗？我惊奇地望着老师。

"不错，你看见的就是它。但是它和盗贼却一点关系都没有，这都是迷信的话。你应当告诉大家：流星就是一个烧得灼热的石头蛋，什么盗贼多不多，那是社会不好，和流星完全两回事情。"[1]

所以薛殿会的《宇宙旅行》整个文本的意义在于给读者传输天文知识的同时，也要求读者尽量掌握科学的思维方式，破除迷信，从而达到反封建的效果。前文提及新中国建立之初，文盲率较高，封建迷信残余思想较重，通过科幻小说破除迷信，也算是大有裨益之事。其次，小说的意识形态话语还表现在科学态度上、对社会主义制度优越性的肯定与对资本主义制度的批判上。如以下几组描写：

听过了老师这些讲话，我们每个人都得到了一个武器，就是"实事求是"四个字。我们这次旅行决计要紧紧掌握这个武器。[2]

资本家发生"恐慌"是因为他们独占着工厂和机器，造出的货物多得卖不出去；而他们对工人剥削得太厉害，很多的人穷得饭都没

---

[1] 薛殿会：《宇宙旅行》，6～7页，北京，生活·读书·新知三联书店，1951。
[2] 同上书，4页。

得吃，哪里有钱买货物呢？如果工厂和机器都归大家所有了，大家要什么就造什么，要多少就造多少，哪里会起什么"恐慌"？但是资本家们很怕这样，所以就要造出这样的鬼话来骗人了。①

如果他们比地球上的人类聪明的话，一定早就成为科学的共产主义世界了。那末(么)他们一定会欢迎我们招待我们吧！那时我一定告诉他们：地球上帝国主义法西斯坏蛋们将要被人民打垮，全地球将成为和平民主的新世界。现在苏联社会主义国家正领导着人民民主国家和全人类向理想的人类社会迈进着。②

不过，直到现在，除了苏联、中国和人民民主国家以外，其余的资本主义国家还是一些剥削人、压迫人的家伙们统治着。他们最怕人民懂道理，就用钱雇了一些替他们服务的假科学家，编出一些骗人的鬼话来，欺骗人民，让人民迷信，鼓吹些什么"宇宙里只有地球有生物""地球上的生物永远不会改变""世界永远不会改变"等等。③

这些描述今天看来抒情得些许刻意，并且将意识形态的价值给予儿童的方式太过直白。但是，在新中国刚成立面临内忧外患的情况下，科幻文本似乎成了一个合理的情绪发泄渠道，恣意的想象力在科技层面带领中国人民冲出地球走向宇宙，优秀的社会制度带领中国人民走向全新的繁荣。在困顿的现实中，科幻通过想象力打破了精神困局，达成了某

①　薛殿会：《宇宙旅行》，59 页，北京，生活·读书·新知三联书店，1951。
②　同上书，100 页。
③　同上书，229 页。

种满足性的回馈。回到历史语境下的文本分析，也许这些小说并不像用当今眼光审视下那样矫揉造作。并且当时作者对宇宙生物论以及进化论无意识地运用同样令这一时期的中国科幻小说显示出符合科学逻辑的色彩。

综上所述，草创时期的两部长篇科幻小说实际上隐含着诸多线索。面临新时局近乎白手起家的科幻作者努力从欧洲古典科幻与中国早期科幻中寻求可用元素，通过自身经验或时代要求为文本加注了中国特色。尽管存在叙事方式较为单一、铺陈式游览以及知识硬块等问题，但其对话讲解模式、用故事带出知识的手法、太空游览的题材，甚至插图与照片的应用等方面，都还影响着"十七年"时期后来的科幻小说。当时间来到 1954 年，综合各类科幻优劣，更注重小说故事性的郑文光携其作品出现于读者眼前，新中国的科幻便迎来了全新的发展阶段。

## 第二节 "新中国科幻之父"——郑文光

郑文光(1929—2003)是我国著名的天文学者、科普作家、科幻作家，被誉为新中国的"科幻小说之父"。郑文光出生于越南海防，自幼便展现出较高的艺术才华。年仅 11 岁的郑文光在《侨光报》发表了杂文《孔尚任与〈桃花扇〉》，从此走上文学创作的道路。17 岁时郑文光便创办《越北生活》杂志，正式开始了他的创作、编辑与出版生涯。

在进行科幻创作前，郑文光曾进行了大量的科普工作。1947 年，郑文光离开越南返回祖国，途中曾在香港、广州等地从事教学、科普工作。1951 年郑文光来到北京并进入中国科协担任编辑。1955 年 2 月，郑文光在《中国少年报》上发表了《从地球到火星》。该短篇科幻小说一经发表便引起轰动，甚至带动了当时北京地区的火星观测热潮。"十七年"期间，郑文光发表了《第二个月亮》《征服月亮的人们》《从地球到火星》《太阳历险记》《黑宝石》《飞上天去的小猴子》《火星建设者》《海姑娘》等科幻小说。在"文化大革命"结束科幻文学复苏时，郑文光以"归来者"作家的身份继续从事科幻创作，《飞向人马座》在 1978 年一经出版便引起强烈反响。

郑文光的创作手法在一定程度上超越了同时期大部分的科幻作者。他的科幻小说有人物、有情节、有悬念、有抒情，相较于当时科幻小说介绍科学知识突兀、人物情节弱化的情况，郑文光的作品彰显出别具一格的艺术价值。他 1957 年的作品《火星建设者》还获得了莫斯科世界青年联欢节大奖。尽管整个"十七年"时期郑文光的科幻创作数量不多、篇幅不长，也未达到新时期他全盛时的笔法，但较高的文学价值足以使得郑文光成为"十七年"时期科幻小说里程碑式的人物。

## 一、郑文光的创新性——以《从地球到火星》和《黑宝石》为例

新中国第一部比较完备的短篇科幻小说是郑文光于 1955 年发表的《从地球到火星》。故事讲述的是珍珍、她的弟弟以及她的同学魏秀贞三人的冒险之旅。珍珍的父亲是一名火箭驾驶员，他准备驾驶科学家建造的两艘火箭去往火星进行科研。得知此消息的珍珍缠着父亲要一起去，爸爸没同意，于是珍珍就带着弟弟和同学偷溜进了一艘火箭。然而因为三名少年误触按钮，火箭自动发射升空，朝着火星飞奔而去。珍珍的爸

爸在科学家们的帮助下驾驶二号火箭追赶珍珍一行，最终在火星上空成功对接并安全将孩子们带回地球。在此过程中，珍珍他们感受到了宇宙速度，穿越了流星群，并且欣赏了火星的美景，同时也感受到了父亲和科学工作者对他们的关心和爱护。小说还讨论了火星人是否存在的问题。综合而言，这是一篇人物形象鲜明、起承转合适当、科学知识合理的短篇科幻佳作。

整体上看，尽管是新中国第一部较为完备的短篇科幻小说，《从地球到火星》实际上也是一部太空游览题材的科幻小说，并且故事中依然有对宇宙旅行时的奇观见闻进行介绍的桥段。如在描写飞船进入太空的失重环境时，郑文光写道：

> 这多奇怪呀。可是奇怪的事情还在后头呢。秀贞要喝水，拿出装水的瓶子来，正要往杯里倒，水在瓶里却聚成一个球，亮晶晶的，像玻璃球一样，只是晃呀晃的，没有玻璃球结实。秀贞左弄弄右弄弄，怎么也倒不出来。①

又如，在写到太空中星空是一片漆黑，与想象中的场景不一样时，郑文光写道：

> "拍（啪）"的一声，秀贞把火箭船的电灯关了。这时候，后窗有

---

① 郑文光：《从地球到火星》，见《太阳探险记》，41 页，上海，少年儿童出版社，1955。

一道白花花的亮光透进来。往后一看,一个白色的圆球悬在黑漆漆的天空中,显得非常刺眼。白色的圆球周围是一圈红色的、卷得老高老高的火焰。在这个大白球下面,又有一个蓝色的圈圈儿,像自行车轮子那么大,挺美的。[①]

奇特感官与经历的描写主要是为了让青少年读者更有身临其境之感,从而更好地理解小说。实际上,《从地球到火星》也是一篇带有展示性质的太空游览小说,主人公依然经历了"出发—经历—回归"的叙事路径,但在具体的执行过程中,郑文光对此做出了改变。

首先,在"十七年"初创期的科幻小说中,主人公的太空旅行是无理由直接发生的,通常是老师告诉"我们"要去太空旅行,于是"我们"在兴奋中整装待发。郑文光在《从地球到火星》中,给主人公设定了行为动机,珍珍一行三人因为爸爸不带他们去火星,于是便偷偷地溜上火箭,触碰发射按钮之后意外起飞。行为动因的加入使得小说有了矛盾与情节,之前小说太空游历是纯粹游记形制的展示,而《从地球到火星》变成了一场别开生面的营救行动,起承转合勾连起故事的开头、发展、高潮与结尾,使《从地球到火星》成为一篇体例完整的短篇小说。

其次,郑文光的小说人物设定在一定程度上摆脱了之前的空洞感。同样是冒险主体的青少年,《从地球到火星》中的珍珍一行并没有带队老师,而是因为意外进入太空,因此他们只有发挥自己的能动性才能安全

---

① 郑文光:《从地球到火星》,见《太阳探险记》,41 页,上海,少年儿童出版社,1955。

返回地球。《从地球到火星》其实也有"老师"似的人物在场，那便是地面指挥珍珍他们操作火箭以及乘坐2号火箭出发追赶的父亲、科学家一行。他们作为知识和技能的持有者，在《从地球到火星》中不再通过面对面的说教方式给孩子传授知识，而是通过指挥救援的方式，带领孩子们穿越星海，了解知识，并最终安全返回。由此观之，郑文光的创作已经走出了对话模式与说教模式的窠臼，显得更具故事性。

再次，郑文光善于在小说中设置悬念与转折。在2号火箭船出发营救珍珍一行时，珍珍他们却遇上了流星群：

> 珍珍他们那架火箭船笔直地向前飞着，讨厌的流星却愈来愈多了。那些石头在火箭船的周围"飕飕"地穿来穿去。
>
> 可是这会儿不是在地球上遇到流星，而是在地球外面呀。流星那么快，把火箭船给砸了可怎么办？
>
> 我告诉他们不要慌，火箭船有三重外壳，是不容易被打穿的。可是，从电话里忽然传来"轰隆"一声巨响——这是说，火箭船跟流星撞上了。唉，三个孩子的命运怎样呢？难道就……想到这，我的心怦怦直跳。[①]

这种悬念与转折在"十七年"初期的科幻小说中是没有的，此前作者的平顺叙述是为了将不同星球的知识通过文字及时传递，但在郑文光

---

① 郑文光：《从地球到火星》，见《太阳探险记》，47页，上海，少年儿童出版社，1955。

处，小说传播知识的作用明显靠后，小说更主要的是为读者带去新奇的阅读体验，而设置转折与悬念，更能抓住读者的眼球。这也是《从地球到火星》一经发表就收获好评的原因。

最后，郑文光在小说中提出的观点更加符合当时的科学实际。如在最后一节中，因为燃料不足，孩子们只能在轨道上欣赏火星然后返航，珍珍他们问到火星上是否有人居住，地面科学家的回答是：

> 据我看，火星是不会有人的。因为如果火星有人，那么我们现在应该看到人活动的痕迹了。比如说，就该有马路，有房子，有开垦的田地，有庄稼，可是我们什么都看不见……现在，你们瞧，我们的火箭船驶到黑暗的一面来了，我们将要游览美丽的火星之夜哩！[①]

在是否有火星人的问题上，郑文光没有像之前作家那样设计一种火星人形象，也没有根据其他作家的想象进行推演，而是从人类视角出发，推断火星并没有生命活动的原因。由此观之，郑文光科幻小说的科学观更加严谨。

1956 年，郑文光发表了短篇科幻作品《黑宝石》，小说以地质考察为题材，讲述了一个中学地质小组在课外勘探时发现未知物质的故事。"我"所在的地质小组厌倦了寻找生物标本，在一次没有辅导员同行的森

---

① 郑文光：《从地球到火星》，见《太阳探险记》，52 页，上海，少年儿童出版社，1955。

林勘察中，我们发现一条河流连接着一个煤层，这一地质断层的尽头在小河上游的笔架山处。而笔架山的峭壁上有一个神秘的云洞，地质小组一行人并未听信旁人迷信的说法，并且克服了自己的心理障碍，最终进入洞中，得到了一块黑亮的石头。带回学校经科学家鉴定后，才知道那是一块来自天外的陨铁。《黑宝石》实际上是太空探索题材的一个变体，主人公主要的好奇对象是一块来自太空的陨铁。首先，郑文光则将冒险场域置换为读者更为熟悉的地球，并且通过层层递进的方式发现物品，再层层揭秘解开神秘石头的身份，延续了其善于设置悬念的写作手法。

其次，《黑宝石》中的环境描写更加细腻，占据了较多的篇幅，使得小说的场景更加逼真，提升了故事的可读性。这一点是与苏联科幻小说相似的地方，苏联科幻小说也善于铺设故事场景，不惜用大段笔墨来借景抒情。郑文光也正是学习了这一点，运用在了自己的创作中，如《黑宝石》里常有这样的描述：

　　　　四面八方，全长满了笔挺的、整整齐齐的小松树。浅灰色的天空叫松树的枝丫分割得很破碎。虽然已经是初夏了，可是森林中的早晨还是很冷的。树根下的青草长得很高了，珍珠似的露水在草叶上滚来滚去，玫瑰色的、娇嫩的野花也调皮地开放了。①

　　　　它可真懒，这时候还不大乐意起床，可是它的红红的额角把天上的薄云都映成了浅浅的玫瑰色哩。微风吹着，像是有一只看不见

----

　　① 郑文光：《黑宝石》，见人民文学社编：《五万年以前的客人》，4 页，北京，人民文学出版社，1978。

的大手，轻轻抚摸着草原。只有挺骄傲的几株大树却一动不动地兀立在草原中央。①

这样的场景描写方式在之前的"十七年"中国科幻中是少有的，可见在郑文光处，科幻小说的知识普及功能依旧存留，但作为小说，其文学审美功能是郑文光在创作中一直努力追寻的方向。

最后，《黑宝石》的叙事语言更加儿童化，郑文光甚至在小说中插入了儿歌：

> 我们高兴得唱起歌来了。
> 我们是未来的勘探队员，
> 我们有远大的理想，
> 要打开祖国的宝山呀，
> 要开发地下的富源……②

又如：

> 是谁轻轻地哼起了"组歌"。嘹亮的歌声又在野地里荡漾开来。
> 我们有远大的理想，
> 要打开祖国的宝山呀……

---

① 郑文光：《黑宝石》，见人民文学社编：《五万年以前的客人》，6 页，北京，人民文学出版社，1978。

② 同上书，4 页。

　　万水千山，

　　也挡不住我们前进的脚步……①

　　这样的形式显然要比之前小说的直接说教更利于少年儿童接受，并且在儿歌中郑文光实际上也成功地传达了意识形态话语对青少年的思想要求，即树立远大理想，用所学知识报效祖国。

　　此外，郑文光在《黑宝石》中还首次描绘了中国未来的工业化情况：

　　　　我想，再过五年六年，不，也许在更短的时间内，这里将要建立起钢铁厂的巨大高炉，白色的和黄色的烟雾在它顶上盘旋着。铁矿石一车一车地从地下采出来，送到高炉的大肚子里去。隔着炉门，可以听到通红通红的火焰怎样呼呼地响，而铁水，将带着白炽的光芒在地上预先挖好的沟槽中奔流……②

　　用当下环保主义的眼光看，郑文光这样的描述肯定是不提倡的，但是还原历史语境，在"一五"计划即将顺利结束，国家工业化基本起步的情形下，这种对未来工业化场景如火如荼的想象是必然发生的情况。如今回首"大跃进"中大炼钢铁的场景，似乎与郑文光在1956年的小说中所写的内容十分近似，从这个意义上说，科幻小说在一定程度上对社会发展有预言作用，这种作用在"十七年"时期的文本中依然存在。

---

　　① 郑文光：《黑宝石》，见人民文学社编：《五万年以前的客人》，15页，北京，人民文学出版社，1978。

　　② 同上书，32页。

以上都是郑文光早期科幻小说中相较于之前"十七年"科幻所达到的创新部分。尽管在题材等方面有相似之处,但郑文光明显更注重小说的文学性,并且更善于架构小说情节、处理小说中的矛盾。郑文光之所以能够从"十七年"初期科幻小说,或者说从之前所有时段的中国科幻小说里突围,首先跟他的身份有关。前文言及"十七年"初创期的科幻小说作者并非专业的科学工作者,也不是职业作家,多是怀揣科普梦想的教育工作者,但在郑文光处,他自己本来就是天文学家,同时大量的科普工作也使他谙熟语言的艺术,因此将二者结合就显得更为自然、生动。"'中国的科学家不了解社会,而社会也不了解自己的科学家,'郑文光略带忧郁地说道,'我希望这两者能结合起来。'郑文光以其独一无二的风格来实现这一点:他以太空时代为小说背景,展开对现实社会的分析评论……迄今为止,郑文光是运用其艺术才华透视社会现实生活,进行分析评论的唯一中国科幻作家。他满怀信心地表示:这样做是为了打破对科学的错误观点,而不是助长这种错误观点。为实现这一目标,很难找到比郑文光更恰当的人选了。作为职业的天文学家,他是能够驰骋于科学与文学两大领域的少数亚洲科学家之一。"①

当然,郑文光在"十七年"时期以及之后时期所做的工作也对他的科幻创作起到了一定的辅助作用。郑文光曾是北京天文台的副研究员,还兼任中国科学文艺委员会副主任委员、中国科普作协常务理事、中国儿童文学委员会委员、中国作协北京分会理事,还曾任《科学大众》编辑、

———————————

① [美]刘美云:《中国科幻小说之父》,陈珏译,陈冠商校,载《科幻小说创作参考资料》,1981(2)。注:该文章原载于香港出版的刊物 ASIA2000 英文月创刊号,出版于1981 年 5 月。

《读书》编委与科幻刊物《智慧树》主编。多重身份既为郑文光的科幻创作提供了多渠道的便利，同时也影响了郑文光科幻小说中的某些内容。如即便对小说文学性如此提倡的郑文光在早期的科幻小说中，仍然保持了极大的儿童化倾向，以及对主流意识形态话语的宣扬。

郑文光能够做到科幻小说创新的另一个原因在于其形成了较为初步的科幻理论观点，理论指导下的创作，会使得文本更为规范。

## 二、郑文光科幻理论观点的借鉴、发展与背反

首先需要说明一点，中国科幻理论的集中勃发始于 20 世纪 80 年代，在此之前，郑文光的科幻观点都散见于他陆续发表的评论文章。在这些文章中，郑文光更多的是以作家身份从创作角度进行的分散性讨论，因此不能说"十七年"时期郑文光形成了完全的科幻理论体系，只是说他提出了一些对后来影响较大并富有创造性的科幻理论观点。笔者拟综合郑文光在不同时期的一些科幻观点，以窥其在"十七年"时期对科幻理论的借鉴、生发与运用。

"十七年"时期，郑文光最重要的科幻观点文章是 1956 年 3 月发表于《读书月报》上的短文《谈谈科学幻想小说》。文章开端有一则编者按："读者白振华、奇生、张树华、胡娟、刘彦骅等同志先后来信，要求本刊对如何理解和阅读科学幻想小说等问题给以辅导。这篇文章就是为了解答上述问题而撰写的。"[1]这篇文章本是郑文光受邀给读者回答问题所作，但字里行间，都体现出郑文光的科幻创作观与审美观。

---

[1] 郑文光：《谈谈科学幻想小说》，载《读书月报》，1956(3)。

郑文光认为科幻小说的起源与发展是现代自然科学的进步所导致的必然结果："现代自然科学的发展使人类愈来愈深入地洞悉物质世界的秘密，掌握大自然的规律，从而也提供了人类运用数千年间总结出来的科学知识更有效地利用、驾驭、改造自然的可能性……这是科学幻想小说产生的基础。如果说，过去人们只能够借神话、民间传说来表达自己对未来的憧憬的话，今天，人们就可以在现代科学成果的坚实基础上去幻想明天。科学幻想小说就是描写人类在将来如何对自然做斗争的文学形式。"[1]科幻文学起源于现代科技的进步是学界公认的说法，但在"十七年"时期将这一概念以书面形式提出，郑文光是第一人。

当科幻文本要面对未来与科技时，不可避免会讨论科幻小说与预言未来、使用技术的关系，郑文光对此也做出了说明，并以阿达莫夫的小说《驱魔记》、凡尔纳的《从地球到月球》等作品为例讲解了科幻小说在创作时应遵循的原则：其一是"这绝不是说，科学幻想小说是未来人类的生产活动和生活的最精确的预言"[2]；其二是"这也绝不是说，科学幻想小说可以完全无根据地'描写'未来"[3]；其三是"科学幻想小说也容许作者在技术问题上违反科学（原理）"[4]；其四是"科学幻想小说作家可以采取最大胆的假定来阐述一些卓越的科学思想"[5]。郑文光的这些观点今天看来依旧具有极强的说服力。科幻小说虽然可以描写未来，但未来并

---

①　郑文光：《谈谈科学幻想小说》，载《读书月报》，1956(3)。
②　同上。
③　同上。
④　同上。
⑤　同上。

不是唯一的主题,而无论描写何种题材,都不能偏离科学想象的基础,要有一定的根据。当然,科幻小说也不是完美无瑕的科技知识文本,科幻作者队伍中同样也不可能全是专业的自然科学工作者,因此科幻的任务之一是通过想象力进行假定性阐释,并且允许携带一定的科技偏差。当然,这样的结果是科幻文学通常只是设想一种场景的可能性,但并不确保未来一定实现,也不执行让场景实现的过程。换言之,科幻是一种思维方式,而不是一种具体的预言工具。"十七年"时期,郑文光就已经提出了这种具有超前意义的科幻小说观点。

当言及科幻与科普之关系时,郑文光在文章中说道:"科学幻想小说不同于教科书,也不同于科学文艺读物。它固然也能给我们丰富的科学知识,但更重要的是,它作为一种文学作品,通过艺术文字的感染力量和美丽动人的故事情节,形象地描绘出现代科学技术无与伦比的威力,指出人类光辉灿烂的远景……科学幻想小说以美妙的想象力启发和培养读者对于科学技术的爱好,号召人们在征服大自然的事业中建功立业。"①"十七年"时期,郑文光所持的观点就为科幻小说应该是独立的文学形式,它不同于教科书,也不同于其他的科学文艺作品。这样的观点在新时期科幻姓"科"还是姓"文"的争论中,郑文光又将其发展延伸为硬科幻与软科幻的区别。在 1981 年的文学创作座谈会上,郑文光的发言中有如下内容:"然而我仍然要说,科幻小说首先是一种小说,是一个文学品种,或者说,是小说的一个流派,这并没有排斥科幻小说的'科学性'之意。即使在'硬科幻'里,把科学思维和推理作为作品情节发展

---

① 郑文光:《谈谈科学幻想小说》,载《读书月报》,1956(3)。

的贯串线,但是抽象的科学思维和推理,仍然只有借助于创造栩栩如生的人物才能表述。'硬科幻'和'软科幻'的区别,只在于前者展示的是科学本身(不是具体的科学知识)的魅力,而后者更多地学社会,学人生。无论'硬科幻'或'软科幻',都是文学作品……'软科幻'是指把科学幻想的设计作为背景,实际上是表现社会现实,反映人生的作品。"①当然,郑文光对硬科幻也曾做过相应的说明:"'硬科幻'并不是科普读物,也不能称之为'科普性科幻',因为它只是阐述了某些科学幻想,并不普及什么科学知识。但是,为了阐述清楚某些科学幻想,也许不得不作出一定的解释,可以说是赋予作品一定的知识性吧!"②

由此观之,不论是在"十七年"时期还是在之后的创作中,郑文光一直认为科幻作品与科普作品有着本质的区别,在他自己的创作实践中,郑文光同样恪守这一原则,重在突出小说的故事性与可读性,这也是郑文光作品在一定程度上超越同时期作家作品的原因之一。也是在1981年的文学创作座谈会上,郑文光结合自己"十七年"时期的创作与当时的科普科幻争论,创造性地提出了"科幻现实主义"这一命题,但"在做出有益探索的同时,也存在着诸多不足。郑文光虽然将科幻现实主义抬高到'现实主义与浪漫主义的结合'的高度,但其中对于现实主义和浪漫主义的理解都存在系统性的问题,而郑文光本人此前在创作观念上的矛盾也并未得到解决:这就导致了作者们在消解了对于'预言性'的要求之

---

① 郑文光:《在文学创作座谈会上关于科幻小说的发言》,载《科幻小说创作参考资料》,1982(4)。

② 郑文光:《科幻小说两流派》,载《文学报》,1982-02-15。

后，依旧深陷于'科学性'的魔咒当中。"[1]新时期的郑文光对现实主义与浪漫主义的创作笔法产生了误读，但回首文本，"十七年"时期郑文光的科幻创作更多的是一种未来主义倾向的写作，即小说中并未出现对社会现实的批判，文本的基调是科学主义的，而情绪总是昂扬的。笔者拟在下一章中论及未来主义要素时详细讨论，此处不再赘言。

当然，关于什么样的作品是科幻文学，什么样的作品不是，郑文光也有自己的判断标准："这里还要说明一点的，就是现在有些科学知识性的读物，只不过为了叙述的方便加上了一些人物，例如某老师对几个学生讲述一大篇科学道理等。这些读物中没有人物性格，没有故事情节，也没有具备文学作品所应具备的要素，是算不得科学幻想小说的。也有一些书籍，讲的虽然都是还没有实现的事情，可是如果不采取科学幻想小说的形式来写，也同样不能算是科学幻想小说。"[2]按照郑文光的观点来看，"十七年"早期的小说便算不得严格意义上的科幻文学，但其本人并没有对新中国第一篇科幻小说的归属问题做过多争论。在郑文光看来，"十七年"时期中国科幻出现的诸多误解与误判其根本原因在于科幻文学尚属一种年轻的新型文类，人们在认知这一文类时还处在较为模糊的状态："这一情况之所以发生，只因为科学幻想小说在全世界范围内都还是非常年青的一种文学样式，还没有成熟的创作经验和理论，因而，也没有为广大读者，甚至还没有为文学界和科学界所熟悉和

---

① 姜振宇：《贡献与误区：郑文光与"科幻现实主义"》，载《中国现代文学研究丛刊》，2017(8)。

② 郑文光：《谈谈科学幻想小说》，载《读书月报》，1956(3)。

理解。"①

郑文光在 1956 年生发出如此感叹，然后便提出了自己对于科幻的理解，很多观点至今都十分正确并体现出一定的创造性，究其原因，除了郑文光对自身创作实践的总结外，还受到了苏联某些科幻观点的影响。郑文光在正式开始科幻创作前曾在不同的科学杂志担任编辑，期间译介了一定数量的苏联科学文艺作品与科幻小说作品。前文笔者论述到，郑文光对苏联科幻小说中没有丰满人物形象与曲折情节的状态不太满意，于是决定写有中国特色的，人物鲜明、情节起伏的科幻小说。其实在小说创作的模仿与创新外，郑文光同样对苏联科幻理论进行了模仿与创新。

《谈谈科学幻想小说》这篇文章发表于 1956 年 3 月。同月，《知识就是力量》杂志的苏联专刊出版。"'知识就是力量'杂志关怀中国青年工人科学技术知识的成长。最近，该杂志编辑部和我国劳动部、中华全国科学技术普及协会合作，共同编辑了五期专刊，供给中国青年工人们阅读。这些专刊的编写工作，不仅有苏联的作者参加，还有中国的科学家和作家参加。这一专刊的第一期已在 3 月 21 日于北京出版。"②《知识就是力量》从第一期专刊开始就译介苏联科幻小说，其中，在开始连载格奥尔基·古列维奇（Георгий Гулевич）的科幻小说《第二颗心脏》前，中国《知识就是力量》杂志编辑部翻译了这篇小说在苏联《知识就是力量》上的介绍词，其题目为《谈谈科学幻想》，而译者正是郑文光。

---

① 郑文光：《谈谈科学幻想小说》，载《读书月报》，1956(3)。

② 《读书月报》编辑部：《科学杂志"知识就是力量"》，载《读书月报》，1956(3)。

在这篇由郑文光翻译的苏联介绍词中，我们仍能看见某些观点相似的地方。如在谈到科幻对未来的预言时，《谈谈科学幻想》这篇介绍词写道："不应当把科幻小说理解为未来的精准预言。在许多情况下，幻想是运用了科学文艺形式的。"[1]而在谈及科幻与科普等作品的关系时，介绍词说道："教科书、科学普及书籍、讲义、科学文艺读物让青年人熟悉科学的成就，熟悉它的伟大的过去，熟悉一切世纪、一切国家与民族的科学家辛勤劳动所得到的成果。科学幻想读物则谈到还没有能解决的任务和必须提出来的问题，谈到还有待于进行的发现……教科书叙述着有益的事物，给我们知识，文艺作品使我们思考，科学幻想作品则教我们去想象未来。"[2]此外，郑文光在翻译介绍词《谈谈科学幻想》中将法国科幻作家儒勒·凡尔纳（Jules Gabriel Verne）翻译为于尔·维恩：

> 大约在 90 年以前，法国作家于尔·维恩写了一本谈到利用巨大的炮弹到月球去旅行的科学幻想小说。在小说中有许多错误。现在还看出它有更多的错误，因为科学在这 90 年中大大地向前进展了。现在大家都知道，飞向月球的炮弹是不能乘人的，可是，尽管如此，小说还是起了巨大的作用。于尔·维恩的方法固然是错误的，可是他完全正确地指出了目标。而发现了实现星际飞行的正确方法的伟大苏联发明家齐奥尔科夫斯基说，正就是于尔·维恩启发

---

① 苏联《知识就是力量》编辑部：《谈谈科学幻想》，郑文光译，载《知识就是力量》，1956(1)。

② 同上。

他去思索宇宙飞行的问题。①

　　而在郑文光自己的评论文章《谈谈科学幻想小说》中,郑文光对儒勒·凡尔纳的称呼依旧是于尔·维恩:

　　　　在 90 年前,那时还没有关于发射火箭的理论,法国的科学幻想小说作家于尔·维恩写了一本很有趣的书:"月球旅行记"(这书中译本将由中国青年出版社出版),其中谈到几个炮兵坐在大炮弹中,由大炮发射到月亮去。显然,这是错误的、不可能实现的,因为炮弹的速度还不够射到地球外面去,而且炮弹中根本不能乘人。这些技术问题的错误却无碍于于尔·维恩在小说中表述一个正确的科学原理:人类将能飞到月亮上去。后来,齐奥尔科夫斯基说,正是于尔·维恩的小说推动了他研究和制订星际航行的理论。②

　　由此观之,《谈谈科学幻想》这篇介绍词的译者与《谈谈科学幻想小说》这篇文章的作者同为郑文光,两篇文章发表时间相近、题目极其相似,并且文中的部分观点与所举例子都近乎一致。可以推断,郑文光在"十七年"时期的部分科幻理论观点直接受到了来自苏联的影响,苏联的科幻理论较"十七年"时期的中国科幻理论发展更为全面、成熟,因此以当今眼光审视郑文光的科幻观点时,也有超越当时时代之感。在借鉴苏

---

① 苏联《知识就是力量》编辑部:《谈谈科学幻想》,郑文光译,载《知识就是力量》,1956(1)。

② 郑文光:《谈谈科学幻想小说》,载《读书月报》,1956(3)。

联的科幻理论观点的基础上，郑文光在后续的创作中进行了实践与改良，得出了诸多含有本土化特征的论断。

　　首先，"十七年"时期郑文光在关注科幻小说文学性的同时也关注科幻小说中的想象力启发，并坦言融合二者的难度："一方面，它应当是小说，而且是幻想小说，就是说，它的社会功能是文学的社会功能，即作用于人的感情，用生动有趣的故事来刻画某一独特的典型环境，和在这典型环境里活动的典型人物。另一方面，它又是科学的幻想小说，它不可避免涉及一些有关的科学知识，这种科学知识又不能像打补丁一样依附在小说上，而应当渗透到小说里面去。文学的功能和科学的内容，这两者的有机结合是不容易做到的。"①而郑文光自"十七年"时期开始的一系列科幻创作，都是朝着融合二者的方向去努力的，并且呈现出一种超越时代的文学美感与科学美感。

　　其次，郑文光同样关注科幻小说与儿童文学之关系，但结合前文笔者所论，囿于对各概念的模糊性认知，加之特殊的国情要求，即便来到新时期的科幻写作时，郑文光在科幻小说与儿童文学关系的问题上仍有一些摇摆的看法。"十七年"时期郑文光的科幻小说创作大都是以少年儿童为主体的，他在1981年回望这一时期的创作时说道："我是写科学幻想小说的。严格说来，科幻小说不算儿童文学。但是全世界科幻小说的读者，大多数仍然是青少年。因此，我们提笔创作的时候，就不能不着眼于我国三亿少年儿童这个广大的读者对象。"②在此处，郑文光认为科

---

　　①　郑文光：《科学文艺杂谈》，见王泉根：《现代中国科幻文学主潮》，46页，重庆，重庆出版社，2011。

　　②　郑文光：《从科幻小说谈起》，载《文艺报》，1981(10)。

幻小说本质上并不是儿童文学,其儿童化的创作倾向是因为主要读者群体的年龄限制,因此才在创作时加以考虑。

而在1983年众作家谈儿童文学时,郑文光又说道:"第一个问题,科学文艺是儿童文学的一个重要组成部分……一般的童话是进行品德教育,而科学童话还要进行智慧教育,区别就在这个地方。我们的儿童文学特别注重教育,需要品德教育,也需要智慧教育。因为我们不光使小孩子品德好,正直、诚实、勇敢,而且希望他更加聪明。科学文艺就负担这个任务。"①此前,尽管郑文光阐释了苏联科学文艺与中国科学文艺之区别,但是在之后的论述中还是没有完全区分科学文艺、儿童文学与科学童话的区别,从而认为儿童化倾向的科幻小说其目的是给小孩子提供智慧教育。但实际上,青少年的智慧教育主导力量应该是学校课堂学习,而阅读所带来的智慧教育应该是一个辅助,它并非强制性要求,其主要目的应该是启示性和激发性的。

次年,郑文光在谈及幻想性儿童文学时表示:"我以为:科学文艺中的儿童文学部分主要有两个门类:一是科学幻想小说,一是科学童话……我还以为:民间传说发展下来就是今天的童话,而古典幻想小说发展下来就是今天的科学幻想小说。"②在这里,因为对概念的误判,郑文光最终还是将科幻小说放入了儿童文学的框架之中,但是回首其在

① 郑文光:《谈儿童科学文艺》,见王泉根:《现代中国科幻文学主潮》,149页,重庆,重庆出版社,2011。注:原文刊载于《作家谈儿童文学》,长沙,湖南少年儿童出版社,1983。

② 郑文光:《谈幻想性儿童文学》,见王泉根:《现代中国科幻文学主潮》,143页,重庆,重庆出版社,2011。注:原文刊载于《儿童文学讲稿——东北、华北儿童文学讲习班材料选编》,沈阳,辽宁少年儿童出版社,1984。

"十七年"期间的科幻小说创作,和同时期的传统儿童文学仍有较大差别。郑文光前后观点的改向,其一可能是因为他对自己创作进行重审时的怀疑态度,其二可能是囿于当时特殊的科幻科普论争环境,将科幻的儿童化作用凸显有利于这一文类在主流批评话语中占据一定的位置。

当然,言及主流话语,郑文光同样希望科幻文学可以进入主流文学的视域。"实际上,优秀的科幻小说应当列入严肃文学作品之林。这种文学形式既继承了古典幻想小说的传统,又带有崭新的科学化时代的特征,它可以超越时空,甚至深入人类所到达不了的领域,因此它有极其广阔的自由度,抒发感情,阐明哲理,剖析人生,成为具有浪漫主义色彩的一个新的文学品种。"①同样,郑文光也在新时期意识到了科学幻想小说应该从宽泛的科学文艺中脱离出来:"科学幻想小说,在我国,一般习惯地也列入科学文艺作品里,实际上这完全是一种独立的文学样式。"②与之对应,尽管科学文艺的内容十分庞杂,但郑文光希望科学文艺的定义不要被随便篡改。在 1982 年第五期的《读书》杂志上,郑文光发表了一篇题为《何谓"科普文学"》的短评,对 1981 年出版的《中国百科年鉴》中的"科普文学"词条进行了质疑,并提出了自己的看法:"《年鉴》有自己的全面、认真、严肃、客观的编辑原则,这是极好的,我希望这个原则能彻底贯彻,不要再出现类似'科普文学'的条目。有个建设性的意见:如果列'科普文艺'(包括科幻小说)条目于文学艺术部分,列'科普读物'条目于科学技术部分,似乎比出现'科普文学'这样的条目更妥

---

① 郑文光:《从科幻小说谈起》,载《文艺报》,1981(10)。

② 郑文光:《科学文艺杂谈》,见王泉根:《现代中国科幻文学主潮》,44 页,重庆,重庆出版社,2011。

当些。"①但紧接着,在《读书》杂志当年第七期上,郑文光马上发文纠正了一个自己的"错误":"其中'科普文艺'是'科学文艺'之误。一字之误,却非同小可!因为我这则短文,本来就是为了反对生造'科普文学'之类名词而写的,到文末,我竟自己也生造了一个名词:'科普文艺',这岂非自我矛盾,自己打自己嘴巴?'科普文学'是无中生有的词,'科普文艺'也是无中生有的词,盼一定订正。"②由此观之,郑文光延续了从"十七年"时期以来将科普与科幻分开的理论传统,并希望将科幻区别于庞杂的科学文艺之外,以更加独立的身份加入主流与严肃文学的领域。

"十七年"时期郑文光的科幻理论观点部分来自对苏联科幻文学观的借鉴,在结合中国历史语境与自身的创作实践后,郑文光对最初的部分科幻理论观点做出了发展或改写。郑文光科幻理论的创新性在于淡化小说的科普性质,提升小说的文学性,并且注重科幻小说的启发性质而非绝对精准、严谨的预言性质。在此后的理论发展路径中,郑文光力求科幻文学以独立的姿态进入主流、严肃文学的范畴,并区别于科普作品与概念极大的科学文艺作品。但在科幻文学与儿童文学的互动关系上,郑文光的态度还是显得有些许摇摆。在理论演进的支持下,郑文光在"十七年"时期以及后来的"归来者"时期创作了一定数量的优秀科幻小说,在中国科幻文学理论尚未形成系统性结构的情况下,郑文光的科幻理论观点与创作实绩鼓励了更多的科幻小说作者进入这一领域。

---

① 郑文光:《何谓"科普文学"》,载《读书》,1982(5)。
② 郑文光:《一个重要的错字》,载《读书》,1982(7)。

## 第三节 "十七年"时期的"学者型"科幻作家

在"十七年"时期,部分科幻作家的本职工作是科研工作者,科幻小说创作是他们的业余爱好,但他们善于结合自身专业知识设计故事,并且还积极开拓新的写作题材,为"十七年"时期的中国科幻带来了更多元化的表达方式。得益于学者进行研究时的严谨性,这部分作家将科学幻想附于传统叙事框架之上,注重情节的起伏、悬念的设置以及细节的铺垫,写就的作品相较于同时期儿童化倾向较重的科幻小说显得更加成熟,文本的呈现形态以及阅读体验更佳。"十七年"时期带有这类写作风格的作家主要有童恩正、刘兴诗等人,他们均在"十七年"期间发表过具有影响力的代表作,并且在新时期进入"归来者"作家群后仍笔耕不辍。

### 一、多线剧情化写作与本土化特征——童恩正的《古峡迷雾》

童恩正祖籍湖南宁乡,1935 年出生于江西庐山。抗日战争全面爆发后,为躲避战乱,童恩正跟随家人前往川渝两地生活,于 1943 年再次回到长沙。1956 年,因为父亲的工作调动,童恩正全家迁往成都生活,同年童恩正进入四川大学历史系就读,毕业后曾担任峨眉电影制片厂编剧、川大考古教研室助理等职,参与过一系列重要的考古活动,这些经历为童恩正的科幻小说创作提供了大量的素材与经验。《古峡迷雾》是童恩正"十七年"时期的科幻代表作,发表于 1960 年,由上海少年儿童出版社以单行本的形式出版发行。

《古峡迷雾》讲述了考古工作者杨传德及其助手陈仪如何克服重重困难发掘巴人遗迹的故事,小说除了描写考古人员的工作日常外,还揭露了一段陈年往事。童恩正在小说中设置了重重悬念,并用文字一一揭开,当最终的真相呈现于读者眼前时,所有异象与线索都汇聚一处达到高潮。《古峡迷雾》的叙事语言成熟,脱离了专门为儿童而写作的束缚,并且童恩正在小说中融入了细致的考古知识与强烈的家国情怀,使之成为"十七年"时期中国科幻的代表作品之一。

相较于同时期的部分科幻作品,童恩正《古峡迷雾》的创造性首先体现在多线叙事上。在小说中,童恩正采取了三线交叉并叙的手法:第一条线索是古代巴人面临亡国之危被迫朝着川东地区的崇山峻岭逃亡而后失踪,留下了千年之谜;第二条线索是二十多年前中国考古学家吴均与美国混子学者史密斯前往三峡地区考察,吴均意外身亡,史密斯侥幸逃生并回到美国并出版了引起轰动的考古著作,留下一个谜团;第三条线索是时隔二十多年后,考古学家杨传德与其助手陈仪再度前往三峡地区追寻古代巴人的遗迹,他们克服重重困难最终发现了巴人逃亡时藏身的山洞以及壁画,并查明了当年吴均的死亡真相。三条线索回环交织,相互映衬,最终在文末烘托出真相,使得小说结构精巧,读来颇有回味。

在"十七年"时期,中国科幻小说中的大部分作品依然坚持单线叙事,着重描述一个矛盾的开端、发展、高潮与结尾,更有部分作品忽视叙事元素,使得线索隐匿,小说的文学性降低。首先,童恩正在《古峡迷雾》中所使用的写作技巧在当时来说颇具创造性,多线回环结构在较为精准的文字把控下不会出现混乱,并且倒叙手法的介入与适当的悬念设置形成了小说的发展动力,推进了人物与事件的成长和发展。同时,上述写作技法的运用使得小说呈现出强烈的剧情化色彩，也给读者带去了更为丰富的阅读体验。

其次，当"十七年"时期中国科幻更多地关注着未来与外部空间时，童恩正的《古峡迷雾》反而将关注点放在了过去与内部空间，达成了独特的美学意义。未来的星际航行、都市、工农业与交通工具是"十七年"中国科幻描绘得较多的题材，童恩正在《古峡迷雾》中反其道而行之，故事聚焦于千年前的古代巴人与二十多年前的考古工作者，并且故事的发生空间锁定于川渝两地。因此《古峡迷雾》读来更具代入感，对已有历史的演绎和对已知自然环境的描写让小说的可信度更高。同时，《古峡迷雾》的创作实践似乎也是童恩正的一种写作实验：科幻小说的时间与空间向度不仅可以放在未来与地球之外，也能在历史中与真实地理环境中进行演绎。这一点对"十七年"时期的中国科幻来说是极具开创意义的。

再次，童恩正的《古峡迷雾》中充满了令人信服的细节描绘与丰富生动的场面描写。如在描述巴人面临秦军压境之前的环境时，童恩正写道：

> 一轮明月缓缓地从山岗后面升起，江州城锯齿形的雉堞和高耸的望楼就从朦胧的山影中显现出来了。这座建筑在长江旁边高高的陡岩上的城市就是巴国的首都。
>
> 这是近两个月来难得的寂静的夜晚，除了远处传来一两声凄凉的号角声以外，只有城下长江的流水冲击着陡岩，发出有韵律的声音。①

---

① 童恩正：《古峡迷雾》，见叶永烈：《中国科幻小说世纪回眸丛书》（第二卷），148页，福州，福建少年儿童出版社，1999。

又如在描绘杨传德根据照片判定史密斯盗走文物时，童恩正写道：

史密斯对我国解放以后大量出土的文物资料是茫无所知的，在书中他主要还是运用二十七年以前他所调查的资料。不过这张照片印得很清楚，剑身上用白漆写的号码也可以看到，这就是W. C. Y. 1050。W. C. Y. 的意思是"中国西部长江流域"，这是史密斯"华西探险队"在四川时所用的统一编号。因此我断定这柄剑是属于二十七年前被他劫走的文物之一。①

再如描写杨传德与陈仪一行人再次进入"黄金洞"探寻巴国秘密时，童恩正对洞内环境和考古人员的工作状态做了如下描写：

这是进洞五十八小时以后的事情了。前进的道路突然被一条深沟所切断。沟非常深，用电筒照射，对岸黑漆漆的，也不知道有多宽。沟中的水哗哗地流得很急，要越过它显然是不可能的。

杨传德和陈仪陷入了束手无策的焦虑中。为了探求巴国的秘密，他们已经在前进的道路上清除了很多障碍，而现在，在这最后关头，好像命运故意和他们作对似的，他们的目的地却又被这条沟所隔断了。②

---

① 童恩正：《古峡迷雾》，见叶永烈：《中国科幻小说世纪回眸丛书》（第二卷），159页，福州，福建少年儿童出版社，1999。

② 同上书，171页。

童恩正在小说中对考古工作的具体描写十分细腻,既有分批标号的严谨细致,又有跋山涉水的艰苦卓绝。同时对于考古对象而言,童恩正用文字恢复了古代巴国的城池面貌以及巴人的生活、战斗方式,这样详尽而专业的描述在"十七年"时期的中国科幻小说中较为罕见。当然,这得益于童恩正的专业积累与工作经验,换言之,童恩正巧妙地将科幻小说与自己的考古专业进行尝试性的结合,其取得的效果是正面且积极的。甚至有读者在阅读童恩正《古峡迷雾》《五万年以前的客人》等小说后,立志要成为一名考古学家。当然,这样的写作方式也使得童恩正的科幻作品跳出了常规的游览模式与问答模式,在探险元素与揭秘元素的加持下,形成了专业、严谨、可读性强的科幻作品。

此外,童恩正及其作品经常受到有关民族主义思想的讨论。在《古峡迷雾》中,童恩正塑造了一个反面形象——美国探险家史密斯,他来到中国进行考古工作,不但随意破坏文物,还杀害了杨传德的朋友吴均:

> 而史密斯本人的品质也是非常恶劣的,他不过是一个不学无术的花花公子,完全没有领导一个考古队的能力。他之所以能够当上队长,不过是因为这个探险队的财力是由美国东亚博物馆的"罗氏基金"所供应的,而史密斯的父亲是一个大资本家,在"罗氏基金"的管理委员会中有左右一切的权势……不过令人难以容忍的是,史密斯在中国的土地上,俨然以主人自居,气焰十分嚣张。他肆意破坏中国的古迹,为了便于携带,他不惜将许多名贵的汉唐雕塑击碎。这使我和吴均十分痛心,我们多次提出抗议,但是他仍然置之

不理……①

同时，在杨传德为陈仪讲述二十七年前的故事时，童恩正还生发出这样的感叹：

> 他们企图使人们相信：中国的人种自古就是低劣的，中国的文化是从西方传来的，所以帝国主义侵略中国，不但是正当的，而且对中国也是有利的。在目前敌视中国的宣传中，他们也起了推波助澜的作用，他们的"理论"还继续在散布恶劣的影响。而现在，新中国的历史学家的任务，就是要用大量的、崭新的资料，写出我们历史的真实情况，使全世界的进步人类看到中华民族高度的智慧和悠久的文化，使我国五千年光辉的历史重新放出它应有的光彩。②

在童恩正看来，通过本土故事演绎中国上千年的历史，传播中国优秀的文化无可厚非。尽管民族主义思潮在近四个世纪的发展历程中出现了多次的论争与分支发展，但在童恩正的小说中，读者看到的民族主义更多的是偏向汉斯·科恩（Hans Kohn）或爱德华·霍列特·卡尔（Edward Hallett Carr）所言的民族主义——一种思想状态，标志着个人或者群体的一种意识，是一种增强民族自信的愿望。中国的民族主义觉醒在 20 世纪初就已经发生，梁启超在 1902 年发表的《论民族竞争之大

---

① 童恩正：《古峡迷雾》，见叶永烈：《中国科幻小说世纪回眸丛书》（第二卷），157页，福州，福建少年儿童出版社，1999。

② 同上书，160 页。

势》一文中就提出了民族主义国家的构想，此后孙中山提出的“三民主义”思想也将民族放在首位。在新中国成立初期，科幻作品书写中华民族的优良传统成为童恩正小说一种自觉的任务，在传播科技、历史知识外，更传达了一种积极的精神状态。

在此后童恩正的科幻作品如《失去的记忆》，以及在新时期的代表作《珊瑚岛上的死光》中，这种良性的民族主义思想都透过童恩正的文字得到了抒发——具有家国情怀的科学家克服重重困难，将技术带回国内或实践运用，造福人民。配合跌宕起伏的情节和流畅的叙事文字，童恩正笔下的民族主义思想并不显得突兀干瘪。此外，在《古峡迷雾》中，童恩正的描述还使得科幻小说在这一时段带上了足够的中国特征。无论是对重庆天坑地貌的详细描绘，抑或是对熬硝等民间手艺的提及，还是插入“坛坛罐罐”等西南方言，都展示出童恩正小说中无处不在的中国特征，换用当前科幻研究话语而言，童恩正的小说在“十七年”时期就已经注意到了科幻文学中的“中国性”，并采取合理的手法进行表达。

即便如此，童恩正及其作品在“十七年”之后仍然受到非议。“文革”期间，童恩正因为之前写作的《古峡迷雾》受到批判，工宣队员发挥无端联想，认为《古峡迷雾》中的秦军是人民解放军，巴国国王与王子分别对应蒋介石与蒋经国，因而《古峡迷雾》是一篇为国民党反动势力而写的招魂之作。这一荒唐观点在《古峡迷雾》的字里行间自然不能成立，而在新时期到来后，童恩正将 1963 年写作的《珊瑚岛上的死光》公开，并于 1978 发表后轰动全国。然而《珊瑚岛上的死光》仍然受到了无端指责。如苏联的文学研究者热洛霍采夫在《关于中国文学的某些现象》一文中就有言：“一九七八年中国突然恢复了科学幻想这种体裁。对于中国当代文学，这一新体裁的第一篇作品便是彻头彻尾的民族主义与反苏主义的。中篇小说《珊瑚岛上的死光》就是一篇这样的作品（《人民文学》1978.8）。作者选取了一个带有宣传性的笔名童恩正，这可以理解为'有利于一切人的政策'，换句话说，作者甚至用这样的笔名力图使中国读者相信，反苏主义似乎'有利'于全体中国人。小说的故事发生在国外。中国侨民和外国人是这篇小说的全部人物。作者一次也没有提到革命，提到中国共产党；民族主义就是他的信念……我们还是要指出，他袭用了 A·H·托尔斯泰一部小说的情节（《工程师戈林的双曲线》·1927年）。"①

热洛霍采夫对童恩正的批评仍然使用了狭隘的民族主义观念，并且认为童恩正似乎抄袭了阿·托尔斯泰小说中的部分情节，甚至对童恩正的笔名进行抨击。但结合当时社会对《珊瑚岛上的死光》的反应，以及小说很快被翻拍成中国早期著名同名科幻电影一事可以看出，童恩正的作品得到了中国官方以及读者的认可，热洛霍采夫的批判戴上了苏联霸权主义的有色眼镜。我们不妨对童恩正的部分创作观念进行讨论，以窥其写作过程中的真实想法。

童恩正曾对《珊瑚岛上的死光》中的科学性问题进行过回应："有的同志认为，科学幻想小说应以传播具体的科学知识为目的，因此指责我的小说《珊瑚岛上的死光》没有将激光知识传授给读者。同志们，我这是发表在《人民文学》上的小说呀，如果写成了激光教科书，它还是小说

---

① ［苏联］热洛霍采夫：《关于中国文学的某些现象》，载《科幻小说创作参考资料》，1981(10)。

吗？这些同志要得到激光知识，为什么不去看激光通俗读物，而要翻《人民文学》，这不是找错了地方了吗？"①由此观之，童恩正对于科幻文学的创作态度是科幻小说应该以兴趣激发为主，而不应该像科普通俗读物一样一板一眼地介绍细节知识，这与童恩正的创作目的也是息息相关的。作为一名"学者型"作家，描绘具体科学知识对童恩正而言并非难事，综合童恩正的回应与《珊瑚岛上的死光》具体内容，是否存在一种可能，即为童恩正有意"对着干"，抽离掉自然科学元素，从而彰显社会价值的判断。若如此，回到 1960 年的《古峡迷雾》，它在当时被认为是鲜有的以社会科学介入科幻创作的经典之作，是否从那时起童恩正就已经开始了科幻创作上的抽离实验。

关于为何要创作科幻小说，童恩正曾在多篇文章中有所提及。在一次创作体会交流会上，童恩正曾有言："写作科学幻想小说虽然是我的业余活动，但是我却将它作为一项严肃的事业来对待的，因为这种文学形式只有在我们建设民主富强的社会主义新中国的过程中发挥了积极的作用，人民才需要它。要真正实现社会主义民主，和进行现代化建设没有科学的广泛普及，是不可能的。科学的普及，包括两个重要的方面，第一是从世界观上解决问题，这也就是科学地认识世界的方法，实事求是的态度，对待新鲜事物的敏感性，以及坚持真理的大无畏精神。"②这是童恩正从全国建设以及科普意义提出的看法，科幻小说的发展是与建设科技强国的道路密不可分的，并且科幻小说的唤醒意义不仅仅在于琐

---

① 童恩正：《关于当前科学幻想小说评价问题的发言》，载《科幻小说创作参考资料》，1981(6)。

② 童恩正：《创作科学幻想小说的体会》，载《科幻小说创作参考资料》，1981(10)。

碎的科学知识，更在于让广大人民树立科学的世界观，坚持科学对待问题的精神。

而关于科幻小说的引导性，童恩正也曾做出如下论断："归根结底，这是和全国人民建设四个现代化，关心科学技术的大好形势相联系的，而我们的绝大多数科学幻想小说，其主题也是引导人民热爱祖国，放眼未来，培养共产主义高尚情操，树立科学的人生观。特别是对少年儿童而言，更是培养他们热爱科学，长大以后献身科学事业的有力武器。我们社会主义中国的科学幻想小说，是与资本主义世界某些渲染低级趣味追求怪诞的科学幻想小说根本不同的……美国有一位董鼎山先生，最近在纽约写文章，说中国大陆出版科幻小说是迎合兴趣，是牟利，而读者爱看是因为想逃避现实。这是将我们的科幻小说降到了美国某些低级小说的水平，将我们数以千万计的热心建设四化的社会主义祖国的科幻小说的读者与美国某些不满资本主义现实的读者等同起来，这是绝对错误的。"①由此观之，童恩正认为科幻小说的引导性是让全国人民热爱祖国、热爱科学，并且将中国的科幻小说作品及其读者区别于资本主义世界的某些低水平科幻作品，同时也澄清中国科幻作者的小说写作不是为了利益与迎合读者的商业化写作，而是附带了家国情怀与社会责任感的严肃事业。

童恩正并不只是在公共场合有这样的提法，在一封童恩正与叶永烈的通信中，童恩正仍然强调了社会主义科幻作品的积极性："从表面印

---

① 童恩正：《关于当前科学幻想小说评价问题的发言》，载《科幻小说创作参考资料》，1981(6)。

象来看，美国的科幻小说是与侦探、恐怖、奇情小说一样，属于下三流文学，每一个超级市场的书架上都有买（卖），一般大学并不研究这些。电影片也是一样，莫名其妙，毫无科学性。而且往往离不开色情，如在失重的情况下跳脱衣舞，在另一个星球上有'性世界'等。怪不得有人将国内的科幻小说与外国等同起来，然后加以攻击。严肃的作家有，但往往又宣传唯心主义哲学、宿命论、不可知论等，也令人看不下去。两相比较，我以为我们国家的科幻小说是有珍贵的传统的。"①尽管童恩正对同时代美国科幻的看法也存在一定的片面之处，但其本意是通过美国科幻中的糟粕部分形成警戒，避免中国科幻重复这样错误的创作方式。无论从哪个角度看，童恩正科幻创作的目的是正面的，态度是积极的，不存在上述莫须有批评中所出现的问题。诚如童恩正自己所言："我认为写作科学幻想小说的目的，既不是追求怪诞，迎合某些人的趣味；也不是虚无缥缈，脱离现实，而应当是基于一个作者对社会的责任感，对国家前途的思索，对民族的热爱，对四个现代化的信心。描写未来，是立足于现在；幻想联翩，是为了能将它化成事实。唯有作者高屋建瓴，胸怀宏大抱负，才能写出主题鲜明，寓意深刻，生命力较强，确实对社会发展有所裨益的作品来。"②

当然在具体的写作过程中，对于如何科学而完善地写作科幻小说，童恩正也有一套属于自己的看法。首先，关于小说细节的雕琢，童恩正

---

① 童恩正：《美国来信》，载《科幻小说创作参考资料》，1981(6)。

② 童恩正：《创作科学幻想小说的体会》，载《科幻小说创作参考资料》，1981(10)。

认为:"细节的真实,在任何文艺作品中,都是不可忽视的。因为细节的真实可能影响到典型环境的真实,而典型环境的真实则可以影响到典型性格的塑造。我之所以提出这个问题,是因为在科学幻想小说中,细节的逼真应该引起我们更大的注意。"①在童恩正自己的小说中,他对细节的追求可以说是十分细腻的,这也是他的作品读来令人信服、代入感强的原因之一。

其次,关于科幻小说中人物塑造的问题,童恩正有言:"如果我们承认科学幻想小说是属于文艺的范畴,那么塑造各种性格鲜明的人物,应该是作品的首要任务。深刻的主题思想,启人智慧的科学道理,只有通过作品中典型人物的活动,才能表现出来。不过在这一方面,不论是我本人所写的习作,或是我所看到的一些其他同志的作品,似乎都还有进一步引起注意的必要。"②童恩正完全意识到了人物在科幻小说中的重要作用,也认识到当代中国科幻小说中人物塑造薄弱、模式化的问题,于是虚心指出并提出建议,以期更好地在作品中描写典型人物。

再次,对于科幻小说情节的安排与架构,童恩正曾有言:"科学幻想小说必须注意情节的安排,讲究故事的惊险性,推理的逻辑性。经常造成强烈的悬念和意外的结局。这种文艺形式之所以受到广大群众特别是青少年读者的欢迎,这不能不说是一重要的原因。有的文学评论家曾经把世界文学中以情节吸引人的一些作品称为'情节小说',如果这个概

---

① 童恩正:《创作科学幻想小说的体会》,载《科幻小说创作参考资料》,1981(10)。
② 同上。

念能够成立的话,那么我认为科学幻想小说也应该属于这一类。"①无论是《五万年以前的客人》还是《古峡迷雾》,乃至新时期发表的《珊瑚岛上的死光》,童恩正都有意识地进行了情节性的写作实验,《古峡迷雾》中三线并叙,回环相扣的创作方法为小说提供了更多的悬念、惊险场面与叙事情节,在一定程度上提升了童恩正科幻小说的艺术价值。

最后,童恩正在创作实践中一直呼吁中国科幻的"中国性",在章邦鼎对童恩正进行的一次访问中,章邦鼎写道:"如一些读者反映,看现在中国的一些科幻小说好象(像)看翻译作品一样,这些作品有的把背景完全放在国外(当然这也是允许的),有的背景是中国,但人物的动作、语言、所处的环境甚至插图都象(像)现在的国外,而不象(像)将来的中国。科幻小说是描写未来,中华民族的优秀传统并不是到了将来就消灭了的。他希望能稍微注意一下读者的要求,并期望我国的科幻创作能有意识地摸索民族形式,走自己的路。自然,这种问题也是一个大的发展过程中必然会出现的现象,没有什么了不起。要相信读者和群众的鉴别能力。"②站在当下的科幻视域中对童恩正的言论进行回望,我们惊叹于他的预见性。

时至今日,中国科幻创作中仍然存在过度效仿而显得不伦不类的作品。而随着时间的推移与读者文化水平的提高和民族文化自信的确立,中国的读者与观众更愿意看到具有本土化特色的科幻精品出现。2015年刘慈欣凭借《三体》摘得雨果奖并获得众多读者的青睐,证明了科幻小

---

① 童恩正:《创作科学幻想小说的体会》,载《科幻小说创作参考资料》,1981(10)。

② 章邦鼎:《"中国需要实干家"——访科幻小说作家、考古学副教授童恩正》,载《科幻小说创作参考资料》,1982(3)。

说"中国性"特征的必要性；电影《流浪地球》在 2019 年所引发的现象级
热潮，更是对中国科幻"中国性"的有力回应与认可。由此观之，童恩正
在多年前就意识到这个问题，并在自己的创作中践行本土化特征写作，
使之成为"十七年"时期，以及中国科幻发展史上一位重要的作家。

## 二、气象题材写作与宏大叙事——刘兴诗《北方的云》

　　刘兴诗籍贯四川德阳，1931 年出生于湖北武汉，于 20 世纪 40 年代
中期开始文学创作。新中国成立之初，刘兴诗的主要创作方向是科普作
品，1960 年前后他开始儿童文学创作，翌年，刘兴诗正式开始科幻小
说创作。其在"十七年"期间的代表作《北方的云》于 1962 年由上海少年
儿童出版社出版发行。刘兴诗的本职工作是地质学教授，同时也是史前
考古研究员与古生态环境学研究员，在小说《北方的云》中，同样可以看
到刘兴诗将专业知识融入科幻创作的痕迹。

　　不同于童恩正的《古峡迷雾》，刘兴诗《北方的云》是一篇单线索结构
的科幻小说。故事描写了远在克什克腾旗沙漠的农业试验站受到地震影
响没有了水源，请求北京的气象控制站调度水汽团来救急增援，身为天
气调度员的"我"与同事们一道，克服重重难关，最终把充沛的雨水送到
了沙漠的农业试验站，缓解了他们的燃眉之急。作为一篇单线索结构的
科幻小说，为了增加情节、设置更多的悬念与转折，刘兴诗提升了解决
矛盾的难度，让北京的天气调度局给农业试验站输送水汽的任务在三次
尝试之后才得以完成。

　　如果说同时期的《古峡迷雾》具有更多现实主义的色彩，那么《北方
的云》无疑更具浪漫主义的气息。

首先,在《北方的云》中,刘兴诗的叙事语言显得跳跃活泼,充满了丰沛的感情。如第一次输送水汽前发现了渤海湾上有一团自然气流,刘兴诗写道:

> 我们在地图上标出它的方位来,大伙的心都快爆炸了,它正是对着浑善达克吹去的!这真是一个了不起的喜讯,要知道,在这西北风漫天呼号的季节里,出现了这一小股湿润的东南风,该是多么难得的机会啊![1]

语气助词与感叹号的连用在《北方的云》中十分常见,渲染了一种激昂的征服自然的情调。

其次,刘兴诗在小说中设计的桥段充满了对科技所能达到层次的浪漫想象,如在从渤海湾向沙漠农业站输送水汽时,"我"同气象调度站的工程师一道乘坐飞机去追赶、监控来自海洋上的水汽:

> 我们决定只要天一发亮,立刻就乘飞机去追赶这股气流,我们一定要亲眼看见雨水在农业试验站降落,亲自看一看这个契机的全部过程。
>
> 我们追上它的时候,这股气流已经进入沙漠边缘了。这真是沙漠里从未出现过的奇观,滚滚的乌云像浪涛一样向北方汹涌着。我

---

[1] 刘兴诗:《北方的云》,见叶永烈:《中国科幻小说世纪回眸丛书》(第二卷),200页,福州,福建少年儿童出版社,1999。

们驾驶着的飞机，一会儿高高地飞在云层的上面，一会儿又像游泳似的，猛地扎进云层里，在水汽弥漫的迷雾里飞行几分钟。①

在刘兴诗笔下，云层中的水汽可以任由人类控制，给干旱的沙漠带来前所未有的气候改变，人们也可以乘坐高科技飞机与云团共舞，刘兴诗的浪漫想象似乎将古代的飞天愿望赋予了当代科学表达，呈现出一种诗意。最后，值得注意的一点是，"十七年"时期天气控制题材小说并非刘兴诗一家，但所取得的艺术成就最高的仍然是《北方的云》，这是因为小说中在丰富想象力的加持下，刘兴诗运用纯熟的写作技法，描绘了诸多宏大但又不失浪漫的场景。如在第二次与第三次运送水汽时，自然汽团已经不能满足农业试验站的需要，于是需要进行人工蒸发，刘兴诗笔下所描绘的汽团制造场景在"十七年"时期给读者带来的震撼是巨大的：

> 这时，正是夜晚，两座悬空的热核蒸发器在水库上空发散出巨大的能量，一霎时黑夜几乎变成了灿烂的白昼，湖面渐渐出现了一层越来越浓的水雾，湖水大量变成水汽向上蒸腾着，气流的湿度迅速地往上增加。②
>
> 我和董工程师马上就动身向渤海湾飞去，在那里，已经有一大群热核蒸发器早在等待着我们了。九架热核反应器悬在半空发射出无比强大的威力，连同当顶的红日，就像是古代传说里的十个太阳

---

① 刘兴诗：《北方的云》，见叶永烈：《中国科幻小说世纪回眸丛书》（第二卷），201页，福州，福建少年儿童出版社，1999。

② 同上书，202页。

一样把大海烘得直冒热气。没有多久，一片一眼望不到边的云雾就在海面上形成了。我观测了一下湿度计，几乎达到了饱和状态。看来这片乌云除了沿途必然发生的一些损耗之外，是足够让那些干坏的庄稼饮个饱的了。①

刘兴诗在小说中重构了神话般的场景，但场景的发生依托的是未来科技。刘兴诗善于描写宏大场面，注重将技术奇观的震撼效果带给读者，也正是因为追求对大场面的刻画，在细节方面，刘兴诗的小说并未展现得十分细腻。《北方的云》故事中的叙事角度与叙事语言都是宏观的，缺乏对细节的必要阐释。如刘兴诗没有解释为何设立气象管理局，如何实现天气控制与管理？也没有描写热核蒸发器如何悬停在水库与海面之上，其工作原理何如？在科幻理论与创作技法尚未完善的"十七年"时期，宏大叙事所追求的阅读震撼效果势必要损失一定的文本细节，其优劣也无法妄下定论，但刘兴诗的尝试的确让当时的读者看到了科幻表达的另一种可能。当然，细节的部分缺失并不是说在刘兴诗《北方的云》中存在诸多的逻辑与科学漏洞，相反，《北方的云》对人工降雨的技术描绘十分确切，刘兴诗是在此基础上对人工降雨云团生发出了长途运输的情节。此外，从渤海湾运送水汽团到内蒙古大沙漠的地理路径在刘兴诗笔下也显得十分客观：

① 刘兴诗：《北方的云》，见叶永烈：《中国科幻小说世纪回眸丛书》（第二卷），206页，福州，福建少年儿童出版社，1999。

我们跟随它飘过北京和天津之间的辽阔平原，翻过南口山脉，一直穿过北边那些一排排的高山和盆地，没有多久，内蒙古高原就像一堵墙一样远远横在天边了。缓缓铺开的草原像是魔术家的头巾一样，在我们下面飞快地变幻着颜色，不一会儿我们驱赶着云阵就从绿油油的草原飞到灰黄色的沙漠了。①

水汽团的运输路线贯穿了从渤海湾到克什克腾旗的遥远距离，《北方的云》不仅是一篇关于气象的科幻小说，在宏大叙事的旁侧，刘兴诗仍然放入了地理与生态环境的种种，使得小说更加立体、生动。热核蒸发器与日同辉，乘飞机千里之行，翱翔九天追逐水汽团，目之所及是祖国多样的地理环境，而最终解决的缺水问题更印证出科技的力量，《北方的云》给"十七年"时期的中国科幻带来了一股豪情壮志，同时也带来了一抹经久不褪的浪漫理想色彩。章邦鼎在评价刘兴诗的小说时有言："无论是那瑶山峰峦和地下洞穴，还是那雄伟壮丽的西藏雪山；无论是那广阔无边的塔克拉玛干沙漠，还是那漂洋过海的惊险而艰辛的场面；……这一切都吸引着，又激动着我们的心。的确，他像是一个高明的画家，他用诗样的笔触，给我们成功地描绘出一幅幅瑰丽的风景画、独特的风俗画和古老的历史画，在我们面前展现出一个既陌生又熟悉的广阔世界，使我们在这里遨游，流连忘返……"②

---

① 刘兴诗：《北方的云》，见叶永烈：《中国科幻小说世纪回眸丛书》（第二卷），205页，福州，福建少年儿童出版社，1999。

② 章邦鼎：《生活是他创作的"蜜源"——访科幻小说、儿童文学作家刘兴诗》，载《科幻小说创作参考资料》，1982(3)。

刘兴诗同样也坚持着自己的科幻创作原则，其具体表现为以下几方面。

首先，刘兴诗认为科幻小说的创作应该来源于现实，科幻作家应该从身边发现可以写作的题材。他曾有言："现实和幻想似乎是矛盾的，现实生活中的幻想题材从何而来？答案只有一个，那就是尽可能地摒弃非非的空想，认真深入生活，最好能亲身通过科学研究和生产实践，去发掘有意义的科学主题。这往往是研究和生产工作中的症结所在，是现实世界的终止点，是人们渴求得到解决的重大问题。一旦通过合理的幻想找出解决方案，甚或仅仅是一丁点儿解决的线索，也会促进生产建设的发展。在这种情况下，科学幻想正是现实生活的延续。"①刘兴诗的这一论断基于他科研工作者的身份，以及日常科研工作中实事求是的工作方法，在具体的小说创作中，刘兴诗也践行了这一要求。如他在广西西部进行地质考察时，发现当地地下水丰富而地面水资源稀少，人们因为缺水而生活困顿，刘兴诗出于高度的责任感，使用这个题材，完成了科幻小说《海眼》。

当然过度与现实的联系会削减科幻小说的陌生化效果，但刘兴诗对此的解释是："写密切联系现实的题材就没有问题么？有的，由于现实感太强烈了，会使人感到这根本不能算正宗的科学幻想小说。关于这一点所要明确的是，无论过去，现在和未来，近距离和远距离的科学问题，都可以作为抒写的范围，只要是设想出解决了某一悬而未决的问

---

① 刘兴诗：《打开联系现实的道路》，载《科幻小说创作参考资料》，1981(6)。注：原文载于同期《光明日报》。

题,就应该在广义上承认它是科学幻想小说。"①在刘兴诗看来,科幻小说的时间与空间都不应该被完全地限定,其最终的指归是提出并解决观念中某些悬而未决的问题,这些问题可以是真实存在的,也可以是由当前社会、科技状况所推导出来的。鉴于此,科幻与现实的联系问题在刘兴诗处可拟换为科幻小说写作对象来源的问题。对此刘兴诗也曾有言:"我不反对写遥远,因为展示未来会在一定程度上启发人们的思想,使人们高瞻远瞩,推动科学研究向更深更远的领域迈进。但这只是科幻小说中的一方面。我们能不能搞点科幻中的'刺刀'、'手榴弹'呢?如当前生产中迫切需要解决的问题,能不能提出一点设想呢?"②刘兴诗将贴近现实的近未来题材巧妙地喻为科幻的"刺刀"与"手榴弹",其另一面则是与现实生活联系较弱的遥远未来题材的"洲际导弹"。但是刘兴诗并不盲目反对远未来科幻写作,他只是认为在中国实际的形势下"除了抒写未来灿烂前景的传统'远距离'作品外,还应着重加强一些来源于现实生活,针对从生产和科学研究中涌现的问题,人民迫切渴望解决的问题的'中距离'和'近距离'作品"③。

其次,与童恩正类似,刘兴诗也强调科幻小说中的中国特征与民族性特征:"我们也应该讲点社会主义的功利主义,有些不很有益,会带来不良影响的作品我们何必去写呢?现在有极少数科幻小说,尽宣扬一

---

① 刘兴诗:《打开联系现实的道路》,载《科幻小说创作参考资料》,1981(6)。

② 章邦鼎:《生活是他创作的"蜜源"——访科幻小说、儿童文学作家刘兴诗》,载《科幻小说创作参考资料》,1982(3)。

③ 刘兴诗:《科幻小说最好具有比较确切的科学性》,载《科幻小说创作参考资料》,1982(1)。

些神奇古怪、暴力的东西,比'加里森'还'加里森',极个别的甚至写得淫乱;还有一些尽写金发碧眼的大美人。我们的科幻小说要为国争光,要得到别人的肯定,总不能因为是写了美国人、英国人。我们还是应该拿出具有自己民族特色的作品。我们要有民族自尊感。"①刘兴诗的这一论述同样富有预见性,观念迎合性的写作方式并不能为中国科幻小说取得令人尊敬的地位,注重本土化元素的写作方式才是中国科幻作家应该遵循的方式,只有自己写出来的东西顺手、拥有自信,作品才可能让文化场域的他者信服,这一观点至今都被科幻学界承认并不断重申。

再次,刘兴诗的科研工作者身份让他在小说创作过程中依然保持严谨的态度:"在创作方法上,我主张'先研究,后写作',必须自己基本吃透了科学原理,并熟悉了一切背景材料之后再拂笺命笔。主张科学性和文学性最好能达到高度的统一。"②也正是因为持有该严谨的创作方法,刘兴诗的科幻小说逻辑严密、推导合理。但也诚如他所言科幻小说应当注意科学性与文学性的协调,不过在"十七年"时期的科幻小说创作实绩中,刘兴诗小说的文学性相较于其他著名科幻作家可能略有欠缺,但刘兴诗一直抱有谦虚学习、不断改进的态度,甚至在新时期的各科幻座谈会上也谦逊地言及自身创作的不足之处。这一品质同样令刘兴诗的作品不断进步且推陈出新。

---

① 章邦鼎:《生活是他创作的"蜜源"——访科幻小说、儿童文学作家刘兴诗》,载《科幻小说创作参考资料》,1982(3)。

② 刘兴诗:《科幻小说最好具有比较确切的科学性》,载《科幻小说创作参考资料》,1982(1)。

　　刘兴诗曾在其文章《怎样写科学幻想小说》中，对自己的创作目的、创作观念、创作方法以及写作过程中所遇到的问题都做出了较为全面的论述，它可以视为刘兴诗对自己创作阶段性的总结。在文章中，刘兴诗首先提及了科幻小说的功能，他认为科幻小说理应具备以下四种功能："1. 在可靠的知识基础上，提出某种科学预见；2. 宣传科学的世界观，表现主宰科学的人；3. 适当介绍一些科学知识；4. 触及社会，反映现实生活的矛盾。"①刘兴诗虽然承认科幻小说的科学性，但反对盲目灌输科学知识，他同样认为传递科学的世界观、激发未来向度的科技思索要优于单一的知识传递，同时，刘兴诗也注意到了科幻小说的社会讽喻价值，他理想中的科幻小说应该是集科学性、文学性与社会性"三位一体"的存在。

　　关于科幻小说的题材选择，刘兴诗在文中曾有言："如果蓄意搜奇猎趣，想入非非地杜撰一些完全脱离实际，根本就没有任何实现的可能性，或者是一些极其刁钻古怪，琐碎细小的题材。即使绞尽脑汁，把故事编得天花乱坠，也是虚假的，谈不上任何在思想上和科学研究上的启迪作用……因此，我们选取题材时，应该首先注意那些从生产和科学研究中涌现的问题，人民渴望解决的问题，真正对进步人类有益的予（预）兆着科学的未来发展方向的课题，并且尽可能地让它更加重大些，即在科学上影响的面更加广阔些……其次，应该注意联系自己的生活积累和知识积累，尽可能选写熟悉的科学问题。"②刘兴诗的这一看法与他科幻

---

① 刘兴诗：《怎样写科学幻想小说》，载《科幻小说创作参考资料》，1981(9)。

② 同上。

小说创作应该联系现实的看法是一脉相承的,科幻小说创作不一定非要进行"为赋新词强说愁"般的创新,联系生活与实际的题材不仅写来合理,也容易得到读者的认可。

同样,在这篇文章中刘兴诗依然谈及科幻写作之前进行资料收集与研究的重要性:"确定了题材以后,下一步便是收集资料和研究分析工作,这是一个十分细致的,但却是必不可少的重要环节。作品的科学性是否充分,所提出的予(预)见能否取信于人? 予(于)读者的印象,符合于生活的真实,还是'编'出来的假故事……往往都取决于资料的准备和研究处理的程度。"①相较于同时期的其他科幻作家,刘兴诗等人提出的写作前研究的看法是其严谨创作观的体现,这也与他们"学者型"作家的身份相关,因此这类科幻作家的作品无论在逻辑、架构以及情节上较同时期的其他作品显得更加成熟,体现出一种论文般的精准与理性。

当然,科幻小说并不是严格的科学论文,它还需要彰显一定的文学性,刘兴诗对此给出的解法是科幻小说应该处理好科学主题与社会主题的关系,同时也要兼顾情节的曲折:"科学幻想小说的社会主题常是科学主题的衍生物。一般来说,应该围绕着科学主题来展开故事,从中引发出有关人生和社会问题。对于前者来说,后者既有烘托的性质,也含有引申的意义……奇特的幻想和奇特的构思,是科学幻想小说固有的特征。从这一点出发,故事结构最好不要过于拖沓平板,而应该一环紧扣一环,充满了扣人心弦的悬念,曲折紧张而又节奏鲜明的场景,多出人

---

① 刘兴诗:《怎样写科学幻想小说》,载《科幻小说创作参考资料》,1981(9)。

意表的转折。就其形式来说,颇似情节小说。"①这种提法是"十七年"时期"学者型"科幻作家共同遵守的创作原则,童恩正的《古峡迷雾》通过考古落脚到中国文化与历史自信,使用了三线并叙的写作策略;刘兴诗《北方的云》通过天气控制落脚于科技给生活带来的改变,使用了单线索回环结构。其目的均是为了增加科幻小说的情节与可读性,并从幻想的技术场景中生发出对现实生活的指导意义。

在《怎样写科学幻想小说》一文中,刘兴诗也再次呼吁中国作家所创作的科幻小说应该更注重中国性与民族性:"如果所设想的科学幻想主题不是非放在国外不可的,或涉及社会与其他原因,以安排在国外较妥者外,最好少写一点国外题材,少安排几个碧眼金发的美人出场。我们要充分相信,中国也能出科学家,也能创造光辉灿烂的科学成果。如果我们不写出一批具有民族尊严感,具有浓厚的民族风格的优秀作品来,将会被别人所鄙夷,永远也无法在科幻小说这块园地里,跻身于世界先进行列。"②

综合而言,"十七年"时期的"学者型"科幻作家将严谨的科研态度带入科幻小说的创作之中,在题材选择以及写作前调研等方面采用了近乎科研的严格方式,其创作的作品相较于同时期的其他作者在语言上显得更加成熟,在结构设置、情节发展上显得更加符合逻辑。在纯粹的科幻小说创作之外,学者身份也使得他们经常提出一些具有前瞻性和可行性的基础科幻创作论,同时他们也十分关注科幻创作与中国科技现实的联

---

① 刘兴诗:《怎样写科学幻想小说》,载《科幻小说创作参考资料》,1981(9)。
② 同上。

系，并且强调中国科学、文化事业的中国性与民族性。

## 第四节 "十七年"时期的"编辑型"科幻作家

"十七年"时期中国科幻阵营中出现了这样一批作家，他们本来是纸媒编辑，在机缘巧合或者受到其他优秀科幻作品的影响下，开始走上科幻创作的道路。鉴于编辑身份，这批作家平常能接触到更多的科幻小说，因此他们的创作更通俗，更符合青少年的阅读口味和习惯。在进行科幻创作的同时，该类作者还不断发掘新人新作，为新中国初期的科幻创作事业谋求新的活力。这类作家的叙事手法较为传统，文本语言较为平实，主要通过展现奇观以期激发青少年读者的阅读兴趣。"十七年"时期这类科幻作家主要有王国忠、赵世洲、于止等人。

### 一、题材创新与悬念写作——王国忠的《黑龙号失踪》

王国忠 1927 年出生于江苏无锡，受当时战乱影响上学较晚，后就读于江南大学农学院。新中国成立后，王国忠于 1951 成为《苏南农村青年报》的主编，翌年，他调任华东青年出版社，担任《新少年报》的编辑，此后便专职从事科普与科幻写作。1959 年，王国忠协同其他主编一道，开始编撰《十万个为什么》丛书，其间的经历又为他的科幻小说创作提供了一定的素材。在王国忠"十七年"时期的科幻小说中，最出名的篇目当数《黑龙号失踪》。

《黑龙号失踪》以抗战史实作为背景，讲述的是在抗战胜利前夕，败走的日本军队企图用战舰"黑龙号"将属于中国的两千多万两黄金运回日本,但是战舰在太平洋航程中突然沉没,舰上日本部队及黄金不知所踪。新中国成立后海军司令部在得到这一情报后开始着手寻找"黑龙号"以及上面属于中国人民的财产,于是邀请科学家甄一刚协助探寻。甄一刚教授利用自己发明的可以潜入万米海底的潜泳机进行探测,但是潜泳机却遭遇水雷袭击,在等待第二架潜泳机下海的一个月内,海军司令部探索的海域又接连出现神秘的电波以及带有鼠疫细菌的尸体。在第二架潜泳机下海后,司令部在甄一刚的协助下仔细搜寻,不仅找到了"黑龙号"沉船与黄金,还揭露了日本军国主义者在海底秘密进行细菌实验的恶劣行径。

相较于同时期的其他科幻作品,《黑龙号失踪》带有明显的"商业大片"风格。故事描绘了新发明的和平出征,但遭遇的却是战争的阴影,热爱和平的人们在科技力量的指引下排除战争隐患,最终不战而屈人之兵。"商业大片"的写作模式让悬念设置与情节起伏更加丰富,从某种意义上看,《黑龙号失踪》带有部分侦探小说的影子。当然以抗战胜利为背景的故事设定还体现出《黑龙号失踪》的爱国主义情怀。在"十七年"时期的科幻小说中爱国情怀的体现一般是通过少年立志学习科学知识然后报效祖国来表达的,《黑龙号失踪》站在了成人视角,用演绎历史的方式唤起读者的爱国情怀,王国忠并没有刻意宣扬国仇家恨与民族矛盾,而是实事求是地要求拿回属于中国人自己的财产,显示出一种不卑不亢的自信。与此同时,《黑龙号失踪》还开启了军事战争题材的科幻小说写作。刚经受战火摧残的新中国百废待兴,生产建设被放在了第一位,但囿于国际冷战环境的影响以及美、日两国在第二次世界大战后对中国的军事、外交态度,中国实际上也处在一种安全隐患尚未完全被排除的状态之中。《黑龙号失踪》就是王国忠在考虑到这样的国际环境下写成的,小说并未直接描述战争冲突场面,但是中国深海潜泳机的发明、日本海底细菌研究基地的曝光以及对帝国主义阴谋的揭露,无一不表现出对战争的警惕与对和平的渴望。

作为一篇影响较大的科幻小说,除了上述特征外,王国忠的《黑龙号失踪》还描绘了较为详细的科技细节。深海潜泳机作为小说中最重要的发明,在王国忠的笔下也显示出较为严谨的科学性。如王国忠在小说中描述当今潜水器的技术瓶颈不在于机器本身,而在于无线电操控:

> 这架机器的工艺制作过程、雷达和超声波装备、动力设备等,在技术科学上早已不是什么先进的东西,哪一个国家都可以制造。只是有一点还是目前科学上的机密问题,这就是无线电操纵。①

此后对于无线电操控潜水器的原理,王国忠也做了生动且细致的说明:

> 正象(像)糖放到水里,会被水溶解一样,电磁波进入水,就被吸收掉。被甄一刚所解决的科学问题,就是这一点。海洋中有许多鱼类,身体是带电的,它们常利用本身的生物电流发射电磁波,来给同类传递讯息,或者躲避敌人的袭击……甄一刚的研究结果,发

---

① 王国忠:《黑龙号失踪》,44页,上海,少年儿童出版社,1963。

现秘密在于电磁波的波长上面。一定长度的电磁波，不但能在水中通过，而且传递的速度和质量，比通过空中的情况还好……而潜泳机在海底所"看"到的形象，也可变成无线电脉冲，传递到陆上的操纵室，在接收机的荧光屏上再现出来。人坐在荧光屏前，就象（像）亲自走到几千公里以外的海洋深处一样，可以看到海底的一切景色。[①]

王国忠对科技细节的阐释不枯燥乏味，他善用比喻、类比等手法，将较为深奥的无线电知识深入浅出地讲给读者，在《黑龙号失踪》里，王国忠借甄一刚教授之口，实际上还提及了自己的创作观念："要生动、活泼，避免科学论文式的叙述。"[②]其实王国忠这一观点的提出得益于他平常所关注的儿童文艺工作。《黑龙号失踪》中甄一刚教授曾编辑过儿童科学杂志，这实际上是王国忠对自己曾在上海少儿出版社担任副总主编经历的化用。除此之外，王国忠还发表过多篇有关儿童科学文艺的文章。早在1957年，王国忠就在《儿童文学研究》上发表过《科学文艺读物创作中的一些问题》一文，此后，他又在不同的报刊上发表过《谈儿童科学文艺》《论少年儿童科学文艺读物》《把青少年引入科学技术的宫殿》等评论文章，结合这些文章以及王国忠的职业经历，不难看到王国忠的科幻小说创作旨在为少年儿童提供一种接触科学知识的可能，因此生动、活泼、有趣成了科幻小说创作的重要指标。

---

① 王国忠：《黑龙号失踪》，45页，上海，少年儿童出版社，1963。

② 同上书，38页。

尽管《黑龙号失踪》的叙事语言较一般儿童化倾向的科幻小说显得更为成熟,但王国忠在这个充满军事悬疑与国际斗争氛围的故事中,依然在首尾采用了为儿童服务的情节。小说一开篇,甄一刚教授正在焦躁地写稿,王国忠详细地罗列了甄一刚教授已写的文字:

> 十五世纪中叶以来,自然科学的分化现象越来越快。化学论分化成为物理学与化学;生物学分化成为动物学与植物学;生理学分化为动物生理学、植物生理学与解剖学……二十世纪以后,又逐步出现了新的科学分支,这就是几个世纪以来所不断分化了的学科之间又产生了联系,出现了边缘学科,如物理化学、化学物理、生物物理、生物化学、生物物理化学……远距离控制学也是这样的一门边缘学科……①

这篇稿子是甄一刚教授第二天去少年宫的演讲稿,他要给近三千名少年儿童讲述深海潜泳机的发明过程。但是这些铺陈且呆板的文字很快就被甄教授否决了:

> "孩子喜欢听生动的故事,特别是报告的开头要富有吸引力。"前些天,少年宫的指导员客气地但是再三地提醒过他。是呀,自己在孩子时代也是喜爱听有趣的故事,不高兴听那些平铺直叙的报

---

① 王国忠:《黑龙号失踪》,37~38页,上海,少年儿童出版社,1963。

告，怎么年龄一大就忘了呢？①

　　正在甄教授愁眉不展时，海军司令部发来急电请他协助调查"黑龙号"的下落，于是他只能暂时放下少年宫的报告，去往海军司令部参与勘探，小说中真正的、曲折离奇的故事也由此展开。在小说末尾，甄教授决定将过去两个月的经历作为最生动的例子讲给少年宫的孩子们听：

　　　　教授拿着所长发来的电报，走到窗口凝视着大海。窗外传来了远处沙滩上孩子们的嘻（嬉）笑声。教授忽然记起了近两个月前为3千多孩子准备报告时的苦恼情形。"把这段故事讲给孩子们听，大概不会枯燥了吧！"他心里想，"对，去北京之前，一定先给孩子们讲讲。"②

　　所以在"发明"与"侦破"的核心故事外，《黑龙号失踪》还有一个大的外部逻辑循环，即通过一段奇特的亲身经历，用生动有趣的故事给青少年讲述中国的先进发明——深海潜泳机。这样的小说设计与王国忠的儿童文学编辑经历密不可分，也与他为儿童而写作的科幻小说创作观关系密切。综合而言，尽管王国忠在"十七年"时期力求通过科幻小说为青少年普及科学知识，提升他们的科学兴趣，但王国忠的小说相较于同时期的部分作品，避免了枯燥呆板的说教，叙事语言生动活泼，逻辑顺畅，

　　①　王国忠：《黑龙号失踪》，38页，上海，少年儿童出版社，1963。
　　②　同上书，62页。

故事极具悬念与新意，除少年儿童读者外，仍有成年读者对王国忠的科幻作品持有较高的评价。

## 二、发明创造与理论变向——赵世洲的《活孙悟空》

赵世洲是"十七年"时期一位重要的文学编辑与科幻作家，曾任《中国少年报》编辑，在积累一定的工作经验后开始科幻小说创作。"十七年"时期赵世洲的科幻作品数量不多，但他的科幻小说风趣活泼，篇幅精巧，读来别有一番风味。同时，赵世洲作为编辑，还不断发掘新人新作，鼓励当时的作者从事科幻文学创作。由于政治原因与价值观念转变等因素，新时期时的赵世洲逐渐远离科幻小说界，并且对科幻小说创作持有截然相反的态度。

"十七年"时期，赵世洲最重要的作品是《活孙悟空》，这是一本于1958年6月由北京中国少年儿童出版社出版发行的科幻小说合集，里面共有《活孙悟空——一个少年的日记》《会说话的信》《我亲眼看见了》与《不公开的展览》这四篇小说。赵世洲的科幻故事主要体现了科学技术带来美好生活的未来想象，小说篇幅通常较为短小，主要以少年儿童作为小说主人公，描写他们见证、使用新科技时的惊喜与震撼。

与书同名的小说《活孙悟空——一个少年的日记》讲述的是主人公"我"从楼上王先生处得到了一本"孙悟空大闹天宫"的小人书，但是这本书颇具神奇之处，一会儿上面的图像与文字都不见了，一会儿上面的孙悟空活灵活现地动了起来。带着疑问，"我"在"三顾茅庐"之后终于见到了楼上的王先生，并且得知这本小人书是由"光化学油墨"印刷而成，这种材料见光就会消失，并且可以在一页纸上印二十多层，因此书本里面的人物看起来是活动的。这个故事实质上也是一个讲解模式的发明故事，王先生是既定的发明家，而这本小人书就是他的成果。从这个意义上说，《活孙悟空——一个少年的日记》不能算是十分优秀的"十七年"科幻作品，但这篇小说在两个地方具有一定的开创性：其一是将中国传统神话故事融入科幻小说叙事之中，旨在提高儿童的阅读兴趣与熟悉感；其二是在小说中设定了未来的具体时间。

在《活孙悟空——一个少年的日记》中，赵世洲将未来的时间设定在了 1980 年 8 月：

> 1980 年 8 月 2 日
>
> 今天的天气很好，天上没有云，也没有风。本来我想去河边游泳……刚走出房门，碰到了楼上的王先生，他说，游泳还早呢，先看本小人书吧，还是新出的"闹天官"。①
>
> 1980 年 8 月 3 日
>
> 一大早，我就去找王先生。他昨天晚上没有回家，扑了个空，只好折回来……等到孙悟空消失了，我就不敢再往下翻，怕这次又把小人书看成白纸，不能向王先生交代……我大着胆子又翻开小人书，几个人围在一起看起来。孙悟空和二郎神的活蹦乱跳的形象迷住了我们。②

---

① 赵世洲：《活孙悟空》，3 页，北京，中国少年儿童出版社，1958。
② 同上书，5～7 页。

1980 年 8 月 4 日

大清早，我又去找王先生。今天，他没有出去，倒象（像）是在等我一样……这种光化学油墨，就是怕见光。不管是灯光、太阳光，只要一照到它，油墨就会发出光亮，一会儿就消失了……因为这种油墨要见光才会显出来，而且见到光也只会显出一层来，要等到这一层消失了，光线透到第二层，才会显出第二层来，接着是第三层、第四层，这二十四层，总共在一秒钟内显示完毕。①

对于出版于 1958 年的科幻小说而言，1980 年无疑是短暂的近未来，赵世洲以少年日记的形式将时间框定于此，显示出一种对社会主义科技未来的乐观心态。似乎是与之呼应，郭以实于 1980 年发表了小说《孙悟空大闹原子世界》，讲述的是孙悟空从神话中来到未来原子世界，因为不懂科学闹出了许多笑话。尽管近未来的 1980 年并未出现《活孙悟空》中所言的光化学油墨，但将神话人物化用到科幻小说中并生发出有趣故事的做法仍在科幻作家中延续。

《会说话的信》也是一篇关于发明创造的科幻小说，故事描述了一种可以自动听人声然后打字写信的机器，这种机器后来还有一个变种是自动读信的机器，不过这种机器有一个缺点就是会记录听到的所有声音，因此"会说话的信"中时不时会有小孩的啼哭、父母的训诫以及钟表的滴答声。小说题材和叙事语言比较常规，但这篇小说赵世洲采用了信件往来的方式，通篇基本上都是主人公祖华和玉祥二人的来信与回信，在形

---

① 赵世洲：《活孙悟空》，7～10 页，北京，中国少年儿童出版社，1958。

式结构上显得十分新颖。当然,赵世洲所描绘的"会说话的信"在当今的科技条件下与我们平常所使用的语音输入十分相似,这也可以从侧面印证出科幻小说的预见性作用。

《我亲眼看见了》是一篇温情的发明小说,主人公"我"从小身患眼疾,看不见东西,对身边一切的感知都依靠听觉,后来"我"的老师给了"我"一副可以发射并接收电子波的眼镜,通过这副眼镜"我"可以依靠返回的波长不同的电子波来辨别眼前的物体。后来,科学家们说给"我"一双新的眼睛,"我"开始以为是使用别人的眼睛,便慌忙拒绝,之后才知道科学家们研制成功了人造眼珠,"我"有幸成为第一个使用它们的人,戴上人造眼珠后,"我"终于亲眼看见了这个世界。依靠科技使人重获光明的题材在中国科幻小说创作历史上常被使用,赵世洲在1958年就写出这样的作品,是对这一题材较早的尝试者。在常规技术发明描写之下,《我亲眼看见了》小说中更提倡一种医学的伦理道德,当然这种道德也和社会主义核心价值紧密相连。在"我"最初知道自己将要有一双新眼睛时,赵世洲写道:

> 不能,我怎么能接受别人的眼珠呢?我得到了幸福,而另一个人,却会失去幸福。不能啊!我懂得盲人的痛苦。决不能再把痛苦送给别人!我坚决地回答那位科学家:"不行,不能让别人失去幸福。"科学家似乎猜出了我的心思。回答我说:"在资本主义制度下,才会发生那种挖活人眼睛的事情。在那种社会里,有钱的人可以夺取别人的幸福,而我们,绝不会采用这种损人利己的方法。"①

---

① 赵世洲:《活孙悟空》,25~26页,北京,中国少年儿童出版社,1958。

赵世洲笔下的科学家依旧是一个群体性的称谓，所描绘的儿童心理也介入了成人的思维模式，《我亲眼看见了》在一定程度上表达了赵世洲对儿童倾向科幻文学创作的思考。这种思维模式在当今的科幻研究视域下也许会显得略不自然，但是如果还原"十七年"的历史文化语境，这种描写是大部分作家常规思维的反映，同时也是一种避险策略的书面表达。

1958 年 10 月，赵世洲曾在《世界知识》杂志上发表过一篇题为《红色月亮上天以后》的评论文章，从"大跃进"中我国工农业生产大放卫星的情况引申到对世界各国发射真正的卫星进行太空探索的介绍和评论。文章主要介绍了美国和苏联两国人造卫星的情况，并且在文章中，美国当时的人造卫星在发射成功率和所携带运载重量上是远不及苏联人造卫星的，赵世洲对此给出的解释是："事实上，这是在资本主义制度下不能实现的梦想，他们再不能'进展快一些'了。而在社会主义的苏联，情况恰恰相反。社会主义生产的蓬勃发展，为科学技术开辟了广阔的天地。人造卫星、火箭的研究制造，不是一两个科学研究机关或工业部门所能担负起来的。如果说，苏联制成人造卫星是达到了前所未有的高峰，那末（么），这高峰必然有庞大深厚的基础。"[1]立于历史长河的末端向前回望并批评赵世洲文章中的说法显然是不妥的，他并未目睹未来，并且在向苏联学习的风潮尚未完全过去时，对于社会主义集中力量办大事的制度自信是自然发生的。在"十七年"这一风云激荡的初创时期，任何思想风潮都可以左右作家的观念，何况科幻作家更需要对科技与社会的敏

---

① 赵世洲：《红色月亮上天以后》，载《世界知识》，1958(20)。

锐度。

在一次对谈中，赵世洲也尝试着梳理这一情况的成因："我在《中国少年报》当编辑。当时正是向科学技术进军。我们学习苏联的科学文艺，也搞科幻。当时有两个阵地。一个是《中国少年报》，一个是《中学生》。这两个报刊，曾经发行上千万份，是中国发行量最大的报刊。编辑在科幻创作中占有重要地位。我曾经主编过一本《中国科幻十佳》。其中三个编辑，七个作者。编辑中有叶至善、王国忠和我。"[①]"十七年"时期的科幻作者中有一部分直接从事青少年期刊的编辑工作，加之"向科学进军"与"向老大哥学习"等号召的影响，这一批科幻人不自觉地将创作对象放在了少年儿童身上，并且希望通过文字达成科技知识与意识形态的传达，也因为其编辑的期刊、报纸发行数量大，因此写作过程中势必要考虑到不同地区、不同年龄读者的接受度，同时还要兼顾文学的政治正确性，这是需要"编辑型"作家们共同面对的境况。

"十七年"时期赵世洲在科幻小说创作上取得一定建树也得益于他抓住了少年儿童最感兴趣的一些话题。小说集《活孙悟空》中的最后一篇故事《不公开的展览》，描述了一个中学的科技小组受邀到不夜城参加夏令营，通过一场有趣的夺旗活动，中学科技小组体验到了不夜城少年技术站里诸如飞椅、声波枪、机器人、发光粉等先进的科学技术，开始度过一个愉快的夏天。小说情节与其中的发明如今看来也许显得落伍，但对"十七年"时期的少儿读者来说却十分新颖。学者吴岩在一次与笔者的对

---

① 吴岩：《中国科幻口述史——赵世洲谈往事》，http://blog.sina.com.cn/s/blog_484a22af01000a75r.html，2008-06-22。

谈中提及，赵世洲的科幻小说《不公开的展览》对童年时期的他冲击颇大，吴岩出生于北京，小说中所描写的 101 中学也正位于北京，小说对中学时代的吴岩而言有更强的代入感。但吴岩表示，即便是在首都北京，夏令营这种青少年暑期活动模式也是十分罕见的，很多学生与家长甚至都没有听说过，更不用说小说中那些光怪陆离的发明了。吴岩的亲身感受从一个侧面说明对于"十七年"科幻小说的感知不能站在当今视角去片面评价，回归历史语境，站在当时的社会环境中去回顾，结论可能又有不同。因此，赵世洲的创作实绩表明在那个物质尚不丰富、新事物介入尚少的年代，科幻小说所描绘的奇景与美好愿望，激发了很多读者，尤其是青少年读者内心中的无限遐想。由此观之，文学性不应该成为评判"十七年"中国科幻的唯一标准，而想象力的塑造这一要素更加重要。

赵世洲在"十七年"时期还扶植、鼓励过诸多作者投身科幻小说的创作，其中还有一段与郑文光的渊源。"那时候，郑文光常常来少年报。他是天文学家，来讲天文学。讲月食，讨论人造地球卫星等问题。我们最初，是想把文艺当成工具，用于普及科学知识。郑文光的小说发表后，写的人多起来。后来我也自己写了。让他人写，自己要亲自实践，体验创作的甘苦。我自己也写上科幻小说了。现在看来，编辑自己写作有好处。科幻不属于科学，它是文学。要表现人啊……我跟郑文光的关系很密切。他住在南河沿，三楼，有个自行车。常常在他家里聚会的有五六个科普作者。我们讨论科普创作……他的文学功底比较好。一写就不可收，向文学发展，参加了作协。"①赵世洲与郑文光熟识，并推荐郑

---

① 吴岩：《中国科幻口述史——赵世洲谈往事》，http：//blog. sina. com. cn/s/blog _484a22af01000a75r. html，2008-06-22。

文光的作品发表出去，郑文光也因为自己的文字感染力走上了科幻名家的道路。在诸多作家作品的感染下，身为期刊编辑的赵世洲自己也开始尝试创作科幻小说，并且编辑与作家也经常聚会交流创作经验。这一场景类似于"黄金时代"开启前，雨果·根斯巴克（Hugo Gernsback）与约翰·坎贝尔（John W. CamPbell）等人发掘新人并身体力行从事创作的情形，若无"文化大革命"十年真空，中国科幻的"黄金时代"也许会提前到来。

但当时间来到新时期，文化立场的转换与科幻创作的中止似乎让赵世洲对科幻的态度产生了变化，甚至在有些时候对科幻持有与"十七年"时期截然相反的态度。1982 年，赵世洲连续发表两篇评论文章，我们可以从中窥见他的态度转变情况。

1982 年 4 月 9 日，赵世洲在《中国青年报》上发表了《挂羊头卖狗肉》一文，其题目已经展现出赵世洲对科幻小说的抵触情绪。这篇文章的写作缘由是石工在杂志上发表了一篇关于科幻小说的评论，而尤异则针对石工文章中的一些问题进行了商榷，但言辞略有不妥。赵世洲认为尤异的态度"弦外之音十分清楚：科幻小说是我们家的事，局外人不要来说三道四"①。尤异的措辞让赵世洲产生了科幻作者群抱团故步自封的感觉，于是赵世洲想要就当前的科幻状态发表意见，他首先表明自己多年前科幻创作者的身份："我虽然写过科幻小说，那已是二十年前的事了，今天还能不能评论科幻小说呢？按照常识，我还是想发几句议论。科幻小说一经发表，就成为社会产品，产生它的社会效果，人们经常三三两

---

① 赵世洲：《挂羊头卖肉狗》，载《中国青年报》，1982-04-09。

两在一起，七嘴八舌地议论着……这是对社会负责，目的不在于赞扬或指责某一个人。不管是不是有人堵嘴，评论照样进行。"①

然后赵世洲从尤异所提倡的"幻想"一词出发，对科幻进行了批判："话到这里，不得不摆一摆部分坏的科幻小说的实际毛病。这部分科幻小说的主角是些什么人物呢？阴魂不散的鬼，并不存在的超人，与人类为敌的狂人，技术高超的盗贼，以科学为武器的杀人犯，利用肉体打入敌营的女特务……大部分内容是色情、残酷、暴力和荒诞。这类作品，乍看一两篇，还会误认为是走私来的舶来品，看得多了，才知道是国内的'创作'。这类作品不需要细评，因为在西方世界有一些头脑清醒的人，已经把他们国家里的商业性科幻小说称之为垃圾。而那些一味仿制外国商业性科幻小说的人，已经不是拾人牙慧，而是在捡破烂了。指出这些实际，目的也在于不致使青年陷入迷惘之中。上面说的话，是不是'用科普眼光'来看科幻小说呢？不是的。说老实话，现在的某些所谓科幻小说，还不值得用科普眼光去看哩！因为这类所谓的科幻小说，本来就是挂羊头卖狗肉。"②赵世洲的批评话语虽然严厉，但是他在文章指明了当前部分科幻小说的创作问题，然而这篇文章一石激起千层浪，让当时的科幻界都读出了十足的火药味，这还涉及赵世洲所言的"某些所谓科幻小说"，在他同年的另一篇评论文章中我们能窥知一二。

1982 年 8 月，赵世洲在《读书》杂志上发表了一篇题为《惊险科幻小说质疑》的文章，其主要商榷对象是叶永烈。1980 年叶永烈曾出版《神

① 赵世洲：《挂羊头卖肉狗》，载《中国青年报》，1982-04-09。
② 同上。

秘衣》一书，并希望将科幻小说与惊险小说结合起来，产生出惊险科幻小说这一新品种。赵世洲在《惊险科幻小说质疑》这篇文章中批评的就是叶永烈的这种创新方式："这两年来，惊险科学幻想小说这个'新品种'的发展，应该引起我们的重视……说是结合，谈何容易。从已经发表的作品来看，惊险小说向科学幻想小说靠拢的很少，更多的是重心向惊险小说方面偏移，有的作品已经完全丧失科学幻想的特色，成了单纯的惊险小说。"①赵世洲认为这种结合消解了科幻小说最重要的元素："科学幻想不再是上品，甚至无法与'惊险'二字平起平坐，终于成为'小道具'了……'小道具'这个名词是日本人结城彻提出来的。他在一篇短文里恭维了叶永烈同志笔下的人物金明，认为金明是中国文艺作品中新的英雄形象。就在这篇短文里，他又把科学幻想贬低为'小道具'。平心而论，他说的倒是真话，他早已看出了科学幻想在惊险小说中的地位只不过如此而已。这种说法国内也有，叫作'大变活鱼论'……"②而赵世洲坚持的科幻，哪怕是惊险科幻的创作原则还是偏向于着重实际的："惊险科学幻想小说是小说，小说就应该真实地反映生活，幻想小说也不例外。虽然幻想小说并不直接反映生活，但是，经过变形化的处理以后，也必须使人感到它是真实的。"③在整个文章中，赵世洲举出了《美女蛇奇案》《科学福尔摩斯》《国宝奇案》《秘密纵队》《生死未卜》《"X-3"案件》等例子来说明当前中国惊险科幻小说中幻想元素的缺位，并且对这类小说的文学价值提出了质疑。

---

①　赵世洲：《惊险科幻小说质疑》，载《读书》，1982(8)。

②　同上。

③　同上。

赵世洲在上述两篇评论文章中的批评虽然严厉，但语言趋向理性，并且屡次提及部分作品，在与叶永烈商榷时也肯定了叶永烈作品的社会价值，但赵世洲的这两篇评论文章还是被当时科幻界认为是挑衅似的攻讦，继而也有很多反对他的声音出现。究其原因，赵世洲的商榷对象叶永烈还未脱离《小灵通漫游未来》的核心作者光环，并且当时的科幻界正处于姓"科"还是姓"文"的激烈争论之中，任何表态都有可能被放大并过度解读，因此赵世洲的批评被认为是对科幻小说的态度从"十七年"时期到新时期一百八十度的大转弯。也许是在这些事件后，赵世洲对科幻的态度产生了真正的动摇，此后他的创作、评论都不算活跃，但当谈及"十七年"科幻小说创作的峥嵘岁月时，他仍抱有足够的热情和敬意。而后，赵世洲又从批判科幻的阵营中脱离，站在了支持科幻的一方，但此时中国科幻在文化大环境中已然迎来了极具挑战的时刻。但现已长大的读者仍会深深记得赵世洲的科幻作品在"十七年"时期带给他们的，在其他文学种类中感受不到的惊喜与快乐。

## 三、时间错位与亲情复位——于止《失踪的哥哥》

于止，本名叶至善，江苏苏州人。曾任开明书店编辑，新中国成立后，历任中国青年出版社编辑、中国少年儿童出版社社长及总编、《中学生》杂志主编等职，为新中国的出版事业做出了卓越的贡献。"十七年"时期，叶至善除了从事科普写作外，也从事科幻小说的写作，其中影响最大的篇目是《失踪的哥哥》。该篇小说原名《失去的15年》，最初连载于《中学生》杂志1957年6月至8月号，后更名为《失踪的哥哥》，并被收录进各科幻小说集与儿童文学作品集。

小说的主人公张春华的哥哥张建华在十五年前离奇失踪，家人为了寻找他费尽周折却无功而返，父亲也因为此事积劳成疾最后郁郁而终。十五年后的张春华突然接到公安局陈科长的电话，说是发现了疑似张建华的踪迹，张春华赶到现场后看到的却是一个在全自动冷库被冻僵的小孩儿。冷库的陆工程师向张春华解释了张建华为何误入冷库并被速冻的原因，并且将王大夫介绍给张春华，以期能够让张建华解冻苏醒。在经过王大夫潜心研究与细心手术后，张建华终于从十五年的冰冻期中苏醒，兄弟两人得以团聚。

鉴于于止的编辑身份与长期从事的儿童文学相关工作，他的科幻小说创作也选择了使用儿童化的视角和叙事语言。但《失踪的哥哥》创造性地描绘了人体速冻与复苏的题材，并且在故事中插入了对医学伦理和亲情的探讨，使得小说充满了温情。小说中最富科学性的设定是关于人体速冻与解冻，在小说中，于止用儿童化的通俗语言对这两种现象进行了阐释：

> 不到一分钟，活鱼活虾就冻透了，再随着自动传送带穿过车间，送到冷藏库里去贮存。我想这个小孩儿一定以为我们厂里有什么好玩的，趁没有人看见的时候，偷偷地躲在空铁箱里，让传送带给带了进来。可是一进车间，他就冻得受不住了，只想逃出去。哪儿知道才爬出铁箱，他已经冻得失去了知觉。[1]

---

① 于止：《失踪的哥哥》，见叶永烈：《中国科幻小说世纪回眸丛书》（第二卷），94页，福州，福建少年儿童出版社，1999。

"我吗？当然没有遇到过。可是听我的朋友王大夫说，在1957年，苏联曾经有过那么一回事：一个人在雪地里冻僵了十八小时，后来让大夫给救活了。""仅仅十八小时吗？"张春华感到希望又绝望了。①

"人所以会冻死，就因为细胞里的水结成了冰。冰要膨胀，它不但破坏了细胞内的蛋白质的物理性，还把细胞膜给胀破了。全身的细胞遭到了这样的彻底破坏，人的生命当然就完了。如果您真的能做到冻而不冰，那么活的鱼虾冻过之后，不但滋味不会变，还可能恢复生命。"②

人体速冻与解冻的深奥知识在于止的科幻小说中显得深入浅出，他用鱼虾与人体类比，又用普通豆腐和冻豆腐的区别加以说明，让少年读者也能轻松地了解这一科学过程是如何进行的，从而更好地理解《失踪的哥哥》这个故事。同时，小说中张建华能否从长达十五年的冰冻中苏醒，也成了故事从头至尾的悬念，这也是这篇小说出彩之处。

《失踪的哥哥》这篇小说最令人称道的地方在于，于止想要表达的是在近乎神奇的科技之外，情感才是人类社会最重要的辨识要素。在小说中，除了弟弟张春华对哥哥张建华的拯救外，兄弟俩的父亲在张建华失踪后的反应更令人潸然泪下：

---

① 于止：《失踪的哥哥》，见叶永烈：《中国科幻小说世纪回眸丛书》（第二卷），95页，福州，福建少年儿童出版社，1999。

② 同上书，100页。

　　原来爸爸在外面已经跑了一夜，几乎走遍了全城的大街小巷，车站码头。他只怕在电话里没有说清楚，先到学校去问；又想可能谁家把这位小客人留住了，敲了许多人家的大门，惊醒了不少在熟睡中的亲戚和朋友；最后，他只有去问公安局了。①

　　一个月，两个月；一年，两年；张春华的哥哥仍旧没有消息，希望看来已经断了，但是爸爸不愿意这样想。他常常沉默地陷入深思，有时候似乎自言自语地说："小春，你哥哥不知道这时候在做什么？"无法摆脱的忧伤使他头上的白发一年比一年增多了。直到今年临死的时候，他还梦想大门突然"呀"的一声推开了，一个漂亮的陌生小伙子突然扑到他怀里来："爸爸，你不认识了吗？我就是你的失踪了十五年的小建呀'！"②

而当文末张建华从十五年的冰冻中苏醒过来后，于止描写道：

　　张建华真的醒过来了，小眼睛睁得圆圆的。他看见了周围这许多陌生人，害怕地叫起来："爸爸，爸爸快来呀！"张春华扑上去，眼眶里含满了泪水。他像抱一个小弟弟一样，把哥哥抱了起来。这位哥哥却还死劲地推开他的弟弟："我要爸爸！我要爸爸！"③

---

　　①　于止：《失踪的哥哥》，见叶永烈：《中国科幻小说世纪回眸丛书》（第二卷），85页，福州，福建少年儿童出版社，1999。

　　②　同上书，86页。

　　③　同上书，108页。

亲情在张春华身上得到延续，错落的时空导致了张春华身份的转换，他由弟弟转向了哥哥，甚至是父亲的角色，时空错位的十五年亲情从未缺位，张建华的苏醒也标志着情感的复位，而时间的流逝和年龄身份的错乱，是技术造成的遗憾，也是另外的技术铸成的奇迹。这一暗线主旨也是令科幻小说《失踪的哥哥》更具深度并且受到读者欢迎的重要原因。当然，于止这样构造小说也借鉴了自己对于亲情的理解。叶至善的父亲是我国著名的教育家叶圣陶先生，叶至善正是在父亲的影响下走上了编辑与写作的道路，而父亲细致严谨、心怀博爱的精神也一直感染着叶至善，他在笔耕不辍的同时，对每一封读者的来信都仔细阅读并认真回复，态度谦逊且负责。于止晚年病重之前，曾用两年时间重新编校《叶圣陶集》，并用一年多的时间完成了长篇巨制《父亲长长的一生》，足见他对于父亲的敬重。

除了科幻小说创作，叶至善在儿童读物与科普工作方面贡献颇大。他曾任中国少年儿童出版社社长，也曾担任中国科普作协理事长，在编辑界与出版学界也有标杆引领作用。尽管创作科幻，但叶至善对科幻发展的表态不多，在很多对科幻过誉或诋毁时，叶至善也保持了客观与理性。他更多是站在科幻对少儿，以及对中国教育事业的意义上去展开论述，体现出超然的主见与格局。

因此《失踪的哥哥》不仅仅是一篇"十七年"时期重要的科幻小说，它背后更是中国两代教育者、编辑之间的责任传递和亲情感染，从这个意义上说，"十七年"时期科幻篇目中为儿童而作的创作倾向并不是削减文学性的不成熟之举，相反，它代表着一个时代中个体对小家庭情感的回应与对国家社会责任的承担。从这个意义上去理解"十七年"时期的这类科幻小说，也许会得出更多新的意义。

## 第五节　"十七年"时期的"灵动型"科幻作家

"十七年"时期还有一类作家的语言风格灵动活泼，想象力大胆且富有创见性，他们所写的题材通常贴近日常生活，善于从常规事物中发现不一样的地方，然后以独特的角度切入，使用科幻的方式得出全新的表达。当然，这类作者的作品也更偏向青少年读者，因而在细节之处也偶有粗糙和不足，但瑕不掩瑜，这类作家作品同样为"十七年"时期的中国科幻提供了一种新的阐述可能。这一时期的这类作家主要有迟叔昌、萧建亨等人。

### 一、巨大化夸张的愿景——迟叔昌《割掉鼻子的大象》

很多时候，"十七年"时期的科幻文学总是被讽刺为"肥猪赛大象"的文学，这一脱胎于"大跃进"运动的戏称其蓝本则是迟叔昌的科幻小说《割掉鼻子的大象》。但必须指出的一点是，《割掉鼻子的大象》一文于1956年4月发表于《中学生》杂志上，后才被收录进各种文集中。这个时间节点较"大跃进"运动正式开展早了近两年，从某种意义上说，科幻小说确实具备了一定的未来预言功能。《割掉鼻子的大象》讲述了作为记者的主人公"我"受邀到位于戈壁的国营农场进行丰收新闻的采访，却意外地遇见了人们在追逐观看一群没有鼻子的、白白胖胖的大象，我带着各种疑问最终见到了国营农场的老同学李文建，他为我解释道这是国营农场的新型农产品"白猪 72 号",并带我参观了国营农场的其他奇迹,还让我品尝了新品种猪肉做成的美味菜肴。

迟叔昌 1922 年出生于哈尔滨,后赴日本留学,回国后曾任抄稿员,在抄写凡尔纳的小说时受到感染,开始了科幻创作的道路。得益于叶至善的发现与帮助,迟叔昌很快便在《中学生》杂志上发表了他的处女作《割掉鼻子的大象》,后来又接连发表了《大鲸牧场》《起死回生的手杖》《3 号游泳选手的秘密》等科幻小说。迟叔昌善于描写发明创造题材,并且他的特色是巨大化与夸张化的叙事,这一点在首作《割掉鼻子的大象》中就奠定了基调。

小说开篇就提及,"我"采访所要去到的国营农场位于戈壁滩的新城市——"绿色的希望",这一极具对比性的城市名称体现了科技改造自然的乐观主义心态。小说开篇"我"乘坐飞机出行,不消半天便来到了大漠深处的戈壁滩。迟叔昌对交通工具的改进情有独钟,这一笔带过的描写可以视为他浅尝辄止的做法,而 1957 年出版的《旅行在 1979 年的海陆空》则是迟叔昌对于交通工具夸张化描绘的集大成之作。在来到"绿色的希望"后,"我"的探索之旅才正式展开。

"我"在旅馆里稍作休息,便在街上看到了一幕奇景,大人小孩前往广场去参观国营农场新来的神奇动物:

> 前面的人让开路来,大家都退到人行道上。可不是吗,十几只大象排成一队,在慢吞吞地走过来。
>
> "都是一色的大白象呀!"一个孩子叫了出来。
>
> 是呀,这种白里透红的大象,连我这个当记者的也没看见过

哩。北京动物园里的大象都是灰色的。看呀,它们慢慢地越走越近了,又粗又短的脚,"咚咚咚"地踏在水泥路面上,两只大耳朵一扇一扇,还发出"呼噜呼噜"的鼻息。胆小的孩子都把身子紧紧靠在大人身上。①

这种悬念式的描述在当时的阅读环境中能够快速引发读者的兴趣,同时小说中留下的疑问——这种白色的"大象"到底是什么? 也作为叙事动因推动了后文的发展。回到旅馆后的"我"得到了老同学李文建的邀请参观了国营农场,在农场中,我才得知这是最新培育的科技新品种"白猪——奇迹72号"。行文至此,迟叔昌的夸张化描写已经完全显露,形似大象的农场肥猪是在中国传统生产观念下引申出的巨大而夸张的产物。如果迟叔昌只是简单地进行奇观罗列,那么《割掉鼻子的大象》还算不上是一篇"十七年"时期优秀的科幻小说。值得赞许的是迟叔昌在小说中解释了为什么新品种的猪可以长得如此巨大:

我们走的路就是想法子刺激杂种幼猪的脑下垂体,促使它特别发达。开头,我们把各种各样的化学药品喂给猪吃,还给猪注射,结果全没有用。后来我们找到了一个物理的方法,就是用一种一定波长的电波来刺激猪的脑下垂体。果然有效,杂种猪的个儿果然一

---

① 迟叔昌:《割掉鼻子的大象》,见《大鲸牧场》,38~39 页,北京,中国少年儿童出版社,1963。

代比一代长得大。①

更符合逻辑的是，迟叔昌在小说中考虑到提醒如此巨大的家畜势必会存在一些问题，于是便借由李文建之口说道：

越长得大，他就越不能动弹。最后就像一大堆肉，瘫在地上，说什么也站不起来。还动不动就把骨头给折断了。一转身，就折了脊梁；一抬头，就折了颈项。②

对于这个问题，迟叔昌同样在小说中给出了解释，他先罗列了两个等式：

$$5 \times 5 \times 5 = 125；5 \times 5 = 25 ③$$

然后解释道：

猪的长里（哩）、阔里（宽哩）、高里（哩），都是原来的五倍，它的体重就是原来的一百二十五倍。可是骨头的粗细呢？……只有原来的二十五倍。二十五倍粗的骨头，怎么负担得了一百二十五倍的

---

① 迟叔昌：《割掉鼻子的大象》，见《大鲸牧场》，47 页，北京，中国少年儿童出版社，1963。

② 同上书，48 页。

③ 同上书，49 页。

体重呢？结果，猪本身的重量就变成了它自己的致命伤。那是我们事先也没有预料到的。①

当然一个完整的逻辑链少不了解决矛盾这一环节，迟叔昌在小说中给出的解法如下：

> 我们在猪的饲料里加进一种新的化学药品，里面含有特别容易吸收的磷和钙，我们叫它作"强骨素"。我们还经常给猪照射紫外线，使它的骨骼长得特别健壮。更重要的，我们还用电波来抑制某些部分的生长。②

由此观之，迟叔昌虽然在小说中使用了夸张化、巨大化的描写方法，描绘了科技所带来的奇异景象，但是他在当时已有科学知识的基础上对这一现象做出了较为合理的解释，透过文字读者能够感受到迟叔昌描绘愿望的诚意以及阐释愿望时的科学态度。

值得注意的一点是，对动植物进行夸张化、巨大化描写并非迟叔昌首创，在 1956 这一年度，于止、鲁克等人的科幻作品中也有类似的描述，但其他的作品缺少对巨大化、夸张化成因的细致解释，仅仅作为一种奇观展现给读者，其令人信服的程度略低于《割掉鼻子的大象》。

此外，迟叔昌的这篇小说还存在着一种极具冲撞感的阅读张力。在

---

① 迟叔昌：《割掉鼻子的大象》，见《大鲸牧场》，49 页，北京，中国少年儿童出版社，1963。

② 同上。

戈壁的绿洲城市"绿色的希望"中，衣食住行都是高度科技化的，连国营农场的生产线都呈现出全自动化的景象，带给读者十足的未来感与科技感。但是在生产模式与生活模式这些非硬件方面，迟叔昌小说中所呈现出来的状态却显得十分传统：对于新鲜事物人们还在集群围观，还在疑虑新品种猪肉是否可口，国营农场最先进的生物技术产物仍然需要从北京远道而来的记者进行报道，戈壁中一尘不染的水泥马路上还跑着最为基础的家畜。

这种小说中硬件设施与观念行为的冲撞感不仅仅在迟叔昌的小说中出现，在很多"十七年"时期科幻作家的小说中也有迹可循。当然，这种情况的出现与作者个人的创作经验和价值取向有关，但也在一定程度上反映了当时整个社会的关注与向往——哪怕科学技术再发达，人们最想解决的，都是与日常生活息息相关的问题。从这个意义上讲，迟叔昌通过小说《割掉鼻子的大象》完成了全民诉说，用文本完成了基于整个社会的美好想象，因而这篇小说也成为"十七年"时期具有一定影响力的科幻作品。

## 二、生物奇迹与伦理问题——萧建亨《布克的奇遇》

萧建亨出生于 1930 年，江苏苏州人，幼年时期曾跟随家人躲避战乱，直到抗战胜利后才返回故土。新中国成立后萧建亨就读于南京工学院无线电系，毕业后曾在北京、苏州等地担任技术员的职务。1955 年因病回乡休养，参加剧本比赛写出了第一篇科学文艺作品《气泡的故事》并获奖，此后萧建亨便全身心投入创作，次年正式开始科幻小说的写作。在"文化大革命"之前，萧建亨陆续创作了《钓鱼爱好者的唱片》《奇异的机器狗》《布克的奇遇》等作品，其中，《布克的奇遇》影响最大。

《布克的奇遇》讲述了一个关于器官移植的故事。"我"的邻居李老是一个马戏团的小丑演员，他有一条训练有素的大狼狗——布克，同时布克也是"我"断腿的女儿小惠最好的朋友。突然有一天，布克失踪，经过院子里面大家的寻找，确定布克不幸被一辆大卡车碾死了，大家都郁郁寡欢，尤其是小惠更是伤心地哭了很多次。然而三个多月后，布克突然又回来了，正当大家高兴的时候，布克又跛了腿，然后又被神秘人带走了。直到最后，谜团揭开，原来是第七实验室的主任姚良教授及其团队救了被卡车碾压的布克，但是布克思念心切，在还有器官移植排异反应的时候就偷偷回家，姚教授只得将它强制带回。当一切明了后，布克得到了稳定的治疗，而器官移植技术也能成功地作用于人体，治好了小惠的腿。李老带着姚良教授与健康的小惠和布克，再次登上舞台为大家表演马戏。

"十七年"时期关于器官移植题材的科幻小说较为罕见，从这一点上来说，萧建亨是勇于尝试的创新者。《布克的奇遇》作为一篇以器官移植为主要题材的科幻小说，通篇并未见到一点血腥，读来反而有温情的一面，这得益于萧建亨的叙事技巧与文字把控能力。《布克的奇遇》实际上也是一篇三线叙事的科幻小说：第一条线索是布克的丢失与找回；第二条线索是姚良教授所在的研究室从事的器官移植研究；第三条线索是小惠从瘸腿到健康。萧建亨并未用明确的时间标注来点名三条线索的发生顺序，而是通过流畅的叙事语言将三条线索处理得井井有条，并且在小说结尾处将三条线索汇于一处，达成高潮。小说中的情感线索也有多条，首先是"我"对女儿的亲情，其次是大家对布克的关爱，最后是姚教授对科学事业的坚持与对患者的关爱，三条叙事线索包裹这三条情感线索，共同铸成了《布克的奇遇》这一完成度颇高的科幻小说。

除去叙事与情感上的优势，作为一篇科幻小说，《布克的奇遇》同样注重科技细节及其内在的逻辑关系。对于小说的主题器官移植，萧建亨在故事中对器官移植所面临的最大问题——排异反应，做出了较为详尽的描绘：

> 以前，这只狗的器官移植到另一只狗身上，或者这个人的器官移植到另一个人身上，都不能持久。不到几个星期，移植上去的器官就会萎缩，或者脱落下来。这并不是我们外科医生的手术不高明，也不是设备条件不好，而是由于各个动物的组织成分的差异而造成的。这种差异，主要表现在蛋白质的差异上……动物身体组织中的蛋白质，总是和移植到身上来的器官中的蛋白质相对抗的，它们总是要消灭"外来者"，或者溶解它们。[①]

在小说中，萧建亨笔下的姚良教授为了解决这种移植后的蛋白质排异反应，使用了综合的治疗方法：

> 要知道，我们进行了手术以后，治疗并不是就此停止了。我们要给它进行药物和放射性治疗，这是为了使蛋白质继续保持一种"麻痹"的状态。另外，我们还要给它进行睡眠治疗。这你们是知道

---

① 萧建亨：《布克的奇遇》，115 页，北京，中国少年儿童出版社，1962。

的，根据巴浦洛夫的学说，大脑深度的抑制，可以使机体的过敏性减低……①

萧建亨笔下对器官移植后续治疗的推测性描写是符合逻辑的，这是在当时已有医疗水平基础上对未来技术可行性的一种良性推断。而这种技术所造就的"第七实验室"也通过各种器官移植的动物形象，让读者感受到了科幻小说题材的多样性与文字的震撼力。

从萧建亨在这篇小说中的部分文字我们依然可以看出他在"十七年"时期对科幻创作观念与创作目的的表达。在主人公"我"得知布克被更换了整个身体以后，发出了如下感叹：

> 我是一个有科学知识的工人，从来就不迷信。但是眼前的事实，却只有《聊斋》上才有！②

萧建亨在小说中引入传统志怪小说，其本意是表达未来先进的医疗技术产生了超越神秘主义力量的功效，这是对迷信思想事实胜于雄辩的冲破。从某种意义上说，萧建亨虽然没有将这种感受进行提炼加工，但在小说的字里行间，我们无疑感受到了阿瑟·克拉克（Arthur Charles Clarke）所言的任何先进的科技初看都与魔法无异的感悟。《布克的奇遇》通过技术愿景的描绘树立了自信的科学观。而在展望人体器官移植

---

① 萧建亨：《布克的奇遇》，117 页，北京，中国少年儿童出版社，1962。
② 同上书，107 页。

的作用时，萧建亨写道：

> 原来医学工作者做这一系列试验，是为了解决医疗上的一个重大的问题：给人体进行"器官移植"。因为一个人常常因为身体上的某一个器官损坏而死亡。如果能把这个损坏的器官取下来，换上一个健全的，那么本来注定要死亡的人，就可以继续活下去，就可以继续为社会主义建设事业贡献出更多的力量。①

人体器官移植首先涉及科学伦理问题，个体的寿命是否应该人为地延长，健康的器官从何处取得，这项技术取得成功并广泛使用时，人类社会将会变得如何？这些问题在《布克的奇遇》中都未被探讨，萧建亨笔下的乐观情绪将人体器官移植的作用最终落到了社会主义建设上，其态度是端正的，但对科学伦理的思考是缺乏的。又如在小说临近结尾处，姚良教授通过移植成功地让小惠再次行走，萧建亨笔下的"我"如是说：

> 第一个进行这种手术当然有很大的危险。但是科学有时候也需要牺牲，任何新的事物，总要有第一个人去尝试。我可以这样说，如果科学事业需要我的话，我一定会挺身而出的，更不要说是这种能使千百万人重新获得生命和幸福的重大试验了。小惠的手术是在九月里进行的。离开大会只有五个多月。这种大跃进的作风和魄

---

① 萧建亨：《布克的奇遇》，113 页，北京，中国少年儿童出版社，1962。

力，使国外许多有名望的医学家都感到惊讶。①

"十七年"时期这种为科学献身的大无畏精神是很多科学家以及涉及科学写作的作家都持有的精神面貌，小说中的"我"作为成年人，替代小惠做出了旁白式的陈述，并且加入了"大跃进"式狂飙突进的激昂情绪，使得小说极具感染力。但是以当今批评视角看，过于理性的陈述超越了个体儿童的心理活动模式，急速的科学幻想到现实应用的转变也体现出科学乐观主义一定的盲目性，这是当今视域下《布克的奇遇》所存在的问题，也是"十七年"时期部分科幻小说共存的可商榷之处。

回到历史语境，萧建亨《布克的奇遇》在"十七年"时期所起到的惊奇、陌生与启发效果是十分显著的，瑕不掩瑜，这篇小说依旧是"十七年"时期重要的科幻篇目之一。新时期到来后，萧建亨再次成为"归来者"科幻作家群的重要成员，并写出了诸如《密林虎踪》《万能服务公司》《梦》《沙洛姆教授的迷误》和《乔二患病记》等脍炙人口的科幻佳作。

## 第六节 "十七年"时期的"全景型"科幻作家

1978 年夏，叶永烈发表了科幻作品《小灵通漫游未来》并取得了巨大成功，读者对小灵通在未来市的所见所闻津津乐道。实际上早在"十七年"时期，这种对未来科技以及未来地域进行全景式描述的科幻小说

---

① 萧建亨：《布克的奇遇》，120 页，北京，中国少年儿童出版社，1962。

就已经出现，并且覆盖了工农业生产、未来都市、未来交通等描写对象。在该类型的科幻作品中，主人公往往是向往科学的少年，他们受邀前往某一科技发达之处进行参观，然后描绘、展示该处生活的方方面面。这种全景式的描写方式可以让读者在有限的篇幅内看到更多的技术奇观，对于"十七年"的读者甚至是新时期的读者而言，这种叙事模式是极具吸引力的。在"十七年"时期，采用这种写作策略并产出具有一定影响力作品的作家有严远闻、郭以实等人。

## 一、工农业生产与未来生活——严远闻《假日的奇遇》

《假日的奇遇》是严远闻于 1958 年发表的科幻作品，故事讲述了主人公新新受邀去往住在红星公社的乐乐家过暑假，在此期间新新见到了很多由科学技术产生的奇迹。在小说中，先进科学技术与传统生产方式和价值观念的冲撞感仍然存在，整个文本在全景式的描绘之下充斥着高亢的乐观与兴奋。

严远闻在小说一开篇就展现了可视电话这一发明：

> 新新说了一个乐乐家里的号码，玻璃上又黑了，一会儿，盒子的玻璃面上，又出现一个和新新差不多大小的男孩子的脸。新新看过乐乐的照片，就喊了一声"乐乐"，乐乐也在喊新新，两个人差不多是同时喊出来的。电话里可热闹啦，说不完的话……①

---

① 严远闻：《假日的奇遇》，2 页，上海，少年儿童出版社，1958。

为了方便小读者理解，小说中还配有插图。图中的可视电话是一个大型的放在玻璃罩中的装置，使用这个装置需要一定的准备流程。

这样的场景对于习惯了视频通话的当代国人来说十分平常，小说中新新所采用的通话方式也远不如当今手机视频通话方便。但值得注意的是，第一批智能手机在中国正式出现约在 2007 年，而智能手机在国内的全面流行则在 2010 年前后，在《假日的奇遇》中，视频通话这一联系方式比它在中国实际出现的时间早了约五十年。对于当时的读者来说，这样的科技设施是存在于观念中的不可企及之物，而这一实例也再次说明了科幻小说的创造性与一定程度的预言性。

除去视频通话，严远闻在《假日的奇遇》里还设置了诸多生活上的"奇遇"。如新新来到乐乐家时，发现他们家的房子是用塑料建造的：

> 全部是塑料造的，连家具也全是塑料的。屋里亮堂堂的，绿色的墙壁里装着暖气，一看就知道冬天屋子里很暖和。现在是热天，但屋子里凉爽爽的，一点也不热。①

而关于如何在红星公社食堂就餐，严远闻在小说中描述道：

> ……食堂就在乐乐家隔壁，一间间房子布置得干净、漂亮，没有炉灶，也没有碗筷，只有一只长台和一只大箱子。乐乐过去揿了一下最上面的电钮，一盆盆的点心从箱子里跑到台子上，那是新新

---

① 严远闻：《假日的奇遇》，4～5 页，上海，少年儿童出版社，1958。

最喜欢吃的什锦果酱饼。一会儿，箱子里又送来了牛奶。①

此外，关于新新与乐乐的出行，小说中设计了一种飞车：

> 于是他们坐上一辆伸出两只翅膀的小汽车，正好两个人坐。乐乐撳了一下绿的电钮，小飞车就直往上升。再扳一下座椅边的把手，小飞车就转弯了……新新在城里，出门总是坐公共飞车或电气汽车，有时候也跟爸爸坐过这种自己驾驶的小飞车，他就特别高兴。他也知道，这种小飞车是靠太阳光的热飞行的。②

对于未来生活的想象，严远闻在《假日的奇遇》中设计出了塑料房屋、自动食堂、电力汽车以及太阳能飞车等科技成果。这些设想有的在当代社会已经实现，有的仍然在设计与试验之中。《假日的奇遇》中严远闻经常使用"撳了"这一动词，它代表着科幻作家观念中对未来产品的操作方式，在"十七年"时期的科幻小说中，按钮与拉杆的应用无处不在。也许以现在的眼光来看这样的操作方式略显古旧，但对于当时的科幻作者而言，他们是基于已有生产力所做出的最合理的推测，正如当今以点触和滑动控制机械的人类，观念中未来最流行的操控方式是意念操控一样。

在《假日的奇遇》中，农业生产上的奇迹也是严远闻的重点描述对

① 严远闻：《假日的奇遇》，5～6页，上海，少年儿童出版社，1958。
② 同上书，6～7页。

象，种植作物、养殖动物在个体上的巨大化与数量上的激增化倾向在《假日的奇遇》中得到了最大限度的描绘。在小说中，严远闻对水果、玉米、棉花、嫁接作物都做出了相应的描述：

> 新新怎么也不相信，树上会长灯笼。乐乐这才告诉新新说，这不是灯笼是苹果、梨子和橘子……说完，就爬到树上，摘下了一个红苹果交给新新，新新忙用两只手捧住了，足足有四斤来重。[①]

> "他们顺着路走着，一路都是又高又大的果树，树旁还都树立了牌子，什么蜜桃葡萄、菠萝梨、香蕉荔枝……那些黄澄澄的橘子，只只象（像）柚子那么大，一个就能吃饱肚子。"[②]

> 他们望过去，那面是密密层层的树林，说是树林，没有见过有这种树叶的，那叶子象（像）玉蜀黍，要说是玉蜀黍，又没有这么高大……他们上了小飞车，向前过去不远，新新向下仔细看看，好大的玉蜀黍呀！吓，每株上长了好几十个玉米棒子。有些已经裂开了包壳，那玉蜀黍的颗粒，粒粒亮闪闪的，象（像）珍珠一样，看得新新发了呆。[③]

> 那一面，有一大片不高不矮的树，枝上挂满了桃子，有红透了的，有青的，还有黄的……新新最喜欢吃桃子，他一定要去看看，如果可以的话，他还想尝尝呢！可是，等到走近了一看，新新不觉

---

① 严远闻：《假日的奇遇》，3～4 页，上海，少年儿童出版社，1958。

② 同上书，12 页。

③ 同上书，8～9 页。

"啊"了一声，这哪里是桃子，是一只只棉桃。①

　　他们走到田里，正好有一辆收割机在田里收油菜。嘿，一棵棵油菜下面都连着二尺来长的大萝卜……乐乐告诉他，这是一种新的菜，上面长油菜，下面长萝卜；还有上面长番茄，下面长马铃薯的；还有……②

当然，为了让读者更好地理解小说中所描绘的场景，《假日的奇遇》中也使用了相应的插图来辅助说明，通过这些插图，读者能直接看到这些农作物巨大化、巨量化的状态。

除农作物外，小说还描绘了红星公社里的动物养殖情况，从渔业到畜牧业，都很全面。红星公社渔场的鱼十分巨大，而且产量颇丰，严远闻甚至设计了起重机来运输捕获的大鱼，而关于鱼为何会长得如此之大，严远闻写道：

　　库里的鱼和虾，是吃一种小球藻长大的，它们长得又肥又大，普通一只虾就有一斤重，一条鱼有一个人高。新新看见起重机拖起来这么大的鱼虾，早就呆住了。只看见汽车一辆辆装满了鱼开出去。③

而关于公社奶牛养殖的情况，严远闻写道：

---

① 严远闻：《假日的奇遇》，9页，上海，少年儿童出版社，1958。
② 同上书，8页。
③ 同上书，18页。

一位阿姨正在忙着,她拿了电动挤奶器,从那只牛到这只牛,挤出的牛奶就象(像)泉水,从管子里通到一间密封的大房子里。那里有机器在消毒和包装,从那个房间出来,都是一瓶瓶装好的牛奶……过去一头牛每天挤 300 斤奶;现在改吃一种新的食料,一头牛每天可以挤 1000 多斤了。①

值得注意的一点是,在《假日的奇遇》中,严远闻同样描写了像大象一样巨大的猪:

新新被乐乐一提,再仔仔细细一看,觉得这些猪的确象(像)动物园里的大象,就是少条长鼻子……"短鼻子大象"是它的绰号,最近,我们发明一种新药水,每隔两天给它打一次药水针,猪一天就可以长 50 斤肉,一只小猪三个月就能长 5000 多斤。②

并且在《假日的奇遇》中关于"短鼻子大象"的插图与迟叔昌在《割掉鼻子的大象》中的插图也颇为相似。但是现在笔者尚未搜寻到充分的证据表明《假日的奇遇》(1958)直接从《割掉鼻子的大象》(1956)中借鉴了这一设定,就像现在依旧没有充分的证据表明《小灵通漫游未来》(1978)这种全景式的科幻描述手法直接来源于"十七年"时期《假日的奇遇》这类小说,当然,也不可贸然地说"十七年"这类全景式的科幻小说是对晚清、

---

① 严远闻:《假日的奇遇》,16 页,上海,少年儿童出版社,1958。
② 同上。

民国"游历式"科幻小说的直接挪用。只能说自近代以来中国科幻创作中的某些想象元素随着社会生产力的发展得到了相应的演绎和延伸。

还有一点值得注意，由于"十七年"时期"全景式"科幻小说着重对多方面的科技奇观进行描绘，因此在某一特定领域的描述相较于专写这一点子的科幻小说显得缺乏符合逻辑的科学细节，如《假日的奇遇》中严远闻只是描述了"短鼻子大象"是靠打针药长大的，并未对针药的构成以及副作用等进行描写，而《割掉鼻子的大象》中迟叔昌则对如何催肥、如何解决过大自重等问题都进行了细致的刻画，这也是这两类科幻小说比较显著的一点不同。

除了对红星公社农业生产的描绘，严远闻还在《假日的奇遇》中对公社的工业化生活进行了表达。小说中描绘了人造太阳：

> 在他们回家的时候，太阳已经快下山了。可是刚走到食堂吃晚饭，天上却又亮堂堂的。新新走出去一看，太阳高高地挂在空中，新新知道是人造太阳，高兴得蹦蹦跳跳地跑进屋里，对乐乐说："咱们今晚上别睡了，再到哪儿去看看？"①

同时，小说还想象公社已经具备了宇航工业的能力，故事的最后一章题为"从月亮上回来了"，描绘的是公社里第一批去月亮上的人回到地面，正在俱乐部里给大家讲月亮上的见闻：

---

① 严远闻：《假日的奇遇》，18页，上海，少年儿童出版社，1958。

那里已经挤满了人，只看见一位老伯伯讲得正起劲，他说："火箭船已经在月亮上着陆了，我们在船内早已穿好了象（像）潜水衣一样的宇宙飞行衣，跨出了火箭船，跳到了月亮上。嗨，刚跳下去又被弹起来，跳了几跳，总算在月亮上站稳了，但走起路来，跨一步却象（像）跳远一样，一跨就是一段路。"①

而对于月球上作物的生长情况，严远闻写道：

嗨，那个城里的庄稼，虽然长得样子同地球上的一样，就是大得惊人，一颗红萝卜长得有枣子树那么高，一根葱有二、三个大人那么高。这是因为月亮的吸力比地球弱的缘故。同时月亮上原来空气是很稀薄的，现在月球城能够有同地球上一样的空气，就是依靠这些植物供给的。②

严远闻对月球自然条件的描述大致上是符合实际的，除了对空气含量的乐观估计，当然，这是他为了描写月球建设所取得成果的铺垫。在月球上，农作物的长势较地面公社更加夸张，而这一切的原因仅仅是月球引力较低。在《假日的奇遇》中，对未来工农业建设与日常生活的乐观态度实际上超越了科技所带来的惊奇感受，作者所呈现的画面是越过科技细节的最终呈现结果，这也成了"十七年"时期"全景型"科幻小说最重

① 严远闻：《假日的奇遇》，20～21页，上海，少年儿童出版社，1958。
② 同上书，22页。

要的特征之一。

## 二、地理远行与科技世界——郭以实的《科学世界旅行记》

郭以实是我国著名的科幻作家,在"十七年"时期,他于 1958 年发表的中篇科幻小说《科学世界旅行记》取得了较大的影响。作为一篇全景式展现未来世界的科幻小说,郭以实的《科学世界旅行记》在叙事方式与文本细节上有更多元化的表达,故事虽然也描绘了未来世界中各种先进的科学技术,但并不是纯粹地铺陈奇观,而是更加注重对奇观成因的展现,并且将主人公小王的参观经历附加于地理位置的变化之上,使得全景式的展现更加生动、具体。

首先需要说明的一点是,在《科学世界旅行记》中,主人公小王在郭以实的描述下一定程度上脱离了功能型人物的干瘪形象。小说起头并未开门见山地描绘未来世界的奇观场景,而是用题为"有这样的孩子"单独一节来塑造了小王这一爱科学、爱探索的少年儿童形象。并且小说中指出小王对科学实验的兴趣还有着父辈的代际传承关系:

> 这又使小王的爸爸动起脑筋来了,他想:"他们能腾云驾雾,难道我就不行吗?"第二天,小王的爸爸走路就一跛一跛的了,原来他为了腾云驾雾,从很高的楼梯上跳下来,把脚摔伤了。小王的妈妈一听到这件事,就笑得直不起腰来。①

---

① 郭以实:《科学世界旅行记》,6~7 页,北京,中国少年儿童出版社,1958。

正因为从小爱探索，小王的爸爸成年后依然保持了对科学的热情，并且时常购买科学书籍与实验工具给小王，让小王也培养出热爱科学探索的习惯，小王在家也经常进行科学小实验：

> 第二次秘密实验是"游水晶宫"。小王知道了潜水艇的构造和升降的道理以后，便和小张秘密造潜水艇。他们把两个木箱钉在一起，一半装人，一半作水柜，再涂几次桐油，"潜水艇"就做成功了。①

在"十七年"时期的全景式科幻小说中，专章交代人物背景的描述方式并不多见，并且在郭以实的《科学世界旅行记》中，一段潜藏的台词为父母对科学的兴趣，以及对孩子科学兴趣的培养，关系着孩子勇于探索的品质与观察未来的方式。这一点是《科学世界旅行记》相较于同时期其他"全景型"科幻小说的独特之处，它从代际逻辑上给出了科学素养对人类个体的影响。

但当小王正式开始去往科学世界旅行时，他的行为动因却出现了缺失，郭以实似乎借鉴了晚清、民国科幻小说中为游历而游历的叙述逻辑，对小王的出行原因等方面并未进行具体的阐述，而是直接进入了科技奇观：

> 小王日夜盼望的一天终于来到了。学校里的陶老师告诉他，明

---

① 郭以实：《科学世界旅行记》，7页，北京，中国少年儿童出版社，1958。

天可以乘喷气式飞机到未来的科学世界去。……喷气式飞机在云层上平稳地飞行着。底下正在下雨,云层上面却是晴空万里。在这一万米的高空中,尽管外面冷到零下三十度,机仓(舱)里却很暖和,小王没有什么不舒服的感觉。①

郭以实所描述的画面对于频繁乘坐飞机出行的当今国人来说已是十分熟悉的场景,但与视频通话类似,中国民众乘坐飞机出行的普及始于20世纪80年代改革开放以后,乘飞机不再需要开具介绍信时,这一迅捷的交通工具才逐渐进入居民出行的选择视野。郭以实的《科学世界旅行记》在近22年前就准确地描述了当代喷气式客机的飞行体验,对于那一时期的大部分读者来说,这样的描述画面被称作科技奇观并不为过。

《科学世界旅行记》还有一个创新之处在于,郭以实所安排的小王的游览路线较为严格地遵守了实际的地理情况,并且随着游览的深入不断地前往不同的地点,这一"多地点多场景"的科技展现与文本描绘方式不同于同时期大部分"全景型"科幻作品"单一地点多场景"的呈现形式。故事中,小王的旅行从南到北,最后离开地球去往空间站和月球,郭以实在小说中对荒漠、北极、海底以及外太空的环境都进行了较为详细的描述,这些描述是独立于科技奇观之外的内容,可以给读者提供另外一种审美方式。如在写到北极时,郭以实对冬季昼短夜长和极光这两种地理现象做出了表述:

---

① 郭以实:《科学世界旅行记》,6页,上海,少年儿童出版社,1958。

白天真的太短了。太阳下去了,四周暗下来了。突然,在黑暗的天空中出现了一条淡淡的红光。那红光好象(像)天空中的帷幕一样,不停地摇晃着。一忽儿,红光越来越亮。一忽儿,又暗了下去。一忽儿,在旁边又出现了另一条帷幕,闪着绿色的光,还有天蓝色的火焰。整个天空,都布满了这些奇异的彩光,星星也看不见了。①

又例如,在对海底生物进行描写时,郭以实写道:

嘿!尽是些怪模怪样的鱼。你知道,在深海底下,水的压力很大,有时一片黑暗,生活条件和浅海地区完全不同,鱼的样子也就不同了。有很多鱼都是扁扁一片……②

再如,提及去往美洲的航线为何要穿越北极时,郭以实也做出了如下说明:

现在,小王明白了,经过北极的航线比其他的航线短许多倍。这一条航路把欧洲、美洲、亚洲联得更紧密了。这一条道路虽然非常难走,可是,过去许多的科学研究工作没有白费,发明家、工程师、工人的劳动没有白费,在强大的科学技术装备面前,一切困难

---

① 郭以实:《科学世界旅行记》,55 页,北京,中国少年儿童出版社,1958。
② 同上书,68 页。

都低下了头。①

可以看到，地理位置的变换在给读者提供不同于传统奇观展现视野的同时，也从另一个维度说明了科学技术对时空的影响，而这种带有大航海时代气息的思维模式加入天堑变通途的豪迈情愫，共同烘托出"十七年"时期"全景型"科幻小说中的科学主义特征。

当然在《科学世界旅行记》中，郭以实也描述了未来农业的发展，提及了畜牧业与种植业的新变，但值得注意的是这些内容在小说中仅仅以少量的篇幅带过。如郭以实写道：

> "嗨！到我们那儿去。"一个胖姐姐一下子挽住了小王的手说道，"我们那儿有的是大母牛，一头牛一年可以挤出一万四千公斤牛奶。唉！在我们那儿，牛奶都快要流成河啦。"②
>
> 可是就在菜园外面，小王也看到了许多稀奇古怪的蔬菜。彼佳指着大白菜说，那底下还有大萝卜。豌豆和扁豆，在合欢上结起来了。瞧！茄子上树了。这些茄子没有籽，也不用年年栽。③

对产奶的夸张性描写与对巨型农作物嫁接技术的描绘并未成为小王的主要参观对象，在小王对上述邀请进行回绝或略览后，郭以实也停止了对农业奇观的继续描述，转而去解释农作物为何可以嫁接，为何可以

---

① 郭以实：《科学世界旅行记》，57 页，北京，中国少年儿童出版社，1958。
② 同上书，33 页。
③ 同上书，30 页。

长到如此巨大的原因——因为使用了闪电氮肥:

> "在每一个红气球下面,都有一根钢丝。闪电就沿着钢丝,一直奔下田里去了。""这样做有什么用呢?""这……这是施肥呀!"……工程师说道,"你们不是知道,空气中有五分之四都是氮,有五分之一是氧吗?闪电的时候,氧和氮会结合起来成为氧化氮。这些氧化氮溶在雨滴里,透入土中,就变成了很多的氮肥。"①

相较于同时期其他的"全景型"科幻小说,郭以实的描述更加注重对农业奇迹的逻辑阐释,并且所给出的解释也符合现代科学知识,并未笼统地用神奇药水与神奇肥料一带而过。除农业外,小说对工业技术奇迹的成因阐释同样充满了令人信服的科学细节。如《科学世界旅行记》同样描绘了"新的太阳",郭以实用一定的篇幅告知读者新太阳的本质是原子造物:

> 让太阳下去吧。我们的小王将要看到新的太阳。人类智慧是这样的伟大,科学家就在地球上找到了新的太阳。它是那么灼热,足以烧毁地面上的一切。它是那么光亮,足以使人望了双目失明。它是那么有力,足以使山崩海啸。这新的太阳是什么?原来,它就是那小得看不见的原子。②

———————————

① 郭以实:《科学世界旅行记》,27页,北京,中国少年儿童出版社,1958。
② 同上书,57页。

而道出本质后，对于核电站与"新的太阳"是如何工作的，郭以实在小说中同样用一定篇幅解释了核裂变的原理：

> 原子核是由质子和中子组成的。用一粒中子打进原子核去，原子核就会裂开，同时放出几粒中子来。这些中子又会击破别的原子核，又生出新的中子。因此很多的原子核，都会一下子裂开的。这就象（像）一颗炮弹落在炮弹库里，炮弹一下子都爆炸起来了。这种反应叫作链式反应。这种反应发生的时候，就会发出很高的热来。①

对于太空工业而言，郭以实在小说中也进行了符合科学逻辑的解释，如言及为什么空间站不用制造成流线型时，郭以实写道：

> "这个吗，很好解释。"共青团员说道，"在地球上，汽车、飞机开动时，会碰到空气的阻力，所以都得做成象（像）水滴一样的流线型才行。可是在这里，没有空气，没有阻力，就用不着那么操心了。"②

由此观之，在《科学世界旅行记》中，郭以实虽然同样进行了奇观构建的工作，但是相较于同时期的类似作品，郭以实运用更多的科学细节

---

① 郭以实：《科学世界旅行记》，45页，北京，中国少年儿童出版社，1958。
② 同上书，82页。

去解释了奇观的成因，而且这些成因都是基于当时科学技术条件的合理推测。并且，郭以实对科学知识嵌入的处理十分柔和，一般是在恰当的情节或对话中插入，读来并未有生硬感与说教感，这也是《科学世界旅行记》的另一个优势所在。

此外，《科学世界旅行记》同样采用了精细插图的方式，以期读者在文字之外能够了解更多的技术细节与震撼的景象。有的插图极其细致地标注了原子能破冰船的结构与工作原理，有的则展现了空间站中的环形回廊以及个头极大的农作物，这些看似辅助的插图，有时甚至可以独立于文字给予读者必要的想象细节。

综合而言，作为一篇"十七年"时期的"全景型"科幻小说，郭以实的《科学世界旅行记》难免落入窠臼，同样描绘了夸张化的工农业奇景，并且在部分描述中依然落入了科学主义的桎梏与非生态主义的观念之中。但是郭以实创造性地以地理路径作为叙事动因，在科技奇观外还给读者呈现了别样的地球、太空风貌。此外，郭以实在小说中对技术奇迹的解释是细致且符合当时科学原理的，并且插入解释的方式方法自然亲切，并不突兀于主人公的游览经历。因此，郭以实的《科学世界旅行记》是"十七年"时期一篇较为重要的"全景型"科幻小说。

# 第五章 ｜ "十七年"时期中国科幻小说的时代意义

　　鉴于"十七年"时期特殊的外交、政治以及文化环境，以纯粹的文学艺术批评方式对这一时段的科幻小说进行观照难以得出全面的结论，常规的文本分析同样容易得出这一时段科幻小说艺术性较为简单的结论。但实际上，"十七年"时期的科幻小说在思想性与创意性上并不落伍，有些设想甚至达到了与美国、苏联一致的高度，并在作品中加入了足够的具有中国独特性的设计，其包括但不限于对未来中国人生活方式的想象、对未来中国社会与城市化模式的构建、对中国人深远探索足迹上天下海的自信、对中国历史文化的传承与未来宣扬，以及通过生物手段、社会手段、个体成长与觉悟等方式对业已成型的资本主义世界秩序所做出的尝试性挑战。

在"十七年"时期的科幻小说中,作者群落藉由乌托邦冲动不自觉地构建了变体形态的科技乌托邦,而预料之外的科学主义潜流在极度乐观且蓬勃的想象力助推下,汇聚成为一场指向未来的狂欢。尽管炫目的科技盛景在一定程度上遮蔽了"十七年"时期科幻小说中的生态主义倾向,使之在诟病中呈现出"孤岛"般的文学史特征,但"孤岛"上的风貌却彰显出对中国科幻发展历程的承续,同时也映射着作为他者的国外科幻文化的种种情形。一言以蔽之,"十七年"时期的科幻小说是中国人在建设初期的困顿时段,将中国特色赋予想象力时,所达成的一种探索未来与世界的方式。

## 第一节 "十七年"时期中国科幻小说的乌托邦指征

在 1516 年问世的著作《乌托邦》中,托马斯·莫尔(St. Thomas More)构建了一个制度完美且平等幸福的岛国,"Utopia"一词由此诞生,其意为"不存在的地方"。此后的几百年间,乌托邦由一种创作呈现形态逐渐演变为一种思潮,并生发出诸如反乌托邦、恶托邦、异托邦等多样化的变体。在将科幻小说看作一个整体的情况下,如果说对现代性的追求是晚清、民国时期中国科幻的重要特征,那么乌托邦指征则是"十七年"时期中国科幻小说的最典型面貌,当然这种面貌的构成可以是作家群落在尝试创新与学习模仿过程中的无意识之举,但其取得的效果则反映出"十七年"时期中国科幻小说对科技乌托邦形态的构建。同时,"十七年"时期科幻小说的乌托邦指征还反映出社会主义建设与乌托邦的纠缠关系，并在反乌托邦思想缺位的情况下，构成了极具中国特色的科技乌托邦社会形态。这一看似模式化的形态，却恰巧是"十七年"时期中国想象世界与想象未来的一种最合情合理的方式。

## 一、对科技乌托邦的构建

对于莫尔《乌托邦》的开创性贡献，卡尔·考茨基（Karl Kautsky）的论断对我们进行科幻延伸有一定的启示作用："这是一种幻想。但是莫尔的最大胜利却正由于这种幻想，由于存在这种幻想，他才破天荒第一次企图描绘出与资本主义生产方式相对立的一种生产方式，这种生产方式同时却保留了资本主义文明优越于先前发展阶段的那些成就，这种生产方式虽与资本主义生产方式相对立，却不是反动复古。"[①]考茨基首先承认"乌托邦"中含有的幻想成分，并且认为莫尔的作品并不是指导未来建设行动的理性蓝图，其价值意义在于未来精美的生活画面可以激发处于现实困顿中的人们对美好前程的向往。同时，考茨基作为马克思主义理论发展中的重要人物，他在上述论断中同样提及莫尔的《乌托邦》虽然保留了一定的资本主义生产方式形制，但在更高层面上实际提出了一种与资本主义生产方式对抗的社会形态。

尽管相隔长距的地理间隔与长期的时间间隔，我们不难发现"十七年"时期的中国科幻小说同样具有这样的特质。首先，幻想因素的加持使得这一时期的中国科幻小说出现了关于技术奇观的想象，无论是巨型

---

① ［德］考茨基：《莫尔及其乌托邦》，关其侗译，221 页，北京，华夏出版社，2015。

的果蔬与家畜，还是取之不尽、用之不竭的生产方式，都是幻想中的美好未来。其次，"十七年"科幻小说中的幻想设计有很多内容至今仍然无法实现，这也可以印证当时科幻小说的乌托邦特质在于一种对美好明天的追求与冲动，并不是完全将文本内容作为思想建设与物质建设的具体蓝图。最后，"十七年"时期中国科幻小说中与资本主义生产方式的对抗情绪随处可见，并且表达得更为直接，其主要抨击内容是资本主义社会的压榨本质与私有制为主导的生产模式。当然，笔者此处并非说"十七年"时期中国科幻小说作者自觉地运用了西方马克思主义的批评观点进行文学创作，他们的这一举动，更贴合于巴赫金（Бахтин Михаил МихаЙлович）所言的"时空体"概念。

在巴赫金看来，"时空体是人类对于时间与空间的感知方式在文学形式上的反映，是形式兼内容的一个范畴，不同类别的体裁正是由不同时空体而决定的"①。莫尔的原始乌托邦冲动与考茨基的解读并非针对"十七年"时期中国科幻小说而提出的，但作为"十七年"时期的中国科幻小说作者，他们对时间与空间的敏锐嗅觉让他们在"时空体"的反映下创作出了带有乌托邦指征的作品，同时这些作品也在一定程度上契合了乌托邦中想象未来的方式，因而显得具有突出的先进性。当然，乌托邦空想性质的转换也得益于马克思主义思想的助推："乌托邦从空想性的文学表达转变为一种现实主义实践理论，其最有力的标志就是马克思主义的出现。"②马克思主义理论的重要构成部分包括对共产主义的想象，马

---

① ［俄］巴赫金：《小说的时间形式与时空体形式》，白春仁译，见《巴赫金全集》，274～275页，石家庄，河北教育出版社，1998。

② 马海波：《对乌托邦主义的再考察》，载《文艺理论与批评》，2018(9)。

克思(Karl Heinrich Marx)与恩格斯(Friedrich Engels)在《共产党宣言》中所预想的没有阶级压迫的社会虽然未像乌托邦文学作者一样描绘出清晰而事无巨细的蓝图,但其所彰显出的创造性与自信是极具开拓性质的。

在幻想元素与乌托邦冲动的加持下,部分学者的理论逐渐汇合为西方马克思主义批评流派,并且在批评视域中使用了乌托邦的观察角度,如达科·苏恩文(Darko Suvin)、弗雷德里克·詹姆逊(Fredric Jameson)以及汤姆·莫伊兰(Tom Moylan)等人。在西方马克思主义流派的科幻批评中,"乌托邦居于核心的阐释地位,它在不同的语境下具有三种含义:文类意义、哲学与阐释学的意义和政治—经济意义。其中,前两种意义是把握该流派的两个核心概念。"[①]"十七年"时期中国独特的外交、政治环境让文学创作不可避免地打上了马克思主义思潮的烙印,并且这种思潮在中国本土化的革命与改革实践中还生发出了许多具有中国特色的地域性特征。因而用西方马克思主义科幻批评方法论来审视"十七年"时期的中国科幻具有操作的合理性。

在达科·苏恩文看来,"乌托邦小说是科幻小说的一个社会政治亚文类,是社会科学小说,是受限于社会政治关系领域,或受限于关系人们命运的社会政治建构物的科幻小说"[②]。在苏恩文的理论视野中,乌托邦文本实际上成了科幻小说旗下的一个分支,换言之即是乌托邦小说

---

① 黎婵、石坚:《西方马克思主义科幻批评流派的乌托邦视野》,载《四川大学学报(哲学社会科学版)》,2013(5)。

② [加]达科·苏恩文:《科幻小说变形记》,丁素萍等译,57页,合肥,安徽文艺出版社,2011。

所具有的特质科幻小说同样也应该具备，若按照这一理论推导，"十七年"时期的中国科幻小说无一例外的都可以被打上乌托邦小说的标签。但是，苏恩文对乌托邦的形成条件进行了划定："(1)一个完整的和隔绝孤立的地点；(2)以全景式的扫描表达出来，这个扫描的关键是这个隔绝孤立地点的内在组织；(3)一个形式的等级系统；(4)一种隐含的或明显的戏剧性策略——这一策略的全景式概观与读者'正常'期待发生冲突。"①按照这一标准，并不是所有"十七年"时期的中国科幻小说都符合苏恩文所言的乌托邦条件，个体文本只能够满足苏恩文提出的一个或几个条件。例如，尽管《割掉鼻子的大象》将国营农场设置在了大漠深处，但其并不是隔绝孤立的状态，它依然保持了对外的交通与通信联系，同时还保持着农产品的交换；而《黑龙号失踪》虽然也将故事发生地设置在黑暗的深海中，但贯穿全文的无线电波设定也注定了太平洋的深海在科技加持下不会成为隔绝的飞地。尽管有《假日的奇遇》《科学世界旅行记》等"全景型"的科幻小说，但还有更多的"十七年"时期中国科幻小说并未采用全景式的写法。同时，囿于科幻创作经验与理论水平支持的不足，"十七年"时期的中国科幻并非都达成了"戏剧性策略"。此外，"十七年"时期的中国科幻小说无一出现任何形式的等级系统，如果非要冠以分级之名，那也仅有科学与迷信，社会主义与资本主义的对立。由此观之，"十七年"时期的中国科幻小说似乎并不具有完全的乌托邦色彩，因此，这里就需要引入詹姆逊的理论发展，即区分乌托邦的形式、愿望与

---

① [加]达科·苏恩文：《科幻小说变形记》，丁素萍等译，57页，合肥，安徽文艺出版社，2011。

冲动。

詹姆逊曾有言:"我们有必要区别乌托邦形式(Utopian form)和乌托邦愿望(Utopian):区别文本或文类,以及日常生活中可见的乌托邦冲动(Utopian impulse)及其作为专门阐释方法的应用。"①尽管苏恩文与詹姆逊都从布洛赫(Ernst Bloch)的理论中寻求借鉴,但二者在表现方式上并不一致。苏恩文上述条件的表述结合他的其他乌托邦文论可以阐释为"新异"二字,这个词语更是直接源自布洛赫的理论。当然在苏恩文处的新异是落实乌托邦冲动的具体表现,而在布洛赫看来:"我们所处的社会不仅仅由现实性事务所构成的,社会中还包含着各种形式的乌托邦观念,社会建制观念甚至包括某些实际的质性东西都隐藏着我们对未来的渴望,包括对未来的乌托邦式想象,细小的日常事物都隐含着乌托邦。"②因而在布洛赫处,乌托邦的冲动是无处不在的,同样,苏恩文所言之"新异"也有别于伯格森(Henri Bergson)抽象而务虚的"新异"观念。斯拉瑟(George Slusser)曾对苏恩文的《科幻文学变形记》做出过评论,认为苏恩文用自己的"新异"为科幻文学进行了规范性限定,从而使得科幻小说与乌托邦小说的界限模糊,但这并不符合科幻文学的历史发展状况。

反观詹姆逊,他的核心观点是强调乌托邦实现的难度,但乌托邦冲动所带来的增益效果是不可忽视的:"我们无法真正想象乌托邦,乌托

---

① [美]弗里德里克·詹姆逊:《未来考古学:乌托邦欲望和其他科幻小说》,吴静译,1页,南京,译林出版社,2014。

② [德]恩斯特·布洛赫:《希望的原理》(第一卷),梦海译,313页,上海,上海译文出版社,2012。

邦冲动才弥足珍贵，它在《未来考古学》中被细化为三个层次：身体、时间性和集体性。布洛赫哲学中的德国唯心主义特征在此得到了历史化改造。身体维度强调乌托邦冲动的物质性存在，时间维度与詹姆逊的后现代理论紧密相关。"①从理论抽身回"十七年"时期的中国科幻，詹姆逊的论断显然更符合这一时期的文本现象。首先，科幻小说的界限应该是清晰而明确的，它不同于传统意义上的乌托邦小说，也不同于主流文学中的讽喻小说；其次，无论这一时段科幻小说中的描绘如何夸张，其"新异"的内容并未落实为实际而具体的表现，而仅仅是一种幻想的可行性；最后，个体的感受与集体的变化在时间维度内产生了新变，文本阐释达成了某种意识形态观念的突破，这种突破可能是对未来生活方式完全变化的认知，也可能是对将来生物医疗技术改变生命长度与形态的震惊，还可能是对征服宇宙或深海的信心。而"十七年"时期的中国科幻作者并未通过时空错位的魔术系统而具体地接受西方马克思主义的科幻批评理论，但其创作实绩中又显示出绝对的乌托邦特征，加之"十七年"中国科幻作者如刘兴诗、迟叔昌等人十分强调科幻写作的题材应该来源于日常生活，因而我们可以推导，"十七年"时期中国科幻小说中的乌托邦倾向实质上是一种遍及生活的日常乌托邦冲动，其方式是在特殊历史时段作为个体的书写者代表社会集体在时间维度内进行了未来性质的推演。

如果从这个角度介入"十七年"时期的中国科幻小说，我们便不能以纯粹的文学价值去评判这些作品。诚如詹姆逊在《未来考古学》中强调的

---

① 　黎婵、石坚：《西方马克思主义科幻批评流派的乌托邦视野》，载《四川大学学报（哲学社会科学版）》，2013(5)。

那样，我们有必要将科幻与历史和未来的关系从传统且陈旧的描述中抽离，要认清科幻小说是一种叙事方式和知识的形式，即便在想象力的祖护中，它也不承诺未来的生命力和具体形态。而我们更应该将科幻文学视作媒介，它代表着我们对他者以及极端性差异所能达到的极限的推测与思考，当下成为历史，未来成为当下，不应该将未知事物拉入当下熟知事物的泥沼。同样，我们也不应该站在文本的未来时去要求在过去即当下的"十七年"中国科幻小说完美满足当代文学审美的所有期待。"十七年"时期中国科幻小说的乌托邦冲动表明，科幻小说是一种工具，但绝不仅仅是科学普及的工具，而是一种连接未来，打开思维广度与深度的媒介工具。

同时，我们也有必要对"十七年"时期中国科幻小说进行乌托邦冲动类型的划分。其实在布洛赫处，乌托邦就已经具有用来指称世界上普遍存在的一种精神现象的雏形了，即"趋向（尚未到来的）更好状态的意向（intention），那么在方方面面都随处可见乌托邦的踪迹，也就有了'社会乌托邦'、'科技乌托邦'、'地理乌托邦'、'医药乌托邦'、'建筑乌托邦'等划分"[1]。当然作为苏恩文与詹姆逊理论的参考源头，布洛赫同样对纯粹的乌托邦文学持一种商榷的态度："不应当用托马斯·莫尔的方式限制乌托邦事物，或者仅仅根据他的乌托邦把握乌托邦事物，这仿佛是要把电还原为类似琥珀的东西。"[2]因而作为与乌托邦文学同源的科幻

---

[1]  邹晓燕：《科学乌托邦主义的建构与解构》，61页，北京，中国社会科学出版社，2013。

[2]  ［德］恩斯特·布洛赫：《希望的原理》（第一卷），梦海译，117页，上海，上海译文出版社，2012。

小说，其需要承担的思想任务是将乌托邦冲动的外延扩大，突破传统乌托邦在地理形制与社会制度上的束缚，开发更多的描述可能性。按照这一理论进行推演，"十七年"时期的中国科幻小说的确做到了这种突破，而如果将这一时期的小说视为一个整体，其最主要的类型特征无疑是一种充满乐观的科技乌托邦冲动。纵观"十七年"时期的中国科幻小说，其文本内容几乎都描述了先进科学技术给未来生活所带来的良性改变。造成这一现象的原因是较为明显的："为了追赶西方发达国家，发展市场经济和工业文明是必由之路，必须高扬科技理性和效率逻辑。"①

实际上，在世界范围内，科技乌托邦最初被拆分为科学乌托邦与技术乌托邦。"19世纪之前的科学乌托邦主要是科学知识、方法、理念和应用的乌托邦设想，技术力量还远未显现：一则技术水平有限，二则技术主要局限于生产技术，三则技术与人类未来的潜力关系尚未被挖掘和发现。"②但是工业革命后这一情况得到了改善，技术进步所带来的福祉让人们意识到在未来可以通过技术达成各种类型的乌托邦，并且这些超越简单生产的技术同时还涉及人类社会形态与个体状态的改变。因此未来技术乌托邦与传统科学乌托邦相比，则具有以下几点明显的不同："第一，从社会影响的角度看，现代科学和技术随着其自身发展和社会比重的倾斜，在乌托邦愿景中的地位相应变迁，技术在乌托邦中的分量愈益增长，从技术预测、技术控制到技术文明，不一而足。第二，从乌

① 邹晓燕：《科技乌托邦思想运演的历史审思与当代镜鉴》，载《史学理论研究》，2016(4)。
② 邹晓燕：《科学乌托邦主义的建构与解构》，72页，北京，中国社会科学出版社，2013。

托邦角度来看，乌托邦写作在 19 世纪最后十年前，一直是我们称作政治幻想小说的一部分，其作者虽然具备科学文化知识和素养，但是鲜少经过科学训练，自己也很少是科学家，将科学应用于人类社会规划的乌托邦大师往往是人文学者、政治理想家、实业家、社会学者……第三，在内容上，技术乌托邦的时间向度被强化、具体化和近距离化，不再像许多科学乌托邦那样投向虚无缥缈的未来。"①

如果结合"十七年"时期中国科幻小说的创作实绩，我们应该准确地认识到"十七年"科幻小说中所展现的乌托邦色彩更加偏向技术乌托邦而不是科学乌托邦。首先，尽管"十七年"时期的科幻小说中有对现象与技术的科学阐释，但其所占篇幅以及在文本中的表达方式依然不能超过对技术盛景的描绘；其次，除去郑文光、童恩正等"学者型"科幻作家，"十七年"时期的大部分科幻作者均不是科研工作者；最后，"十七年"时期的科幻小说其未来设定多在近未来，并且有的小说会给定具体未来20 年左右的时间，如迟叔昌的《旅行在 1979 年的海陆空》(1957)，以及赵世洲的《活孙悟空——一个少年的日记》(1957)，将故事发生的时间设定在了 1980 年的夏天。由此观之，"十七年"时期中国科幻小说中的乌托邦色彩是偏向技术乌托邦的。当然，技术爆炸性发展背后的科学支持是必不可少的，加之"十七年"时期中国科幻所持有的科普任务，其目的性落脚于对人民进行科学知识的传授，并且希望通过这一文学形式树立大众的科学观。从这个意义上说，"十七年"时期的中国科幻中的乌托邦

---

① 邬晓燕：《科学乌托邦主义的建构与解构》，73～74 页，北京，中国社会科学出版社，2013。

倾向也可以是科学乌托邦偏向的。因此，用科技乌托邦来指称"十七年"时期中国科幻小说中的这种乌托邦冲动是较为全面、合理的。

之前所言科学乌托邦与技术乌托邦的分野实际上是人类生产力尚不发达时的情况，而在"十七年"时期科幻小说所设定的科技社会中，生产力不发达的情况并不存在。这并不是中国的独特情况："从 19 世纪一直到 20 世纪两次世界大战期间，尽管对科技发展偶有质疑，但热爱崇拜和激情幻想是时代主题。"①所以"十七年"时期中国科幻小说中的科技乌托邦冲动是一种将科学乌托邦与技术乌托邦相结合的，以拟换经验现实为方式的未来表达。"要不要乌托邦是人类的立场问题，乌托邦是否可能实现是人类的能力问题，而如何实现则涉及方法问题。"②"十七年"时期的中国科幻首先表明了立场，即美好的科技乌托邦一定会实现，实现方式是通过全民对科学技术不断地攻坚，而实现方法则根据不同领域的科技条件有诸多的达成方式。

这里还必须指出"十七年"时期中国科幻中的科技乌托邦色彩与其他文化场域中"科技乌托邦"的不同之处。如在美国，科技乌托邦思潮的发展与新中国成立后通过科幻小说所进行发展的历程大相径庭。在1960—1970 年这十年间，"嬉皮士"运动作为美国社会的一项重要政治运动，代表着青年一辈对父辈价值以及传统观念的反叛，技术与嬉皮士看似毫不相关的两个词在互联网普及后便得以迅速融合，尤其是在1996 年佩里·巴洛（John Perry Barlow）发表《网络空间独立宣言》以来，

---

① 邹晓燕：《科学乌托邦主义的建构与解构》，75 页，北京，中国社会科学出版社，2013。

② 王爱松：《乌托邦与历史的多种可能性》，载《文艺理论与批评》，2018(1)。

以网络技术为代表的乌托邦或反乌托邦空间迅速成形，技术在此处成为一种权力象征和游戏。"'技术乌托邦'这个词，它作为一个历史形态，其实是有一系列的理念，一些理想主义，尤其是这些理念实际上已经成为现在社会政策制定以及一些理论形成的基础，也得到政治和经济上的一些支持。"①当然一些美国科幻作品如《创战纪》《黑客帝国》等都表现出网络科技乌托邦，或者说虚拟空间乌托邦所带来的新变与问题，其本质是质疑、反叛的。反观中国"十七年"时期以来的科技乌托邦冲动，其不仅没有反叛与背离，更是对传统观念与父辈价值的传承。如童恩正《古峡迷雾》中对中国历史的自豪感与对民族发源的自信感，来自对中华传统历史观的演绎，而郭以实《科学世界旅行记》中小王爱探索、爱做科学实验的状态是直接对父辈精神的继承。就这一点来说，中国的科技乌托邦冲动与其他文明，如美国的科技乌托邦理念是相异的。

此外，作为科技乌托邦的对立面，在其他文明的相关作品中，科技敌托邦的观念一直存在。20世纪中叶的科技敌托邦观念产生原因在于"两次世界大战的余悸未消，高新科技的发展和社会应用产生的安全风险、伦理冲突此起彼伏，科技社会的物质丰饶与精神荒芜尖锐对立，使科技乌托邦的理想承诺遭到了多维解构"②。同样反观"十七年"时期的中国科幻，我们无法找到一部作品带有科技敌托邦的色彩，中国此时的科幻小说独立于国际科幻创作的忧思之外，呈现出一片狂飙突进式的乐

---

① ［德］妮娜·霍尔茨：《技术乌托邦：我们为何对其趋之若鹜?》，载《社会科学报》，2018-06-21。

② 邬晓燕：《科技乌托邦思想运演的历史审思与当代镜鉴》，载《史学理论研究》，2016(4)。

观景象。这里，就涉及中国"十七年"时期科幻小说科技乌托邦冲动的本土化特征，即科技神话的塑造与乌托邦反思的缺位。

## 二、科技神话与乌托邦反思缺位

英国学者亚当·罗伯茨（Adam Roberts）曾在著作《科幻小说史》中有这样的论述："其实《圣经》中也有类似科幻小说的成分，因为它提供了不同文化之间对话的神话。"[①]我们暂且不谈罗伯茨这一论述中的西方本位主义，但其对传统文本的科幻性开掘视角值得借鉴。罗伯茨意识到西方宗教与神话文本中潜藏的科幻因素，如果将这一视角移植到中国的科幻文学之中，我们同样能发现类似的场景。无论是后羿射日、女娲补天，还是包治百病的铜镜，时空错落的山洞，抑或是上天入海的星槎，这些中国传统神话或志怪传奇中所出现的离奇场景与奇妙物件，实际上与当代科幻小说中的某些描述隔着时空进行着呼应。但是由于传统神话等作品中缺乏对奇景产生原因的科学阐释，因而这些文本我们至今仍不能认定为科幻。但中国神话与其他文明神话，尤其是与古罗马、古希腊神话相比，文本中的神完全脱离了人性的束缚，并且达到了全知全能的境界。这一文学传统在千年的历史流转中得以保留，最后以不同于传统神话的面貌出现，而"十七年"时期的中国科幻小说就在一定程度上体现了这种创作逻辑。传统神话的弊端在于科学技术的缺位，而"十七年"时期的科幻小说在一定程度上用科学技术替代了神祇，科技不仅仅是乌托

---

① ［英］亚当·罗伯茨：《科幻小说史》，马小悟译，49页，北京，北京大学出版社，2010。

邦的成因，更是能够解决一切困难的利刃。这一情形与科学主义的定义类似，笔者将在下一节详细阐述，这里主要讨论科技神话的成因。

"冷战时期的美苏核竞赛促进了科幻小说的发展，麦卡锡主义的推波助澜也让民众非常关心高科技的泄密问题，开始质疑科技解决社会和环境问题可能性，这些都成为许多科幻小说的主题。"①"十七年"时期中国的外交政策虽然呈现"一边倒"的态势，但绝不是封闭的，苏联这一时期的科幻文学积极反映了上述主题，而这一时期的中国科幻小说除《黑龙号失踪》外，基本不与国际形势沾边。这也从另一个侧面印证了笔者在前文所论的"十七年"时期的中国科幻实际上并未极大地受到苏联科幻的影响。"十七年"时期的中国科幻在外交政策与文化交流的河道中形成了一个较为闭塞的小岛，其创作借鉴来源实际上由晚清、民国时期的西方科幻小说变成了中国传统故事，尤其是神话故事的奇观展现与叙事节奏。

在陆续完成这种转换后，"十七年"时期的中国科幻小说再次归附时代语境与本土文化政策，国际上剑拔弩张的形式所带来的冲击未能超过社会主义初期建设与改革的浪潮。"虽然幻想与我们现在的心理需求有关，或者说乌托邦叙事满足了某些现在的愿望和要求，但是，乌托邦叙事其实还包含了建构一种新的可能性的维度，它源自某种现在的社会存在，但在文本叙事中通过文本表述技巧上的链接，变形为新的社会形式，它不仅仅是一种乌托邦的心理愿望，还是一种文本中进行的社会和

---

① 罗小云：《从乌托邦到反面乌托邦——科幻小说的缘起与发展》，载《英语研究》，2009(7)。

心理结构的实验。"①通过科技建设社会主义甚至达成共产主义是当时中国科幻小说的重要心理需求,但在此基础上所进行的社会与心理结构实验就是科技神话,它尝试以一劳永逸的姿态抒写人的无限的能动性,而由此产生的结果是着重于对结果的呈现而忽略过程。综合而言,这一状况的成因可以总结为在缺乏外部刺激的情况下,"十七年"时期的中国科幻小说开启了科技乌托邦的冲动,在结合本土历史进程的条件下,乌托邦的愿景实验被无限放大,最终形成了一种向传统神话叙事模式致敬般的归附,而这种情况在中国文学的传统中是被承认的。

科技神话的塑造相当于将乌托邦冲动推向了正面的极端,因而乌托邦的反面则在"十七年"时期成了被遮蔽的内容。"在反乌托邦小说对乌托邦的反思与批评中,最引人注目的,便是反乌托邦小说对乌托邦得以建成的物质手段——科学技术及其可能带来的伦理、价值等问题的思考。"②而在"十七年"时期的科幻小说中,这样的反思我们几乎没有见到。但值得注意的是在"十七年"之前与之后的科幻小说中,这样的反思性乌托邦文本是存在的。"老舍自己提到《猫城记》是受到英国作家 H. G. Wells(威尔斯)的 *The First Man in the Moon*(《月亮上的第一个人》,老舍自己的译法)的影响,尽管他没有将《猫城记》贴上'科学小说'的标签。"③民国时期的作品《猫城记》是老舍虚构写作的恶托邦作品,抛开对其是否属于科幻小说的争论,我们更应该看到 20 世纪 30 年代的中国作家对乌托邦反面的描述与思考,而这一创作形态在近 20 年后却戛

---

① 王峰:《科幻叙事的乌托邦能量》,载《南京社会科学》,2016(4)。
② 王一平:《反乌托邦小说的科技伦理反思与吁求》,载《外语教学》,2013(4)。
③ 宋明炜:《火星上的恶托邦:〈猫城记〉与老舍的故事》,载《书城》,2017(10)。

然而止，其恢复也并非在"文化大革命"结束之后立即开始。借由学者宋明炜的说法，中国科幻"新浪潮"的到来与乌托邦书写的变奏要等到 1989 年。"刚巧是在 1989 年春天，一部前所未有的科幻小说孕育出世，它标志着中国科幻新浪潮的到来，一种更复杂、更有反思性和颠覆性的文学，其中包含着希望与绝望，乌托邦及其恶托邦反思，民族主义和世界主义的混合杂糅。"①这部小说就是刘慈欣的处女作《中国 2185》，但出于一些原因，这篇小说未能得以公开发表，不过作品中在大时空尺度上对社会进行反思的尝试，仍然在当时引发热议。

可以看到，无论是在"十七年"还是在"文化大革命"刚结束的新时期，中国科幻乌托邦冲动一直存在，但对乌托邦的反思却一直缺位，这可以视为中国科幻发展史上的一种真空，而这种真空的成因同样基于一些难以逾越的，更高层次的乌托邦冲动。当然值得欣慰的是我们看到当前的文学创作出现了更多的变向，其外部环境更加宽松，因而科幻文学也得到了长足的发展："中国进入新世纪以来，尤其是近 10 年来，当代小说写作有三种潮流值得注意：现实主义文学的回归及非虚构写作的兴起；科幻文学备受瞩目；传统（非现代、地方的）类型文学的复兴以及传统文学手法的借鉴。"②然而"十七年"时期科幻小说的乌托邦反思缺位，则被长久地禁锢在了时间之中。

也正是因为对乌托邦反思的缺位，"十七年"时期的中国科幻小说在艺术上的价值再次受到否定。但我们应该注意"十七年"时期的这类小说

---

① 宋明炜、王振：《科幻新浪潮与乌托邦变奏》，载《南方论坛》，2017(3)。

② 李音：《文学与现实、乌托邦、异托邦——论中国当下小说的一种后现代状况》，载《文艺报》，2018-11-23。

其落脚点是科幻小说而非乌托邦小说，同样也没有任何条款规定科幻小说必须带有乌托邦的反思性，对"十七年"中国科幻反乌托邦思想的强求似乎也是当代批评视角的一厢情愿。我们不妨看看雷蒙德·威廉姆斯（Raymond Henry Williams）的观点。威廉姆斯有两篇重要的关于科幻小说的论文，其中一篇是1956年12月发表于工人教育协会杂志上的《高速公路》，该文章后于1988年被《科幻小说研究》杂志收录再版；另一篇是首发于1978年《科幻小说研究》上，后于1980年被《唯物主义和文化问题》期刊收录的《乌托邦与科幻小说》。在第一篇论文中，"威廉姆斯把现代科幻文学划分为三种主要类型：一是'普特罗皮亚'（《一九八四》、《勇敢的新世界》，雷·布拉德伯里的《华氏451度》，叶夫根尼·扎米亚京的《弥》）；二是'世界末日'（A. E. 范·沃格特的《休眠》、菲利普·莱瑟姆的《息的效应》、约翰·克利斯朵夫的《新酒》和约翰·温德姆的《三脚妖之日》）；三是'太空人类学'。他承认非常厌恶第一和第二种里面的大多数例子，把他们看作占主导英语文化悲观情绪的实例。然而，第三种科幻小说类型让威廉姆斯受到启发，为其超越文化的悲观情绪能力感到钦佩"①。威廉姆斯所不欣赏的第一种小说类型基本上都是反乌托邦小说的名篇，在他看来，过分强调的反乌托邦书写彰显着一种悲观情绪，但这种情绪显得单纯直白，不利于接受，而"太空人类学"则可以通过更宏阔的背景去消解这种悲凉感。其实在这篇论文中，威廉姆斯对于科幻小说中的乌托邦倾向已经做出了明确的表态，即并不是所有的批评

① ［澳］安德鲁·米尔纳：《雷蒙德·威廉姆斯论乌托邦与科幻小说》，胡俊译，载《社会科学家》，2016(9)。

者都对反乌托邦性质的科幻作品感到愉悦。

　　而在第二篇论文中，威廉姆斯则再次对这两种文学体裁做出理论声明，他认为"科幻小说明显代表了近代乌托邦与反乌托邦的早期形式，但仍然是不相同的风格，有四种主要可替代现实的模式：天堂还是地狱；积极地或消极地极端地改变世界；积极地或消极地执意变革；积极地或消极地技术改造。科幻小说能够而且确实安排了所有四个模式，但是在每种情况下都以变化的定义方式借鉴了'科学'"①。与苏恩文等人观点的不同之处在于，威廉姆斯认为科幻文学是乌托邦文学大类下的分支。作为乌托邦文学的子集，尽管风格不同，科幻文学所持有的特质乌托邦文学同样持有，但反之未必亦然。而威廉姆斯所言的四种模式其实是承认科幻小说可以包含神话学特征，并且世界、技术与社会变革的动因均是科学，而且改变的方向可以自由选择是积极的抑或是消极的。如果威廉姆斯能够阅读"十七年"时期的中国科幻小说，笔者认为他会对这一时期的作品持有宽容的态度，因为这一时期的作品没有令他不安的反乌托邦氛围，并且科学技术带上了神话学色彩，小说中的各种变化也根据作者的意志走向了积极的方面。这是科幻小说携带科技乌托邦色彩后的一种存在形式，并且是属于中国的独特存在形式。但这样的独特存在很快又落入批评的窠臼——科技神话与乌托邦反思的缺位是对社会主义建设路径的注解。

---

① ［澳］安德鲁·米尔纳：《雷蒙德·威廉姆斯论乌托邦与科幻小说》，胡俊译，载《社会科学家》，2016(9)。

## 三、小说中的社会主义与乌托邦关系辩证

"十七年"时期中国科幻小说中的科技乌托邦指征极易被认为是对社会主义建设道路所做的注解，这一批评话语的潜台词为社会主义与乌托邦是同质化的概念，这一看法显然是在对社会主义与乌托邦进行模糊认知后得出的片面结论。在这一小节中，笔者拟结合大卫·列奥帕德(David Leopard)对社会主义与乌托邦的看法，对"十七年"时期中国科幻小说中的社会主义与乌托邦之关系进行辩证的讨论。

在列奥帕德处，乌托邦作为一种观念集合被分型为四类。第一种类型是"乌托邦有时被视为现在多有提及的'理念共同体'(intentional communities)的代名词；也就是说，这种自愿的共同体以信奉某种宗教观、政治观、道德观为基础，而不以延伸的家族或种族纽带为基础"①。这一类型实际上是对乌托邦冲动概念的集合，它企图打破社会阶层的血缘联系，而在精神层次上取得共建的可能。第二种类型是"乌托邦(utopia)有时被用来表示'好地方'(eutopia)或积极的乌托邦(positive utopias)。积极的乌托邦提供了一种(尚)不存在的理想社会图景。乌托邦有时被定义为一种完美的社会，但正如乌托邦主义者经常指出的，完美并非乌托邦传统的核心理念，甚至也不是乌托邦文学传统的核心理念"②。这一分型是乌托邦最古典的意义所在，但是列奥帕德同样强调"完美"并非乌

---

① ［英］大卫·列奥帕德：《社会主义与乌托邦》，张永红、马天平译，载《国外理论动态》，2016(12)。注：此文原载于《政治意识形态杂志》(*Journal of Political Ideologies*)2007 年第 3 期，原标题为"*Socialism and (the rejection of) utopia*"。

② 同上。

托邦文学传统的强制要求。列奥帕德对乌托邦所做的第三种与第四种分类实际上是对第二种分型含义的延伸:"第三,人们有时用乌托邦指称对积极的乌托邦的详细描述。第四,人们有时用乌托邦指称那些以特定文学形式出现的积极的乌托邦。"①第三种分型要求人们对乌托邦进行详尽的描述,但是这种描述容易出现不全面之处,并且有可能缺乏深度,从而让人们将之视为蓝图、方案或计划,当然这些词语的含义可能会产生误导。如果说列奥帕德的第二种与第三种乌托邦分型是虚构的话,那么第四种分型则通过文学的形式介入现实,同时乌托邦也从一种观念朝着时空体的方向转变。列奥帕德似乎是对乌托邦的发展做出了一种逆向的总结,是从观念介入现实从而以文学的形式进行表达,在这样的视角下,乌托邦与社会主义之关系并不是"同延"的。

"人们有时将乌托邦与社会主义视为同延现象(coextensive phenomena)。很显然,这种观点是错误的。至少,无论历史地看还是从概念上讲,乌托邦与社会主义都不是同延的。"②列奥帕德首先表示:"历史地看,乌托邦与社会主义并非同延的。例如,社会主义是资本主义的产物,而许多例子表明,乌托邦共同体、乌托邦愿景、乌托邦蓝图和乌托邦文学是先于建立在私有财产基础上的现代工业社会出现的。"③"其次,乌托邦与社会主义在概念上并非同延的。四种含义的乌托邦都既可以采

---

① [英]大卫·列奥帕德:《社会主义与乌托邦》,张永红、马天平译,载《国外理论动态》,2016(12)。

② 同上。

③ 同上。

取社会主义的形式,也可以采取非社会主义的形式。"①在上述列奥帕德对乌托邦的四种分型中,尽管在第二种古典主义内涵里,社会主义总是被认为是乌托邦的,这里的思路是一种包含关系,而非所谓的"同延"联系,而在列奥帕德此后的论述中,其他分型的乌托邦并不一定是社会主义的。在文学史的实践中,社会主义写作倾向里确实包含了诸多的对理想社会的向往,但是理想社会并不能以乌托邦一词完全概括。虽然在这个意义上我们可以笼统地认为所有社会主义都是乌托邦的,但是我们不能将这个结论反推,认为所有的乌托邦都是社会主义的。

通常我们所使用的社会主义概念实际上是对社会主义理想的狭隘描述,这一理想"是所谓的社会主义的时间视域(the tempor horizon)——既关注当下也关注未来——的核心。社会主义既包括对现有安排的批判,也包括用什么来取代这种安排的其他思想。社会主义理想通常可以为人们对当前社会和未来替代社会的评价提供准则。总之,社会主义的前景之所以获得赞誉,只是因为人们认为它的组织制度和社会精神凸显了平等和共同体的原则,而当前的社会之所以招致批评,也只是因为其组织制度和社会精神没有做到这点"②。在这样的理论视域中,社会主义对现在现实与未来现实的安排妥当与否成了判断社会主义价值的重要标准,而妥当的安排自然就被赋予了乌托邦色彩。因此,"社会主义常常被描述为乌托邦,而社会主义者极力反对这种描述,而且一般来说反对将社会主义与乌托邦联系起来。至少,他们通常反对将得到正确理解

---

① [英]大卫·列奥帕德:《社会主义与乌托邦》,张永红、马天平译,载《国外理论动态》,2016(12)。

② 同上。

的社会主义与乌托邦联系起来"①。综合史实而言，至少在 19 世纪，社会主义者拒绝与乌托邦捆绑的例子至少有三个，其分别是空想社会主义、马克思主义与费边主义。"对于是否有必要在社会主义设计的问题上花费时间和精力，来自马克思主义传统的否定性答案最广为人知，也最具影响力。"②

让我们将目光转向中国"十七年"时期的社会主义建设，很明显其是从马克思主义处进行延伸与发展的，尽管马克思主义传统中不要求对社会主义未来进行详细设计，但中国通过历史革命与改革实践，为马克思主义添加了中国色彩。因此，"十七年"时期的中国科幻小说中所展现的科技乌托邦色彩其本质出发点并不是说所有小说中的科技乌托邦色彩都是社会主义的，而应该说这一时期所有科幻小说中关于社会主义未来的想象都是有关科技乌托邦的。这样的结论看似是对顺序的简单交换，但其背后的意义在于为"十七年"时期的中国科幻作家正名：他们的科幻创作并不是被动为中国当前阶段的社会主义建设所做的注解，而是主动在时间维度上朝着未来推进，去想象一种乌托邦的可能，这种可能同时也为现实的社会主义路径提供了参考。

如果单论科幻小说还不足以说明"十七年"时期社会主义与乌托邦之间的关系，我们不妨将同时期另外的文学实验与科幻小说写作进行对比，以映衬"十七年"时期科幻小说创作的先进性。在"大跃进"运动如火如荼进行时，文学领域开展了一场社会主义乌托邦戏剧实验，如带有一

---

① ［英］大卫·列奥帕德：《社会主义与乌托邦》，张永红、马天平译，载《国外理论动态》，2016(12)。

② 同上。

定科幻色彩的剧目《十三陵水库畅想曲》就是这一文学实验的阶段性产物。社会主义乌托邦戏剧与同时期的科幻小说在思想态度上基本上保持了较高的一致性:"社会主义乌托邦戏剧是被'大跃进'催生的,但它实际上也和新中国社会在 20 世纪 50 年代所形成的时代气氛非常契合。那种乐观主义的风气、那种绝对自信的豪情、那种昂首挺胸的气势,都需要一种与之相适应的文学形态来表现,乌托邦戏剧恰好满足了时代的需要。同时,人民群众的建设热情中也间杂着一种复杂的心理,既为国家的统一感到骄傲和自豪,又在内心深处为它的落后感到自卑,在这种'知耻而后勇'的心理作用下,希望寻找一条捷径以壮大国家的势力,而'大跃进'就是这条进行社会主义高速建设的道路。"①

然而在涉及描绘题材与内容时,社会主义乌托邦戏剧与科幻小说就开始出现了较为明显的分野。我们可以看到"乌托邦戏剧一些共同的特征,比如题材的选取大都与经济建设相关,诸如修水库、办工厂、开荒等,经济建设是集体性活动,选取这样的题材不仅有助于刻画社会主义建设的繁荣景象,更能反映出人民群众所具有的集体主义、共产主义、乐观主义精神以及人民的积极性和创造力;而剧本所歌颂的主要人物,通常具有饱满的情感力度、坚不可摧的建设意志、无所不能的创造精神以及高尚的共产主义风格等品质"②。反观这一时期的科幻小说,其描写题材是多样化的,除去经济建设题材外,还有工农业生产、未来城市建设以及科学技术乐园等题材,而科幻小说中的人物并不主要展现大无

---

① 申燕:《"大跃进"与社会主义乌托邦戏剧》,载《文艺研究》,2013(8)。
② 同上。

畏的气质与精神，更主要的是展现他们所具备的科技知识与探索心，以及通过科技解决问题过程中所展现的人的能动性。当然，社会主义乌托邦戏剧中最大的矛盾在于科学技术的缺位："社会主义乌托邦戏剧中所构想的社会主义发展之路主要体现为物质生产的狂欢和对科学规律的漠视，人力为主体的生产劳作方式等，缺乏对商业、竞争、市场化、资本配置等现代化因素的合理认识。因而其所构想的国家发展之路虽然高扬了人民群众的建设热情，但仍旧只是一种乌托邦范畴内的社会主义未来憧憬。"①尽管"十七年"时期中国科幻小说中也有对建设热情的歌颂与对生产狂欢的描绘，但其最重要的突破在于用科学知识去解释狂飙突进式的生产与生活，文本中所用到的科学知识并不是纯粹虚构的，而是建立在已有科学知识上的推演。并且在狂欢式的生产中，起决定性作用的也不是人力，而是先进的科学技术手段。同样是对社会主义建设未来的构建，同时期的科幻小说较社会主义乌托邦戏剧更有逻辑。

综上所述，"十七年"时期社会主义与乌托邦的单纯联姻所取得的效果并不理想，而加入科学要素的科幻小说却让这一联合过程显得更加合理、自然，从这个意义上说，"十七年"时期的科幻小说相较于主流文学中的部分实验性文本仍具有超前性与先进性。20世纪的乌托邦话语在西方是逐渐缺位的，为了重启乌托邦冲动的路径，莫伊兰（Tom Moylan）在综合布洛赫与马尔库塞（Herbert Marcuse）等人的思想上，提出了"批判的乌托邦"这一概念，其内容是通过"自我否定"的方式渡过乌托邦书写危机并获得重生，而莫伊兰所选择承载这一概念的文类同样是科

---

① 申燕：《"大跃进"与社会主义乌托邦戏剧》，载《文艺研究》，2013(8)。

幻。尽管"批判的乌托邦"在学界被一部分学者认为是一个分期概念，但一个解决方式在于认识到"莫伊兰的主要问题不在于提出历史分期概念，而在于他偏重于探讨乌托邦文本的品质和特性的转变却忽视了阅读文本方式的变化。文本的意义和政治作用，不能仅从文本本身中来解读，而是需要考虑到复杂的文化再生产的过程"①。这种认识对我们今天评价"十七年"时期的中国科幻仍有借鉴意义，"十七年"时期的中国科幻小说实质上也带有"批判的乌托邦"色彩，在解构部分中国文学传统的情况下从科技场域得以重生，其目的与莫伊兰以及一系列西方马克思主义乌托邦与科幻批评家类似，即在主流文学旁侧对科幻文学进行重塑，并且力求展现科幻文学的精英品格。而当下我们对"十七年"时期中国科幻文学的解读还悬停于对文本本身解读的状态，如果我们也能够考虑到复杂的文化再生产过程与当时文学的外部环境，那么我们对"十七年"时期中国科幻小说中乌托邦与社会主义关系所做出的分析将会更加客观。

## 四、小结

作为整体的"十七年"时期中国科幻小说带有较为强烈的科技乌托邦色彩，虽然这种乌托邦构型契合了西方乌托邦思想的发展路径与马克思主义乌托邦与科幻批评路径，但其根源仍然是当时作为群体的科幻作家在无意识情况下汇聚的乌托邦冲动。正因如此，"十七年"时期中国科幻小说中的科技乌托邦指征也带上了一定的本土化色彩，其中科技神话的

---

① 王瑞瑞：《"批判的乌托邦"何以可能——评汤姆·莫伊兰的〈要求不可能的：科幻文学与乌托邦想象〉》，载《中国文学研究》，2017(4)。

确立与乌托邦反思的缺位成了本土化特征最为明显的两个方面。此外，"十七年"时期的中国科幻小说也不能够简单被认为是对社会主义建设所做的注解，而应该是社会主义未来、乌托邦想象与当时科技推演结合之后的超越性存在，因而科幻在"十七年"的文本实践相较于同时期的一些主流文学实验也能显现出一定的先进性。综上，"十七年"时期中国科幻小说的乌托邦指征并不单纯表示美好幻想或社会主义未来蓝图，也不应沦为科普任务的最终呈现形态，乌托邦冲动可以作为一种工具，但这工具不应是实用主义与功利主义的化身，而是一把开启未来无限可能的钥匙。不妨借用大卫·哈维（David Harvey）的论断来作为收尾："无论如何，乌托邦梦想都不会完全消失。它们作为我们欲望的隐蔽能指而无处不在。从我们思想的幽深处提取它们，并把它们变成变革力量，这可能会招致那些欲望最终被挫败的危险。但那也无疑好过屈服于新自由主义的退步乌托邦理想（以及那些给予可能性如此不良压力的所有利益集团）、胜过生活在畏缩和消极的忧虑之中以及不敢表达和追求替代的欲望。"①

## 第二节　"十七年"时期中国科幻小说的科学主义与想象力指征

　　鉴于"十七年"时期中国科幻小说中的科技乌托邦特征，这一时期的

---

① ［美］大卫·哈维：《希望的空间》，胡大平译，196 页，南京，南京大学出版社，2006。

科幻文本极易被打上科学主义的标签，加之部分文本的模式化创作特征与夸张化的描述方式，"十七年"时期的科幻小说同样容易陷于想象力匮乏的困境。但实际上，源于西方的科学主义思潮在长久的发展过程中其内部出现了多样的内涵分化，并且在传入中国的本土化过程中，"科学"与"科学主义"两词的含义也随着中国历史发展阶段出现了分野，具体到"十七年"时期的科幻小说中时，其特定的时空与愿景意义与传统的科学主义概念已不相同。同样，想象力作为一种人类共同持有的精神活动状态，它贯穿于中国文明与其他任何文明发展过程的始终，并在不同的历史阶段呈现出不一样的表现方式，"十七年"时期的科幻小说中想象力并不缺位，只是其表达方式在特殊政治、文化环境下做出了相应改变。

## 一、"十七年"科幻小说中科学主义的准确内涵

科学主义通常也被称作唯科学主义，后一种称谓明显带有更深的批判性色彩。科学主义是一个源于西方的思想概念，其起源来自西方近代科学的快速发展及其造成的巨大而广泛的影响。从 17 世纪到 18 世纪中期，牛顿力学的广泛接受让科学逐步取代宗教成为具有统治意义的观念，19 世纪科学知识架构与科学形式体系的逐步建立使之向人文社会科学与现实生活领域渗透，20 世纪发端前后，科学已经成了人类认知世界的绝对权威，并最终在哲学与文化领域产生了科学主义的理论思潮。而何谓科学主义，西方学者在不同时期都提出了不同的见解。如哈耶克(Friedrich August von Hayek)认为科学主义一词最早出现在 1867 年默里(Murray)所著的《新英语词典》(*New English Dictionary*)，其意

为"科学家的表达习惯和模式"①。这一定义显然还具有囿于自然科学领域的特征，而在汤姆·索雷尔（Tom Sorell）处，科学主义的定义得到了领域性的扩大，他认为"科学主义是这样一种信念，它认为科学——尤其是自然科学——是人类知识中最有价值的部分，之所以最有价值，是因为它最权威、最严密或者最有益"②。索雷尔的这一论断得到了普遍的引用，并在之后的思想碰撞中被不断放大，最终形成了以下的庞大身躯："唯科学主义思想首先表现为科学方法万能论，相信自然科学方法具有普适性和无限有效性，认为只有通过科学方法获得的知识才是真正的知识和真理，采用科学方法能够解决和面对自然、社会、心理、人文等一切领域的问题。其次，唯科学思想从方法论层次扩延到认识论层面，强调科学知识的至高无上性。"③

科学主义思潮进入中国是在 19 世纪末至 20 世纪初，康有为、严复等人强调科学的认识作用与方法论作用，并期待通过科学完成自强救国的任务，这些思想在科幻领域，就成了晚清科幻小说中现代性凸显的原因，文本中的科技发明与奇景游览的最终目的是唤醒中国。时间来到民国中期，张君劢在清华所做的关于"人生观"的演讲中认为科学不能解决人们所遇到的一切问题，这一观点随后遭到以胡适、丁文江、吴稚晖为代表的科学派的反驳，"这场论战的焦点集中在科学是否有能力解决诸

---

① ［英］哈耶克：《科学的反革命：理性滥用之研究》，冯克利译，6 页，南京，译林出版社，2003。

② Tom Sorell, *Scientism: Philosophy and the Infatuation with Science*, Routledge, London and New York, 1991: 1.

③ 邬晓燕：《科学乌托邦主义的建构与解构》，118 页，北京，中国社会科学出版社，2013。

如理想、情感、价值等人生观问题以及如何认识科学的问题"①。这场论争至少说明在民国时期中国的科学主义观点出现了质疑的声音,而在科幻小说创作中,如顾均正的作品《和平的梦》《在北极底下》《伦敦奇疫》等则直接表达了科学主义在解决伦理道德问题上的乏力。

新中国成立后,"在1950年代中后期至1978年间,马克思主义出现了科学主义化的倾向,表现出了一些鲜明的科学主义的基本特征,即过于突出马克思主义的科学意义和方法论价值,认为只有运用马克思主义的科学理论和科学方法才能作出正确的认识和指导实践的发展"②。而这种特征,正是"十七年"科幻小说中所展现出来的重要方面。但在历史实践中,中国似乎还将科学主义放大到官方指导的全民运动之中:"20世纪50年代后期,在科学旗帜下进行了一场史无前例的群众性的技术革新运动和科学革命,一些乡镇都建立了科学研究院,生产大队建立了科学研究站,全民大办科学事业,大闹科学革命。"③在这样的外部环境影响下,"十七年"时期中国科幻小说之中的科学主义倾向必然是存在的,但是其具体意义除了对科学的认识论与方法论表达承认外,还表现在对科学精神的尊重与遵从,这一状态不仅仅体现在当时的科幻文本中,在科学主义介入新中国的现实主义文学、浪漫主义文学甚至古典主义文学的时候,这种状态仍然存在。"也就是说,科学主义一词的概念

---

① 林建雄:《中国科学主义文化演进历史考察——以认识论与方法论为线索》,载《边疆经济与文化》,2017(8)。

② 同上。

③ 段治文:《近代科学主义思潮对马克思主义传播及中国化的影响》,载《嘉兴学院学报》,2018(4)。

内涵,并不只是指数理化一类学科对自然规律的探寻、把握及技术操作方式等,它更注重的是科学的'精神',即科学上升为一种价值信念与原则导向,它从'物界'泛化至'心界',有着从认识论向价值论转化的意义,已具有一种意识形态的性质。"[1]

所以这里就出现了观念上科学主义与"十七年"时期科幻小说中科学主义内涵的分野。从西方发源并引入中国的科学主义概念,在传统视角的解读下是对自然科学的完全崇拜。然而在进入中国的发展路径中,在"十七年"时期以前,科学主义经历了从唯自然科学主义到综合人文社会问题的论争,而时间来到"十七年"时期后,科学主义在中国的本土化道路除了对此前各路思潮的汇总外,更携带了对科学精神的向往。笔者在前文对"十七年"时期科幻小说所进行的文本分析中已经阐述过这种科学精神愿景,此处不再赘言,但需要提及的一点是,在"十七年"时期的中国科幻小说中,除了大量的自然科学场景设计外,其所携带的乌托邦指征,以及对未来社会形制、未来国人生活方式的描写,同样打破了自然科学的束缚,进入了人文主义科学的范畴。"如果把科学主义理解为一种坚信科学真理的确定性、科学方法的普适性、科学价值的扩张性的哲学信念,理解为对科学的一种价值追求的话,我们就不能否认科学主义在中国的存在。只不过它的存在形态与西方科学主义有着不可避免的差异而已。尽管与西方科学主义密切相关,但中国科学主义是中国人在中国特定的文化背景中表达中国人自己的价值取向和理论意图的,因而具有很强的中国个性。在整个中国现代化进程中,科学主义一直不停息地

---

① 俞兆平:《科学主义在中国的百年命运》,载《探索与争鸣》,2014(11)。

向纵深方向发展,其中交织着有别于西方科学主义的特殊的价值诉求、社会背景、文化根基、存在形态和发展境遇,展现出了一幅立体图景。"①

此外,"十七年"时期中国科幻小说中所体现出的科学主义本土化特征还反映出西方科学主义与新中国科学主义在理论传统与使用方法上的不同。"作为一种具有广泛影响的思潮,科学主义一般被认为诞生于 19 世纪 30—40 年代,理论上发端于孔德创始的实证主义学派,先后演绎了马赫主义、逻辑实证主义等众多哲学流派,如夏基松先生总结指出:'实证主义是科学主义思潮的源头'。"②实证主义实质上是将哲学任务归结成现象研究,拒绝通过理性整饬感觉材料,认为仅通过归纳现象就能够得出科学定律,因此实证主义是将哲学与科学的关系作为核心问题并企图将哲学融入科学之中的。同时,实证主义也是基于经验材料并排斥先验感与形而上思维的。科学主义在西方的源头是实证主义性的,证明西方科学主义的理论传统是观念性的,它强调感觉经验,达成一种哲学上的思辨。反观中国"十七年"时期科幻小说中的科学主义,抑或说贯穿近现代中国历史中的科学主义思潮,其源头绝不是实证主义性质的,而是一种实用主义性质的发展。"由于中国人根深蒂固的实用理性务实传统,导致了在中国现代化社会转型的特殊时期,中国科学主义与西方科学主义有着明显的差异。这种差异并非文化发展的滞后或新文化精英们的理论素养所造成,而是由于西方科学主义价值观与中国传统文化的迅

---

① 李丽:《科学主义的本土化特质》,载《自然辩证法通讯》,2010(5)。

② 邹晓燕:《科学乌托邦主义的建构与解构》,116 页,北京,中国社会科学出版社,2013。

速契合，迎合了中国人救亡图存的价值需要，导致了它的内涵中被灌注了相当的功利目的和社会期望。"①

当然，中国历史进程中的实用主义传统并不是在"十七年"时期才得以爆发，若要追根溯源，则可上溯到先秦诸子百家时期。无论是荀子所言"知之不若行之"（《荀子·儒效》），还是韩非所坚持的"功用"标准，抑或是墨家所提倡的"利于人谓之巧"（《墨子·鲁问》），均体现出中华文化传统中经世致用的价值导向。近现代中国对科学的学习实际上是从科学的直接结果中反推而成的，在救亡图存、谋求发展的功利目的指导下，国民在一定程度上并未真正理解科学的本质与科学精神的重要性，从而对作为结果的科学进行直接运用，这一情况从鸦片战争到新中国成立后都是如此。而"十七年"时期我们所极力提倡的科学普及实际上也是对科学理解缺位所进行的补救工作。在"十七年"的科幻小说中，我国对科学主义的功利性与实用性理解展露无遗：先进的交通工具是为了方便国人出行；人造原子太阳是为了给作物生长提供更多光照，同时给上夜班的人带来光明；个体巨大化与群体巨量化的农业生产是为了让更多的中国人口能够摆脱贫困、达到温饱；先进的医疗技术是为了延长人民平均寿命与提高人民生活品质……由此观之，"十七年"时期中国科幻小说的呈现形态同样是对科学主义进行实用主义理解后的表达，其最终指归是当前生产力条件下对未来美好愿景的期待。这与之前时段中国科幻小说对"救亡图存"思想的表达，以及之后时段中国科幻小说对科学伦理与社会道德的探讨并无二致，其最基本的落脚点依然为文学是对当前生产力条

---

① 李丽：《科学主义的本土化特质》，载《自然辩证法通讯》，2010（5）。

件的拟换性表达。

对科学主义进行实用主义性质的理解并将之附于科幻创作上确实对科幻小说的艺术性有一定影响，但这种影响是基于中国的政治环境而无法轻易脱离的。若借用哈耶克的思想来审视中国，我们可以发现："自20世纪二三十年代以来，中国的主流思想界就一直被唯科学主义所占据，这其中包括了20年代到50年代从苏联引进的一套无产阶级革命和专政的国家理论，主要是列宁的国家与革命学说以及斯大林主义的中央集权的中央计划经济思想。并且，在过去近一个世纪的时间里，这种国家和政党理论与中国两千多年的集权思想相结合，从而形成了一种模糊且变动的新的'马克思主义'……而只有真正走出唯科学主义的桎梏，中国才能在接续传统中开出良序的未来。"①对"十七年"时期的中国科幻小说来说，尽管"就科学而言，其不仅具有工具的价值，而且具有目的的价值"②。但我们应该注意到，西方传统理解中的科学主义否认其他领域"具有独特的方法论，并且在许多形式中拒斥美学知识，道德知识或宗教知识的存在"③。而我们在"十七年"时期的中国科幻小说中并不能看到这种无端的否定，除了对宗教知识的摒除外，"十七年"时期中国科幻小说绝不排斥美学知识。尽管以大为美、以多为美、以繁荣为美的审美标准在今天看来略显俗套，但结合当时中国的生产力水平而言，这样

① 赖学辉：《走出唯科学主义——评哈耶克〈致命的自负——社会主义的谬误〉》，载《艺术科技》，2017(10)。

② 卫莉：《论新中国成立初期工具主义科学观对科学教育的影响》，载《晋中学院学报》，2016(5)。

③ 李宗荣、张丹：《试论"科学主义"的片面及其对人文社会学科的误导》，载《现代交际》，2018(24)。

的审美标准是符合逻辑的。

同时，对伦理道德的提倡同样在“十七年”时期的科幻小说中存在，其最明显的表现为对资本主义文明道德糟粕的批判和对社会主义文明高尚道德内容的颂扬。此外，诸如热爱劳动、热爱科学、尊老爱幼、团结奋进等细节道德要求在“十七年”时期的中国科幻小说中也频繁出现。这些文本呈现形态，是传统西方视域下的科学主义中所不具备的内容。

最后，伴随着当代中国生产力的提高与人民生活水平、文化欣赏水平的提升，科幻小说中的科学主义内容正在逐步瓦解，对科学主义内涵延伸性的理解以及对伦理生态的关照正在越来越多的显现。“我们当下所处的世界也越来越趋近赫胥黎所构建的一个感官异常发达、精神极度萎靡的新世界，现代社会的隐患危及人类的生存环境，改变着人类传统的信仰和意识。”[1]但无论如何，“十七年”时期中国科幻小说中所展现出的科学主义要素相较于当时社会中所存在的主观主义倾向与形而上学倾向更具有正面的引导意义。

## 二、“十七年”时期科幻小说中的想象力要素

想象是人类一种特殊的思维模式，是大脑对所反映的表象进行加工改造从而形成新形象的过程，它是一种心理活动，但能够突破时间与空间的束缚，成为人类精神世界的重要标志之一。想象力并不是起源于人类某一发展阶段，而是贯穿人类文明发展的全过程，只不过在不同地

---

[1] 许雅萍：《从〈美丽新世界〉的唯科学主义看后现代人类危机》，载《文学教育》，2018(30)。

域、不同时间有不同的内涵特征与表达方式。关于中国文学的想象力传统，笔者在论文开篇就已经做了概括性的介绍，此处不再赘述。而当言及"十七年"时期的中国科幻小说，论者通常认为这一时期科幻作品中的想象力是贫乏且模式化的。实际上，"十七年"时期中国科幻小说中的想象力要素是持续性在场的，并且其看似模式化的呈现形态背后还有更深层次的原因，想象力的发出主体、接受主体以及实现路径都有较为明显的特征。

对于中国科幻小说中想象力要素的存在情况，学者吴岩曾做出过以下描述："在过去很多年来，还少有人能清晰地论述。这样，一方面大家同意科幻需要想象，另一方面大家又无法从理论上发现这种想象是怎么发挥作用的，这使得科幻这种文类在文学领域一直处于某种神秘的悬置地位。"[1]简言之，吴岩认为想象力要素之于中国科幻长期以来处于一种"只可意会，不可言传"的状态，其原因是针对科幻文学中的想象力批评缺少足够的理论指导与支持。而聚焦到"十七年"这一特殊时段，中国科幻小说中的想象力又显示出如下的特征："新中国成立以后，强调想象是科幻文学的核心的观点大为减少。论者虽然总会谈到科幻中存在着想象，但却乐意跟科学混杂在一起。更有甚者，一些人遵循顾均正式思维，将科学跟幻想强烈地对立起来。"[2]可以看见，伴随对科学主义进行的实用性解读，"十七年"时期的中国科幻小说的想象是在场的，不过人们更愿意越过想象力去看到科学所留下的痕迹。

---

① 吴岩：《论中国科幻小说中的想象》，载《中国现代文学研究丛刊》，2018(12)。

② 同上。

在吴岩处，他将"十七年"时期中国科幻中的想象模式定义为"可能模式"，其意为在"新中国成立以后，中国科幻想象的愿望模式仍然继续发展，但由于新一代作家大都具备了科学教育的初级基础，且对马克思主义等社会发展的理论有所了解，因此，愿望模式很快转移到可能模式。所谓可能模式指的是在继续保持人们对未来生活的发展愿望的同时，通过寻找近期实现这些发展的可能性实现想象力的投射"①。吴岩这一论断的提出实际上也参考了"十七年"时期的生产力水平与当时科幻小说中的科技乌托邦特征，意识到"十七年"时期想象力的"可能模式"有别于晚清民国时的"愿望模式"，也有别于"新时期"科幻想象的"价值观模式"。吴岩的论述给予"十七年"时期中国科幻小说想象力的理论启示还在于本土科幻小说表达想象力方式的多样性，他将之总结为"词汇暴接、感官诉诸、时间错配、情境极端化、跨界隐喻"②这五种。除"情境极端化"外，"十七年"时期的中国科幻小说基本上包含了剩下四种表现想象力的方式。

首先，"词汇暴接"是指根据现实已有或经验推导的词语进行拼贴，形成新的词汇、造物或想象空间。"十七年"时期的中国科幻小说中如"人造月亮""人造太阳""短鼻子大象"等词语都是"词汇暴接"这种想象力表达方式。值得注意的一点是，"十七年"时期这些拼接词汇不仅仅表达语义联合与联想，相较于晚清民国时期的各种"窥镜"与"感知器"，这一时期的拼接词汇明显放入了"人"这一概念，尽管月亮、太阳、大象都是

---

① 吴岩：《论中国科幻小说中的想象》，载《中国现代文学研究丛刊》，2018(12)。
② 同上。

已存在的熟悉事物，但是加上人造或短鼻子这样的前缀，就将人的主观能动性充分体现出来，并且充满着改造自然的乐观与自信情愫。这是"十七年"时期科幻小说"词汇暴接"这一想象力表达方式的阶段特征。

其次，"感官诉诸"是通过文字描述当前并不存在的事物，使之在接受者脑海中浮现具体而鲜明的形象存在。在"十七年"时期的科幻小说中，儿童化倾向较重的文本，以及发明创造型、全景展示型的科幻小说使用这一想象力表达方式较多，因为其要为读者展现一个当前生产力条件下不存在的虚拟场域，因此用想象力雕琢细节就显得尤其重要。

再次，"时间错配"方式指的是通过对不同时间进行转接或汇合，使之造成叙事的陌生化效果。在"十七年"时期的科幻小说中，大部分作品的时间错位是指向未来的，也有如童恩正《古峡迷雾》、王国忠《黑龙号失踪》等时间错位指向过去的作品，无论哪种时间错位，都是想象力的表达方式，只不过想象未来的占比远高于想象过去的占比，这是"十七年"中国科幻相较于当代中国科幻的一个显著特征。

最后，"跨界隐喻"这种想象方式是指"通过对一个领域的某种机制或状态向另一个领域转移去实现超越在场的方法"[①]。学者吴岩在论述这一想象方法的时候用到了两个"十七年"时期科幻小说的例子，其一是迟叔昌《大鲸牧场》中，按照牧场的生产方式养育渔场中的鲸鱼，达成全新的场景；其二是在于止《失踪的哥哥》中，作者通过对冻豆腐性状的描述，影射冷冻动物与人的技术难点。由此观之，"跨界隐喻"的想象方式在中国科幻小说，尤其是"十七年"时期的科幻小说中被广泛应用，笔者

---

① 吴岩：《论中国科幻小说中的想象》，载《中国现代文学研究丛刊》，2018(12)。

以为这一现象出现的另一个原因源自"十七年"时期中国科幻小说中的儿童化倾向。为了引起青少年读者的兴趣，同时也为他们传输一定的科学知识，"跨界隐喻"的想象方式实际上是一种简化的比喻手段，其目的是让年龄层次较低的读者能够更容易地明白小说中的场景设定或科学原理。以上均是中国科幻小说的想象力表达方式在"十七年"时期的变化性特征。

针对"十七年"时期中国科幻小说中想象力要素的其他意见或批评话语，吴岩的论断仍有积极的意义。他提出应重审中国科幻小说想象力的评判标准，而造成对想象力要素两极评判的原因主要有四点："其一为想象思想史上的两极分化；其二为对科学理解的差异；其三为错误的心理学理论指导；其四为未来检验的误区。"[1]其中，对科学理解的差异与检验未来的误区是构成"十七年"时期中国科幻小说想象力要素批评分化的主要原因。"在中国，许多人将科学认同为真理，认同为一种不可抗拒、不可辩驳的知识集合。在这样的状态之下，任何跳出这些知识之外的判断都会被贴上不科学、伪科学、反科学的标签。"[2]这一论断与笔者前文所述的"十七年"时期中国科幻的科学主义指征有相似之处，尽管这一时期的科幻小说承认除自然科学外其他领域的美学与哲学特征，但对自然科学的绝对权威性依然保持较为坚定的态度。"一些人认为，只有能够被客观检验的科幻小说才是好的科幻小说，即想象跟现实之间的吻合是评价科幻的标准。所谓科幻应该写'能够实现的想象'的说法就是这

---

① 吴岩：《论中国科幻小说中的想象》，载《中国现代文学研究丛刊》，2018(12)。
② 同上。

么来的。但想象力跟实现与否无关。恰恰相反,人类最伟大的花朵不是对可能实现的现象进行预写或复写,而是对多种不同观念的思考和创生。"①吴岩的这一论断实际上也涉及了"十七年"时期中国科幻小说的乌托邦冲动,合理的乌托邦冲动并不是绝对的蓝图或大纲,它只是提供一种描述未知的可能性,而想象力恰好是构成乌托邦冲动的要素之一。笔者前文提及乌托邦冲动是一种工具,但不是指向实际的科普工具或建设工具,而是一种指向未来的可能性工具,想象力作为乌托邦冲动的推进要素,同样也不是纯粹的实用主义工具,这反过来也证明想象力与科学的关系绝不是水火不容的。

笔者更愿意用创造性、超前性与童真性来描述"十七年"时期中国科幻小说中的想象力特征。

首先,"十七年"时期科幻小说想象力的创造性体现在对新领域与新题材的开拓上。"即便我们承认,科幻文学的想象总是以'科学'作为基础,长久以来我们对于科幻文学之'科学'的认识也可能过于狭隘。'科学'当然不应仅仅包括自然科学,也应该包括社会科学与人文科学。"②"十七年"时期的科幻小说除了对传统自然科学题材的描绘外,还有部分作品对人文科学领域的题材进行了演绎,如《古峡迷雾》涉及了考古题材,《黑龙号失踪》涉及了国际政治、军事关系题材等。当然还有一些作品描述了自然科学领域内之前科幻小说少有涉及的题材,如《北方的云》描写了天气控制题材,《布克的奇遇》描写了生物医疗中的器官移植题材

① 吴岩:《论中国科幻小说中的想象》,载《中国现代文学研究丛刊》,2018(12)。
② 丛治辰:《科幻文学的批判力与想象力》,载《文艺报》,2015-09-30。

等。此外还有一些作品在科学奇迹的基础上更强调人类的基本情感与面对复杂外部环境时的勇敢面貌，如《失踪的哥哥》《从地球到火星》与《乡村医生》等作品。

其次，"十七年"时期科幻小说想象力的超前性体现在对未来事物较为精准的预言上。如严远闻在《假日的奇遇》（1958）中预想了视频通话这一尚未实现的技术场景，21世纪初的智能手机普及浪潮让国人将日常视频通话从科幻变为了现实；鲁克在《鸡蛋般大小的谷粒》（1963）中所设想的农业奇迹，与20世纪末在中国以超级杂交水稻的方式得以实现，尽管个体尺寸并未有小说中描绘的那样夸张，但总产量上早已远远超出小说的描述；于止在《到人造月亮去》（1956）中所设想的人造卫星在1970年随着"东方红一号"的升空而实现，而今中国也已经拥有了自己的"天宫"空间站。"想象力是创造力的重要前提。想象总是来源于现实、超前于现实，最后又改变现实的。因此，从某种意义上说，想象是推动人类文明的真正动力。"[1]并且相较于西方古典科幻文本与中国早期科幻文本，"十七年"时期科幻小说中的技术未来所达成的用时更短，究其原因一是生产力水平的快速发展，二是当时科幻作者对科技知识的掌握与对科技发展走向的把握更加确切，这也从侧面说明"十七年"时期中国的科幻作者具有一定的精英品格，而这一时期的科幻作品较纯粹的通俗文学作品也彰显出一定的精英特质。

最后，"十七年"时期科幻小说想象力的童真性体现在对想象力要素

---

① 尹霖、沙锦飞等：《关于我国科幻发展状况的调研报告——"科幻创作与青少年想象力培养"研讨会综述》，载《科普创作通讯》，2011（6）。

所做的童真化处理以及想象力表达上的儿童化倾向。"孩子初级的想象力是无限发散的,就像他在读《西游记》的时候,看到孙悟空一个筋斗十万八千里,他会觉得很酷,但不会去思考人的身体能不能承受这样的运动。"①同样,"十七年"时期科幻小说中所描述的场景也会让青少年读者产生"很酷"的想法并且产生想要追随的冲动,他们不会考虑这样的场景是否符合科学原理,同样也不会考虑这样的场景是否有实现的可能,但我们不能就此否定这一时段科幻小说的价值。相反,我们应将"十七年"时期中国科幻小说中的儿童化倾向视为守护青少年想象力的一种必要手段。并且这一手段随着时间的推移与社会的发展会显示出越来越重要的意义,诚如刘慈欣所言:"我可以感受到现在的中学生、大学生,他们的想象力比我上学时要丰富得多,而且这种想象力所依托的视角、高度也比那个时候高得多。其实现在科幻小说的繁荣、影响力的提高也是一种证明,没有想象力的人不喜欢读科幻小说。"②此外,"十七年"时期中国科幻小说想象力的童真性表达还反映了未来主义的中国化策略,笔者拟在下一节对该论点进行详述。

## 三、小结

"十七年"时期中国科幻小说中所具有的科学主义形态其内涵是较为丰富的。它首先表现为对西方科学主义思潮传统的遵从与改写,其遵从

---

① 罗玲:《科幻作品让孩子展开高级想象力》,载《少年儿童研究》,2018(8)。

② 贾子凡整理:《刘慈欣:现实是科幻小说想象力起飞的平台》,载《国际出版周报》,2018-09-10。

的方面是对自然科学题材表达与对自然科学绝对权威的坚信,其改写的方面在于对非自然科学领域题材的介入以及对人类情感、伦理的展现。而西方科学主义思潮介入中国科幻小说的路径呈现出较为浓厚的本土化色彩,其最明显的表现形式是根植于中国文化传统中的实用主义对科学主义所进行的微调。想象力作为科幻小说的重要构成元素,它在人类发展史与中国文学史上都具有深厚的传统,具体到"十七年"时期的中国科幻小说,鉴于当时的生产力水平与其他外部因素,它们呈现出一种描绘可能的想象模式,并通过词汇、感官、时间、隐喻等手段进行表达。而过度针对"十七年"时期中国科幻小说想象力的批评话语,其深层原因在于对想象、科学以及现实三者概念的模糊化理解。在对"十七年"时期中国科幻想象力进行阐释的过程中,我们更应该注意其中的创造性、超前性与童真性特征。

## 第三节 "十七年"时期中国科幻小说的未来主义指征

在"十七年"时期的中国科幻小说创作实绩中,指向未来的作品占到了绝大多数,因而这一时段中国科幻小说的主要特征之一即为未来主义倾向。但是未来主义作为起源于欧洲的一种思潮,其在较长的发展过程中面临着内部的分化,并且在地域流变的过程中也被打上了不同文明的烙印。在"十七年"时期的中国科幻小说中,其所彰显的未来主义倾向既有符合未来主义传统的一面,也有符合未来主义新变的一面,同时,这一时期中国科幻小说中的未来主义与意大利和俄国(苏联)的未来主义内涵并不完全一致,反倒是与后发达文明系统经由科幻小说所提倡的未来主义概念相吻合,并且其中的本土化策略给"十七年"科幻小说中的未来主义特征打上了高辨识度的中国烙印。

## 一、对未来主义传统的契合与背离

"未来主义是二十世纪初叶在欧洲出现,并发生广泛、重要影响的一个文学艺术流派。它发轫于意大利,继起于俄国、法国,在欧洲其他国家也有一定的影响。"[①]意大利诗人马里内蒂(Marinetti)1909年在法国发表《未来主义的创立和宣言》,此乃未来主义学说诞生的标志。之后几年间,马里内蒂联合巴拉(Giacomo Balla)、塞蒂梅利(Enrico Settimel-li)、科拉(Bruno Corra)等艺术家,分别在绘画、音乐、戏剧、电影等领域相继发表了与未来主义相关的宣言性文章,未来主义开始在欧洲文艺界传播开来。

在未来主义的发轫期,马里内蒂最初提出的政治主张还包括对资本主义与教会因素的批判,而这些批判的动力来自科技的快速发展:"未来主义认为,二十世纪初叶,意大利和欧洲已经走上了资本主义工业化的道路,大规模的机器生产,科学、技术、交通、通讯的飞速发展,汽车、飞机、轮船、电报、电话、留声机、电影的相继问世,使客观世界的面貌和社会生活的内容发生了根本性的变化。"[②]并且"马里内蒂是机

---

① 吕同六:《意大利未来主义试论》,见柳鸣九编:《未来主义、超现实主义、魔幻现实主义》,3页,北京,中国社会科学出版社,1987。

② 同上书,4页。

器和技术的崇拜者。对于他和他的同道者来说,突然闯入人们生活的汽车、飞机、电报,已不单纯是一般的工具,而是改造世界和人,创造未来的动力"[1]。未来主义运动初期的这些观点与近半个世纪后中国"十七年"时期科幻小说中的创作内容极其相似——技术繁荣带来工农业生产的奇迹,未来城市被未来先进且繁忙的交通所连接,社会结构与国民个体之间的关系也因为科技得到改变,技术成为中国社会指向未来的最强动力。同时技术也成了对资本主义与封建迷信进行批判的筹码。但值得注意的一点是,早期未来主义认为是先有了先进的技术成果,社会才对此作出思想上与文艺上的反映,反观"十七年"时期的中国,其生产力尚不发达,世界上领先的技术与工具在这一时期的中国也远未普及。由此观之,早期未来主义在欧洲是一种技术投射,而"十七年"中国科幻小说中的未来主义倾向则是一种技术愿景。

在未来主义运动初期,欧洲的未来主义者还认为:"科学的进步,技术的革新不只大大地改变人们的物质生活,而且势必导致人们精神生活的彻底改观。文学艺术必须适应飞速运动着的、日新月异的现实。未来主义者们断言,传统的文学只囿于描摹外在的、死气沉沉的现实,因而已经完全僵化。唯独未来主义才富有生命力,前途光明。"[2]马里内蒂还曾发表文章说明他希望破坏语言规范,并且要对组成语言的字句进行完全的革新:"我感到了承袭于荷马的陈旧的句法是毫无用处而且可笑之至。迫切需要解放语言,把它们从拉丁句式的牢笼中拯救出来!拉丁

---

① 吕同六:《意大利未来主义试论》,见柳鸣九编:《未来主义、超现实主义、魔幻现实主义》,11页,北京,中国社会科学出版社,1987。

② 同上书,5页。

复合句象(像)一切低能者一样，天生一付(副)谨慎的头脑，一个肚子，两条腿和两只扁平的脚，但是他永远不会有两只翅膀。"①对此，马里内蒂提出了毁弃句法、消灭形容词、消灭副词以及名词双重叠等方法来打破传统的文学技巧。反观"十七年"时期的中国科幻小说，其同样承认科技的未来发展势必导致人们精神状态的改变，并且人们需要不断调整自己的情绪状态，以便更好地应对先进科技所带来的机遇和挑战。并且科幻小说作为一种新的文学样式，它的表达方式与呈现面貌本身就代表着对文学传统的突破与部分反叛。但是可以看到，在"十七年"时期的中国科幻小说中，其对文学传统的扬弃是温和且合理的，甚至还主动保留中国文学传统中的描述方式与叙事语言，与马里内蒂疾风骤雨似的全面否定态度是截然不同的。

随着马里内蒂的未来主义观点对所有传统进行解构，他本人的政治立场也日益反动，后来甚至公开支持意大利发动对利比亚的侵略战争，有很多的未来主义者如帕皮尼(Giovanni Papini)、索菲奇(Azdengo Soffici)等认为马里内蒂所持有的未来主义观是偏狭且错误的，他不能够真正代表未来主义思想。而在反对者处，真正的未来主义只是反对对过去的盲目崇拜、提倡奋斗精神、坚持爱国主义而非军国主义与沙文主义。如帕皮尼曾有言："所谓未来主义，我们指的是这样一种思想运动，它的明确的目标是创造和传播本质上和事实上崭新的价值，或者准确地说，创造和传播唯有未来才能得到验证的价值。它的理论基础存在于对

---

① ［意］马里内蒂：《未来主义文学技巧宣言》，吴正仪译，见柳鸣九编：《未来主义、超现实主义、魔幻现实主义》，51页，北京，中国社会科学出版社，1987。

那些最大胆的哲学、美学、心理学、道德问题的深入研究之中，这种研究借助于不只是奇特的，而且是锐利到顶点的感性进行的。它的表现形式可以而且应当是无限自由的，别开生面的，发自肺腑的，完全是蕴含深意的，向前推进的，摆脱了任何逻辑的、饶舌的、强加于人的制约。"①

很明显，"十七年"时期中国科幻小说中的内容更符合帕皮尼等人定义的未来主义：首先，这一时期的科幻小说没有对中国的文学传统进行盲目崇拜，文本中也经常提及热爱探索、热爱科学、艰苦奋斗等优良品质，并且这一时期的科幻小说很多带有为祖国奉献的爱国主义精神，同时在国际关系问题上持有崇尚和平的态度；其次，"十七年"时期的中国科幻小说的确对全新的科学价值进行了传播，并且期望通过未来场景验证科学价值的独特性；再次，"十七年"时期部分中国科幻小说的表达是发自肺腑且蕴含深意的，但同时它们也充满了偶发的感性色彩，并且对逻辑规则与困难束缚进行了冲破。从这些角度看，"十七年"时期中国科幻小说中的未来主义特征更接近于西欧思想新变后的未来主义内涵，而不同于最初的"马里内蒂主义"。

当未来主义思潮一路向东进入俄国时，俄国也正处于政治与文艺的激荡时期，"十月革命"又为源于西欧的未来主义提供了更多注解的可能。当新中国成立后向苏联全面学习时，未来主义的诸多分身也变成残影投射到了"十七年"时期的中国思想场域之中。

---

① ［意］帕皮尼：《未来主义与马里内蒂主义》，新知译，见柳鸣九编：《未来主义、超现实主义、魔幻现实主义》，64 页，北京，中国社会科学出版社，1987。

值得注意的是,一开始俄国的思想家们并不承认未来主义的存在,如高尔基(Maxim Gorky)曾有言:"俄国未来主义是没有的。只有伊戈尔·谢维里亚宁、马雅可夫斯基、布尔柳克、卡缅斯基。其中有些无疑是天才人物,他们将来在除去秀草之后,肯定会成长为一代名人……在俄国毫无疑问地没有这样的未来主义:它的始祖是意大利未来主义及其代表马利涅蒂……很难说他们将成为什么,但是我希望并相信,这将是一批新生的、年轻的、清新的歌手。我们等待他们,我们祝愿他们……我相信现在的青年对于世界负有使命,使生活的已经紧张化的病态空气为之一新的使命。他们应该抛弃许多无用的、多余的东西,治癒自己不太健康的心灵,那时他们才会聚集力量,浮出于空幻和纷乱之上。"[1]在高尔基看来,源自意大利的未来主义并不能完全表达俄国所面临的文艺状况,但高尔基承认青年文艺者中出现了一批不同于以往的角色,他们有着狂飙突进式的创造力,尽管他们不甚完美,但高尔基相信经过良性指导他们会对俄国的文艺事业产生深远的影响。其实"十七年"时期的中国科幻小说也面临这样的状况。首先科幻小说在新中国成立初期的地位以及所承载的任务是有摇摆性的,科幻是否能够进入主流文学,是否需要把科普任务放在首位,以及用何种方式对当时的科幻小说进行约束并引导其良性发展?这些问题在"十七年"时期都被讨论过,但遗憾的是并没有得出完美的解决方案。其次"十七年"时期的中国科幻作者有很多并非专业的科幻写手,也是从自己的教育工作者、编辑、科研工作者等身份中转出,这一现象本身就带有一定的未来主义倾向,即发展的、带有

---

① [俄]高尔基:《论俄国未来主义》,雷声译,载《文艺理论研究》,1982(2)。

责任感与使命感的身份认同。

随着时间的推移,俄国文艺界的进步趋向还是让未来主义的脚步最终到来,虽然其名称可能并不统一。"俄国未来主义作为一个文学运动,开始于彼得堡的谢维里亚宁的《自我未来主义序幕》(1911)和莫斯科的希列亚派诗人的诗集《给社会趣味一记耳光》(1913),后者后来称作立体未来主义者。未来主义运动不曾有过统一的中心和纲领,它是由一些相互竞争的团体组成的。"①这些相互竞争并推行自己思想的团体后来被称为未来派。

而"十月革命"的到来则让俄国文艺界的未来主义倾向正式地转变为苏联未来主义特征:"十月革命改组了未来主义运动。多数未来派接受了革命,参加了新政权的政治鼓动工作的创举。"②马雅可夫斯基(Влади́мир Влади́мирович Маяко́вский)对这一过程也进行过论述:"十月革命前,未来主义作为一个统一的、有确切定义的流派,在俄国并不存在。评论家们曾用这个名称,来称呼一切有革命精神的新东西。十月革命后,我们的团体与许多脱离了革命的俄罗斯的、类似未来派的人分道扬镳了,我们形成了一个'共产主义者——未来主义者'的团体。"③此外还有一个值得注意的现象是,"十月革命"后的苏联未来主义思潮同样是反马里内蒂主义的,诚如卢那察尔斯基(Анатолий Васильевич Луначарский)所言:"马里涅蒂本人最终还导致了否定基本语法,他的

---

① 《文艺理论研究》编辑部:《未来主义》,载《文艺理论研究》,1982(2)。

② 同上。

③ [俄]В·马雅可夫斯基:《关于未来主义的一封信》,张捷译,载《文艺理论研究》,1982(2)。

新学生们也像他那样，否定粗浅的文化教育。他们还缺乏艺术的基本知识，但是却以不寻常的放肆态度去乱搞那些最令人头痛的问题。"①综上所述，我们可以看到俄国在向苏联前进的这段道路中，未来主义思潮是客观存在的，尽管有些思想家不承认或者不以未来主义之名称呼它，但它的文艺表现形式完全契合了未来主义着眼时间维度，期待美好发展的要求。"十月革命"作为一个重要的政治节点，同样对此前俄国未来派的自发文艺行为进行了规劝，使之向着更加符合苏联社会主义道路要求的方向进行理论与思想的改向。同时，这一时期的俄苏未来主义同样对意大利未来主义中的反动传统进行了批判与抛弃，它认同传统，不否定语言与文艺的基础性特征，并且在某一具体问题上采取了深入求真的态度。

上述俄苏时期的未来主义思潮所面临的内外环境与"十七年"时期的中国科幻小说有部分相似之处。首先，历经晚清、民国时期的科幻小说一直处于身份的摇摆中，诸多论争并未对其定义、理论基础与美学特征得出较为完善的结论。其次，在新中国成立这一政治事件达成前，中国科幻小说创作同样是分散且缺乏规劝的，"十七年"时期是通过政治要求对文化领域的渗透达成了科幻小说中独特的时代任务与未来指向的时间特征。最后，新中国成立后，针对科幻小说这一较传统文学更加新颖独特的文类来说，它的具体内涵与美学要求仍然没有统一的标准，并且就科幻作者而言，他们的创作也是较为分散的，也只是偶然形成了一些由编辑到作者的创作群落。

---

① ［苏］卢那察尔斯基：《未来主义者》，陈先元译，载《文艺理论研究》，1982(2)。

此外，"十七年"时期中国科幻小说的未来主义特征对意大利最原初、并且在分化过程中逐渐走向反动的马里内蒂主义也是反叛的。尽管这一时期的科幻小说中有着对速度与科技物品的夸张追求，但这些中国原创的科幻小说并未背离中国的文学传统，同时采取了求真务实的态度，并且在叙事语言中没有违背最基本的语言特征。因此，我们可以认为"十七年"时期中国科幻小说的发展本身就是一个未来主义指向的过程，而这一过程与俄苏时期未来主义介入主流文艺的过程有一定的相似之处。换言之，"十七年"时期的中国科幻小说是在苏联各方影响下，当然这一影响包括俄苏未来主义影响，形成的试图通往将来的实践，科幻小说成了新中国成立初期不自觉追求未来主义思潮的文本表达形式。

但我们也应该注意到，尽管通过时空回溯式的分析，"十七年"时期的中国科幻小说在意大利未来主义传统与俄苏未来主义发展路径上有一定的契合之处，但是后两者在历经漫长的派系与地域分化后，其中的很多内涵产生了偏移甚至反叛，与"十七年"时期中国科幻小说中的未来主义指征是相背离的。因此需要找到一种更加符合这一时段中国科幻小说特征的未来主义倾向。

## 二、后发达文明的未来主义路径

为了更好地论述"十七年"时期中国科幻小说中的未来主义指征，笔者此处试图引入"非洲未来主义"这一概念，通过对它的分析与影射，来指出"十七年"时期中国科幻小说中实际存在，但并未被全面梳理的后发达文明未来主义路径。

"非洲未来主义"这一全新的词汇实际上是由美国学者戴里（Mark

Dery)在 1993 年提出的。"该词英文由前缀 Afro('非洲的'或'非裔的')和抽象名词 futurism('未来主义')组合而成；Afro 并非划分地域范畴，而是明确族裔属性，所指包括历史上被殖民者劫运到异国他乡的非洲黑人奴隶及其后裔、世界各地的黑人新移民及其后裔。"①这一概念的提出最初是为了处理美国想象类虚构作品中的非裔主题，而其背后的深意是探讨美国文化中的非洲族裔身份认同以及价值取向等问题："非洲未来主义者期待通过积极的时间政治介入行为，召唤被殖民历史档案刻意排斥的'对抗性记忆'（countermemories），提供在西方未来研究视域中缺场的'对抗性未来'（counterfutures），凝聚包括非裔在内、拥有相似'异化'生命体验的全球离散人群，共同探索人类命运共同体建构所必需的新形态伦理纽带。"②这一新概念提出后，很快便吸引了来自全球的艺术家与研究者，尤其是后发达国家的文艺研究者的广泛关注与参与，最终形成了一个被不断阐释、不断扩延的思想性平台。

尽管这一概念的提出是在"十七年"时期结束后的第二十七年，但"非洲未来主义"概念发轫于科幻小说，这一现象使得我们可以将对"非洲未来主义"的理解与对"十七年"时期中国科幻小说的整体性分析联系起来。总体而言，"文学领域一直是非洲未来主义批评的重镇，该领域早期的经典汇编和文论述评主要围绕科幻小说这一特殊文体展开"③。"非洲未来主义"的提出者戴里也曾就为何这一概念要从科幻小说说起做出了解释："科幻小说（science fiction）这一文类与非裔美国人的生存状

---

① 林大江：《非洲未来主义》，载《外国文学》，2018(5)。
② 同上。
③ 同上。

态十分相似：一方面，非裔美国人是'被绑架的外来者'的后裔，他们长期生活在一个科幻的梦魇之中……另一方面，科幻体裁在西方文学领域长期处于从属地位，就好比非裔美国人在整个美国历史中的下等地位。鉴于此，科幻本来应该且可以是非裔作家适宜无二的体裁选择，但事实恰恰相反，从事科幻创作的美国非裔作家寥寥无几，这究竟是为什么？"①反观科幻文学在中国的发展路径，其边缘化的色彩十分浓厚，但与"非洲未来主义"不同的是，中华民族作为一个整体，并未像美国的非洲族裔那样受到地位上的不公，相反，新中国的成立还让广大的人民群众翻身成为真正的主人。戴里论述中所提出的问题实际上很好回答，美国社会的多种族构成了文化观念上的冲突，而冲突势必产生文化群落的强弱，强弱则决定谁掌握文化主导权，因此之前美国科幻作家中非裔作家数量稀少。当然这一情况在近些年的美国科幻创作中已经有了较为明显的改善，"非洲未来主义"思潮在其中也起到了一定的助推作用。所以"十七年"时期中国科幻小说所面临的情况与有"非洲未来主义"倾向的科幻文本还有一定的区别，中国这一时期的科幻小说创作实际上是在文化场域中占据主导地位的人，即社会主义作家，为将科幻小说这一边缘化文类拉入主流文化范畴所做的努力。

在这里我们还有一点必须指出的是，"非洲未来主义"中的"未来主义"一词其内涵与传统意义上的"未来主义"内涵已经大相径庭，并且在时间维度上来看，"非洲未来主义"中的"未来主义"更具有一种后现代特征。"这里的未来主义不是指 20 世纪初期席卷欧洲的未来主义（Futur-

---

① 林大江：《非洲未来主义》，载《外国文学》，2018(5)。

ism)艺术思潮和实践，而是泛指兴起于 20 世纪中期的西方未来研究或未来学(futures studies or futurology)，后者也被称为当代西方未来主义……相较 20 世纪初这场艺术革新运动，起步于 60 年代的当代西方未来主义思潮是一个'真正的国际性的社会思潮'。它探讨关于科学技术和社会未来发展的前景，揭示人类走向未来的各种可能性，既为西方国家最高领导机关提供决策服务，也在社会生活的各个方面发挥极为重要的作用。"①在这里我们能够看到，尽管在空间与政策上"十七年"时期的中国对西方世界持抵触态度，但是这一时期的科幻小说中关于科学技术与社会发展的未来，关于中国在时间长河中的各种可能性，实际上是中国在较为独立的文化环境内自发形成的，与 20 世纪中叶未来学、未来研究思潮相契合的文化生态。加之前文笔者分析"十七年"时期中国科幻小说对传统未来主义中的某些观念也有契合之处，可以说，"十七年"年时期中国科幻小说中的未来主义是一种自发的、超越时代的，并且在一定程度上对意大利未来主义、俄苏未来主义、非洲未来主义等思潮做出了改写的本土化未来主义倾向。

目光再转回"非洲未来主义"，戴里认为美国文化场域中的非洲族裔虽然其地位边缘，但是并没有忍受沉默，他们只不过是用一种拟换现实的"隐喻"方式进行表达："非裔族群从未沉默，只是'在西方文化的强压之下'长期使用'隐喻'的方式，即'黑人传统中最黑色的一面'，生存并表达自己，因此学会'解码那些复杂的隐喻'是解码黑色文化和意义的核心途径。'那些复杂的隐喻'存在于科幻体裁文本之内，也藏于绘画、音

---

① 林大江：《非洲未来主义》，载《外国文学》，2018(5)。

乐、舞蹈、影视、涂鸦等各种媒介的原创作品之中;所有这些'不可能之处'和'广袤遥远之点',皆可由非洲未来主义一词悉数囊括。"①如果对戴里的这一论断进行解码分析,并映射到"十七年"时期的中国科幻小说中,非洲未来主义中的表达逻辑在这一时期的中国科幻小说中同样存在,只不过,中国科幻作家不存在受到其他族群打压的情况,他们仅需要通过拟换手段表达"隐喻"的内容。对于"十七年"时期的中国科幻小说而言,最需要"隐喻"表达的其实是一种"担忧",而这种担忧仅凭文本表征是无法看出的。

尽管作为整体的"十七年"时期中国科幻小说充满了科学主义的基调,虽然我们承认这一基调首先源于当时科幻作者对生产力发展的强大自信,但作为理性思考者的科幻作家,他们的文字背后其实还潜藏着另外一层话语:人造卫星、宇宙飞船与登月旅行实际上是对被美、苏太空科技落下的担忧;个体巨大且数量极多的动植物实际上是新中国之前对贫困、饥饿的恐惧转录;对科学光明前景的描述实际上是对科学并不普及、迷信仍存的反思;而对社会美好未来的展示实际上也反映着对过去黑暗岁月的警醒。因此这里我们不妨引入什克洛夫斯基(Viktor Shklovsky)对"形式"的阐述:"艺术作品是在与其他作品联想的背景上,并通过联想而被感受的。艺术作品的形式决定于它与该作品之前已存在过的形式之间的关系……新形式的出现并非为了表现新的内容,而是为了代替已失去艺术性的旧形式。"②这一论断我们同样可以在"十七年"时期

---

① 林大江:《非洲未来主义》,载《外国文学》,2018(5)。

② [苏]维·什克洛夫斯基:《散文理论》,刘宗次译,31页,南昌,百花洲文艺出版社,1994。

的中国科幻小说身上进行推演。当代学者对"十七年"时期科幻小说的诟病来源于对其形式和内容的否定，即认为这一时期的中国科幻小说在形式上是模式化的，在内容上是陈旧而不出新的。但是否可以换个角度，认为"十七年"时期的科幻小说实际上是一种"形式"，而在这种"形式"之中，所表达的内容实际上与主流文学并无二致，只是换用了科幻这种新的文学形式，将之前很多失去活力的题材与思想重新激活。这也许是"十七年"时期中国科幻小说未来主义的另一种本土化表达方式。

当然，"非洲未来主义"也表现出一种精神态度——"黑人在美国的处境从根本上是源于'整个国家对于这个种族的精神态度'，那么改变这种精神态度的最佳途径就是'通过文学艺术创作来展示黑人在智识上的同等水平'。"①尽管戴里这种对智识区分高下的表述有待商榷，但我们不妨将这种论述逻辑进行时空投射，这种精神追求投射到"十七年"时期的中国科幻小说中其逻辑仍然成立，即中国科幻小说中的精神态度是希望通过想象力加持的文学形式来表达中国国民在既定的世界空间中能够与发达国家保持发展步调的一致性。换言之，从"非洲未来主义"中抽离的这种态度实际上是后发达文明认识自身短板，并企图追赶，同时通过文学发声表达决心的这样一种态度。

此外，除了空间维度、族裔维度、文化维度与精神维度外，"非洲未来主义"在发展过程中还体现出一定的时间维度特征。在戴里提出"非洲未来主义"这一概念十年后，英国理论家伊逊（Kodwo Eshun）在2003年曾发表过《对非洲未来主义所做的深入思考》一文，文中对非洲未来主

---

① 林大江：《非洲未来主义》，载《外国文学》，2018(5)。

义的起源、实质以及任务指向等方面都做出了较为全面的阐释，推进了非洲未来主义思潮的发展。"伊逊站在前人的肩膀上，一脉相承地阐发了建设非洲未来主义的必要性。如果说在表述上黑色大西洋还只是一个空间概念的话，那么非洲未来主义增加了时间——'未来'——的维度。"①而在这个时间维度中，科幻作品的未来属性就有着更深层次的意义："科幻作品就不仅仅是'对未来的预测，或是一个想象社会现实替代版的乌托邦课题'，而且是'一种试图重写现在的途径'。简言之：谁控制未来，谁就控制现在。如此，伊逊在认识论层面回应了戴里关于历史上非裔科幻作家为何如此稀少的问题：科幻话语权之争本质上是政治、经济、文化等各方面世俗权力之争。基于对这一权力之争的清醒认识，伊逊明确定义了非洲未来主义的首要任务和行为本质，并对其认识论特征做出了概括。非洲未来主义的首要任务是认识到非洲将持续作为未来主义的预测对象而存在。'非洲'既是一种对抗性文化的象征，又凸显了该对抗性文化的认识论根源及未来归属：'在依靠科幻资本和市场未来主义运作的经济中，非洲始终是绝对的反乌托邦地带'。"②

携带伊逊的论述返回到"十七年"时期的中国科幻小说中，我们不难发现这种时间维度的逻辑仍然存在：首先，这一时期的中国科幻小说虽然带有强烈的科技乌托邦冲动，但它们并不代表替换现实的蓝图或纲领，并且也不代表对中国未来完全准确的预测；其次，这一时期科幻小说中对未来进行掌控的信心其最终落脚点是对现实中国发展道路的坚定

---

① 林大江：《非洲未来主义》，载《外国文学》，2018(5)。

② 同上。

信念；再次，这一时期乃至"十七年"前后时段，针对科幻小说的话语权之争其实也反映出现实社会中一定的文化权力之争；最后，"中国"作为一种独特的世界成员符号，其在科幻小说中同样也得到了极大的活力与延续。此外，也是与伊逊论断中并不一致的地方在于伊逊认为长效发展的非洲未来主义文本中"非洲"一定是一个长存的反乌托邦飞地，而在"十七年"时期以及之后的中国科幻小说中，"中国"最初完全是隶属于科技乌托邦的符号，而后才在当代中国的文化变奏中逐步出现了反乌托邦的色彩，然而带有这种色彩的科幻文本在数量上仍然没有超过前者。

综上所述，"十七年"时期中国科幻小说中的未来主义特征与后来生发于20世纪90年代的"非洲未来主义"有一定的相似之处，二者都是后发达区域或文化群体试图对所谓的限定进行冲破的尝试。并且二者所对应的"未来主义"更偏向20世纪中期的未来学与未来研究，而非纯粹的20世纪初的欧洲流变性未来主义传统。尽管在空间、时间、族裔、态度、文化等方面"非洲未来主义"与"十七年"时期中国科幻小说中的未来主义有很多的相似之处，但深究之下，"非洲未来主义"的达成路径和目标指向与"十七年"时期中国科幻小说中的相关内容还是有诸多不同。造成这一现象的原因是，相较于"非洲未来主义"的科幻文本，"十七年"时期的中国科幻文本采取了更为明显的本土化策略。

## 三、未来主义的本土化策略

时至今日，我们仍然能在中国各地的文化墙上看到这样一条标语：关注未成年人，就是关注我们的未来。这条随处可见的标语实际上概括出了"十七年"时期中国科幻小说中最重要、最明显的未来主义本土化策略——儿童化倾向。

在从西欧到俄苏的传统未来主义文艺路径中，未来主义者们关注的是技术、新变、时间以及对传统的破除，由此来达成未来主义的各项任务。在自20世纪90年代始的非洲未来主义思潮中，未来主义者们背离于欧洲未来主义传统，用更为美洲的方式展现出对族裔地位、文化强弱以及时空层次的争夺，从而完成对未来主义传统的超越。在上述两种思潮中，达成未来主义的方式都是通过客观手段，即通过作为他者的器物或理论来完成对现实的超越从而指向未来。但是在"十七年"时期的中国科幻小说中，除了对作为他者的科学、技术进行必要的运用外，超越现实、指向未来最重要的因素是对人，尤其是对青少年的培养与指导。相较于西欧传统未来主义与非洲未来主义，"十七年"时期中国科幻小说中的未来主义特征其实是当时科幻作者群落在非主观目的创作下形成的对前两者的超越，其最具先进性之处在于强调了"人"在通往未来中的重要作用，并且将个体的"人"的成长路径视为一种通往未来的自然手段。

"十七年"时期中国科幻小说中的未来主义本土化策略看似是一种"无心插柳"的结果，但实际上这背后仍有诸多的要素在进行支撑，并且这些要素也可以解释为何"十七年"时期中国科幻小说中所体现的未来主义特征与其他文明的未来主义特征并不相同。首先，中国作为一个人口大国，其庞大的人口基数决定了我们对"人"之力量的相信，移山开路、揽月潜海在大量人口的不懈努力下似乎都不成问题；其次，在中国的文化传统中，经历了一个从"天人合一"到"人定胜天"的观念转变，这种转变不是在新中国成立后的建设时期发生的，而是早在西周时期就已发生——尹吉甫曾言:"天定胜人，人定亦胜天"，这种对人的主观能动性的肯定也是长存于中国文化传统之中的;再次,马克思主义在中国的本土化传播过程中,同样强调发挥人的主观能动性,并且强调解决矛盾的有效方式是通过人的积极行动;最后,"十七年"时期的中国科幻作家相信科学普及的结果可以惠及每一个个体,从而通过科技完成对当前社会生产力的快速拔升。上述因素在一定程度上回答了"十七年"时期中国科幻小说的未来主义特征为何会落脚于"人",而进一步追问为何会专注于青少年的成长路径,则还需要引入其他的概念。

未来主义者有时候会使用伯格森(Henri Bergson)的绵延理论:"未来主义采用了柏格森如下的美学见解:实在是流动的而不是静止的,是变化着的,而不是凝固的。"①在伯格森处,绵延的对象可以是"我们自己",也可以是其他的"生命"与"世界",那么如果将人类个体视作绵延对象,他们就无可避免地被打上了实在的流动性,这种流动可以是空间的,也可以是时间的或者观念的。具体到"十七年"时期中国科幻小说中的青少年人物,他们显然是一些绵延对象的集群,作为个体的青少年是成长的、发展的,而这种变化则带来了未来的不确定性,当然在这一时期的小说中,青少年指向未来的成长路径其结果都是良性的。

尽管未来主义者与伯格森都表现出对时间的关注,但想要连通伯格森主义与未来主义还需要动力论(dynamism)的助力:"概念的连用演变,实际上是动力论从柏格森到未来主义的嫁接过程:绵延(duration)→事物的连续性(continuity)→承认事物的运动(movement)→传达速度与力量(speed and power)→时间体验中的感觉和情绪(feelings and sensa-

---

① 李蔚:《未来主义与柏格森时间概念的辨析》,载《美术大观》,2018(7)。

tions experienced in time)。"①而在"十七年"时期的中国科幻小说中，青少年则自然地成了动力来源，他们代表着新生的速度与力量，同时拥有丰沛的感觉与情绪（如求知欲、好奇心等），从而符合能够带动"科技"这一庞然大物的动力想象。

并且在伯格森的哲学逻辑中，"艺术作品是附着于生命之流的，柏格森要把握的是生命本身，艺术作品仅仅映照生命的形式……相反，未来主义者们心中至高无上的理想是艺术本身，是表现科技革命，是协调运动对象与运动环境的复杂关系"②。从这个意义上说，"十七年"时期的中国科幻小说更符合伯格森主义中的时空体特征，而非纯粹的未来主义特征，这也是笔者刚才分析"十七年"中国科幻小说中的未来指向相较于传统未来主义与非洲未来主义更强调"人"的原因。因为在伯格森的论断中，生命才是赋予艺术作品灵魂的核心，而不是通过艺术本身的呈现形态去干瘪地表现科技与维持各类关系。"十七年"时期的中国科幻小说在部分学者的批评视野中出现了"生命绵延"与"艺术本身"的分野，因而才会出现单论"生命绵延"的儿童化、低幼化倾向，以及单论"艺术本身"时出现的模式化、枯燥化倾向。若将两种批评视角进行结合，"十七年"时期中国科幻小说所呈现出的反而是在动力论加持下的，具有完整时空体特性的未来主义指向状态，这样的状态在中国科幻发展史乃至世界科幻发展史上都是极为特殊的。这一现象其实类似于中国文化传统中的"器"与"道"之论，当然论证的最终目标是"要打开一个开放性的问题，

---

① 李蔚：《未来主义与柏格森时间概念的辨析》，载《美术大观》，2018(7)。

② 同上。

即在今天我们如何重新论述'器'和'道'的关系。打开这个问题，并不是要回到传统，回到国学，而是如何思考传统与现代的延续性，这可以由技术的多元性来回应当前越趋明确的超人类主义未来"①。

在当前的科幻研究中，"科幻未来主义"这一概念被提出并被很多学者演绎，其中一些观点对回溯性理解"十七年"时期中国科幻小说中的未来主义特征有一定的积极意义。比如，"在科幻未来主义者眼里，科技并非高高在上，只有智商超高的科学家才能发现和使用。他们更愿意把科技看作是有亲和力的朋友或者帮手，是国家和民族振兴的希望，是我们通往未来的必由途径和桥梁。"②在"十七年"时期的中国科幻小说中，科幻未来主义者眼中的科技是极具亲和的，这种亲和力是通过对青少年耐心讲解科学知识，或者让充满好奇的青少年参与科学实验或参观科技奇境达成的。而在科技熏陶下成长的青少年势必也成了勾连科技、未来与国家繁荣的重要媒介。同时"科幻未来主义者认为，不能把科技与人性割裂开来，应该探索科技与人性之间的关系，寻找其发展规律。这是同时针对人类个体与集体的人文关怀"③。由此关照"十七年"时期的中国科幻小说，其并不是人文关怀缺位，只不过当时的科幻作家近乎统一地使用了一种本土化色彩极其浓厚的写作策略，通过青少年不断吸收知识、不断成长这样一种委婉的指向未来的方式，对人文关怀做出了契合于时代的实际表达。

---

① 许煜：《"器"与"道"：超人类主义未来的一种回应》，载《社会科学报》，2018-04-12。

② 萧星寒：《关于科幻"未来主义"的思考》，载《长江文艺评论》，2017(1)。

③ 同上。

不妨用学者吴岩的"科幻未来主义"观点对"十七年"时期中国科幻小说中的未来主义本土化特征做一归纳，同时也对当前乃至以后的中国科幻小说创作做一启示："1. 为未来写作，真正的未来需要做建构性的写作，要为人类打开脑洞，为迷途的羔羊折返自由的宇宙而写作；2. 感受大于推理，坚定不移地追随感觉，让创作回归个体心灵而非已有的知识或方法；3. 思想和境界的无边性，无论是科学底线还是人文伦理的底线都不会阻挡科幻未来主义者的建构性探索；4. 没有唤起的作品是可耻的，科幻未来主义者创作的是大众的未来读本，它以人对未来生存和生活的情感和态度唤起为核心考量；5. 创造力是最终指归，科幻未来主义者不满足当前的文类状况，他们不会孤芳自赏，恰恰相反，他们反思自己的不足，期待对文类的陈词滥调做彻底颠覆。"[1]

## 四、小结

"十七年"时期中国科幻小说中的未来主义指征是较为繁复且具有本土化色彩的存在。这一时期中国科幻小说中所呈现出的未来主义倾向首先符合起源于欧洲并传播于俄苏的传统未来主义思潮中的某些特征，并对传统未来主义中的反叛内容进行了破除。"十七年"时期中国科幻小说中的未来主义特征带有后发达文明追求上进、期待美好将来，并且希望拥有主流文化话语权的冲动，这些特征与后来的非洲未来主义思想有一定的重合性，但在落实到乌托邦色彩与人文关怀方面，"十七年"时期中

---

① 吴岩：《科幻未来主义的状态或宣言》，http：//blog. sciencenet. cn/home. php? mod＝space&uid＝1557&do＝blog&id＝793838，2014-05-11。

国科幻小说中的未来主义特征又不同于非洲未来主义。在传统未来主义与非洲未来主义都深切关注客体的情况下,"十七年"时期的中国科幻在作家群落无意识的创作实绩中达成了对未来主义的补充与超越,它使用了极具本土化特色的时空体策略,儿童化倾向则是其中最明显的标志。在完整的未来主义视角下审视"十七年"时期的中国科幻小说,很多陈旧的问题与判断都可以得到新解,并且对此后的中国科幻小说创作还有一定的指导作用。

## 第四节 "十七年"时期中国科幻小说的生态主义指征

生态主义同样是一个源于西方的概念,它产生于 20 世纪 60 年代,并在之后的发展阶段中不断分化、迁延自身,形成了诸多不同内涵的细部概念。尽管生态主义概念的提出要略晚于"十七年"时期中国科幻小说的创作勃发期,但在回溯性的研究视野中,这一时期的很多科幻文本都带上了生态主义的特征。通过回溯性的生态主义批评视角,"十七年"时期的中国科幻小说会显现出一定的非生态主义特征。但针对任何矛盾的论述都不应该是单面的,如果将生态主义中两大思想派系进行对比,并加入马克思主义的阐释,"十七年"时期中国科幻小说中的生态主义倾向也并不会完全呈现出一种亟待批判的状态。"十七年"时期中国科幻小说中所呈现出的生态主义倾向同样是具有本土化色彩的,并且试图通过对马克思主义理论进行阐释与实践的生态主义。

## 一、对生态主义传统的背反

当恩斯特·海克尔(E. Haeckel)最初提出"生态"这一概念时,"生态"一词"指的是有机体与其周围环境之间的关系,这是一个中性的自然科学术语。但是随着生态文化运动的展开,'生态'逐渐向一个具有积极文化价值的褒义词演变"①。生态文化运动的开展让"生态"一词从一个纯粹的自然科学词汇转变为社会科学词汇,在此过程中,"生态"被赋予的意义不再局限于环境、自然等概念之中。"生态主义是一种在发达国家中新兴的政治思潮,这种思潮追求人与自然和谐相处,特别强调人类整体利益和未来人类利益,通过反思现有政治制度和社会发展模式,试图建立人类社会不同利益群体、阶级、种族、国别之间的新兴关系。"②

这里有两个问题值得注意。一是生态主义发轫于发达国家在对工业生产与社会关系进行反思后的改变,但"十七年"时期的新生中国却不在发达国家之列,也没有具体的文化群落生发出对生态问题的反思,政治、社会运动与文学创作中狂飙突进式的昂扬情绪总是充满了"人定胜天"的自信。从这个意义上讲,"十七年"时期的中国文化环境理应是排斥生态主义内容的。二是随着生态主义运动的深入,生态主义这一概念逐渐脱离了人与自然之关系这一简单二元对立体系,朝着人与他者的多维方向发展,而"他者"除自然环境外,还可以是利益群落、文化共同体

---

① 王茜:《从"生态乌托邦"到"可能世界"——对厄休拉·勒古恩科幻小说〈一无所有〉的一种解读》,载《学习与探索》,2018(4)。

② 程春节:《西方生态主义的主要流派及其进路研究——基于伦理观的角度》,载《科技管理研究》,2012(17)。

甚至国家。因此这时的"生态"一词已经完全脱离自然科学的属性，变成了一个高度集合的社会学概念。以此关照"十七年"时期的中国科幻小说，我们不难发现有很多内容实质上是与生态主义无关的：如这一时期的科幻小说很少涉及不同国家、文化团体以及利益团体之间的关系，尽管有的作品强调未来人类利益，但是这种利益还是存在社会制度的本质差别；而对于中国的社会制度与发展模式来说，当时的科幻小说几乎都是无条件支持并且不存在反思路径。因此，后来论者对"十七年"时期中国科幻小说生态主义缺位的批评在一定程度上是正确的，但是在具体的操作过程中，这种对"十七年"时期中国科幻小说的批评似乎又背反了生态主义文化运动的发展轨迹，变成了纯粹意义上的"环保主义"批判。关键是"十七年"时期中国科幻小说中体现非环保价值的场景的确存在。

这里笔者想要列举几个比较特殊的例子。赵世洲在他的小说《不公开的展览》(1957)中，对不夜城的荧光粉有如下描述：

> 说起来，这些发光粉也并不神奇，这是利用原子锅炉的"炉灰"做的。炉灰会放出一些看不见的射线，我们再加上点发光物质，发光物质使这些看不见的射线变成看得见的光。你们知道，现在原子锅炉非常多，找一些"炉灰"是很容易的。①

在小说中，虽然荧光粉为不夜城带来了光亮，但这种材料的本质却

---

① 赵世洲：《不公开的展览》，见《活孙悟空》，43～44 页，北京，中国少年儿童出版社，1958。

是带有核辐射的原子反应堆废料，在真实生活中这些废料需要极其谨慎地处理，而在这一时期的科幻小说中，核废料变废为宝，成为青少年十分喜爱的材料。再如在郭以实的小说《科学世界旅行记》(1958)中，还出现了猎杀北极熊的场景：

> "北极熊！"那个年轻人叫了一声，便马上取下猎枪来准备射击。直升飞机的驾驶员立刻叫那个人别开枪，在冰面上开枪不大安全，北极熊可能猛扑过来的。他把那个年青的猎人装上飞机，飞到前面去射北极熊。"砰！砰！"北极熊被射倒一只，有一只却往这一边扑过来了。直升飞机飞得快，猎人的枪打得准，这一只熊也被打死了。[1]

此外，"十七年"时期的中国科幻小说中还经常出现对工业盛景场面的称赞，尤其是对工厂烟囱林立，烟气升腾场景的描绘。在"大跃进"运动中，我们甚至可以看到在《科学画报》等期刊的封面都有这样的画面。

上述几个例子若以当今的生态观来看显然是违背环保主义的，对人能动性的过分强调使得在科学利用上忽视了对基本安全与可持续未来的关注，并且对作为他者的动物与自然环境而言，这些描述与画面明显地呈现出一种人类中心主义倾向。但反过来我们也应该注意到，这样的描述在"十七年"时期的科幻小说中经常是以烘托性质的背景出现，并不占据过多的篇幅，也不代表作者想表达的全部思想。有些类似的描述甚至

---

① 郭以实：《科学世界旅行记》，59～60 页，北京，中国少年儿童出版社，1958。

是当时科幻作者在对科技未来极其乐观时写下的自信论断,他们自己可能都没有明确地注意到"环保"这个概念。在当前的批评语境中,对"十七年"时期科幻小说中出现的此类情形所做的评判,更像是环保主义者在对非环保行为进行规劝,虽然他们使用了生态主义这一概念,但是其真正的方法论内涵却只是生态主义最原始的冰山一角——环保主义。并且通过场景性或功能性的非环保描述就否定"十七年"时期中国科幻的总体价值,这其实也是对生态主义内涵的误读。之所以会出现这种误读现象,笔者认为主要有以下两个原因。

首先,先入为主的回溯性批评视角容易将这种非环保写作内容认为是"十七年"时期中国科幻小说的特殊情况。实际上,在 19 世纪末到 20 世纪 30 年代对未来城市与工业的想象中,欧美科幻小说中的某些描述与"十七年"时期的中国科幻小说十分相似:"在当时不少人看来,蒸汽机的噪音是动力和效率的标志,烟囱的烟尘是繁荣的象征。城市当然在进步,但代价高昂,机器正逐渐显示出暴虐的一面。"[①]可以看到,科幻作品对工业化、城市化盛景的描述是很多文明在刚踏入科技社会时的必由之路,在当时创作者的观念中繁华景象所带来的效益要远高于其对环境所产生的负面价值。这种思维逻辑放在 20 世纪初的欧美科幻小说与"十七年"时期的中国科幻小说中都无可厚非,价值判断的裂痕是我们以当今视角进行回溯时所产生的错位。

其次,是机械地理解了"生态主义"的内涵,将之简化为了"环保主

----

① 施畅:《隔离与混杂:西方科幻电影中的未来城市空间》,载《中国文艺评论》,2018(4)。

义",其根本原因是对生态主义发展路径的模糊性理解。生态主义在诞生后的发展实际上可以简要地分成三个阶段:第一阶段自 20 世纪 60 年代始,在这一生态主义发轫期,生态主义者更关心资源与环境等问题,并且在对待生态危机的态度上,产生了悲观与乐观这两个针锋相对的派别;第二阶段自 20 世纪 80 年代始,这是生态主义运动的勃发期,其主要关注对象是对绝对技术理性的批判,同时涉足对"人类中心主义"的探讨,并且更关注资源、环境问题之外的政治、社会问题;第三阶段始于 20 世纪 90 年代,这一时期关于资源、环境的问题被急剧压缩,生态主义者似乎完全进入政治与文化领域,并且在"人类"的问题上不同的分支派系都持有相异且相互制衡的观点。"生态主义的发展阶段,归根结底可以总结为以人为中心还是以生态为中心的区分。第一阶段是对于社会现象的直接批判,到了第二阶段进入对于人类社会的思想基础进行批判,最后一个阶段反思对于人类中心主义的批判而产生的回归,三个阶段是一个辩证的过程。"[①]由此观之,在生态主义运动的时间维度中,环境与资源的问题由核心逐渐走向边缘,甚至成为政治、文化问题的附庸。但当生态主义批评介入"十七年"时期的中国科幻小说时,论者们似乎集体选择越过生态主义的时间线,回到发轫期最初关于环境、资源的讨论中,这确实是一个值得注意的现象。

所以"十七年"时期中国科幻小说中所体现出的生态主义指征是对生态主义文化运动既遵从又背反的。遵从的是生态主义运动早期关于资源

---

① 程春节:《西方生态主义的主要流派及其进路研究——基于伦理观的角度》,载《科技管理研究》,2012(17)。

与环境的思考,尽管这种思考在这一时期的中国科幻小说中偶尔表现为一种非环保的形式,但其确实触及了对这些领域的讨论。背反首先体现在生态主义运动发展后期核心关注点逐渐向政治、社会方向转移,而"十七年"时期的中国科幻小说并没有对此作出回应,当然这一方面是因为生态主义发展路径与中国科幻发展路径在时间上有实质性的错位,另一方面是因为"十七年"时期的中国科幻小说更明显地展现出乌托邦与科学主义的色彩,生态主义特征展现得不够明显与全面。而背反的另一种形式则通过科幻批评进行表达,在回溯性的批评视野中,"十七年"时期中国科幻小说中的非环保功能性场景描写被扩大化地冠以生态主义缺位之名,这种批评逻辑一方面夸大了"十七年"时期中国科幻小说的部分缺点,另一方面也落后于不断发展的生态主义文化内涵。若要更进一步理解"十七年"时期中国科幻小说中的生态主义特征,我们还需要引入生态中心主义与人类中心主义的概念辩证以及马克思主义的生态观。

## 二、该时段科幻小说中生态主义的准确内涵

"生态整体主义由两部分话语构成:一部分是作为自然科学规律的生态系统理论,一部分是基于该理论提出的环境伦理法则。"[①]如果要将生态主义视作一个完善的整体,其必然要包括关注客观实际的部分,也必须要包括关注伦理道德的部分,而这两部分内容的差异导致了生态主义文化中两个新概念的产生与碰撞,即上文已经提及的"生态中心主义"

---

① 王茜:《科幻文学中的"变位思考"与生态整体主义的反思——以〈三体〉为例》,载《山东社会科学》,2016(8)。

与"人类中心主义"。

很多时候，生态中心主义被视为生态主义的另一种表达方式，并且直接与人类中心主义对抗，其根本矛盾点在于如何处理人与自然的关系。"所谓生态主义，即与人类中心主义相对，认为人类应尊重敬畏自然，在保证自身生存与发展的同时，需要遵从自然规律与其生态法则，启发人们认识到人类与自然的关系，也是对'回归自然'思想的呼唤。"①这种观点在一定程度上可以视为是生态主义文化对环境、资源问题的变相解释，其仍然处于生态主义文化初期浅表的反映客观层次。但它引入了"人"的概念，打通了环境、资源与人的联系，从而可以在内涵上与人类中心主义抗衡，因而生态中心主义本质上是对生态主义的迁延与扩展。

回到"十七年"时期的中国科幻小说，其中关于某些描述环保与否的争论实际上可以视为生态中心主义与人类中心主义的争论，其关键问题在于人类掌握科技后应该与自然保持何种关系，并且应该在多大程度上改变自然？如果将"十七年"时期的中国科幻小说看作一个整体，那么它所彰显出的态度倾向无疑是人类中心主义的。

"人类中心主义认为生态危机的产生不是对于自然的支配，而恰恰是支配能力的不足。它认为人类对于自然是一种管理关系，而非破坏关系。人类了解自然越多，就越能从它的束缚中解脱出来。人类中心主义认为除了人类的需要外，不认为有自然本身的需要。而且当利益发生冲

---

① 林晓娟：《科幻电影中的生态主义摭谈》，载《电影文学》，2015(12)。

突之时，人类的需要一定优于自然需要。"①在"十七年"时期的中国科幻小说中，生态危机作为一种隐忧并不多见，但我们可以将生态危机转译为"无力控制"，这里同样包含对支配能力不足的担忧。同时这一时期的中国科幻作者从未强调人对自然的破坏，读者与批评者都是在当今阅读视角下对当时的人与自然关系进行猜测性建构，尽管当时的现实工农生产活动有对自然进行改造的部分，然而科幻小说中那些过于夸大的想象仍然存在于文本之中。而当时科幻作者在面临人与自然关系问题时，所使用的解决方法同样符合人类的需要优于自然的需要。

反观生态中心主义，这一观点"坚持的生态优先，实际上更多的只是一种虚幻，没有实际可操作性。在任何迫不得已之时，人类最本能的方式都不可能牺牲人类而让生态优先"②。尽管人类中心主义与生态中心主义在字面上如此对立，但在人类历史发展的实际过程中，这两个概念并未在现实生活中产生直接冲突，更多的则是隔着时空进行一种相互的观念上的劝导。"'人类中心主义'和'自然中心主义'是生态主义的两个流派，有趣的是，这两个流派在观念上虽然对立，但从理论流行的时空看，两个流派几乎从来没有在相同的时空中真正对立起来，而是表现出明显的时空差异性。"③之所以认为"十七年"时期中国科幻小说中的描述更贴近于人类中心主义的概念，是因为"无论是人类中心主义还是生态中心主义，两者在一些观点上都带有乌托邦色彩。人类中心主义认为

---

① 程春节：《西方生态主义的主要流派及其进路研究——基于伦理观的角度》，载《科技管理研究》，2012(17)。

② 同上。

③ 徐彬、吴蔚：《正确把握生态主义实践的"度"》，载《特区经济》，2016(11)。

必须破除资本主义制度，生态危机才能真正解决"①。这一观点与"十七年"时期中国科幻小说中的某些描述是不谋而合的。如在迟叔昌的《大鲸牧场》（1961）中曾有这样一段描述：

> 生物学家再三呼吁，要大家保护大鲸，至少在它们生育的季节不要捕杀，否则大鲸就要灭种了。资本主义国家哪管这一套。它们只顾赚钱，仍旧一年四季滥捕滥杀。②

迟叔昌的描绘同样是人类中心主义的，并且还带上了对资本主义社会进行批判的色彩，但其所体现出来的可持续发展精神，又的确是符合生态主义文化的。当然迟叔昌在他的其他小说中也有对生产盛景的描写，但我们不能因此就说迟叔昌是一位违背生态主义规律的作家，因为他的这些描述段落，都是偶发性的感想表达，这种情况在"十七年"时期的科幻作家中非常常见。

需要指出的一点是，生态主义文化发轫的时代"十七年"已步入后期，生态中心主义与人类中心主义这些概念更是远离"十七年"的，我们今天使用这些概念对"十七年"时期的中国科幻小说进行分析，最需要注意的一点是把握概念在时间流中的内涵变化。于是我们应该看到："二十一世纪的人类中心主义是超越狭隘人类中心主义的基础上建立的，是

① 程春节：《西方生态主义的主要流派及其进路研究——基于伦理观的角度》，载《科技管理研究》，2012(17)。
② 迟叔昌：《大鲸牧场》，见《大鲸牧场》，7页，北京，中国少年儿童出版社，1963。

在经过批判'狭隘人类中心主义'（狭隘人类中心主义是指文艺复兴时期产生的一切以人类为中心，对于自然可以肆意掠夺的一种思潮），反思现代生态环境问题而重返的人类中心主义。它属于生态马克思主义或生态社会主义的观点。"①毫无疑问，当今我们审视"十七年"时期的科幻小说，文本中所体现出的人类中心主义即是站在 21 世纪的超越性概念，具体在"十七年"时期的科幻小说中，这一人类中心主义仍不是狭隘的，而是符合生态主义文化内涵的。

当马克思主义生态观引入"十七年"时期的中国科幻小说后，文本中人与自然的关系就更加清晰且符合生产力实际了。"（从）人与自然的关系的角度看问题，马克思、恩格斯认为人和自然总是互相作用着，存在着'自然的人化和人的自然化'。"②而在马克思主义生态观里，这种人与自然关系的构成其根本理由来自于科学的唯物史观："唯物史观的生态意义在于它始终把'自然'、人的'自然性'视为实践的产物以及二者的相互作用，在于把'自然'问题历史化与现实化，一方面，抵制主观主义将'自然'思辨化、神秘化、抽象化的做法，另一方面，也拒绝唯灵主义与旧唯物主义把'自然'本体化、浪漫化、非历史化的做法。"③由此观之，"十七年"时期中国科幻小说中的相关内容同样没有故意区分人与自然，也没有将自然主观主义化与唯灵主义化，并且承认人与自然之间的相互

①　程春节：《西方生态主义的主要流派及其进路研究——基于伦理观的角度》，载《科技管理研究》，2012(17)。

②　肖君和：《试论马克思主义生态文明理论》，载《贵州大学学报（社会科学版）》，2018(6)。

③　林孟涛、陈开晟：《批判的批判：生态主义与马克思主义》，载《马克思主义研究》，2012(8)。

关系。因此我们能够在"十七年"时期的中国科幻小说中看到：即便连接辽东半岛与胶州半岛并将海水抽干人工造陆，但其上仍然种满树木（王国忠《渤海巨龙》，1963）；在炎热的沙漠中我们能够建造太阳能发电厂，富余的电力还能供给其他城市使用（郭以实《科学世界旅行记》，1958）；我们的国营农场建造在荒漠深处，不仅没有进一步破坏环境，还通过发达的科技与工农业生产让荒漠呈现出新的"绿色的希望"（迟叔昌《割掉鼻子的大象》，1956）……凡此种种，均是"十七年"时期中国科幻小说中所展现出的对马克思主义生态观的表达。

"生态批评就是从生态的角度重新审视所有的文学作品。尽管生态批评还是一种全新的文学文化批评方法，但它正逐步从边缘步入中心，成为西方文论的热点。"①我们需要注意的是，不论生态主义如何发展变化，其源头仍然是西方的，并且在当下逐渐形成一种西方话语主导的态势。因此在通过生态主义方法论对中国文本进行批判，尤其是对存在于历史中的中国文本进行批判时，我们更应该注意这一思潮的本土化改向，并注意它与其分支概念以及另外相近的概念有哪些联系与区别，唯有如此才能使得到的结论尽可能地客观、公正。当然这对于当代中国文学，尤其是当代中国科幻文学的创作而言，其最大的启示是不应为了迎合文化思潮而写作，那样的尝试是得不偿失的。还是以生态主义为例："当代的生态小说创作在中国却陷入思想瓶颈区，受到诸如生态伦理过

---

① 张建春：《多丽丝·莱辛科幻小说的生态主义解读》，载《长江大学学报（社会科学版）》，2013(7)。

度诠释、生态乌托邦化甚至是生态法西斯主义的诟病。"①这是作者与读者都不愿看到的结果。

此外,当前科幻文学生态主义批评总是与女性主义批评相结合,甚至还提出了生态女性主义等概念。但笔者此处想说明的一点是,鉴于"十七年"时期中国科幻小说中较强烈的儿童化倾向,小说中可以进行女性主义批评的地方并不多。如果非要寻找契合点,也许"十七年"中国科幻小说中全知全能的讲解者、发明家、科学家以男性居多可以算作一点,但这一点仍然可以被证伪。首先,全知全能的人物在"十七年"时期的中国科幻小说中基本上都是功能性的存在,他们的人物社会价值是以承载中国科幻儿童化讲解以及科普工作为目的的,这一点完全不同于"新浪潮"后期女性主义科幻觉醒时专门设定的,用于凸显、对比女性个体价值的男性人物和无性别人物。其次,"十七年"时期的中国科幻小说中确实存在以女性为主人公的文本,如在迟叔昌的小说《3号游泳选手的秘密》(1956)中,发明、改良各类润滑剂,并为社会主义建设事业做出突出贡献的林小波,是一位就读于海洋学院造船系的女学生。所以女性被人为设定缺位的结论在"十七年"时期的中国科幻小说中并不成立。

王瑶曾从女性的社会价值层面对拍摄于1958年的,带有一定科幻色彩的影片《十三陵水库畅想曲》进行了商榷:"在影片结尾处,孙桂芳的女儿王秀文,作为'十三陵炼钢厂的总工程师',则与'五号'一起换上艳丽的衣裙,与'各兄弟民族的兄弟姐妹'一起载歌载舞,为客人们表演节目。这意味着,影片一方面想象女性可以承担与男性一样的社会角

---

① 刘阳:《论中国新时期生态小说的"新启蒙"》,载《东华理工大学学报(社会科学版)》,2015(2)。

色,另一方面也默认她们应该理所当然地从事家务劳动和其他服务性工作。"①这里我们不妨引入波伏瓦(Simone de Beauvoir)的论述:"即令女人的职责不足以界定女人,纵然我们也拒绝以'永恒女性'去解释女人,即令我们承认,哪怕是暂时的,世间存在女人,我们依然要提出这个问题:什么是女人?"②可以看到,通过职能去界定性别并不是唯一的指归,并且在文学艺术中,尤其是在科幻文学这种虚构的叙事艺术中,何谓女性,什么又是女性的责任与价值,则是一个相当复杂的问题。而"十七年"时期的中国科幻作家们进行创作时,作为文本批评话语的女性主义还未出现,因此他们也不会以这样的性别价值判断去指导自己的创作。所以笔者也就不再进一步论述。

## 三、小结

"十七年"时期的中国科幻小说中偶有出现非环保主义的场面,这些内容在当今的科幻研究视野中容易被误判为对生态主义文化的反叛。在综合性的分析下我们可以看到,这种批判话语实际上是对生态主义文化发展路径的截取,即选取了生态主义发轫期这一思潮对资源与环境的考量,并被简化为一种环保主义特征。"十七年"时期中国科幻小说中的生态主义指征更接近于之后的,脱离了狭隘定义的人类中心主义,这一概念呼应着生态中心主义,并且积极探索拥有主观能动性的"人"与非主观

---

① 王瑶:《从"小太阳"到"中国太阳"——当代中国科幻中的乌托邦时空体》,载《中国现代文学研究丛刊》,2017(4)。

② [法]西蒙娜·德·波伏瓦:《第二性 I》,郑克鲁译,7页,上海,上海译文出版社,2011。

主义化、非唯灵主义化的自然之间的关系互动，并且在具体的文本细节表现中表现出这一时期科幻小说对马克思主义生态观的契合。而流行于当今科幻批评领域的，将生态主义与女性主义结合的批评方法，在时间维度与文化价值维度上都不适用于对"十七年"时期的中国科幻小说进行分析。

## 第五节 "十七年"时期中国科幻小说的文学史指征

"十七年"时期的中国科幻小说常被称为中国科幻史以及世界科幻史上的"孤岛"，其意为"十七年"时期的中国科幻小说在科幻传统的承续上并不与中国其他时期的科幻产生对接，并且在世界范围内未能契合科幻文学发展的一般规律，呈现出封闭性的色彩。但是这样的看法是站在当今科幻研究视角下，在对"十七年"中国科幻小说文本实绩与内涵特征模糊性认知的情况下得出的结论，并不能代表"十七年"时期中国科幻小说的真实情况。笔者此前的论述旨在尽量全面地梳理"十七年"时期中国科幻小说的构成与特征，并在此基础上得出这一时期中国科幻的文学史意义。现阶段"十七年"时期的中国科幻小说的"孤岛"论断实际上反映出针对这一时期科幻研究所出现的"凝滞"或"悬停"现象，即"十七年"时期的中国科幻小说在批评话语中被固有观念迅速包裹，形成类似琥珀的状态——所有人都承认它的存在，并可以透过包裹其上的故旧观点看到中心处被封存的核心要素，但是不通过特殊的手段进行切割、打磨，仍然不能真正触碰这些核心要素，因而得出的结论仍然是陈旧且重复的。从这个意义上讲，我们有必要在足够的文本实绩与特征分析的基础上重新审视"十七年"时期中国科幻小说的文学史指征，看到它内蕴的关联性与冲破性力量，及其相较于中国科幻其他时段与世界科幻同时段的独特内涵。

## 一、对中国科幻史过渡性中段地位的构建

如果单纯从时间维度看，1949—1966 年这一时段的确处于中国科幻发展史的中段，但单纯的时间序列并不能说明"十七年"时期中国科幻小说的中段过渡性地位。进一步而言，针对"十七年"中国科幻中段过渡地位的批评话语主要从两个方面出发：其一是认为相较于晚清、民国的中国科幻而言，"十七年"时期的中国科幻带有极其浓厚的政治文化导向，完全不同于之前时段以通俗阅读市场为导向的科幻创作；其二是认为在"十七年"结束与新时期中国科幻再度复苏之间，横亘着"文革"十年的真空期，诸多"十七年"时期中国科幻小说的特征在"文革"中戛然而止，并没有流变到之后的中国科幻发展中。笔者在前文有言，这种看似断裂的关系实际上是一种"藕断丝连"的状态，"十七年"时期中国科幻小说在本土科幻史中是否占据中段过渡性地位不应该单看时间向度，也不能单看文本表征，而是应该看到文本之后内隐的文化策略。

相较于此前的晚清、民国科幻与新时期以来的当代中国科幻，"十七年"时期的本土科幻小说在以下方面对中国科幻文化传统进行了传承与接续。

首先，晚清、民国科幻小说中对现代性的追求迁延到"十七年"时期变成了科幻小说对科技乌托邦愿景的承载。学者王德威（David Der-wei Wang）曾有言，晚清的科幻小说"阐明了中国现代化的种种可能与不可

能，并由此遐想新的政治愿景和国族神话"①。换言之，晚清科幻小说中的很多现代性诉求可以转换为对科学技术的向往，其目的是指向"救亡图存"的，因而很多小说中已经呈现出一定的科技乌托邦色彩："晚清（1902—1912）的科学小说受'格致兴国'思想及乌托邦小说创作的影响，凭借先进的科学知识对未来生活或理想社会展开了宏伟的想象，有论者名为'科幻乌托邦小说'。这之中，吴趼人的《新石头记》、许指严的《电世界》等，是此类小说的代表作。"②这一后发达文明通过科技发展奋起追赶的情形，经由科幻文学进行表达，最终完成了由单纯的现代性追求向较为完整的科技乌托邦构建的过渡。

而"十七年"时期中国科幻小说中的科技乌托邦冲动来到新时期及之后的科幻发展中，又衍生为更为多元的，尤其是反思性较强的乌托邦特征。如学者宋明炜在评论刘慈欣的《三体Ⅱ：黑暗森林》（2008）时有言："宇宙是一座黑暗森林，只有不因道德忧虑而苦恼的生命才能生存下来。这种想象无疑深深根植于对中国过去不远的记忆。毛泽东对人类与天斗、与地斗、与人斗其乐无穷的信念深信不疑，这是所有社会革命、人类进步、与永远被'人性'定义的道德做斗争的改天换地的变化——所有这些乌托邦想象的根源。"③此外，郝景芳的《北京折叠》（2012）同样是对乌托邦反面的书写，并且这种描写完全是基于当前生产力状况对未来社

---

① 王德威：《被压抑的现代性——晚清小说新论》，292页，北京，北京大学出版社，2005。

② 王士春：《晚清科幻乌托邦小说的"中国梦"》，载《佳木斯大学社会科学学报》，2014(4)。

③ 宋明炜：《中国当代科幻小说的乌托邦变奏》，毕坤译，载《中国比较文学》，2015(3)。

会所做出的推断，使之对现实生活具有较强的警示意味。可以看到，从"十七年"到当前的中国科幻创作中，乌托邦冲动是不断扩展的，并且更为自由的创作环境也让科幻作者开启了对恶托邦以及异托邦科幻的尝试。现代性——乌托邦——反乌托邦的科幻书写路径实际上是科幻作者对中国社会进行文化思考的一个辩证过程，这一过程是符合生产力水平与文化逻辑的，同时也是完整的。

其次，无论是晚清、民国的科幻小说，还是"十七年"及其以后的科幻小说，都注重对"中国形象"的强调。这一特征的承续基于中国幅员的辽阔以及中国文化的博大精深。在西方科幻小说，尤其是近代以来的欧洲科幻小说中，本国较为单一的地理环境不能满足科幻作家的写作需求，因此他们更愿意将小说场景置于整个地球甚至太空中。加之近代殖民主义思想的勃发，这一时期的西方科幻小说经常体现出对本国绝对科技力量的强调与对作为他者国家的支配。但中国科幻小说发展历程中几乎没有出现这样的现象，作为后发达国家，中国科幻小说对国家形象的强调更注重体现文明的自我成长，并且在世界秩序中展现出一种平和而不争的态度。如"在陆士谔发表于1910年的《新中国》中，主人公陆云翔一觉睡醒，来到40年后（1950年）的上海，目睹中国富强进步的景象，并听人告知，多亏一位'南洋公学医科专院'留学归来的'苏汉民博士'，发明了'医心药'和'催醒术'这两项技术，使得中国人从过去浑浑噩噩、沉迷于赌博鸦片的落后状态，转变成文明开化的现代国民。"①可以看

---

① 王瑶：《全球化时代的民族寓言——当代中国科幻中的文化政治》，载《中国比较文学》，2015(3)。

到，这一时期的中国科幻小说意在"自醒"，其目的是通过国民的个体觉醒最终构成中国形象的新变。而这一中国形象的达成路径可以理解为学者任冬梅在评价梁启超作品时所言的"投射"："梁启超的《新中国未来记》(1902)，这部小说虽然在艺术上不是那么的成功，甚至是一部没有写完的作品，但是却开创了一种全新的小说类型或者说写作模式，那就是用'未来'叙事手法，将'理想的中国'投射到一个时间的'未来向度'之中，从而使得这些'未来'具有了看似'真实'的可企及性。"[①]这种投射技巧同样在"十七年"时期的中国科幻小说中被频繁使用，这一时期绝大部分的科幻小说都是指向未来的作品，同时在文本内部的中国形象是一个绝对理想化的存在。

这种"中国形象"在"十七年"之后的科幻小说中依然存在，并且被赋予了新的时代特征与历史意义。如在新时期童恩正的作品《珊瑚岛上的死光》(1978)中，中国形象在叙事策略的融合下不再是直接而突兀的表达，反而内隐成一种文本背后的话语，即强大的国力可以让科研工作更进一步，并且在遇到挫折与困难时，国家成了坚强的后盾。而在21世纪的科幻文化话语体系中，"中国形象"需要被放入国际背景中去进行独特性考察，因此需要这一时期的作品更加注重对"中国性"与"中国梦"的表达，诸如陈楸帆的《鼠年》(2009)、夏笳的《百鬼夜行街》(2010)、韩松的《高铁》(2012)等小说，都在新世纪展现出了内涵多样的中国形象之特征。

---

① 任冬梅：《幻想文化与现代中国的文学形象》，73页，广州，羊城晚报出版社，2016。

再次,无论是晚清、民国的科幻小说,还是"十七年"及其以后的科幻小说,都对某些题材或某些特殊的叙事模式有着独特的偏好。如在晚清、民国时期的本土科幻小说中,"上天入地"的能力是证明发明与技术高超的最佳形式,这种垂直向度的空间拓展被武田雅哉总结如下:"垂直方向是指土壤空间与大气空间这种不可能进入的半空间。的确,这两个空间,在幻想故事中常被选为旅行的目的地。但就中国人的情况来说,他们不像波尔诺那么深入,也不像欧洲许多宇宙小说的作者那样,认真地编撰着关于飞翔方法的谎言。"[①]针对近代中国的科幻小说而言,"谎言"指的是如徐念慈在《新法螺先生谭》(1905)中所构想的,以灵魂出窍的方式完成的对太阳系游览的行为,这是缺乏科学依据的。但在杂糅性特征如此明显的近代中国科幻小说领域中,航空与航天一直是热门的描写对象,诸如在荒江钓叟的《月球殖民地小说》(1904)、吴趼人的《新石头记》(1905)、包天笑的《空中战争未来记》(1908)、许指严的《电世界》(1909)等作品中,对飞行器或太空探索的描绘是文本中重要且出彩的部分。

这类题材在"十七年"及以后的中国科幻小说中依然流行。在张然的《梦游太阳系》(1950)中,主人公游历太阳系的方式是翻筋斗,这很明显的带有近代科幻中非科学的出行色彩,而这种色彩很快在《宇宙旅行》(薛殿会,1951)与《从地球到火星》(郑文光,1955)这样的小说中得到了科学的修正。郑文光在新时期创作的科幻小说《飞向人马座》(1978)同样

---

① [日]武田雅哉:《飞翔吧!大清帝国——近代中国的幻想与科学》,任钧华译,219 页,北京,北京联合出版公司,2013。

也是太空探索题材的名篇。而进入 21 世纪以后的中国科幻小说中关于航空航天题材的作品更是不胜枚举。可以看到航空航天作为一个热门写作题材一直是中国科幻关注的内容，并且在中国文化传统的加持下呈现出不同的阶段性色彩，"即中国人无意间将外来事物拿来融入自己传统里的特性"①。

又如，中国科幻小说中常常将月球作为描述对象，并且在月球中加入中国传统文化对月亮的理解，将这一天体渲染出一层具有中国特色的光晕。贾立元在论述《月球殖民地小说》（荒江钓叟，1904）时曾提及："在古代中国，与'月'或'太阴'相关的是另一套历法知识和文化意象。"②月亮之于中国文化传统首先是一个神话学概念，其本身就是一个关于想象的集合符号，古代天文历法的发展又为之打上了关于时间和规则的烙印，当近代科学介入想象时，月球很容易就成了被描述的对象。"十七年"时期中国科幻小说中以月球作为主要题材的作品并不少见，如郑文光的《征服月球的人们》（1955）、鲁克的《到月亮上去》（1956）等。并且在"十七年"时期的科幻小说中，月亮这一自古以来被中国人民所推崇的形象还被化用来指称人造卫星，如《第二个月亮》（郑文光，1954）、《到人造月亮去》（于止，1956）等小说都沿用了这一说法。

除题材外，中国科幻小说还对诸如"全景型"的叙事模式有着特别的偏好，这里的"全景"意为全方位、尽可能事无巨细地展现场景内容。在

---

① ［日］武田雅哉：《桃源乡的机械学——穿梭中国的超异时空漫想》，任钧华译，229 页，台北，远流出版社，2011。

② 贾立元：《晚清科幻小说中的殖民叙事——以〈月球殖民地小说〉为例》，载《文学评论》，2016(5)。

近代中国科幻小说中，这样的作品十分常见：《月球殖民地小说》（荒江钓叟，1904）试图展示完善的地球地理与太空风貌，后因为连载中断而没有出现对太空景色的全面描绘；《女娲石》（海天独啸子，1905）中对先进科技器物的全方位展示；《新法螺先生谭》（徐念慈，1905）对地球轨道内太阳系的全景式游览；《新石头记》（吴趼人，1905）中对"文明境界"中各类事物的详细介绍……无一不是"全景型"科幻叙事的代表作品。时间来到"十七年"时期，这样全景型叙事的科幻作品仍然是这一时期中国科幻重要的构成部分，如《宇宙旅行》（薛殿会，1951）、《小路路游历太阳系》（崔行健，1956）、《旅行在1979年的海陆空》（迟叔昌，1957）、《科学世界旅行记》（郭以实，1958）等小说。

而在新时期的中国科幻作品中，最具影响力的《小灵通漫游未来》（叶永烈，1978）依然是一部全景式展现未来科技新城的作品。值得注意的是，这部小说与"十七年"时期的全景型科幻叙事传统有着十分密切的关系："在该书后记中，叶永烈追溯了这部作品的创作缘起：1959年，他根据各报刊及国外杂志中收集的300条科技新成就，编写了《科学珍闻三百条》，并于1961年初改写成科幻小说《小灵通奇遇》。1977年年底，叶永烈应邀为各个中小学校做名为'展望二〇〇〇年'的主题演讲，受到广泛欢迎，于是对旧稿进行修改之后，于1978年正式出版。从创作时间和过程来看，《小灵通漫游未来》内在于50—60年代的科幻写作脉络之中，从叙事手法、人物形象和时空结构，到'飘行车'、'电视手表'等科技奇想，都给人似曾相识之感。"[1]由此观之，在某些特定叙事

---

[1] 王瑶：《从"小太阳"到"中国太阳"——当代中国科幻中的乌托邦时空体》，载《中国现代文学研究丛刊》，2017(4)。

模式上，中国科幻从近代到当代的传统也是一直延续的。

　　最后，独立于小说之外的编辑与作者关系互动在中国科幻发展历程中也有着持续的传统。在近代中国科幻的发展中，如写下《新法螺先生谭》(1905)的徐念慈是中国最早创作科幻作品的作家之一和小说理论家，"他热心于介绍西方科学文化，尤对'科学作品'抱有浓厚兴趣。1903年开始译、著科幻作品，经他翻译、创作、评论、校阅、润辞的小说有二十余种。1904年他译介了日本押川春浪的科幻作品《新舞台》，1905年以白话翻译或浅近的文言翻译了美国西蒙·纽加武的科幻作品《黑行星》，之后，他还仿效外国作家亲自创作科幻作品……徐念慈开展编辑出版活动，译介国外优秀文学作品，从事科幻作品创作，改良中国旧文化，开拓了民族新视野，为中国近现代文学的发展做出了重要的贡献。"①在"十七年"时期的中国科幻领域中，类似徐念慈这样编、创一体的科幻作家不在少数，比较著名的有王国忠、赵世洲、于止等人。并且相较于徐念慈所做的独立性工作，"十七年"时期编、创一体的科幻作家更注重相互之间的联系与交流，此外他们还很注重对新锐作家的发掘与培养，如赵世洲对郑文光的推介，以及于止对迟叔昌的推介等。时间来到21世纪后，中国科幻编辑与科幻作者的职能逐渐分开，但二者的互动则更加高效。如《三体》(2006)这部巨制从在《科幻世界》杂志连载到出版单行本，以及在之后的译介与国际推广中，刘慈欣在完成创作与修改后的很多工作，都是与主编姚海军共同完成的。

　　综上所述，尽管将中国科幻发展的各个阶段看作整体加以分析会有

_____

　　① 王晓凤、张建青、张丽娟：《晚清科幻作品译介与中国近代科学文化构建》，载《中国科技翻译》，2014(3)。

穿梭于时间之中的错落感，但每个阶段之中的部分思想内蕴、描述对象、创作方式以及文本外的良性互动都打破了时间的隔绝，在整个中国科幻发展的过程中迁延流变。而"十七年"时期恰好处于这一流变过程的中段，并且对上述内容进行了扬弃性的接纳与改向性的传递，因此可以认为"十七年"时期的中国科幻实际上是中国科幻发展史的中间过渡阶段。

## 二、对同时段世界科幻史独特地位的构建

在将本土科幻纳入世界科幻发展的过程中，中国科幻通常被认为是"落后"的，尤其是在与西方科幻进行对比的情形下，这种"落后"在西方本位主义思想的加持下就显得尤为明显。在传统批评视野的关照下，"十七年"时期的科幻在中国科幻发展史中同样属于"落后"的位置。若按照这个逻辑回推，"十七年"时期的中国科幻在世界科幻史中便处于食之无味的"鸡肋"状态。但事实上，相较于同时段其他国家的科幻发展情况，"十七年"时期的中国科幻虽然在文学性等方面有所欠缺，但其在表达未来愿景、保持乐观心态、崇尚传统价值等方面都实现了对其他国家科幻文学的超越，并且还显示出独特的中国本土化特征。

首先，关于"十七年"时期中国科幻小说与同时段苏联科幻文学的关系，笔者在第三章第一节已经做了详细的论述，此处不再赘言。需要强调的一点是，尽管"十七年"时期的中国科幻小说存在被苏联科幻小说影响的痕迹，但这种影响并没有传统观念中认为的那样强烈，并且在中苏两国的科幻领域中，对科幻理论、对科学文艺的定义、对科普任务的认识以及对科幻读者年龄层次的看法均不完全一致，因而不能简单地说

"十七年"时期的中国科幻受到了同时期苏联科幻的极大影响。

其次,"十七年"时期中国科幻所处的时间段与美国科幻的"黄金时代"部分重合,因此可以通过对比分析来一窥这一时期中美科幻小说的异同之处。美国科幻在"黄金时代"到来之前,曾有一些前驱性的动作,如通俗科幻小说编辑对科幻文类进行精英化处理,同时大力发掘并推荐新锐科幻作者,最终才在 20 世纪 40 年代迎来了美国科幻的丰硕成果,其中雨果·根斯巴克(Hugo Gernsback)与小约翰·W. 坎贝尔(John Wood Campbell)等人所做的贡献功不可没。反观"十七年"时期的中国科幻小说,其产生之时就带有区别于一般通俗小说的主流文化特质,并且承载了一定的国家科普任务,可以说从指向性上讲,"十七年"时期的中国科幻是精英指向的。但也正是因为这种强制性的精英指向,导致了"十七年"中国科幻小说中诸如过分关注科技、完美主义倾向等问题。但与美国类似的地方在于,"十七年"时期的中国科幻领域中也出现了编、创一体的科幻作者,如王国忠、赵世洲、于止等人都在自己创作之余发现新的科幻作者,并悉心指导他们修改作品,大力推荐他们发表科幻小说。从这个意义上讲,这一时期中国科幻与美国"黄金时代"前驱性动作是部分一致的,并不存在特殊的"落后"状态。

约翰·克卢特(John Clute)曾认为 1950—1954 年的美国科幻是充满光辉的:"到了 1950 年,一个光辉的新时代即将展现在人们面前,而科幻小说也呈现出一片乐观主义的表象。新的杂志创刊,新的出版商开始推出科幻小说。"①针对 1955—1959 年的情况,克卢特还说:"到现在为

---

① ［英］约翰·克卢特:《彩图科幻百科》,陈德民等译,130 页,上海,上海科技教育出版社,2003。

止,科幻小说已经处于平稳的发展之中……科幻小说的大多数元老仍然处在创作的黄金时期,而新人们——包括二战中的退伍军人和那些战后开始走上创作道路的作家——似乎生来就是此中高手。科幻小说已经有足够的历史来提供规范的写作模式了。"①可以看到,美国科幻"黄金时代"勃发期的科幻小说中同样充满了乐观主义的情绪,并且这一时期很多科幻小说都喜欢描写太空题材,这些特征与"十七年"初期中国科幻小说的情况十分相似。

布莱恩·奥尔迪斯(Brian Wilson Aldiss)曾指出了"黄金时代"中后期美国科幻的一种状态:"60年代也是科幻小说作家日益繁荣的年代。出版界的革命——平装书、文选和定期的精装书出版——意味着往冲出廉价通俗杂志的艰苦年代的某些作家的油箱里注入了更多的油。但大多数人的处境仍然没有改变:不出版就得挨饿。"②奥尔迪斯的这一论述实际上指明了"黄金时代"的美国科幻创作仍然是市场导向的,写作的最终目的是出版发行,因而满足读者的阅读兴趣并迎合市场需求成为了美国"黄金时代"科幻小说的重要追求。而"十七年"时期的中国科幻并不存在这样严格的读者与市场要求,带有科普任务的"十七年"科幻小说其发表阵地本身就很有限,科幻作家需要思考的是如何在既定的发表阵地与读作群体中将小说的普适度与可信度做到最好。从这一角度看,"黄金时代"的美国科幻小说与"十七年"时期的中国科幻小说在面临的压力方面

---

① [英]约翰·克卢特:《彩图科幻百科》,陈德民等译,132页,上海,上海科技教育出版社,2003。

② [英]布莱恩·奥尔迪斯:《亿万年大狂欢——西方科幻小说史》,舒伟等译,413页,合肥,安徽文艺出版社,2011。

是不一样的。这一时期中国科幻小说所面对的情况是基于社会主义政治文化要求的，而美国的情况则是纯粹的资本主义市场导向的。

"黄金时代"一词展示出了美国这一时期科幻小说的繁荣，同样也暗示着潜藏的危机。"粉丝们用'黄金时代'一词，因为黄金是宝贵耀眼的。但是，黄金作为一种金属同时也是惰性且笨重的，一旦被去除了交易符号（它之所以被垂涎，乃仅在于人们垂涎它）地位，它就几无用处。另一方面，科幻小说正是从普遍的反应性中获得了它的费耶阿本德式柔韧。"①长存的过度乐观精神与重复度极高的题材，以及快速发展的科技使很多科幻小说中的设定成为现实，最终让"黄金时代"后期的美国科幻小说出现改向："梦想的硬件化使许多科幻小说迷感到幻灭、失落。这意味着科幻小说越来越司空见惯，跟追求一般生活里未必能实现的目标相差无几了。不可能出现的已经出现了，人们又开始期望意外事物的出现。"②但现实生活中最后出现的事物并未能满足人们想象中的所有要求，这使得"黄金时代"的美国科幻最终朝着"新浪潮"的变化迈进："在50年代末期，尤其是载人轨道计划，还有美国宇航局在1969年成功实施的阿波罗登月计划的开展，激起了一时的兴奋与希望。许多人士，特别是黄金时代梦想中滋养长大的科幻界人士，坚信未来成了现实。但实际上并没有。到了70年代，人们已经看清太空旅行前途暗淡……现实让科幻界失望了。黄金时代的乐观主义随着70年代的推进，越来越难

---

①　［英］亚当·罗伯茨：《科幻小说史》，马小悟译，211页，北京，北京大学出版社，2010。

②　［英］布莱恩·奥尔迪斯：《亿万年大狂欢——西方科幻小说史》，舒伟等译，330页，合肥，安徽文艺出版社，2011。

以维系。由此而导致了复杂的科幻小说景象：对硬科幻的拒绝，或者有些人让想象力超越美国宇航局的局限，还有些人对科幻逻辑进行再造——这一过程简称为'新浪潮'。"①

　　相较于"黄金时代"的美国科幻小说，"十七年"时期的中国科幻小说并不存在这种变向，笔者以为原因可能有以下几点：其一，"十七年"时期中国科幻虽然也昂扬着长效的乐观主义情绪，但是这一时期的科幻小说并没有局限于太空探索题材，在社会主义建设、未来城市构建、工农业生产以及穿梭于历史与未来的奇异感等方面都有小说进行表达，加之读者年龄层次的关系，"十七年"时期的中国科幻小说反而更能够保持住对读者的吸引力；其二，"十七年"的中国在想象力与生产力领域还处在上升期，因此科幻小说的创作与接受尚未形成完善的理论指导，读者对文本的期待也未达到严苛的程度，因此给予了这一时期科幻小说更多的发展可能性；其三，美国快速发展的科技让很多科幻设想迅速成为现实，人们在科幻文本中获得的新鲜感因为现实的冲击而快速溃散，但"十七年"时期的中国仍处于困顿阶段，科幻小说中所描绘的美好场景并未介入现实，因而读者还可以保持长久的期待，譬如"十七年"时期中国科幻小说对人造卫星的期待，直到 1970 年才变成现实；其四，"黄金时代"后期的美国科幻读者对美国政治社会持怀疑的态度，而包括科幻读者在内的中国民众对本国的政治制度以及生产建设是抱有极大信心的，即便在某些节点上出现了极大的困难，但是这种乐观积极的态度却一直

_____

① ［英］亚当·罗伯茨：《科幻小说史》，马小悟译，230 页，北京，北京大学出版社，2010。

存在。

由此观之，尽管受制于外交关系，"十七年"时期的中国科幻与"黄金时代"的美国科幻交流极少，但二者却隔着时空在前驱性导向工作以及乐观主义精神方面达成了一致。但在"黄金时代"的美国科幻小说出现改向时，"十七年"时期的中国科幻却依然保持了昂扬的情绪，甚至在探索题材可能性、保持读者新鲜感等方面完成了相较于"黄金时代"后期的超越。同时，在非市场导向的官方话语指导下，"十七年"时期的中国科幻小说通过独特的发表阵地与文本呈现方式达成了一种十分特殊的社会主义科幻形态。

再次，如果将目光转回亚洲，第二次世界大战后日本科幻的发展路径对比于"十七年"时期的中国科幻，仍然有值得探讨之处。与"十七年"时期中国科幻小说类似，第二次世界大战后的日本科幻相较于战前也有一定的断裂："到了战后，日本的科幻创作与战前的科学小说逐渐断绝了关系。主要原因是借鉴了美国的科幻小说，进入了真正意义上的日本科幻小说的蓄水期……一般认为战后的科幻小说与战前的科学小说割裂的原因是英美科幻小说的影响造成的。"[①]日本科幻小说传统在第二次世界大战前后的割裂是由于西方科幻小说的介入而发生的，这一点与新中国成立前后科幻小说的割裂原因并不一致。近代中国的科幻小说主要受到英、美科幻小说的影响，而新中国成立后的外交策略与文化政策偏向让中国的科幻小说所受的影响主要来自于苏联与本土官方话语的规劝。

---

① ［日］长山靖生：《日本科幻小说史话——从幕府末期到战后》，王宝田等译，119页，南京，南京大学出版社，2012。

可以看到，同为东亚国家的中、日两国科幻在同一历史阶段中呈现出完全不同的样貌，其根本原因在于社会制度、文化政策以及国民心态等方面。这一现象用孰优孰劣去评判显然是错误的，其更多体现出的是国际科幻发展方向的多元化，而"十七年"时期的中国科幻则代表着国际科幻发展中的一种特殊形态。

第二次世界大战后日本科幻的首要任务是将这一文类区别于其他的类型小说，海野十三与江户川乱步有意识策划的论争其本意是为了将科幻小说从其他的虚构文学形式如侦探小说中独立出来，而这一过程最终完成基本上要等到手冢治虫的科幻创作实绩逐渐丰满，这一时间大约在1949年至1950年。可以看到，战后的日本科幻并不是马上获得独立身份的，它仍然是在论争与尝试中经过时间的磨洗得出的自然形式。新中国成立后，中国科幻同样也与从近代流传而来其他通俗小说划清了界限，但是这一过程是在极短的时间内完成的，并且达成方式是直接通过官方限定。对科幻文学独立身份的确认是中、日两国在第二次世界大战后共同面对的问题，但两国在处理这一问题的方式上则完全不同。

此外，第二次世界大战后日本科幻的再度复苏是从创办专业期刊与成立独立协会开始的。"在战后科幻小说诞生期间，曾进行过若干不同体系的'科学小说'创作尝试。其代表就是科学哲学协会的运动。科学哲学协会得到了信浓每日新闻报社的资助，于昭和二十一年（1946年）3月创刊《宇宙与哲学》，以促进科学小说的创作。"[1]在《宇宙与哲学》杂志创

---

① ［日］长山靖生:《日本科幻小说史话——从幕府末期到战后》，王宝田等译，119页，南京，南京大学出版社，2012。

刊后的八年中，日本科幻小说一直在摸索中前进，直到"被称作战后科幻第一号专业期刊的《星云》在昭和二十九年（1954 年）发行。"①在此之后，日本与科幻相关的组织与刊物次第涌现。"昭和 20 年代，世界范围内的不明飞行物（所谓的'飞碟'）的目击消息不断。荣格在 UFO 中看到了人类的内在不安的投影，提出了飞碟是核兵器时代集体潜意识的产物的假说，但是，另外一方面，梦想与宇宙人接触人群也出现了。昭和三十年（1955 年）7 月，日本研究飞碟的组织开始着手成立前的准备。昭和三十一年（1956 年）7 月，'日本飞碟研究会'正式成立。"②在"日本飞碟研究会"成立的同年，"Ω 俱乐部"的"20 名左右的会员组成了'科学创作俱乐部'，次年（昭和三十二年）5 月，出版会刊《宇宙尘》……与《宇宙尘》几乎同时创刊的还有一本科幻同人志，那就是《科学小说》杂志"③。

通过上述第二次世界大战后初期的日本科幻实践可以看出，日本战后科幻的复苏更多地借助了民间的力量，并且形成了以科幻迷为主体的科幻亚文化群落，与科幻相关的专业团体与专业期刊是他们主要的活动阵地，同时也是他们坚实的后勤保障。反观"十七年"时期的中国科幻发展路径，其中并未出现专门的科幻小说期刊，科幻小说的发表阵地主要集中于《中学生》《少年文艺》等儿童文学期刊上，以及类似于《科学画报》《知识就是力量》等科技、科普杂志上，中国出现真正意义上的科幻杂志则要等到 20 世纪 70 年代末。同时，"十七年"时期的中国科幻作家并没

---

① ［日］长山靖生：《日本科幻小说史话——从幕府末期到战后》，王宝田等译，122 页，南京，南京大学出版社，2012。

② 同上书，124 页。

③ 同上书，126 页。

有可以挂靠的专门性科幻团体，只有一小部分的科幻作家后来被中国作家协会接纳，并且其身份是偏向儿童文学的；而隶属于中国科学普及协会旗下的科学文艺委员会同样也不是专门的科幻文学活动组织，它还承担着其他类型科学文艺创作与进行科学普及的任务；并且这一时期的科幻迷囿于年龄偏小以及地域分散，并未形成初具规模的科幻迷集群。这些"十七年"时期中国科幻所面对的情况与同时期的日本科幻发展状况是不一样的。并且诸如"飞碟热"等与冷战相关的社会话题也因为文化政策的原因并未在当时的中国科幻场域中引起足够的波澜。

由此观之，尽管地理位置相近，但不同的社会制度与科幻发展方式，同样造成了"十七年"时期中国科幻与日本战后科幻的相异性，这也使得新中国初期的科幻既不同于西方传统科幻，也不同于东亚第二次世界大战后的新发科幻。

最后，不妨再看看同属后发达文明的拉美科幻在这一时期的发展状况。在时间维度上与"十七年"中国科幻小说最为接近的拉美科幻作家是奥拉西奥·基罗加（Horacio Quiroga），其代表作主要有《人造人》《肖像》《吸血鬼》等。其中，《人造人》是基罗加的代表作，同时这部作品也是拉美科幻领域的代表作："《人造人》是全球科幻发展趋势的代表，也是拉美科幻作家五十多年来对科幻卓越贡献的代表。"①故事讲述的是三位科学家通过对解剖学的发展最终造出人类，并引发了关于伦理方面的讨论，这一故事情节对科幻迷来说并不陌生："如果说《弗兰肯斯坦》是九

_____

① ［美］拉切尔·海伍德·费雷拉编著：《拉美科幻文学史》，穆从军译，229页，天津，百花文艺出版社，2016。

十二年前发表的经典替身故事，那么《人造人》就是现代的翻版，最粗略的阅读都会发现雪莱夫人的小说一定是它直接的样板。"①在小说《肖像》中，基罗加引入了阴极射线、X 射线以及紫外线等科技术语；而在《吸血鬼》这一看似恐怖故事的题目下，基罗加实际上描述了一个用无线电路将不可见的信号变为可见之物的科技故事。可以看到，作为后发达文明科幻创作中的佼佼者，拉美作家奥拉西奥·基罗加的科幻文学作品仍然对西方古典主义科幻借鉴颇多，并且在其他作品甚至小说题名中，我们仍能窥见西方恐怖小说与拉美魔幻主义手法的影子。我们不应对基罗加的创作进行过多的指责，因为鉴于拉美的生产力与文化发展阶段，"在一个只有少部分上过大学的人能够接触科学知识和科学权威的社会里，谙熟技术被视作改变个人财务状况和社会地位的另一种渠道"②。

"十七年"时期中国科幻小说的群众基础同样面临文化水平较低与科学知识水平匮乏的问题，这一时期的科幻小说作者较普通民众掌握了更多的相关知识，因此他们应该通过科幻小说承担一定的大众科普任务。但是"十七年"时期的中国科幻作者并不以改变财务状况和社会地位作为创作动力，支持他们的是源于内心的责任感，并且在"十七年"时期的中国主流文化话语中，科幻创作并不能改变绝大多数作者的社会地位，甚至还会反向产生被边缘化的风险。"尽管科幻小说描绘的是假想的明天，

---

① ［美］拉切尔·海伍德·费雷拉编著：《拉美科幻文学史》，穆从军译，237 页，天津，百花文艺出版社，2016。

② 同上书，227 页。

它们实际上都是自己时代的产品，与其他文学形式相比，更是如此。"①纵然"十七年"时期的中国科幻小说与同时期拉美科幻小说同属后发达文明科幻形态，但在具体的科幻影响来源、文本呈现形态以及作家价值取向等方面都有不同。

综上所述，尽管"十七年"时期中国科幻小说相较于同时期的苏联科幻、美国科幻、日本科幻以及拉美科幻都有一定的相似之处，但大部分的情形是不同的。"十七年"时期中国科幻所面临的文化语境是几乎封闭且单向开口的，因此这些与同时期科幻相比得出的相似之处证明了科幻文化的发展具有一定的共同规律："人类不间断地寻找适应时代要求的符号系统，各种文学、文艺形式交替就是探索的轨迹。科幻发展带来整个文艺、文学界的变化。我们可以看到无论是何种逐梦的科幻小说，它的指针总是对着作家生活的时代。中国科幻具有立足于现实，促使人们对于现实更深入思考的特点，这一特点是和世界科幻大师们的思考相通的。"②而对比中更多的不同之处，则代表了"十七年"时期中国科幻在世界科幻发展史中的独特存在形态。

## 三、小结

在中国科幻发展史上，尽管"十七年"时期的科幻小说与近代科幻小说以及"文革"后的科幻小说存在时间上与部分艺术特征上的表面断裂，

---

① ［英］布莱恩·奥尔迪斯：《亿万年大狂欢——西方科幻小说史》，舒伟等译，412页，合肥，安徽文艺出版社，2011。

② 孟庆枢：《逐梦的中国科幻》，载《人民政协报》，2018-12-17。

但内隐的诸如对追求美好的冲动、对"中国形象"的构建、对独特题材与写作模式的青睐等特征却在整个中国科幻发展史中传承、延续。放眼世界，"十七年"时期的中国科幻小说相较于其他文明的科幻表现形式同样显示出强烈的独特性，甚至在某些方面还有一定的超越性。与同时期其他国家的科幻发展路径相比，"十七年"时期的中国科幻小说在写作题材与国民心态等方面不同于"黄金时代"的美国科幻，在国家执行力与民间执行力等方面区别于同属东亚的日本战后科幻，在文学传统路径影响与作家创作动机方面又相异于同属后发达文明的拉美科幻。而对于同属社会主义阵营的苏联科幻而言，"十七年"时期的中国科幻小说在概念分野、理论进度、接受对象以及创作目的等方面仍然是有细部区别的。"十七年"时期中国科幻小说与其他文明同时期科幻小说的极大差异，恰好反衬出这一时段的中国科幻在世界科幻史上的独特之处。

因此，"十七年"时期中国科幻小说的文学史意义应该被改写。无论是在中国科幻史还是在世界科幻史中，"十七年"时期的中国科幻小说都不应该是文本实绩与艺术价值的"孤岛"，也不应该是科幻批评的"非地"，而应该是一颗独特的尘封于时空与观念之中的明珠。如果能对这颗明珠进行开掘使其重放光芒，将会对当前的中国科幻研究与世界科幻研究产生积极而深远的意义。

# 结　语

综合而言，"十七年"时期的中国科幻小说在极其复杂的内外环境与文化氛围中，团结了一切可团结的力量与元素，探索出一套极具时代特征的科幻表达模式，同时也承续着中国文学中的想象力源流，并将之与当时的中国现实社会经验进行串联，达成了对美好未来的集体性想象，彰显出一定的文学史意义与文化美学意义。

在当前的中国科幻文学研究领域，针对"十七年"时期的学术研究成果并不算多，并且很多相关结论甚至停留在以讹传讹的地步，对"十七年"时期中国科幻小说作品的全面挖掘也尚未展开，因此"十七年"时期中国科幻小说研究目前尚处于一种"雾里看花"的状态。当前的首要任务是通过回溯性的视角，还原这一特定历史时段中的文化背景与创作逻辑，从而更好地理解这一时期中国科幻小说的文本意义与社会文化意义。

　　相较于同时期的欧美、苏联与日本科幻创作，以及相较于当代中国的科幻小说出版实绩，"十七年"时期的本土科幻小说创作数量还略显不足，并且在篇幅上以中短篇为主，在出版、发表阵地上也集中于北京与上海两地的儿童文学出版社与期刊报纸。但即便如此，"十七年"时期的中国科幻小说仍然在纠缠的要素中摸索出了一条较为独特的叙事路径，并达成了强化思想教育、践行少年中国、拓展想象力边界等时代任务。在科幻理论介入尚不成体系的"十七年"时期，科幻小说还拥有着诸如科学文艺、科普故事、科学童话等分身概念，定名背后的逻辑则在一定程度上展示出同时期世界科幻的影响，并能看到当时文艺政策、出版政策与科幻小说创作的种种互动，同时还能感受到当时科幻领域对现代性追求、科技发展诉求与积极国民心态渴求的美好期待，从而多位一体地演绎中国文学幻想传统的当代流变。

　　当然，在一定的论据与文献材料的支持下，一些关于"十七年"时期中国科幻的焦点问题也可以得出新解。例如，此前一致认为的"十七年"中国科幻受苏联科幻创作影响极大，但在具体的论据支持下，这一结论更像是固有观念中的巨大幻象，无论是科幻创作还是对科幻、科普理论的吸纳，"十七年"时期的中国都根据自身情况做出了极具本土化特色的改向。又如在当代文学史视野中，科幻文学与儿童文学的纠缠状态长期存在，加之"十七年"时期特殊的历史环境与青少年教育要求，科幻小说在此时与儿童文学的联合更为亲密，甚至出现了边界的模糊，但在当时具体的传统儿童文学作品与科幻小说中，无论文本形态还是思想主旨上的差异实际上明显存在。再如学界常言的"十七年"时期中国科幻与科普之关系，实际上无法在具体数据的支持下说明科幻作品在多广的对象、多深的程度与多少的受众方面进行了确切的科普工作。上述种种"十七年"时期的焦点问题，都可以在一定新论据的支持下，得出不同于固有观念的新解，这对于全面、多角度地了解"十七年"时期科幻小说具有积极的作用。

尽管"十七年"时期中国科幻小说呈现出一定的模式化与儿童化色彩，但其中不乏一些在后来仍被广泛阅读、讨论的经典作品，并出现了诸如郑文光、童恩正、刘兴诗、迟叔昌、于止、萧建亨、王国忠等一批极具影响力的科幻作家。同时，在"十七年"时期的科幻小说创作中，还不自觉地形成了不同风格的作家群落，并开创了诸如运用"全景型"描绘方式写就的具有一定中国本土化特色的作品。此外，在"十七年"时期的中国科幻浪潮中，出现了类似"黄金时代"之前的编辑、写作一体化作者集群，为推进当时的科幻小说创作与科幻理论建设起到了重要作用。但遗憾的是由于中国后来特殊的政治历史原因，本土科幻并没有迎来更为热烈的"黄金时代"。

在"十七年"时期的中国科幻小说中，我们能够窥见作者为构建科技乌托邦所做的努力，在对社会主义建设发自内心的热情与坚定的信心下，科幻文本呈现出一定的科技神话色彩与乌托邦反思的缺位，同时也在一定程度上模糊了社会主义建设客观实绩与理想科技乌托邦之关系。中国文学从古至今的想象力传统在"十七年"时期的科幻小说中也得到了更为炽烈的发扬与传承，想象力不再仅仅是一种建构理想的思维模式，它更是一种达成目标的动力与反映国民精神力量的可见形态。此外，极具本土化特征的"十七年"中国科幻小说还将源于西方的科学主义、未来主义、生态主义等概念边界打破，注入了更具中国性特色的表达方式，使之呈现出别具一格的色彩。

鉴于"十七年"时期中国科幻小说的长处与不足，我们不应忽视这一客观存在的科幻发展时段，并且应该以中国当代文学史的框架为纲，对此进行精准地评述，并使之准确地返回中国当代文学史的特定位置。当然，我们同样应坚守客观，对"十七年"时期中国科幻小说的创作实绩不过誉，理性地看待其在科幻发展史与文学演变史中的位置与影响。"十七年"时期的科幻小说在中国科幻史中应处于过渡性的中段地位，而在同时期的世界科幻发展脉络中，它们同样凸显出具有强烈中国色彩的独特地位。

# 参考文献

**专著部分：**

[1][德]康德著，上海外国自然科学哲学著作编译组译．宇宙发展史概论[M]．上海：上海人民出版社，1972.

[2][加]达科·苏恩文著，丁素萍等译．科幻小说变形记——科幻小说的诗学和文学类型史[M]．合肥：安徽文艺出版社，2011.

[3][加]达科·苏恩文著，郝琳等译．科幻小说面面观[M]．合肥：安徽文艺出版社，2011.

[4][美]艾萨克·阿西莫夫著，涂明求等译．阿西莫夫论科幻小说[M]．合肥：安徽文艺出版社，2011.

[5][美]拉切尔·海伍德·费雷拉编著，穆从军译．拉美科幻文学史[M]．天津：百花文艺出版社，2016.

[6][日]武田雅哉，林久之．中国科学幻想文学史[M]．杭州：浙江大学出版社，2017.

[7][日]长山靖生著，王宝田等译．日本科幻小说史话——从幕府末期到战后[M]．南京：南京大学出版，2012.

[8][苏联]阿·贝略耶夫著，滕宝、陈维益合译．康爱齐星[M]．上海：潮锋出版社，1955.

[9][苏联]埃·马斯洛夫等著，林晓译．在两个太阳照耀下[M]．天津：天津人民出版社，1957.

[10][苏联]高尔基著，冰夷，满涛等译．论主题[A].《论文学》续集[M]．北京：人民文学出版社，1979.

[11][苏联]胡捷著，王汶译．论苏联科学幻想读物[M]．北京：中国青年出版社，1956.

[12][苏联]沙符朗诺娃，沙符朗诺夫著，上海中苏友好协会翻译．人造小太阳[M]．上海：上海科学技术出版社，1960.

[13][苏联]伊林著，余士雄译．论科学文艺读物及其性质[A]．黄伊．作家论科学文艺(第 2 辑)[C]．南京：江苏科学技术出版社，1980.

[14][英]布赖恩·奥尔迪斯，戴维·温格罗夫著，舒伟等译．亿万年大狂欢——西方科幻小说史[M]．合肥：安徽文艺出版社，2011.

[15][英]弗里德里希·A. 哈耶克著，冯克利译．科学的反革命——理性滥用之研究[M]．南京：译林出版社，2012.

[16][英]亚当·罗伯茨著，马小悟译．科幻小说史[M]．北京：北京大学出版社，2010.

[17][英]约翰·克卢特著，陈德民等译．彩图科幻百科[M]．上海：上海科技教育出版社，2003.

[18]《科学小实验》编写小组．科学小实验[M]．上海：上海人民出

版社，1971.

[19] Tom Sorell. Scientism：Philosophy and the Infatuation with Science[M]. London and New York：Routledge，1991.

[20]曹文轩．小说门[M]．北京：作家出版社，2002.

[21]陈洁．亲历中国科幻——郑文光评传[M]．福州：福建少年儿童出版社，2006.

[22]迟叔昌，王汶．3号游泳选手的秘密[M]．北京：中国少年儿童出版社，1956.

[23]迟叔昌，于止．割掉鼻子的大象[M]．北京：中国少年儿童出版社，1956.

[24]迟叔昌．大鲸牧场[M]．北京：中国少年儿童出版社，1963.

[25]迟叔昌．旅行在1979年的海陆空[M]．上海：少年儿童出版社，1957.

[26]崔行健．小路路游历太阳系[M]．太原：山西人民出版社，1956.

[27]董仁威．中国百年科幻史话[M]．北京：清华大学出版社，2017.

[28]董之林．热风时节——当代中国"十七年"小说史论（1949—1966）（上）[M]．上海：上海书店出版社，2008.

[29]黄伊．论科学幻想小说[M]．北京：科学普及出版社，1981.

[30]段成式著，曹中孚校．酉阳杂俎[M]．上海：上海古籍出版社，2012.

[31]郭大钧．中国当代史[M]．北京：北京师范大学出版社，2016.

[32]郭以实．科学世界旅行记[M]．北京：中国少年儿童出版社，1958.

[33]郭以实．孙悟空大闹原子世界[M]．上海：少年儿童出版社，1980.

[34]诸子集成[M]．北京：中华书局，1954.

[35]洪迈．夷坚志[M]．北京：中华书局，1981.

[36]洪子诚．中国当代文学史[M]．北京：北京大学出版社，2007.

[37]嵇鸿．神秘的小坦克[M]．南京：江苏人民出版社，1963.

[38]姜倩．幻想与现实：二十世纪科幻小说在中国的译介[M]．上海：复旦大学出版社，2006.

[39]金耀基．从传统到现代[M]．北京：中国人民大学出版社，1999.

[40]李淮春．马克思主义哲学全书[M]．北京：中国人民大学出版社，1994.

[41]李叔庭．看云识天气[M]．上海：上海科学技术出版社，1968.

[42]中国少年儿童出版社编．布克的奇遇[M]．北京：中国少年儿童出版社，1962.

[43]李渔．十二楼[M]．北京：中华书局，2017.

[44]鲁克．奇妙的刀[M]．长沙：湖南人民出版社，1963.

[45]毛泽东．毛泽东文集[M]．北京：人民出版社，1999.

[46]饶忠华．中国科幻小说大全[M]．北京：海洋出版社，1982.

[47]任冬梅．幻想文化与现代中国的文学形象[M]．广州：羊城晚报出版社，2016.

［48］上海人民出版社编．天体、地球、生命和人类的起源［M］上海：上海人民出版社，1972.

［49］上海人民出版社编．中学生科技活动资料（第3辑）［M］．上海：上海人民出版社，1974.

［50］上海市中小学教材编写组编．中学生科技课本［M］．上海：上海人民出版社，1974.

［51］沈括．梦溪笔谈［M］．北京：中华书局，2017.

［52］孙维学，林地．新中国对外文化交流史略［M］．北京：中国友谊出版公司，1999.

［53］汪耀华．"文革"时期上海图书出版总目（1966—1976）［M］．上海：上海辞书出版社，2014.

［54］王国忠．黑龙号失踪［M］．上海：少年儿童出版社，1963.

［55］王嘉．拾遗记［M］．上海：上海古籍出版社，2012.

［56］王泉根．现代中国科幻文学主潮［M］．重庆：重庆出版社，2011.

［57］文记东．1949—1966年的中苏文化交流［M］．哈尔滨：黑龙江大学出版社，2011.

［58］吴岩．科幻文学论纲［M］．重庆：重庆出版社，2011.

［59］吴岩．科幻文学理论和学科体系建设［M］．重庆：重庆出版社，2008.

［60］萧建亨．布克的奇遇［M］．北京：中国少年儿童出版社，1962.

［61］萧建亨．奇异的机器狗［M］．南京：江苏人民出版社，1965.

［62］萧星寒．星空的旋律——世界科幻小说简史［M］．苏州：古吴

轩出版社，2011.

[63]薛殿会．宇宙旅行［M］．北京：生活·读书·新知三联书店，1951.

[64]严远闻．假日的奇遇［M］．上海：少年儿童出版社，1958.

[65]叶永烈．论科学文艺［M］．北京：科学普及出版社，1980.

[66]叶永烈．中国科学小品选（1949—1976）［M］．天津：天津科学技术出版社，1985.

[67]于昆．变迁与重构——新中国成立初期社会心态研究（1949-1956)［M］．北京：中国社会科学出版社，2014.

[68]于止．到人造月亮去［M］．北京：中国少年儿童出版社，1956.

[69]俞万春．荡寇志［M］．上海：上海古籍出版社，1993.

[70]袁珂．山海经校注［M］．北京：北京联合出版公司，2014.

[71]张华，唐子恒．博物志［M］．南京：凤凰出版社，2018.

[72]张然．梦游太阳系［M］．天津：知识书店，1950.

[73]人民文学社编．五万年以前的客人［M］．北京：人民文学出版社，1980.

[74]郑文光．太阳探险记［M］．上海：少年儿童出版社，1955.

[75]沈刚主编．儿童文学讲稿——东北、华北儿童文学讲习班材料选编［M］．沈阳：辽宁少年儿童出版社，1984.

[76]重庆图书馆编．抗战时期出版图书书目（1937—1945）第一辑［M］．重庆：重庆图书馆，1957.

[77]重庆图书馆编．抗战时期出版图书书目（1937—1945）第二辑［M］．重庆：重庆图书馆，1958.

[78]朱佳木．中国工业化与中国当代史[M]．北京：中国社会科学出版社，2009．

[79]朱志尧编，张之凡绘图．煤的故事[M]．北京：少年儿童出版社，1966．


## 学位论文：

[1]陈若晖．燃情时代的科学文艺——"十七年"时期《科学画报》研究[D]．重庆：重庆大学，2016．

[2]陈义霞．"十七年"现实题材儿童小说中儿童形象的演变[D]．开封：河南大学，2014．

[3]付春．新中国建立初期城市化进程、原因及特点分析（1949—1957）[D]．成都：四川大学，2005．

[4]洪冰冰．建国早期科技人才政策研究（1949—1966）[D]．合肥：安徽医科大学人文社会科学学院，2011．

[5]胡俊．新中国早期科幻小说的现代性[D]．北京：北京师范大学，2006．

[6]贾丽会．中国共产党科技政策与实践研究（1949—1976）[D]．天津：天津商业大学，2018．

[7]姜倩．幻想与现实：二十世纪科幻小说在中国的译介[D]．上海：复旦大学，2006．

[8]李晓．论中国科幻小说中的科技观[D]．济南：山东师范大学，2014．

[9]刘珊珊．从科普人文到天马行空：论中国当代科幻小说的发展

与变异[D]. 合肥：安徽大学，2010.

[10]芮萌. 穿越科学的"魔障"：论中国科幻小说发展之变革[D]. 苏州：苏州大学，2001.

[11]王楠. 在"共产主义视镜"下想象科学——"十七年"期间的中国科幻文学与科学话语[D]. 新加坡：新加坡国立大学，2016.

[12]王卫英. 重塑民族想象的翅膀——20 世纪中国科幻小说研究[D]. 兰州：兰州大学，2006.

[13]魏莱莱. 中国共产党科技政策(1949—1966)的历史考察与现实启示[D]. 厦门：华侨大学，2015.

[14]杨文凭.《少年文艺》(1953—1966)与"十七年"的儿童文学教育[D]. 上海：华东师范大学，2018.

[15]俞圣慧. 新中国成立初期通俗读物的出版发行研究[D]. 新乡：河南师范大学，2017.

[16]郑晓锋. 文学出版与中国当代文学[D]. 温州：温州大学，2016.

[17]周田溆. 建国初期媒介生态与知识分子精神形态研究[D]. 太原：山西大学，2016.


## 期刊、报纸、论文集：

[1][美]Nicolai Volland. Comment on"Let's Go to the Moon"[J]. *The Journal of Asian Studies*，Volume 73，2014，(5).

[2][美] Nicolai Volland. Soviet Spaceships in Socialist China：Reading Soviet Popular Literature in The 1950s[J]. *Modern China Stud-*

ies，Volume 22，2015，（1）.

[3][美]艾萨克·阿西莫夫. 我们这一领域的名字[J].[美]雷金纳德·布赖特纳编. 现代科幻小说，1953，（8）.

[4][美]刘美云，陈珏译，陈冠商校. 中国科幻小说之父[J]. 科幻小说创作参考资料，1981，（2）.

[5][日]林久之. 科普小说与科幻小说[J]. 科幻小说创作参考资料，1981，（3）.

[6][日]上原香. 论顾均正对美国科幻的吸收融合：以《在北极底下》在北极底下为例[A]. 中国科幻文学再出发学术工作坊会议论文集[C]. 重庆：重庆大学，2014.

[7][苏]胡捷. 论苏联科学幻想读物[A]. 黄伊主编. 作家论科学文艺（第二辑）[C]. 南京：江苏科学技术出版社，1980.

[8]8年来有多少苏联文学书籍进口？8年来我国翻译了多少苏联文艺书籍？[N]. 文艺报，1957，（31）.

[9]安宁渠工作组科普小组. 种水稻[J]. 新疆农业科学，1966，（6）.

[10]蔡景峰. 多给孩子们写些好的科学故事——兼评一些科学幻想作品[J]. 科幻小说创作参考资料，1981，（3）.

[11]曹辉. 关于"两结合"创作方法问题的不同意见[J]. 文学评论，1983，（3）.

[12]曹松."十七年"儿童文学中"成长"的品质塑造[J]. 文教资料，2015，（32）.

[13]陈红英，戴孝悌. 新中国农业产业发展演变进程分析[J]. 农业考古，2015，（1）.

[14]陈汝慧．在儿童文学阵地上实践革命的现实主义和革命的浪漫主义[J]．厦门大学学报(社会科学版)，1959，(1)．

[15]陈伟军．论建国后十七年的出版体制与文学生产[J]．文学评论，2006，(5)．

[16]程冰倩．新中国成立初期知识分子思想改造运动的历史反思[J]．哈尔滨师范大学社会科学学报，2017，(2)．

[17]崔志远．关于"两结合"创作方法的历史考察与反思[J]．河北师范大学学报(哲学社会科学版)，2004，(1)．

[18]戴惠平．科学幻想小说是不是一朵花？[J]．科学生活，1981，(3)．

[19]党的文献编辑部．新中国成立初期中共中央关于扫除文盲工作文献选载[J]．党的文献，2012，(5)．

[20]邓宏图，徐宝亮，邹洋．中国工业化的经济逻辑：从重工业优先到比较优势战略[J]．经济研究，2018，(11)．

[21]《读书月报》编辑部．科学杂志"知识就是力量"[J]．读书月报，1956，(3)．

[22]杜渐．谈谈中国科学小说创作的一些问题[J]．科幻小说创作参考资料，1981，(2)．

[23]段恺．从《文艺十条》到《文艺八条》——20世纪60年代初期文艺调整的政策转向及其历史意义[J]．山东大学学报(哲学社会科学版)，2014，(5)．

[24]高士其．炼铁的故事[J]．战友，1954，(168)．

[25]高天娥．"双百方针"：发展科学、繁荣文化的指针[N]．宁夏日报，2016-03-31．

[26]高亚斌，王卫英．科幻小说中的强国梦——论迟叔昌及其《割掉鼻子的大象》[J]．吉林师范大学学报（人文社会科学版），2014，（9）．

[27]高亚斌，王卫英．科学救国思想的文学表达——评王国忠科幻小说《黑龙号失踪》[J]．乐山师范学院学报，2015，（6）．

[28]高亚斌，王卫英．异想天开的科幻奇葩——论肖建亨小说《布克的奇遇》[J]．北京科技大学学报（社会科学版），2016，（5）．

[29]葛红兵．不要把科幻文学的苗只种在儿童文学的土里[N]．中华读书报，2003-08-06．

[30]郭平生．优秀的科学幻想小说——《星球来客》[J]．读书杂志，1958，（16）．

[31]郭治．科幻小说应当宣传科学知识[J]．科幻小说创作参考资料，1982，（4）．

[32]哈经雄．谈儿童科学文艺创作中的几个问题——读十年来儿童科学文艺作品札记[J]．华中师范学院学报（语言文学版），1959，（1）．

[33]郝和国．新中国扫除文盲运动[J]．党的文献，2001，（2）．

[34]侯强，戴显红．建国初期中国共产党科技法制建设的绩效分析[J]延安大学学报（社会科学版），2011，（4）．

[35]胡本生．多出版共产主义的科学幻想小说[J]．读书杂志，1958，（19）．

[36]荒江钓叟．月球殖民地小说[J]．绣像小说，1904，（31）—1905（62）．

[37]黄伊．我在中国青年出版社的难忘岁月[J]．出版科学，1999，（1）．

[38]姜树茂．小会计[J]．萌芽，1957，（7）．

[39]姜振宇.贡献与误区：郑文光与"科幻现实主义"[J].中国现代文学研究丛刊，2017，(8).

[40]金明鑫，张耀元，赵兴伟.百花齐放和百家争鸣历史价值探析[J].兰台世界，2015，(13).

[41]金涛.科幻的科普功能[J].大庆高等专科学校校报，1999，(6).

[42]孔庆东.中国科幻小说概说[J].涪陵师范学院学报，2003，(3).

[43]李广益.史料学视野中的中国科幻研究[J].清华大学学报（哲学社会科学版），2015，(4).

[44]李季.我有一条红领巾[N].中国少年报，1957-11-04.

[45]李洁非."双百方针"考[J].文艺争鸣，2018，(8).

[46]李嵩.鲁迅——中苏文化交流的先驱[J].十堰职业技术学院学报（综合版），1991，(1).

[47]李随安.抗日战争时期的中苏文化交流[J].黑龙江社会科学，1994，(2).

[48]林宪.试谈我国科学幻想小说的一些问题——兼评《1091》[J].科学时代，1981，(2).

[49]林祥伯.建议采用俄文字母，以利中苏文化交流[J].拼音，1957，(6).

[50]刘丹凤，吕青.从葛兰西有机知识分子理论探析中国知识分子的作用[J].法制博览，2018，(32).

[51]刘沪生.科幻小说首先是小说[J].科幻小说创作参考资料，1982，(4).

[52]刘树勇，张文秀.高士其与新中国的科普事业[A].中国科普

理论与实践探索——2009《全民科学素质行动计划纲要》论坛暨第十六届科普理论研讨会文集[C]. 中国会议，2009，（6）.

[53]龙昌黄. 从历史语境到经典诠释——《在延安文艺座谈会上的讲话》重读[J]. 中北大学学报（社会科学版），2017，（6）.

[54]鲁兵. 欢迎不同意见的讨论[J]. 科幻小说创作参考资料，1981，（1）.

[55]罗丹. 科幻小说启迪青少年智慧[J]. 科幻小说创作参考资料，1982，（4）.

[56]罗能.1949年至1966年中国大陆外国科幻的译介及影响分析[C]. 吴岩. 中国科幻研究[J]. 北京：北京师范大学中国儿童文学研究中心，2011，（1）.

[57]吕林. 关于"两结合"创作方法的科学性问题——兼论现实主义、浪漫主义的原则和特征[J]. 文学评论，1982，（4）.

[58]马传思. 少儿科幻是成人科幻的低配版吗？[N]. 深圳商报，2018-12-05.

[59]米扬. 宝石的秘密[N]. 人民日报，1958-11-29.

[60]穆夫. 幻想而已矣，科学云乎哉[N]. 羊城晚报，1981-04-16.

[61]南通公社科普文艺宣传队. 歌颂桥街科学实验[J]. 新疆农业科学，1966，（6）.

[62]南志刚. 当代通俗文学的"规范化"管理尝试及其影响[J]. 宁波大学学报（人文科学版），2018，（5）.

[63]倪平. 幻想与现实[J]. 科学生活，1981，（2）.

[64]欧阳军喜. 再论新中国成立前后的"农业社会主义"问题[J]. 中

共党史研究，2017，（4）.

[65]庞际昌．杂谈报纸上的"科学小品"[J]．新闻业务，1961，（8）.

[66]邱江挥．试论中国科幻小说的发展[J]．安徽大学学报，1982，（2）.

[67]饶忠华，赵之．和阿西莫夫谈科幻[N]．光明日报，1981-05-29.

[68]饶忠华．建国后第一本科幻小说[N]．文汇报，1981-11-23.

[69]沈亮．民国时期中苏文化交流的盛会——记1936年苏联版画艺术展览会[J]．艺术百家，2016，（6）：225-226转257.

[70]施劲松．考古学家的小说情怀——童恩正"考古小说"释读[J]．南方民族考古，2013，（9）.

[71]宋宜昌．科幻作者要有广泛的知识，好的文笔[J]．科幻小说创作参考资料，1982，（4）.

[72]苏联《知识就是力量》编辑部著，顾彤译．专刊结语[J]．知识就是力量，1956，（5）.

[73]苏联《知识就是力量》编辑部著，郑文光译．谈谈科学幻想[J]．知识就是力量，1956，（1）.

[74]苏曼华．科幻小说既姓"文"，也姓"科"[J]．科幻小说创作参考资料，1982，（4）.

[75]苏一平．为《文艺八条》说几句话——批判"文艺黑线专政"论[J]．文艺研究，1979，（1）.

[76]汤哲声．何谓通俗："中国现当代通俗文学"概念的解构与辨析[J]．学术月刊，2018，（9）.

[77]汤哲声．论当代中国科幻小说的思维和边界[J]．学术月刊，

2015，（4）.

[78]童恩正，刘兴诗，王晓达．为科学小说正名的建议[J]．科幻小说创作参考资料，1981，（1）.

[79]童恩正．关于当前科学幻想小说评价问题的发言[J]．科幻小说创作参考资料，1981，（1）.

[80]童恩正．谈谈我对科学文艺的认识[J]．人民文学，1979，（6）.

[81]汪胜．高士其——为科普的一生[N]．中华读书报，2018-06-20.

[82]汪耀华．"十七年"到底出版了多少长篇小说？[N]．新华书目报，2017-03-09.

[83]王峰．科幻小说何须在意"文学性"[J]．探索与争鸣，2016，（9）：124-127.

[84]王洁．中国科幻文学的发展历程及三大走向[J]．江西社会科学，2018，（7）：99-105.

[85]王蒙，远方．双百方针与文化生态[J]．炎黄春秋，2016，（4）.

[86]王曙光，王丹莉．科技进步的举国体制及其转型：新中国工业史的启示[J]．经济研究参考，2018，（5）.

[87]王卫英．郑文光与中国科幻小说[J]．当代文坛，2008，（5）.

[88]王西彦．有关茹志鹃作品的几个问题——在一个座谈会上的发言[J]．文艺报，1961，（7）.

[89]王秀涛．第一次文代会档案（一）[J]．中国现代文学研究丛刊，2017，（2）.

[90]王秀涛．民营出版业的改造与"十七年"文学出版秩序的建立

[J]. 中国现代文学研究丛刊，2011，（2）.

[91]王亚法．科学、幻想、小说[J]．科幻小说创作参考资料，1981，（2）.

[92]王冶秋．中苏文化艺术交流万岁——记苏京"中国艺术展览会"[J]．文物参考资料，1950，（10）.

[93]王子骄．新中国成立以来周恩来的知识分子思想[J]．黑龙江省社会主义学院学报，2018，（1）.

[94]吴定伯．美国科幻定义的演变及其他[A]．吴岩编．科幻小说教学研究资料[C]．北京：北京师范大学教育管理学院，1991，（1）.

[95]吴其宽．"千里眼"比赛[J]．儿童时代，1979，（3）.

[96]吴岩．论科幻小说的概念[J]．昆明高等师范专科学校学报，2004，（1）.

[97]西北大学中文系"建国十年文学史"编写组．儿童文学作家高士其及其科学诗[J]，人文杂志，1960，（3）.

[98]邢千里．新中国成立以来科学技术对农业生产的影响[J]．农业考古，2004，（1）.

[99]徐凤．无线电传真[J]．新观察，1953，（15）.

[100]徐唯果．大篷车·魔术·科学幻想小说[J]．科学时代，1981，（2）.

[101]许子蓉．新中国科幻小说的开创者[J]．小学生导刊（中年级），2003，（29）.

[102]鄢德梅．科普文艺作品与科普读物的概念及分类[J]．山东图书馆季刊，1986，（1）.

[103]吴岩．民族振兴与国力赶超——浅析后发达国家科幻小说中的意识形态[J]．汕头大学学报（人文社会科学版），2012，（1）．

[104]阳光．首先是科学[J]．科幻小说创作参考资料，1981，（2）．

[105]杨藻宸．喝酒的害处[J]．科学画报，1955，（11）．

[106]叶永烈．也谈中国科学幻想小说的"危机"——与肖雷同志商榷[N]．文艺报，1981-05-14．

[107]尹传红．亲历新中国科普事业发展——访章道义[J]科普研究，2007，（2）．

[108]詹玲．"十七年"中国科幻小说的外来影响接受及概念构建[J]．文学评论，2018，（1）．

[109]张冲．现当代科学童话发展简论[J]．科普研究，2017，（1）．

[110]张旭东．"革命机器"与"普遍的启蒙"——《在延安文艺座谈会上的讲话》的历史语境及政治哲学内涵再思考[J]．中国现代文学研究丛刊，2018，（4）．

[111]张育仁．论抗战期间中国与苏联文化传播互动的特点及战略意义[J]．长江师范学院学报，2013，（3）．

[112]郑文光．从科幻小说谈起[J]．文艺报，1981，（10）．

[113]郑文光．何谓"科普文学"[J]．读书，1982，（5）．

[114]郑文光．科幻小说两流派[N]．文学报，1982-02-15．

[115]郑文光．人造卫星之歌[N]．中国少年报，1957-10-21．

[116]郑文光．谈谈科学幻想小说[J]．读书月报，1956，（3）．

[117]郑文光．一个重要的错字[J]．读书，1982，（7）．

[118]郑文光．在文学创作座谈会上关于科幻小说的发言[J]．科幻

小说创作参考资料，1982，（4）.

[119]中国少年儿童出版社. 大跃进中的中国少年儿童出版社［J］. 读书，1958，（6）.

[120]周林. 新中国航天事业的回顾与思考［J］. 军事历史，2000，（3）.

[121]朱佳宁. 中苏文化交流中的《苏联文艺》［J］. 新文学史料，2017，（1）.


**参考中文刊物：**

[1]儿童时代

[2]革命接班人

[3]红小兵报

[4]科普园地

[5]科学画报

[6]科学时代

[7]科学实验

[8]科学文艺

[9]科学与未来

[10]青年科学

[11]少年科学

[12]少年科学画册

[13]少年文艺

[14]未来世界

［15］我们爱科学

［16］知识就是力量

［17］中学生


## 数据库：

［1］北师大解放前师范学校及中小学教科书全文库

［2］CADAL 大学数字图书馆国际合作计划

［3］超星数字图书馆

［4］大成老旧刊全文数据库

［5］读秀中文学术搜索

［6］瀚堂近代报刊

［7］全国报刊索引库

［8］上海图书馆影印资料库

［9］中国国家图书馆影印资料库

［10］中国知网

# 附 录 1 "十七年" 时期中国本土科幻小说简目

(按发表时间排序)

| 年份 | 篇名 | 作者 | 出处 | 日期 | 备注 |
|---|---|---|---|---|---|
| 1950 | 《梦游太阳系》 | 张然 | 天津知识书店 | 1950 年 12 月 | 单行本小说 |
| 1951 | 《宇宙旅行》 | 薛殿会 | 生活·读书·新知三联书店出版（北京） | 1951 年 9 月 | 单行本小说 |
| 1954 | 《第二个月亮》 | 郑文光 | 《中国青年报》 | 1954 年 11 月 | 故事连载于当月第 23、24、25、27、30 日的报纸上，后收录于《太阳探险记》 |
| 1955 | 《从地球到火星》 | 郑文光 | 《中国少年报》 | 1955 年 2 月 | 后收录于 1955 年 12 月出版的郑文光科幻小说合集《太阳探险记》 |
| | 《征服月球的人们》 | 郑文光 | 少年儿童出版社（上海） | 1955 年 12 月 | 收录于《太阳探险记》 |
| | 《太阳探险记》 | 郑文光 | 少年儿童出版社（上海） | 1955 年 12 月 | 收录于《太阳探险记》 |

续表

| 年份 | 篇名 | 作者 | 出处 | 日期 | 备注 |
|------|------|------|------|------|------|
| 1956 | 《割掉鼻子的大象》 | 迟叔昌 | 《中学生》 | 1956 年 4 月 | 后收录于中国少年儿童出版社 1956 年出版的科幻小说合集《割掉鼻子的大象》 |
| | 《到月亮上去》 | 鲁克 | 山东人民出版社 | 1956 年 4 月 | 单行本小说 |
| | 《到人造月亮去》 | 于止 | 中国少年儿童出版社（北京） | 1956 年 5 月 | 单行本小说 |
| | 《小路路游历太阳系》 | 崔行健 | 山西人民出版社 | 1956 年 5 月 | 单行本小说 |
| | 《黑宝石》 | 郑文光 | 中国少年儿童出版社（北京） | 1956 年 7 月 | 该中篇小说被收入人民文学出版社编辑的《1956 年儿童文学选》，后又被收入人民文学出版社于 1978 年编辑的科幻小说合集《五万年以前的客人》 |
| | 《没头脑和电脑的故事》 | 于止 | 《中学生》 | 1956 年 7 月 | 后收录于中国少年儿童出版社 1956 年出版的科幻小说合集《割掉鼻子的大象》 |
| | 《3 号游泳选手的秘密》 | 迟叔昌 | 《中学生》 | 1956 年 8 月 | 后收录于 1956 年 12 月由中国少年儿童出版社印行的科幻小说同名合集《3 号游泳选手的秘密》 |
| | 《火星第一探险队的来电》 | 杨子江 | 《中学生》 | 1956 年 9 月 | |

续表

| 年份 | 篇名 | 作者 | 出处 | 日期 | 备注 |
|---|---|---|---|---|---|
| 1956 | 《空中旅行记》 | 饶忠华 | 《解放日报》 | 1956 年 10 月 24 日 | |
| | 《到太阳附近去探险》 | 杨志汉 | 《少年文艺》 | 1956 年 12 月 | |
| | 《神奇的生发油》 | 迟叔昌、王汶 | 中国少年儿童出版社（北京） | 1956 年 12 月 | 收录于 1956 年 12 月由中国少年儿童出版社印行的科幻小说合集《3 号游泳选手的秘密》中 |
| | 《呼风唤雨的人们》 | 梁仁鏊 | 《中学生》 | 1956 年 12 月 | |
| 1957 | 《地心列车》 | 丁江 | 《中学生》 | 1957 年 1 月 | |
| | 《飞上天去的小猴子》 | 郑文光 | 《中国少年报》 | 1957 年 2 月 28 日 | |
| | 《活孙悟空——一个少年的日记》 | 赵世洲 | 《中国少年报》 | 1957 年 3 月 21 日 | |
| | 《飞椅》 | 赵世洲 | 《新少年报》 | 1957 年 5 月 6 日 | |

续表

| 年份 | 篇名 | 作者 | 出处 | 日期 | 备注 |
|---|---|---|---|---|---|
| 1957 | 《失踪的哥哥》 | 于止 | 《中学生》 | 1957 年 6—8 月号 | 原题为《失去的 15 年》，首发于《中学生》杂志 1957 年 6—8 月号，后更名为《失踪的哥哥》。该小说后来分别收录于 1957 年儿童文学版社 1958 年 9 月出版的《1957 年儿童文学选》与《割掉鼻子的大象》《五万年以前的客人》等科幻小说合集 |
| | 《重登舞台》 | 一帜 | 《中学生》 | 1957 年 9 月 | |
| | 《不公开的展览》 | 赵世洲 | 《中国少年报》 | 1957 年 9 月 9 日 | 小说原以《不夜城的来信》为题最先发表在 1957 年 9 月的《中国少年报》上，后来小说更名为《不公开的展览》，收录于 1958 年 6 月中国少年儿童出版社发行的科幻小说合集《活孙悟空》中 |
| | 《到火星上去》 | 徐青山 | 浙江人民出版社 | 1957 年 10 月 | 单行本小说 |
| | 《怪枕头》 | 危石 | 《中国少年报》 | 1957 年 12 月 26 日 | |
| | 《旅行在 1979 年的海陆空》 | 迟叔昌 | 少年儿童出版社（上海） | 1957 年 12 月 | 单行本小说 |

续表

| 年份 | 篇名 | 作者 | 出处 | 日期 | 备注 |
|---|---|---|---|---|---|
| 1957 | 《火星建设者》 | 郑文光 | 《中国青年》 | 1957 年第 22、23 期 | |
| 1958 | 《科学世界旅行记》 | 郭以实 | 中国少年儿童出版社（北京） | 1958 年 2 月 | 单行本小说 |
| | 《史前世界旅行记》 | 徐青山 | 江苏文艺出版社 | 1958 年 5 月 | 单行本小说 |
| | 《我亲眼看见了》 | 赵世洲 | 中国少年儿童出版社（北京） | 1958 年 6 月 | 收录于 1958 年 6 月在中国少年儿童出版社出版的科幻小说合集《活孙悟空》 |
| | 《会说话的信》 | 赵世洲 | 中国少年儿童出版社（北京） | 1958 年 6 月 | 收录于 1958 年 6 月在中国少年儿童出版社出版的科幻小说合集《活孙悟空》 |
| | 《庄稼金字塔》 | 迟叔昌 | 《少年文艺》 | 1958 年 10 月 | |
| | 《假日的奇遇》 | 严远闻 | 少年儿童出版社（上海） | 1958 年 11 月 | 单行本小说 |
| 1959 | 《在海底里》 | 王国忠 | 《儿童时代》 | 1959 年第 14 期 | |
| | 《气候公司的故事》 | 陶本芳 | 《儿童时代》 | 1959 年第 20 期 | |
| | 《共产主义社会旅行记》 | 黄友三 | 浙江人民出版社 | 1959 年 4 月 | |

续表

| 年份 | 篇名 | 作者 | 出处 | 日期 | 备注 |
|------|------|------|------|------|------|
| 1960 | 《古峡迷雾》 | 童恩正 | 少年儿童出版社（上海） | 1960 年 1 月 | |
| | 《海姑娘》 | 郑文光 | 《儿童时代》 | 1960 年第 4 期 | |
| | 《钓鱼爱好者的唱片》 | 萧建亨 | 《少年文艺》 | 1960 年 3 月号 | |
| | 《迷雾下的世界——金星探险记》 | 王国忠 | 《儿童时代》 | 1960 年第 6 期 | |
| | 《奇妙的刀》 | 鲁克 | 《儿童时代》 | 1960 年第 7 期 | 1963 年 10 月，湖南人民出版社出版同名科幻小说合集，收录该篇 |
| | 《奇异的旅客》 | 萧建亨 | 《儿童时代》 | 1960 年第 21 期 | |
| | 《海底鱼厂》 | 鲁克 | 《中国少年报》 | 1960 年 11 月 21 日 | |
| | 《海上的黑牡丹》 | 鲁克 | 《儿童时代》 | 1960 年第 23 期 | |
| 1961 | 《三用飞车》 | 志冰、一帜 | 《中国少年报》 | 1961 年 1 月 14 日 | |
| | 《海洋渔场》 | 王国忠 | 《儿童时代》 | 1961 年第 1—2 期 | |
| | 《边防暗哨》 | 鲁克 | 《儿童时代》 | 1961 年第 3 期 | |

续表

| 年份 | 篇名 | 作者 | 出处 | 日期 | 备注 |
|---|---|---|---|---|---|
| 1961 | 《大鲸牧场》 | 迟叔昌 | 《中国少年报》 | 1961 年 5 月 13 日 | 1963 年 5 月，中国少年儿童出版社（北京）出版同名科幻小说合集，收录该篇 |
| | 《火星探险记》 | 王国忠 | 《儿童时代》 | 1961 年第 10—12 期 | |
| | 《地下水电站》 | 刘兴诗 | 《少年文艺》 | 1961 年第 7—8 月号 | |
| | 《摩托车的秘密》 | 嵇鸿 | 《儿童时代》 | 1961 年 22 期 | |
| | 《电子大脑的奇迹》 | 童恩正 | 《少年文艺》 | 1962 年 1 月号 | |
| 1962 | 《北方的云》 | 刘兴诗 | 少年儿童出版社（上海） | 1962 年 2 月 | 该作后来被收录于人民文学出版社出版的科幻小说合集《五万年以前的客人》 |
| | 《失踪的机器人》 | 童恩正 | 少年儿童出版社（上海） | 1962 年 2 月 | 该作后来被收录于人民文学出版社出版的科幻小说合集《五万年以前的客人》 |
| | 《神桥》 | 王国忠 | 《儿童时代》 | 1962 年第 11—12 期 | |
| | 《人造喷嚏》 | 迟叔昌 | 《中国少年报》 | 1962 年 5 月 7 日 | |

续表

| 年份 | 篇名 | 作者 | 出处 | 日期 | 备注 |
|---|---|---|---|---|---|
| 1962 | 《过天桥》 | 赵世洲 | 《中国少年报》 | 1962年9月3日 | |
| | 《该死的蝇子》 | 至禾 | 中国少年儿童出版社(北京) | 1962年9月 | 收录于科幻小说合集《布克的奇遇》中 |
| | 《魔棍》 | 李永铮 | 中国少年儿童出版社(北京) | 1962年9月 | 收录于科幻小说合集《布克的奇遇》中 |
| | 《灵泉探宝》 | 李永铮 | 中国少年儿童出版社(北京) | 1962年9月 | 收录于科幻小说合集《布克的奇遇》中 |
| | 《布克的奇遇》 | 萧建亨 | 中国少年儿童出版社(北京) | 1962年9月 | 收录于科幻小说合集《布克的奇遇》中 |
| | 《蔬菜工厂》 | 萧建亨 | 中国少年儿童出版社(北京) | 1962年9月 | 收录于科幻小说合集《布克的奇遇》中 |
| | 《球赛如期举行》 | 萧建亨、金涛 | 中国少年儿童出版社(北京) | 1962年9月 | 收录于科幻小说合集《布克的奇遇》中 |
| | 《你喜欢这杆猎枪吗》 | 林彬 | 中国少年儿童出版社(北京) | 1962年9月 | 收录于科幻小说合集《布克的奇遇》中 |
| | 《潜水捕鱼记》 | 鲁克 | 中国少年儿童出版社(北京) | 1962年9月 | 收录于科幻小说合集《布克的奇遇》中 |
| | 《白钢》 | 王天宝 | 《科学画报》 | 1962年10月号 | |
| | 《第一仗》 | 王国忠 | 《儿童时代》 | 1962年第23—24期 | |

续表

| 年份 | 篇名 | 作者 | 出处 | 日期 | 备注 |
|---|---|---|---|---|---|
| 1962 | 《一只冻僵的小猪》 | 冷虹 | 《少年文艺》 | 1962 年 12 月号 | |
| | 《失去的记忆》 | 童恩正 | 《少年文艺》 | 1962 年 12 月号 | |
| | 《深入狼穴》 | 嵇鸿 | 《儿童时代》 | 1963 年第 2 期 | |
| | 《大脑广播电台》 | 蔡景峰、赵世洲 | 《中国少年报》 | 1963 年 2 月 11 日 | |
| 1963 | 《神秘的小坦克》 | 嵇鸿 | 江苏人民出版社 | 1963 年 3 月 | 收录于 1963 年 3 月江苏人民出版社出版的科幻小说合集《神秘的小坦克》 |
| | 《老医生的帽子》 | 嵇鸿 | 江苏人民出版社 | 1963 年 3 月 | 收录于 1963 年 3 月江苏人民出版社出版的科幻小说合集《神秘的小坦克》 |
| | 《奇怪的猎人》 | 嵇鸿 | 江苏人民出版社 | 1963 年 3 月 | 收录于 1963 年 3 月江苏人民出版社出版的科幻小说合集《神秘的小坦克》 |
| | 《一颗没有发芽的种子》 | 童恩正 | 《儿童时代》 | 1963 年第 7 期 | |
| | 《烟海蔗林》 | 一呋 | 少年儿童出版社（上海） | 1963 年 5 月 | 收录于 1963 年 5 月少年儿童出版社出版的科幻小说合集《失去的记忆》 |

续表

| 年份 | 篇名 | 作者 | 出处 | 日期 | 备注 |
|---|---|---|---|---|---|
| 1963 | 《乡村医生》 | 刘兴诗 | 少年儿童出版社（上海） | 1963 年 5 月 | 收录于 1963 年 5 月少年儿童出版社出版的科幻小说合集《失去的记忆》 |
| | 《蓝色列车》 | 刘兴诗 | 少年儿童出版社（上海） | 1963 年 5 月 | 收录于 1963 年 5 月少年儿童出版社出版的科幻小说合集《失去的记忆》 |
| | 《春天的药水》 | 王国忠 | 《儿童时代》 | 1963 年第 11 期 | |
| | 《黑龙号失踪》 | 王国忠 | 少年儿童出版社（上海） | 1963 年 5 月 | 收录于 1963 年 5 月少年儿童出版社出版的科幻小说合集《黑龙号失踪》 |
| | 《打猎奇遇》 | 王国忠 | 少年儿童出版社（上海） | 1963 年 5 月 | 收录于 1963 年 5 月少年儿童出版社出版的科幻小说合集《黑龙号失踪》 |
| | 《半空中的水库》 | 王国忠 | 少年儿童出版社（上海） | 1963 年 5 月 | 收录于 1963 年 5 月少年儿童出版社出版的科幻小说合集《黑龙号失踪》 |
| | 《山神庙里的故事》 | 王国忠 | 少年儿童出版社（上海） | 1963 年 5 月 | 收录于 1963 年 5 月少年儿童出版社出版的科幻小说合集《黑龙号失踪》 |
| | 《渤海巨龙》 | 王国忠 | 少年儿童出版社（上海） | 1963 年 5 月 | 收录于 1963 年 5 月少年儿童出版社出版的科幻小说合集《黑龙号失踪》 |

续表

| 年份 | 篇名 | 作者 | 出处 | 日期 | 备注 |
|---|---|---|---|---|---|
| 1963 | 《起死回生的手杖》 | 迟叔昌 | 中国少年儿童出版社(北京) | 1963 年 5 月 | 收录于 1963 年 5 月中国少年儿童出版社出版的科幻小说合集《大鲸牧场》 |
| | 《冻虾和冻人》 | 迟叔昌 | 中国少年儿童出版社(北京) | 1963 年 5 月 | 收录于 1963 年 5 月中国少年儿童出版社出版的科幻小说合集《大鲸牧场》 |
| | 《"科学怪人"的奇想》 | 迟叔昌 | 中国少年儿童出版社(北京) | 1963 年 5 月 | 收录于 1963 年 5 月中国少年儿童出版社出版的科幻小说合集《大鲸牧场》 |
| | 《养鸡场的奇迹》 | 鲁克 | 湖南人民出版社 | 1963 年 10 月 | 收录于 1963 年 10 月湖南人民出版社出版的科幻小说合集《奇妙的刀》 |
| | 《鸡蛋般大小的谷粒》 | 鲁克 | 湖南人民出版社 | 1963 年 10 月 | 收录于 1963 年 10 月湖南人民出版社出版的科幻小说合集《奇妙的刀》 |
| | 《奇猎记》 | 苏平凡 | 《儿童文学》 | 1963 年 12 月 | 《儿童文学》杂志创刊于 1963 年 10 月，该篇科幻小说发表于当年 12 月的《儿童文学》第二期 |
| 1964 | 《游牧城》 | 刘兴诗 | 《少年文艺》 | 1964 年 8 月号 | |
| 1965 | 《奇异的机器狗》 | 萧建亨 | 江苏人民出版社 | 1965 年 5 月 | 收录于 1965 年 5 月江苏人民出版社出版的科幻小说合集《奇异的机器狗》 |

续表

| 年份 | 篇名 | 作者 | 出处 | 日期 | 备注 |
|---|---|---|---|---|---|
| 1965 | 《小凡漫游"海底之光"——一个少年的几篇日记》 | 萧建亨 | 江苏人民出版社 | 1965 年 5 月 | 收录于 1965 年 5 月江苏人民出版社出版的科幻小说合集《奇异的机器狗》 |
| | 《火星一号》 | 萧建亨 | 江苏人民出版社 | 1965 年 5 月 | 收录于 1965 年 5 月江苏人民出版社出版的科幻小说合集《奇异的机器狗》 |
| | 《铁鼻子的秘密》 | 萧建亨 | 江苏人民出版社 | 1965 年 5 月 | 收录于 1965 年 5 月江苏人民出版社出版的科幻小说合集《奇异的机器狗》 |

# 后 记

　　与科幻结缘，还是上个世纪的事，这种表述本来就带着一点偷换时空的错落感。

　　世纪之交的川东小城阴雨连绵，刚结束旧城改造的街道带着些许泥泞，订的杂志总是会晚到几天。在一个雨后初晴的下午，我在《儿童文学》上读到了一篇名为《火星降临》的小说，它推翻了我此前所有的阅读体验。故事描绘了火星撞向地球的过程中所发生的一系列神奇现象，但最后地球并未被摧毁，两颗行星融为一体，宁静的蔚蓝色与炽烈的橘红色在黢黑深空中交织融合的场景让我的神经细胞躁动不安。

　　彼时我刚四年级，对小说中很多专业术语并不了解，于是便又捧来《中国少年儿童百科全书》一边查阅一边又把故事读了几遍。现在想来，这应该是我最早的"延伸阅读"与"文献查阅"。做完这一切时已然暮色四合,澄澈的天空中星辰次第显现,但当我再次抬头时,原本熟悉的星空似乎发生了微妙的变化,我开始急切地寻找火星,并担心它是否摇摇欲坠。

当晚我便向父母吐露了这种担忧。他们先是打消了我的顾虑,然后根据阅读《小灵通漫游未来》的经验,认为我是对一种叫作科学幻想小说的文类产生了兴趣。后来,在多次回忆复盘中,父母先是把我与科幻结缘的节点前推到了二年级所画的一幅参赛作品《海底列车》,然后又将这个节点前推到我五岁时趴在地上画了一幅十米长的《恐龙世界》。但这次电光石火的新奇阅读体验并没有让我真正走上科幻阅读之路。

时间很快来到初中。那时到处是报刊亭与书吧,也有装潢豪华、书籍种类齐全的新华书店。我至今仍觉回望中的这团"时空体"是光阴与文字对人最温柔的包容:翻阅杂志不买不会被呵斥;十块钱的书吧会员卡可以无限次借阅书籍并畅饮苦荞茶;在书店席地而坐一下午也不会被驱赶。那时大家都热衷于阅读世界名著,但当我某天兴致勃勃地想要加入这一行列时,却发现书架上只剩下几册厚重的大部头。那些厚重的世界名著在物理与精神意义上都让少年时期的我产生了"难承其重"之感,于是我决定还是从轻薄的杂志开始我的中学阅读之路。

正因如此,我邂逅了发表于《科幻世界》的《地球大炮》,虽然这篇小说现在看来并非完美无瑕,但它在当时唤起了我熟悉的精神震颤感,也让我感觉与这本杂志相见恨晚。后来我知道了该杂志的总部就在离我家约三百公里外的省会成都,它还在我出生那年举办了一场成功的国际科幻大会,一切似是一场跨越十二年的旧友重逢。也是在 2003 年,《科幻世界》杂志社启动了中国科幻"视野工程",以"世界科幻大师""中国科幻基石""流行科幻"三面推进作品出版。因为地理位置的"近水楼台先得月",杂志我一期不落,单行本、副刊与增刊也几乎悉数阅读,这便是我科幻阅读的"原始积累"。面对灿若星辰的作家作品,当时的我无法在所谓的类型文学史时间线上将它们拼成星座,有的仅是如饮醇醪般的阅读摄入与合页之后的思维震荡。因为科幻,我想在未来成为科学家。怀揣这种信念,我的理科成绩突飞猛进,并在初二物理竞赛获奖的加持下,最终进入高中的理科实验班。

上高中后,我对阅读的热情不减反增,在科幻之外我还沉浸于各种类型文学和诗歌,并且课余时间还用奇怪的笔名发表过一些奇怪的作品。但也许是因为阅读占据了太多时间,我的理科成绩下滑严重,班主任多次语重心长地提醒我,再这样下去分科时就只能读文科了,我从班主任的语气中读出了那时绝大部分人都奉为真理的偏见——只有"差生"才读文科。或许是为了与偏见对抗,又或许是我已经意识到了自己真正的兴趣所在,分科时我成为了家里唯一的文科生。

也是在高二这年,汶川大地震几乎将所有美好碾碎,在公园、学校等避难场所搭帐篷暂住的那个月中,很多人除了捐款捐物,就是对着新闻流泪。那时的我觉得不论自然科学还是社会科学在巨大灾难面前似乎都不堪一击,人就是一棵会思考的芦苇,脆弱到可以被风瞬间摧毁。是文学作品帮助了包括我在内的很多人,度过了那段艰难的时光。即便一切崩塌损毁,文字的排列组合仍能重建灵魂的灯塔,让希望之光不至于消散。此后的我以文为舟,渡向薄雾轻笼的他乡之岸。

大学四年是最接近"读万卷书,行万里路"这一目标的时光。本科时的我似乎产生了文学上的"细胞分裂"。一个我疯狂迷恋诗歌,与同学办诗社，在湖心亭诵读海子的诗，在草堂看到杜甫与冯至"同框"而热泪盈眶；另一个我依然沉醉于科幻，其表现形式包括但不限于在看完大部分可看的科幻小说后开始狂刷科幻电影与电视剧，在古代文学课堂上仗着"女娲有体，孰制匠之"一句与老师讨论女娲造人是外星文明一次自救式星际移民的可能性有多大，在外国文学课堂上和老师来回拉锯索多玛城是否毁于一场核爆。很感谢大学老师们的开放包容，他们不但没有嫌弃我异想天开的脑洞，还很乐意和我展开讨论，并且没有让我挂科。

除了作品阅读量的积累，在中文系学习的另一个重要任务是积攒文学批评的方法与经验，并在此基础上进行初步的学术训练。但我似乎一直都不是一个合格的方法论使用者，每次我审视自己的作业，总有拿着筷子夹比萨或用叉子吃包子的感觉。但无论如何，作为一位不够优雅的"食客"，在使用方法论上，我似乎是一直存在短板。而在不断修缮这块短板的过程中，在老师们与前辈们的建议下，我萌生了在文学领域继续行进的念头，但两个分身只能择其一而从之。其实答案早在那个云开雨霁的下午就已得出，我可以不凝视深渊，但我无法停止仰望星空。历经大学四年的初步学术训练后，原来那些如星辰般分散的科幻作家与作品逐渐形成星座，并被文学史的黄道贯穿牵引，在大脑的苍穹中投射光芒。但彼时也有朋友不理解为何我要选择一个"前途未卜"的研究方向，并为此放弃了另外两个看起来更为诱人的 offer。

硕士阶段，我师从钱振纲教授进行中国现代文学的研究，选择将晚清科幻小说作为聚焦对象，钱老师对我的选题十分包容并给予我诸多支持。在读期间，我也逐渐与科幻界的各位前辈建立了联系，得到了他们无私的指导与帮助，并且见证了他们对于科幻不求回报的热爱与奉献。

时间很快来到 2015 年，这一年中国科幻发生了很多大事，《三体》摘得"雨果奖"桂冠，科幻文学研究方向也首次设立博士点，中国科幻迎来方兴未艾的发展热潮。仿佛是珍藏多年的宝物终被他人认可，所有的期待终于有了回应。但本质上讲我仍只是一个科幻迷，求学之路无非是一个从追梦到圆梦的过程。须有热爱，方可步履不停，而越朝目标靠近，就越像命中注定。

2016 年，我开启博士生涯，师从吴岩教授进行科幻文学研究，在定题前经历了反复的分析和讨论，最终决定以"十七年"科幻作为研究对象。吴老师一直强调中国科幻研究的很多基础工作还未夯实，应该尽快将其补全，"十七年"科幻就是这样的一隅。它是一片蓝海，但也遍布暗礁，很考验扬帆者的耐力与技巧。本书的主体内容就是在这一阶段完成的。此处我不想强调资料收集与写作过程是多么的"披荆斩棘"与"艰苦卓绝"，反而是一些有趣的小事令人记忆犹新：因为文献传递数量太多而接到校图书馆的问询电话，争论中因为情绪激动把刚买的冰淇淋晃到了地上；在常驻国家图书馆查阅资料的那段时间，我很快对中午吃吉野家晚上吃兰州拉面的节奏感到乏味，遂做出重大调整，决定中午吃兰州拉面晚上吃吉野家；在上海图书馆扫描资料太过投入而忘记发车时间，背着包在地铁站飞奔却被热心群众怀疑为小偷而叫来保安……当真正喜欢一样事物时，所有的过程皆为美好，所有的结果都有意义。

博士毕业后参加工作，因为岗位的特殊性加上突然爆发的新冠疫情，整个人忙得如同疯狂自旋的中子星，很多计划都被搁浅。所以我只能尽可能地利用空闲时间对书稿内容进行完善，修改内容不当之处，调整表述不够客观之处，以期将本书最好的状态呈现出来。但凡事难以尽善尽美，书中难免仍有疏漏，恳请大家批评指正。

很多次在忙碌后的暂歇时刻，我甚至都开始怀疑自己是否还能保持热爱，是否还能在重新扬帆时拥有继续坚守的资格与勇气。那些与科幻人觥筹交错的美好时光似在昨日，但现实的波动让科幻与我之间似乎已经产生红移，但无论结果如何，每一缕星光都会在宇宙刻蚀出痕迹。如果再度启程，那么这本书可以是新路径的起点；如果不得不迎来渐行渐远的告别，我也希望这本书能够成为不负光阴的总结。有人说，每做出一次选择，世界便一分为二，不知道无数个平行世界中的我现在都是怎样的境遇，但此时此刻的我完成了这本书的相关工作并最终将之呈给大家审阅，我相信这就是所有选择引导而成的最好结果，因此我要道谢。

感谢求学路上所有的老师，他们学识渊博且平易近人，在传授知识的同时还教会我很多做人的道理。当我自己成为老师后，我也一直以恩师们为榜样对自我严格要求。

感谢科幻界的前辈学者、作者们在我完成这部作品时所给予我的无私帮助与支持，并愿意为我对科幻的瞬间感悟和只言片语提供展示的机会与平台。

感谢我的挚友们在现实与虚拟交织而成的空间中，成为彼此可以托付后背的依靠。

感谢责任编辑禹明超老师的细致工作，没有他的努力这部作品就不能呈现于大家眼前。

感谢所有的同学们，教学相长，我从你们身上学到了很多年轻的、极具创造性的品质，也更加明白作为老师肩上所担负的职责与使命。

感谢家人对我一直以来各种选择的无条件支持，在我消沉失落时成为我可以停泊的温暖港湾。

感谢每一位守护想象力的勇士和对新奇与未知永葆好奇的旅者，很荣幸他们允许我加入队伍，当再度整装出发之时，我们并未忘记关于科幻这场旅行本来的意义：着迷于通过文字驰骋想象，在缺乏仰望星空的快节奏生活中，寻得暂时的心灵休憩。无论何时，我们都感动于现实世界触手可及的美好和幻想世界瑰丽浪漫的奇迹，"已识乾坤大，犹怜草木青"。

搁笔之时，正值春雪初霁的午后，此间阳光温柔，时间流转不休。也许这就是生活最好的状态。

肖汉

2022 年 3 月 于北京